Wenn der Platzhirsch röhrt

Alexandra Bleyer ist verheiratet (natürlich mit einem Jäger) und lebt mit ihrer Familie am Millstätter See. Die promovierte Historikerin ist Autorin mehrerer populärer Sachbücher. In ihren in Oberkärnten angesiedelten Jägerkrimis kann sie ganz ungestraft mörderische Energien freisetzen.

Alle Personen und Handlungen sind frei erfunden und keinesfalls als Abbild der im Mölltal lebenden »echten« Menschen zu verstehen. Etwaige Ähnlichkeiten mit realen Personen sind zufällig und unbeabsichtigt; ebenso spiegeln die aus der Perspektive der Romanfiguren geäußerten Vorurteile beispielsweise gegenüber deutschen Nachbarn oder Wienern keineswegs reale Verhältnisse wider. Wer im Mölltal lebt, kennt es; wer es nicht kennt: Kommen Sie ruhig und lernen Sie es kennen!
Im Anhang findet sich ein Glossar zu Dialektausdrücken und Begriffen aus der Jägersprache.

ALEXANDRA BLEYER

Wenn der Platzhirsch röhrt

KRIMINALROMAN

emons:

Bibliografische Information der Deutschen Nationalbibliothek
Die Deutsche Nationalbibliothek verzeichnet diese Publikation
in der Deutschen Nationalbibliografie; detaillierte bibliografische
Daten sind im Internet über http://dnb.d–nb.de abrufbar.

© Emons Verlag GmbH
Alle Rechte vorbehalten
Umschlagmotiv: willma…/photocase.de
Umschlaggestaltung: Nina Schäfer, Tobias Doetsch
Gestaltung Innenteil: César Satz & Grafik GmbH, Köln
Lektorat: Christine Derrer
Druck und Bindung: CPI – Clausen & Bosse, Leck
Printed in Germany 2017
ISBN 978-3-7408-0165-6
Originalausgabe

Unser Newsletter informiert Sie
regelmäßig über Neues von emons:
Kostenlos bestellen unter
www.emons-verlag.de

Dieser Roman wurde vermittelt durch die Agentur
für Autoren und Verlage, Aenne Glienke, Massow.

Beim Jagan tuat man mehr dasitzen wie dalafn.

Prolog

Die Kapuze seines grauen Sweatshirts über den Kopf gezogen, drückte er sich in einen Hauseingang. Wie ein Dieb. Er warf einen ungeduldigen Blick auf sein Smartphone. Kurz nach zweiundzwanzig Uhr. Er beobachtete das Lokal auf der gegenüberliegenden Straßenseite und trat unruhig von einem Fuß auf den anderen. Geduld gehörte nicht zu seinen Stärken. Sein Vater hatte ihn oft dafür kritisiert und ihm vorgehalten, wie gut er es doch hatte und wie undankbar er wäre.

Ja, er kannte die Zeiten nicht mehr, als man sich an jeder Schlange anstellte und erst später fragte, wofür eigentlich; als man in den Geschäften nicht aus fünf verschiedenen Joghurts auswählen konnte, sondern froh war, überhaupt eines zu bekommen. Pah, Geduld war etwas für Feiglinge, für Schwache! Er wusste, was er wollte; und was er wollte, das wollte er sofort. Und er verstand es, es sich zu nehmen.

Er befingerte das Springmesser in seiner Hosentasche. Im rückwärtigen Hosenbund steckte eine Pistole, denn er war darauf vorbereitet, sich sein Recht zu erkämpfen. Er war nicht schwach wie sein Vater, der bei billigem Schnaps und eine filterlose Zigarette nach der anderen qualmend von den Sorgen und Nöten in der damals noch kommunistischen Tschechoslowakei erzählte, nur um im gleichen Atemzug der guten, alten Zeit nachzutrauern.

Zwei Hardcore-Säufer, die sich die letzte Ölung des heutigen Abends gegeben hatten, torkelten aus dem Lokal. Er leckte sich über die rissigen Lippen. Zu gern hätte er sich jetzt eine Zigarette angezündet. Doch das Leben in den Straßen Bratislavas hatte ihn gelehrt, vorsichtig zu sein. Nur Idioten waren so dumm, sich in der Dunkelheit verbergen zu wollen und sich durch eine rot glühende Zigarette zu verraten. Er war nicht dumm. Er war schlau wie ein Fuchs. Er war Lišiak.

Endlich kam er heraus, Gejca Horváth, und machte sich zu

Fuß auf den Heimweg. Er löste sich aus dem Schatten und folgte ihm. Mit gut fünfzig Jahren war Gejca fast doppelt so alt wie er und gehörte zum alten Eisen, doch seine Instinkte waren die eines räudigen Wolfes. Unvermutet wirbelte Gejca mit einem blanken Messer in der Hand herum.

»He, ruhig Blut. Ich bin's!« Er schob die Kapuze ein wenig zurück.

Gejcas Augen weiteten sich kurz, bevor er sie zusammenkniff.

»Du hast vielleicht Nerven, hierherzukommen! Ich will mit deinem Scheiß nichts zu tun haben!«

»Na komm, Alter, lass mich nicht hängen! Wir sind doch Freunde!«

»In unserem Geschäft gibt's keine Freunde! Das solltest du am besten wissen, Ju—«

»Lišiak! Ich bin Lišiak! Merk dir das!«

»Ihr mit euren dämlichen Spitznamen! Wenn du so ein schlauer Fuchs bist, *Lišiak*« – Gejca spuckte den Namen regelrecht aus – »warum kommst du dann zu mir?«

Lišiak juckte es in den Fingern, ihm hier und jetzt ein Messer zwischen die Rippen zu stoßen und ihm Respekt beizubringen. Doch er war nicht von Wien heim nach Bratislava gekommen, um sich seine Chance zu verderben. Seine einzige Chance.

»Was willst du?«

Es kostete ihn Überwindung, das Wort auszusprechen. »Hilfe.«

»Von mir?« Gejca rieb sich die narbige Wange; seine blassen Augen funkelten im flackernden Licht einer Laterne.

Lišiak ballte die Hände zu Fäusten. Er hatte keine Lust, sich auf Gejcas Spielchen einzulassen, aber ihm blieb keine andere Wahl.

Gejca nickte nachdenklich. »Draks Leute waren schon bei mir. Sie haben nach dir gefragt. Es ist nicht gut, sich gegen die Familie zu stellen, nicht gut. Familie ist wichtig.«

Als ob Gejca dazugehören würde! Sie teilten kein Blut; Gejca gehörte nicht einmal zum inneren Zirkel der Organisation, er war nicht einmal ein Mitläufer. Mehr so ein Nebenherläufer. Nur weil er vor Ewigkeiten eine Zelle mit seinem Großonkel geteilt hatte, zählte er noch lange nicht zur Familie, auch wenn einen ein paar Jahre in einem tschechoslowakischen Knast zusammenschweißten.

»Du musst mir helfen!«

»Muss ich das?«

Wenn er seine Antworten hatte, würde er Gejca zertreten wie einen Wurm! Mühsam rang Lišiak seine Wut zu Boden.

»Bitte.«

»Drak ist wütend. Du hast die Familie bestohlen.«

»Ich kann es wiedergutmachen!« Aber er brauchte jemanden, der vermittelte, ein gutes Wort für ihn einlegte; ihm half, den Schaden zu beheben und sich zu entschuldigen, bevor Drak die Pistole auf ihn richtete und abdrückte.

»Geld wird nicht reichen. Nur Blut kann eine solche Schuld abwaschen«, gab sich Gejca poetisch. »Aber du hast Glück: Du bist Draks Neffe. Blut ist dick. Liefere Drak einen Kopf, und du kannst deinen aus der Schlinge ziehen.«

Lišiak hieb mit den Fäusten gegen die Hausmauer. Musste Gejca wie Yoda aus »Star Wars« klingen?

»Verfickte Scheiße!«

»Drak weiß, dass du nicht allein gehandelt hast. Du hättest dieses Geschäft allein nie durchziehen können. Die Frage ist: Wer trägt die Verantwortung? Denk gut nach, welche Antwort du Drak darauf geben kannst, du schlauer Fuchs.« Gejca grinste, wobei er zwei prominente Zahnlücken enthüllte. Dann machte er auf dem Absatz kehrt und ging davon.

Lišiak sah ihm hilflos nach. »Verdammt, verdammt, verdammt!«

Er wusste genau, was er tun musste, und er hatte keine Skrupel, seinen Partner – Ex-Partner – ins Messer laufen zu lassen. Nur musste er ihn dazu erst einmal finden. Er war abgetaucht. Weg. Fort aus Wien. Niemand wusste, wohin er verschwunden war.

Scheiße! Drak wollte einen Kopf.

Unwillkürlich fuhr sich Lišiak an den Hals. Er schluckte schwer.

Wo hatte er einen Unterschlupf gefunden? Hatte sein Partner

nicht einmal etwas von einem Ferienhaus erzählt? In Kärnten. Wie hieß der verfluchte Ort?

Lišiak dachte so angestrengt nach, wie nur jemand nachdenken konnte, dessen Leben davon abhing. Als er verzweifeln wollte, fiel es ihm ein. Er öffnete auf dem Smartphone Google Maps und tippte den Ortsnamen ein: Obervellach.

1

»Belten! Schau, dass zwegnkommst, du terischer Depp, du!«

Sepp Flattacher hielt den Daumen auf den Klingelknopf gepresst, über dem ein gestochen scharfer Schriftzug den Namen
des Hausbesitzers verkündete: »Heinrich BELTEN«. Wozu der
Nachname in Großbuchstaben gedruckt war, blieb Sepp ein
Rätsel. Mit der zur Faust geballten anderen Hand hämmerte er
gegen die Haustür. Es war ihm ernst. Wenn der Piefke nicht bald
die Tür öffnete, konnte er was erleben! Ungeduldig drückte er
sein Gesicht gegen das gelbe Butzenglas. Wenn der Glaseinsatz
der massiven Holztür etwas größer wäre, käme er glatt in Versuchung ...

Da! War da nicht eine Bewegung? »Mach endlich die Tür auf!
Hörst mich?«

»Flattacher? Bist du das?«

Sepp rollte mit den Augen. »Nein, der Krampus mit dem
Nikolo wird's sein!«

Sein Nachbar ließ sich ewig Zeit, den Schlüssel im Schloss
umzudrehen und die Tür zu öffnen. Belten war nie ein schöner
Anblick. Aber unrasiert und unfrisiert in einem gestreiften Pyjama, dessen grelle Farben einem die Netzhaut verglühten, war
er eine Zumutung. Belten gähnte ausgiebig und kam viel zu spät
auf die Idee, sich die Hand vor den Mund zu halten. Immerhin
wusste Sepp jetzt, dass er zumindest das Gebiss nicht auf dem
Nachtkästchen vergessen hatte.

»Du kannst den Finger jetzt von der Klingel nehmen!«

Sepp blinzelte. Dann zog er seine Hand zurück.

»Weißt du, wie zeitig am Morgen es ist? Dein doofes Gebimmel hat mich aus dem Bett geworfen!«

So ein Morgenmuffel! Sepp warf einen flüchtigen Blick auf
seine Uhr. »Was regst dich auf! Ich bin schon seit zwei Stunden
munter.«

»Hast die senile Bettflucht, was?«

Eine passende Antwort brannte Sepp auf der Zunge, aber dann

erinnerte er sich daran, warum er hier war. Mit Belten herumzustreiten stand heute ausnahmsweise nicht auf seiner Agenda. Nein, er war auf Kooperation angewiesen. Immerhin hatten sie ein Problem, das sie nur gemeinsam lösen konnten.

»Ich muss mit dir reden.«

»Und das kann nicht warten bis zu einer vernünftigen Tageszeit?« Belten kratzte sich das stoppelige Kinn.

»Nein, es ist wichtig!«

Als ob er sonst hier wäre! Freiwillig setzte Sepp doch keinen Schritt auf Beltens Grundstück. Ausgenommen blieben vereinzelte nächtliche Einsätze mit Hammer oder Säge, von denen der Nachbar nie etwas mitbekam – bis es zu spät war und er lauthals über massakrierte Sträucher klagte.

»Es geht um deinen Schwiegersohn.«

»Um wen?«

»Nowak!«

»Häh?«

»Das kannst dir nicht gefallen lassen, Belten, hörst? Du musst —«

»Wovon redest du?«

»Ja, Kruzitürken! Wer von uns beiden ist jetzt senil? Du hast mir doch erzählt, dass der Nowak dich ins Altersheim abschieben will, damit er mit Carola und seinen Fråzn hier einziehen kann.«

Belten lehnte sich gegen den Türrahmen und schaute blöd aus der Wäsch. Also, noch dümmer als sonst, falls das überhaupt möglich war. So etwas Begriffsstutziges gibt's doch gar nicht! Es war doch erst ein paar Tage her, seit Belten weinend durch seinen Garten geschlichen war und gejammert hatte, dass ihn der gemeine Schwiegersohn in eine Seniorenresidenz nach Villach verbannen wollte. Sogar den bunten Hochglanzprospekt hatte er Sepp in die Hand gedrückt. Und jetzt wusste er nichts mehr davon?

Ach herrje! Sepp runzelte die Stirn. War Belten vielleicht dement geworden? War das der Grund, warum seine Familie ihn in ein Heim stecken wollte?

»Anton Nowak, dein Schwiegersohn?« Sepp sprach jedes Wort

langsam und betont aus. »Er ist mit deiner Tochter verheiratet, sie heißt Car—«

»Mensch, ich bin doch nicht blöd! Ich weiß, wie meine Tochter heißt! Aber was geht dich meine Familie an?«

Sehr viel, wenn Sepp daran dachte, dass die Wiener Bagage das ganze Jahr über hier wohnen könnte. Beltens Tochter Carola war noch am ehesten auszuhalten, auch wenn sich ihre Stimme schrill überschlug, wenn sie ihre Kinderschar rief. Aber Anton Nowak war ein fleischgewordener Alptraum, ein Paradebeispiel für einen Wiener Wasserkopf, der sich selbst viel zu wichtig nahm und glaubte, alle – inklusive Nachbarn – nach seiner Pfeife tanzen lassen zu können. Der hatte ihm die wenigen Wochen, in denen er bisher in Kärnten Urlaub gemacht hatte, häufiger die Polizei auf den Hals gehetzt als Heinrich Belten in all den Jahren. Sepp graute es schon vor der Ferienzeit, wenn die ganze Sippschaft erneut anrückte. Aber da hatte er zumindest die Gewissheit, dass sie auch wieder abreisen würden.

Heinrich Belten war Sepp zwar auch zuwider, aber irgendwie hatte Sepp sich in den letzten Jahrzehnten an den lästigen Streithansl gewöhnt und konnte sich sicher sein, dass er ihm immer eine Nasenlänge voraus war. Bei Nowak stünden ihm die alles entscheidenden Machtkämpfe wohl noch bevor, bis auch der Toker einsah, dass mit Sepp nicht gut Kirschen essen war und er ihm lieber seine Ruhe lassen sollte.

Außerdem veranstaltete Belten allein nicht wie die drei Kinder den ganzen Tag über eine Metn, dass man durchdrehen könnte und sich selbst Akko unter die Eckbank verkroch. Nein, Belten war eindeutig die bessere Wahl. Das kleinere Übel, wie man oft viel zu leichtfertig aussprach, um dann in der Wahlzelle schier zu verzweifeln.

»Du willst doch nicht ins Heim, oder?«

»Nein, aber —«

»Noch bist ja nicht entmündigt« – Sepp stutzte kurz – »oder doch?«

»Selbstverständlich nicht!«

»Dann wehr dich! Lass nicht zu, dass sie dich ins Altersheim stecken und dein Haus einkassieren. Wir können —«

»Wir?« Belten richtete sich auf und zog sein Pyjamaoberteil straff.

Erst jetzt fiel Sepp auf, dass er es falsch zugeknöpft hatte. So viel zum Thema Pflegeheim.

»Was meinst du mit *wir*? Es gibt kein Wir!«

Ja, da schaut er groß, der Belten. Sepp grinste breit. Die letzten Tage hatten ihm ganz schönes Kopfzerbrechen bereitet. Der Wiener als Nachbar, was für ein Alptraum! Stundenlang war er abends wach gelegen und hatte gegrübelt. Als er vorhin auf dem Hochsitz saß und die beschauliche Stille des Waldes genoss – diese herrliche Stille, in die nach und nach das frühmorgendliche Vogelkonzert einbrach; eine Stille, von der er sich daheim endgültig verabschieden konnte, wenn die Wiener fix einziehen sollten –, da war ihm der Knopf aufgegangen. Die Lösung lag so nah! Nowak konnte Belten schließlich nicht zwingen, ins Altersheim zu gehen. Belten konnte sich wehren. Also, nicht er allein. Dafür war er zu tepat, der Depp. Aber mit seiner Hilfe! Wenn er ihm sagte, wo's langging, würde es schon klappen.

Der Gedanke hatte ihn nicht mehr losgelassen. Unzählige Ideen schossen ihm durch den Kopf, so viele Möglichkeiten, um dem Nowak zu zeigen, dass er in Wien sehr viel besser aufgehoben war und in der schönen Mölltaler Bergwelt nichts verloren hatte. So vertieft war Sepp in seine Überlegungen, dass er den Schmalspießer auf der Lichtung erst bemerkte, als dieser äsend bis auf wenige Meter an den Hochsitz herangekommen war. Brettlbreit stand der junge Hirsch vor ihm, als ob er von allein in die Tiefkühltruhe springen wollte. Aber das Aufbrechen des Stückes und das Versorgen des Wildbrets hätte Sepp mindestens eine Stunde gekostet, eher zwei. Zeit, die er nicht verschwenden wollte. Er musste mit Belten reden, sofort.

»Beim nächsten Mal«, rief er dem Hirsch zu, der verschreckt absprang, als Sepp abbaumte. Also, wenn der Schmalspießer nicht vorsichtiger wurde, dachte er beim Hinunterklettern, erlebte er den Beginn der Schonzeit am Jahresende nicht mehr und würde auch nie ein kapitaler Platzhirsch werden, der Rivalen in der Brunftzeit mit tiefem Röhren aus seinem Revier vertrieb.

Ja, und deshalb stand Sepp so früh am Morgen in seiner abgewetzten Lederhose und dem Wetterfleck aus tanngrünem Loden vor Belten, um ihn in seinen großartigen Plan einzuweihen. »Zusammen fällt uns schon was ein, um dem Nowak einen Strich durch die Rechnung zu machen. Dem werden wir's zeigen! Der wird –«

»Flattacher.«

»Pass auf! Wenn der Nowak –«

»Flattacher!«

»Kannst mich verdammt noch mal ausreden lassen?«, schimpfte Sepp. So würde das nie etwas werden!

Belten trat einen Schritt zurück. »Verpiss dich!«

Mit einem lauten Krachen fiel die Tür ins Schloss.

Das war doch wohl die Höhe! Heinrich schüttelte den Kopf und schlurfte in seine Küche. Kurz überlegte er, sich nochmals ins Bett zu legen, aber wenn er es recht bedachte, war er nach dem Ärger wach. Was wünschte er sich jetzt eine richtig schöne Tasse Kaffee! Doch Carola hatte ihn beim letzten Besuch darauf hingewiesen, dass er viel zu viel Kaffee trank, und ihm zu Tee geraten. Sie hatte es sich auch nicht nehmen lassen, gleich ein paar Päckchen mit diversen Mischungen einzukaufen und in seinen Küchenschrank zu stapeln. Ganz bewusst vor die verbeulte Kaffeedose mit dem Mohrenkopf.

Manchmal erinnerte ihn seine Tochter so stark an Mutti, dass ihm die Tränen kamen. Wenn nur Mutti noch am Leben wäre. Wenn … Er wusste nicht, was dann wäre, aber er war sich sicher: Wäre seine viel zu früh verstorbene Frau noch am Leben, wäre vieles anders. Besser. Schöner.

Er seufzte und griff nach einer Teepackung. Erdbeertraum. Einerlei. Tee wäre viel gesünder für ihn, für sein Herz und seinen Magen, hatte Carola ihm erklärt. Hmpf. Wenn er ein Magengeschwür bekam, dann sicher nicht vom Kaffee, sondern von Sepp Flattacher.

Mit gerunzelter Stirn setzte er Wasser auf und blieb, die Hände auf die Arbeitsfläche gestützt, beim Herd stehen. Er konnte sich keinen Reim darauf machen, was Flattacher zu seinem unerwarteten – und allein schon von der Uhrzeit her unverschämten! – Besuch bewogen hatte. Der Zaun zwischen ihren Grundstücken hatte schon seinen Sinn. Obwohl seit Jahrzehnten Nachbarn, war es nicht so, dass einer beim anderen anklopfte, um sich Zucker oder Milch zu borgen. Flattacher war gemein und schreckte vor keiner Boshaftigkeit zurück. Wer einen solchen Nachbarn hatte, der brauchte keinen Feind mehr.

Nein, zwischen ihnen gab es keine freundschaftlichen Gefühle. Deshalb wunderte sich Heinrich sehr über Flattachers Aufforderung, er solle sich gegen seine Abschiebung ins Altersheim wehren. Seit wann kümmerte es den, was aus ihm wurde? Ob er in einem Heim versauern sollte oder nicht? Sein Schicksal ging dem doch garantiert am Allerwertesten vorbei. Im Gegenteil, würde er am Boden liegen, würde Flattacher nicht die Rettung rufen, sondern er wäre der Erste, der nochmals kräftig auf ihn treten und ihn verhöhnen würde.

Das Wasser blubberte. Heinrich holte seine bauchige Lieblingstasse mit der Aufschrift »Für den besten Opa der Welt«, hängte den Teebeutel hinein und goss auf. Er stellte die Eieruhr ein, überprüfte nochmals die Anleitung, korrigierte die Minutenzahl – es waren acht Minuten, nicht sieben – und ließ sich dann am Küchentisch nieder.

Was auch immer Flattacher angetrieben hatte, es konnte sich nur um egoistische Motive handeln.

Die Eieruhr klingelte. Er stand auf und ging zur Küchenzeile. Behutsam zog er den Teebeutel heraus, klopfte ihn am Tassenrand leicht ab und warf ihn in den Biomülleimer. Drei Tropfen rosafarbenen Tees, die auf der Arbeitsfläche prangten, wischte er mit dem Wettex auf. Dann setzte er sich mit der Tasse in der Hand wieder hin, bevor er einen vorsichtigen Schluck nahm.

Sosehr Heinrich davon überzeugt war, dass Flattacher nichts Gutes im Schilde führte und ihn aus purem Eigennutz dazu drängen wollte, um sein Haus zu kämpfen, hatte er doch einen wunden Punkt getroffen: Heinrich wollte nicht in dieses vermaledeite Altersheim nach Villach, das ihm sein Schwiegersohn schmackhaft machen wollte. Carola hatte als Alternative die neue Seniorenresidenz in Möllbrücke ins Gespräch gebracht, die sehr viel näher lag als Villach. Da könnte man ihn doch oft besuchen, viel öfter als bisher, da die Anreise von Wien viel zu lang war für einen spontanen Kurzbesuch.

Als ob! Aus den Augen, aus dem Sinn. Das war das Los zu vieler Altersheimbewohner.

Dabei war Heinrich alles andere als alt. Noch nicht einmal siebzig, fit wie ein Turnschuh und geistig rege genug, jedes Sudoku knacken zu können. Vielleicht nicht die höchste Stufe, aber die mittleren Schwierigkeitsgrade schaffte er mühelos. Es gab keinen einleuchtenden Grund, warum er jetzt schon in ein Altersheim sollte.

Außer dem einen: Anton und Carola wollten mit den drei Kindern in sein Haus am Obervellacher Pfaffenberg einziehen. Das Landleben würde den Kleinen guttun, hatte Carola gemeint, auch wenn sie selbst, wie sie auf sein Nachbohren hin zugab, Wien sehr vermissen würde. Anton hatte sie jedoch davon überzeugt, dass es für die Kinder besser wäre, hier im Mölltal, fernab der Großstadt mit ihren Verlockungen und ihrer höheren Kriminalitätsrate, aufzuwachsen, zumal ihnen die Pubertät erst noch bevorstand.

»Papa, du willst doch auch das Beste für Pia-Nadine, Noemi-Sophie und Anton junior, oder etwa nicht?«

Hätte er da Nein sagen sollen? Seine Familie war ihm das Wichtigste. Er liebte Carola und die Kinder über alles. Das konnte ein Miesepeter wie Flattacher natürlich nicht verstehen. Soviel Heinrich wusste, waren dessen Eltern recht früh verstorben. Geschwister oder andere Familienangehörige hatte er wohl keine, und wenn doch, so ließen sie sich nie blicken. Heinrich konnte es ihnen nicht verdenken. Bis auf einen jungen Mann namens Reini, der ab und zu vorbeikam und den er auch schon beim Rasenmähen beobachtet hatte, erhielt Flattacher nie Besuch. Sogar die Zeugen Jehovas dürften inzwischen zur erleuchtenden Erkenntnis gelangt sein, dass es für diese spezielle schwarze Seele keine Aussicht auf Erlösung mehr gab, denn sie machten einen großen Bogen um ihn und sein Anwesen.

Vielleicht war es das? Wollte Flattacher Heinrich gegen seine eigene Tochter aufhetzen? Missgönnte er ihm die Familie, die

Enkelkinder? Flattacher war ein Einzelgänger. Ein einsamer Wolf, der gerade mal seinen Hund in seiner Nähe duldete. Ein Misanthrop, wie er im Buche stand. Wollte er einen Keil zwischen Heinrich und seine Familie treiben und ihn damit in dieselbe verbitterte Vereinsamung jagen, die auch ihn plagen musste? Nicht mit ihm!

Die Familie ging vor. Er wollte nicht wie Flattacher dastehen und seine Liebsten mit egoistischer Bärbeißigkeit vergraulen. Niemals! Was spielte es da für eine Rolle, dass er etliche Jahre eher als geplant ins Altersheim übersiedeln sollte. Früher oder später musste es ohnehin so weit kommen. Warum sich sträuben?

Heinrich kniff die Augen zusammen. Sonst wäre ihm eine weitere Träne über das Gesicht gelaufen.

2

»Na ja, es ist nichts Besonderes. Zugegeben. Aber es hat …
ähm …« Bürgermeister Max Müller verstummte, als Anton
Nowak demonstrativ langsam mit zwei Fingern über die Theke
strich, nur um sie dann angewidert an seiner Anzughose abzu-
wischen. Zwei gräuliche Streifen blieben auf dem dunklen Stoff
zurück.

»Es hat was?«, hakte er in spöttischem Tonfall nach.

Das seit längerer Zeit leer stehende Lokal am Obervellacher
Hauptplatz war ein grindiges Loch. Die Einrichtung erschien
zwar nicht altersschwach, aber sie wirkte billig. Prüfend klopfte
Anton mit dem Zeigefingerknöchel gegen die Thekenverklei-
dung. Furnierte Spanplatten. Wie erwartet war der Kantenumlei-
mer hier und da abgesplittert und gestattete einen ungeschönten
Blick auf die darunterliegenden Sågscharten. Vergebens versuchte
das dünne Echtholzfurnier – er tippte auf Kiefer oder Fichte, aber
eigentlich war es ihm scheißegal –, den Anschein edlen Mas-
sivholzes zu erwecken. Dabei könnte man in einer holzreichen
Region wie Oberkärnten doch Echtholz erwarten, oder nicht?
Zwei Biergläser waren beim Auszug des letzten Pächters wohl
vergessen worden; blind geworden hielten sie im verstaubten
Regal die Stellung.

»Potenzial!«, tönte es von unerwarteter Seite.

Müller hatte sich nicht die Mühe gemacht, seinen Begleiter
vorzustellen, dessen Gesicht – nun, da er mit seinem Einwurf die
Aufmerksamkeit der beiden anderen auf sich gelenkt hatte – rot
anlief. Sichtlich nervös blätterte er in seiner Mappe.

»Sie sind …?«, fragte Anton scharf.

»Grab… Also, Gemeinderat Grabner. Hans Grabner.«

»Potenzial. Genau! Das Lokal hat Potenzial«, zog Müller die
Gesprächsführung wieder an sich. »Ich zeige Ihnen die WC-Anlagen, die wurden vor vier Jahren komplett saniert.«

»Nicht nötig. Das mächt das Kraut aa ned fett!«

Anton wandte sich zum Gehen, aber gegen die Gemeindevertreter war jeder Gebrauchtwagenverkäufer ein Ausbund an Zurückhaltung. Grabner stellte sich ihm geradezu verzweifelt in den Weg, und als Müller Anton die Hand auf die Schulter legte und ihn in die andere Richtung drängte, war er überzeugt: Die Gscherten würden ihn notfalls mit Gewalt zu den Sanitäranlagen schleppen. Er gab mit einem lauten Seufzen nach.

Die WC-Anlagen mit den weißen Fliesen waren nichtssagend und noch dazu so eng, dass er Angst hatte, der gstauchte Grabner – mehr breit als hoch – würde zwischen Waschbecken und Wand stecken bleiben. Jede Minute mehr mit den beiden Witzfiguren war eine Ewigkeit zu viel. Er war froh, zurück in den Gang zu kommen, der die vorderen Gasträume vom hinteren Teil des Hauses trennte, und wollte nur noch raus. In seiner Hast ging er jedoch in die falsche Richtung. Der Gang machte eine Biegung – und er traf auf eine Metalltür, die in das uralte Haus passte wie die Faust aufs Aug.

»Was ist das?«, fragte Anton und klopfte gegen die massive Stahltür. »Das Obervellacher Fort Knox?«

Müller lachte übertrieben auf. »Nein. Da geht's in eine Abstellkammer und zum Heizraum. Der letzte Besitzer des Hauses war ein bisserl a Spinner. Der hat da drin hauptsächlich seinen Schnaps gelagert und wohl Angst gehabt, dass ihm den jemand wegsäuft.«

»Kann ich mal hineinschauen?«

»Sicher.«

Rasch schloss Grabner die Tür auf und drückte den innenseitig angebrachten Lichtschalter. Anton betrat einen fensterlosen Raum, der locker fünfzehn Quadratmeter groß war. Während er und Grabner problemlos aufrecht gehen konnten, musste der hochgewachsene Müller aufpassen, dass er sich an den beiden an der Decke entlanglaufenden dicken Heizungsrohren nicht den Kopf stieß.

»Schnaps ist leider keiner mehr da.« Müller lachte gekünstelt. »Im hinteren Raum ist die Ölheizung. Sie ist zwar schon in die Jahre gekommen, aber voll funktionsfähig.«

Anton warf nur einen flüchtigen Blick auf Brennkessel und Öltank. Ein offener Durchgang führte in ein weiteres großzügig geschnittenes Zimmer, in das durch ein verdrecktes Oberlichtfenster nur wenig Sonnenschein drang. Anton fand den Lichtschalter, und nach einem kurzen Flackern wurde der Raum von grellen Neonröhren erleuchtet. Ausgemusterte Küchenschränke, ein Eimer mit Wandfarbe, eine Kabelrolle. Interessant.

»Schade, dass das Haus keinen Keller und der Vorbesitzer die Heizung so blöd eingebaut hat. Jetzt kann man die Zimmer leider nur noch als Rumpelkammer gebrauchen.«

»Sie fallen aber nicht in den Pachtvertrag.« Grabner zerrte einen Grundriss des Hauses hervor, in dem lediglich die Gasträume und die WC-Anlagen rot umrandet waren.

»Selbstverständlich nicht! So viel Lagerraum braucht kein Mensch, und wir können ja schlecht Geld verlangen für nutzlosen Raum.«

Endlich kam Müller auf den entscheidenden Punkt: das Geld. Anton gönnte sich ein Lächeln. Nirgendwo lernte man das Verhandeln besser als auf dem Wiener Naschmarkt. Die beiden Dorftrottel würden nicht wissen, wie ihnen geschah.

»Ich weiß nicht. Ich habe mir mehr vorgestellt«, tat Anton seinen Eröffnungszug, während er ihnen in die Gasträume folgte.

»Ich bitte Sie, ein Geschäftsmann wie Sie macht eine Goldgrube daraus. Außerdem liegt das Lokal direkt am Hauptplatz, zentrale Lage. Sozusagen am Puls der Gemeinde.«

Bürgermeister Müller trug gewaltig dick auf, und wie auf Kommando zog der ihm sekundierende Gemeinderat einen Ortsplan aus seiner dicken Mappe, um Anton damit vor der Nase herumzufuchteln. Anton ignorierte den Wisch. Wenn Müller glaubte, einem Weana Bazi ein X für ein U vormachen zu können, hatte er sich getäuscht.

»Da ist die Reanimation aber überfällig, meinen Sie nicht auch?«

»Häh?«

»Jetzt reden wir mal Tacheles! Von einem Puls kann keine Rede sein. Der Ortskern ist so gut wie ausgestorben. Mein Lokal wäre der dringend nötige Herzschrittmacher, und das wissen Sie.«

»Wir haben sehr wohl Leitbetriebe am Platz wie das Modezentrum Reiter und −«, begehrte Grabner auf, aber Müller brachte ihn mit einer unwirschen Handbewegung zum Schweigen.

»Sie werden in ganz Obervellach keine bessere Immobilie finden.«

»Ja. Das ist der Punkt, nicht wahr?« Anton grinste breit. »Sie als Bürgermeister sind an Obervellach gebunden. Ich nicht.«

Wie Grabner war auch er nicht unvorbereitet zum Besichtigungstermin gekommen. Jetzt war es an ihm, aufzutrumpfen. Er zauberte eine Liste mit Immobilieninseraten aus der Innentasche seines Sakkos.

»Es gibt viele leer stehende Gastro-Betriebe im Mölltal. Was meinen Sie, Müller, das hier in Greifenburg sieht doch gut aus, oder?« Der Farbdruck machte sich bezahlt, denn selbst auf den kleinformatigen Fotos machte das Restaurant optisch schon sehr viel mehr her als die Konkurrenz.

»Greifenburg liegt aber im Drautal«, maulte Hans Grabner, der es garantiert nie weiter als bis zum kleinen Gemeinderat bringen würde.

Anton ignorierte ihn und fixierte den Bürgermeister. »Die Pacht vom Greifenburger Restaurant ist zudem viel geringer.«

»Über den Preis können wir ja reden«, beeilte sich Müller, Kompromissbereitschaft zu signalisieren. »Warum gehen wir nicht auf ein Bier? Sie wissen ja, beim Reden kommen die Leut zåm.«

Am Naschmarkt würde Müller keine fünf Minuten überleben, so schnell, wie der einknickte. Man könnte fast Mitleid mit ihm haben, aber des einen Blödheit war des anderen Gewinn. So lief das im Big Business.

»Ich werd's mir noch überlegen.«

»Natürlich, natürlich.« Müller ließ seinen Blick unstet durch das Lokal wandern.

Nur Grabner hatte noch nicht begriffen, dass Müller und er am kürzeren Ast saßen. Er sägte munter weiter.

»Lassen Sie sich nicht zu lange Zeit!« Seine Stimme überschlug sich vor lauter Aufregung. »Weil … weil … wir haben auch noch einen anderen Interessenten! Einen sehr interessierten Interessenten!«

Grabner sah Müller beifallheischend an. Der wusste offensichtlich nicht, ob er unterstützend eingreifen oder Grabner ausbremsen sollte. Er konnte sich zu nicht mehr als einem vagen Nicken aufraffen.

»Sie müssen schnell zuschlagen! Sonst ist die Chance weg!«, legte Grabner noch eins nach.

Anton musste lachen. Er konnte einfach nicht anders. Im Ernst? Mit der uralten Verkaufsmasche, die wohl nur noch bei Seniorenkaffeefahrten ziehen konnte, wollte er ihm kommen? Die beiden waren wie die Spanplatten. Sie hatten sich zwar weltmännische Geschäftstüchtigkeit aufgeklebt, aber das konnte nicht darüber hinwegtäuschen, dass sie im Kern Provinzeier waren. Wenn sie dachten, sie könnten ihn übers Ohr hauen und mit der Bruchbude das große Geschäft machen, hatten sie sich getäuscht!

»Na, mir läuft ja nichts davon. Ich schaue mir in Ruhe die anderen Objekte an« – genüsslich fuchtelte er mit seiner Liste vor Grabners Gesicht herum und ließ ihn eiskalt auflaufen – »und Sie melden sich einfach bei mir, sollte sich *der andere Interessent* diese Okkasion hier entgehen lassen.«

Er klopfte dem Bürgermeister lässig auf die Schulter und schlenderte auf den Ausgang zu. Grabner wagte es kein zweites Mal, sich ihm in den Weg zu stellen. Die Hand an der Klinke, warf Anton einen letzten Blick zurück. Zumindest in einem Punkt lagen die beiden Lokalpolitiker richtig: Die Immobilie hatte Potenzial.

★★★

Sepp zog seine Haustür etwas kräftiger zu als beabsichtigt, was sie mit einem protestierenden Knarren quittierte. Als er zu seinem Suzuki Jimny marschierte, schaute er kurz zum Nachbarhaus hinüber. Dort war Belten damit beschäftigt, seine gepflasterte Auffahrt zu kehren.

Wohl damit sich der Wiener seine aufpolierten Schuhe nicht versaute! Anton Nowak hatte keine Zeit verloren, nach dem spätsommerlichen Familienurlaub ins Mölltal zurückzukehren. Anscheinend war es ihm ernst damit, sich hier niederzulassen.

Wenigstens war er allein gekommen. Quasi als Vorhut. Leider würde es nicht dabei bleiben.

Und schuld daran war Belten, der sich – Waschlappen, der er war – alles gefallen ließ! Nachdem Sepp sein Auto aufgesperrt hatte, sah er nochmals zu ihm hin. Ihre Blicke trafen sich für einen Moment. Belten ließ es sich nicht einfallen zu grüßen, und Sepp hätte sich eher die Zunge abgebissen. Knapp eine Woche war seit diesem unseligen frühmorgendlichen Besuch vergangen. Wenn er nur daran dachte, ging ihm der Feitel im Sack auf! Kein Wort hatten sie seither miteinander gewechselt, was allerdings, wenn Sepp ehrlich war, keine Besonderheit darstellte. Belten und er pflegten nicht, miteinander plaudernd am Gartenzaun zu stehen. Wenn es zu einem Wortwechsel kam, war der häufig … nicht so nett. Egal.

Was sich Belten einbildete! Ihm einfach die Tür vor der Nase zuzuknallen, obwohl Sepp ihm helfen wollte. So etwas Undankbares hatte die Welt noch nicht gesehen! Das würde er ihm nicht verzeihen. Der Nachbar würde schnell merken, dass am Pfaffenberg eine neue Eiszeit angebrochen war. Fast gönnte er es ihm, ins Altersheim abgeschoben zu werden. Er wünschte Belten eine feldwebelmäßige Schwester, die ihm einen Einlauf nach dem anderen verpasste, und breiige Mahlzeiten, die selbst Akko mit einem Knurren verschmähen würde, wenn man ihm die Schüssel vor die Schnauze stellte. Gab es noch Doppelzimmer? Wenn ja, wäre ein schnarchender, schweißfüßiger Zimmergenosse genau das Richtige für den Deppen. Leider wurde Sepps Schadenfreude dadurch getrübt, dass Beltens Umzug ins Altersheim bedeutete, dass Nowak mit seiner Bagage ins Haus einzog.

Nicht, dass er es mit dem Wiener nicht aufnehmen könnte. Herrgott, er hatte vor nichts und niemandem Angst. Nein, es waren die anderen, die vor *ihm* einen Mordsrespekt hatten. Doch erschien es ihm mühselig, sich auf einen neuen Nachbarn einstellen zu müssen, wo er Belten gewohnt war und genau wusste, wie der deutsche Nachbar tickte. Er kannte jede seiner Macken, jede Schwäche, jede Schraube, die er beim anderen anziehen konnte. Nowak war im Vergleich dazu ein aggressiver Jungspund, dem er erst die Wadln füri richten müsste. Dem müsste er erst klarmachen, dass es am Pfaffenberg nur einen Platzhirsch gab, und der hieß Sepp. Er riss die Hecktür des Suzuki auf. Normalerweise brauchte Akko keine Extraeinladung. Den wesensstarken Deutschen Wachtelhund konnte nichts erschüttern. Sogar im hitzigsten Kugelfeuer einer Treibjagd blieb er die Ruhe selbst. Nun stand er zwei Meter entfernt mit hängender Rute da. Akko hatte ein sicheres Gespür für die Stimmungslage seines Herrn und wusste, dass es in ihm brodelte. Nicht, dass Sepp seinen Zorn an ihm ausgelassen hätte, niemals! Nur konnte er dem Hund schlecht erklären, dass er nicht auf ihn angfressn war, sondern auf den Sauhund nebenan.

»Na komm, mein Guter. Hopp!«

Dann stieg er ein und startete den Motor. Bevor er losfuhr, atmete er tief durch. Üblicherweise fuhr er seine Einfahrt im Rückwärtsgang hinauf zur Straße. Nun setzte er ein paar Meter zurück und schlug dann das Lenkrad ein, bis der Wagen fast den Maschendrahtzaun durchstieß. Genau auf Höhe Beltens. Sepp drückte die Kupplung durch und stieg aufs Gas. Im Rückspiegel beobachtete er, wie der Nachbar zur Seite sprang, um der Abgaswolke zu entgehen. Von Beltens Gezeter drangen nur Bruchstücke zu ihm durch. Sepp ließ den Motor noch einmal aufheulen, dann legte er den Gang ein und fuhr davon.

Jetzt ging es ihm besser.

3

Anton Nowak lehnte sich im Besucherstuhl zurück und verschränkte die Hände hinter dem Kopf. Zugegeben, auch wenn er der Gast im Bürgermeisterbüro war, fühlte er sich ein bisschen wie der berühmte Fuchs im Hühnerstall. Mit Bürgermeister Max Müller Geschäfte zu machen – das war ein Spaß. Die Provinzler waren so durchschaubar. Lange hatte Müllers Anruf nicht auf sich warten lassen.

Jetzt versuchte er sich, die Unterarme auf dem Tisch übereinandergelegt, staatsmännisch zu geben. Weitschweifig und ohne auf den Punkt zu kommen, erklärte Müller, warum die Gemeinde doch lieber Herrn Nowak als Pächter hätte und man die Zukunft in einer Zusammenarbeit mit ihm sehen würde und ...

»Hören S' doch auf mit dem Schmäh«, unterbrach Anton ihn ungeduldig. »I bin ned auf der Nudelsuppen dahergschwommen. Außer mir interessiert sich kein Schwein für das Lokal! Sonst würde es nicht seit fast zwei Jahren leer stehen.«

Anton ließ seinen Blick kurz zu Grabner abschweifen, der sich halb hinter dem ledernen Chefsessel des Bürgermeisters versteckte. Die beiden gaben schon ein seltsames Paar ab, wie Dick und Doof. Was sich keineswegs auf Äußerlichkeiten beschränkte.

»Ich bin nicht auf Ihre Immobilie angewiesen, ich kann mein Lokal überall aufsperren. Aber Sie, mein lieber Herr Bürgermeister, Sie brauchen mich!«

»Ach, wirklich«, entgegnete Müller mit säuerlicher Miene.

»Ja, wirklich. Was Obervellach braucht, sind good news. Mit Mord und Totschlag zieht man weder Touristen noch Investoren an. Schlecht fürs Image.« Anton schüttelte in gespieltem Bedauern den Kopf. In den letzten Wochen hatte die Gemeinde landes-, nein, bundesweit mit Mordfällen für Schlagzeilen gesorgt.

»Für die Presse ist die Geschichte von den wild gewordenen Jägern, die sich gegenseitig ans Leder wollten, halt ein gefundenes

Fressen. Hat nicht sogar die deutsche BILD-Zeitung groß darüber berichtet? ›Mölltaler Jäger im Blutrausch‹ oder so ähnlich?« Müller presste die Lippen zusammen und nickte knapp. »Und erst die Kamera-Teams!« Von ATV und ServusTV und vom ORF und auch von –«, zählte Grabner auf.

»Ja, das weiß ich!«, fuhr Müller ihm über den Mund. »Sonst interessiert sich kein Scheißsender für uns, jede noch so kleine Werbung müssen wir teuer zahlen, aber wehe, es passiert mal was! Dann kommen sie alle daher, vom Radio und vom Fernsehen und von der Presse, wie die ... wie die ...«

»Schmeißfliegen?«, schlug Grabner kleinlaut vor.

»Geier!«

Müller stand so ruckartig auf, dass er Grabner den Drehstuhl gegen den Bauch rammte. Der japste wie ein getretener Hund. Bezeichnenderweise kam Müller keine Entschuldigung über die Lippen, und es hätte Anton doch sehr gewundert, wenn Grabner eine eingefordert hätte. Dessen vorwurfsvollen Dackelblick übersah Müller.

»Was soll der Rest Österreichs von uns denken? Die müssen ja glauben, bei uns im Mölltal herrschen Zustände wie im alten Rom!«, klagte Müller.

Nicht unbedingt wie in Rom, aber wie in einem abgelegenen alpinen Graben, in dem sich noch nicht ganz herumgesprochen hatte, dass man im 21. Jahrhundert angekommen war. Den Gedanken behielt Anton wohlweislich für sich. Ihm war es ganz recht, dass die Entscheidungsträger hinter dem Mond lebten. So würde keiner auf die Idee kommen, misstrauisch zu werden und seine Motive zu hinterfragen.

»Na ja. Die Medien finden schnell ein neues Fressen. In ein paar Tagen ist das Thema vom Tisch.«

»Ihr Wort in Gottes Ohr, Herr Nowak.«

»Anders ist die Lage natürlich hier vor Ort.« Zuckerbrot und Peitsche. »Da werden die Morde Gesprächsstoff Nummer eins bleiben. Wo doch Täter und Opfer aus Obervellach kamen.«

»Die Leute reden von nichts anderem! Egal, wo man hinkommt. Da kannst narrisch werden!« Müller seufzte.

»Da kann man nichts machen«, gab sich Grabner fatalistisch.

»Als Bürgermeister habe ich schon andere Stürme durchgestanden. Da müssen wir halt durch.«

»Außer …« Anton schnalzte mit der Zunge und gab sich nachdenklich. Er runzelte die Stirn und ließ seinen Blick durch das Fenster in die Ferne schweifen. Der Köder war ausgeworfen, jetzt musste er nur noch warten. Fünf. Zehn. Fünfzehn Sekunden dauerte es, bis Müller nach diesem schnappte.

»Außer was?«

»Außer man gibt den Leuten etwas anderes, über das sie reden können. So wie bei den Medien. Ein neues Thema, um vom alten abzulenken.«

»Hm.« Müller ließ sich auf den Bürostuhl sinken.

»Sie sind der Bürgermeister. Die Leute schauen zu Ihnen auf, orientieren sich an Ihnen. Es liegt an Ihnen, diese Krise zu meistern und Führungsqualitäten zu zeigen.«

»Richtig, richtig.«

»Sie müssen beweisen, dass Sie die Lage im Griff haben, dynamisch sind und zukunftsorientiert. Keine Worte, sondern Taten. Sie brauchen ein Vorzeigeprojekt, das auch die Medien aufgreifen.«

»Wir könnten im Gemeinderat einen Unterausschuss … um Ideen zu finden −«

»Sie glauben auch noch ans Christkind, oder, Grabner? Monatelang hinter verschlossenen Türen beraten, finden Sie das dynamisch?«, spottete Anton, bevor er sich wieder auf Müller konzentrierte und die Daumenschrauben anzog: »Stehen nicht bald Wahlen an?«

»Leider.« Müller schluckte. »Hätten Sie eine Idee?«

Und ob. Anton legte seine Pläne auf den Tisch, zumindest jene Teile davon, in die er Müller einzuweihen bereit war.

»Das klingt nicht schlecht.«

»Das hat der Bürgermeister von Greifenburg auch gesagt«, bluffte Anton. Ein wenig konnte er die Daumenschrauben noch anziehen.

»Über den Pachtzins können wir noch reden«, antwortete Müller eilig.

»Das ist ein guter Anfang. Ich denke, dass sich die Gemeinde zudem an der Sanierung beteiligen sollte. Immerhin ist das Haus Gemeindeeigentum. Ich wäre ja nur der Pächter. Eine Förderung von, sagen wir, fünfzehntausend Euro sollte für den Anfang genügen.«

Grabner schnappte hörbar nach Luft. »Das ... das geht nie durch ... der Gemeinderat ...«

»Selbstverständlich ist ein Geschäft nur dann ein Geschäft, wenn beide Seiten davon profitieren, finden Sie nicht auch?« Anton fixierte Müller und ließ ein vielsagendes Lächeln um seine Lippen spielen. Unauffällig rieb er Zeige- und Mittelfinger der rechten Hand gegen seinen Daumen.

Einem Pokerspieler wie Anton entging nicht, wie sich Müller unwillkürlich die Lippen leckte. Der Bürgermeister mochte über eine gewisse Bauernschläue verfügen, mit der er in seiner abgelegenen Landgemeinde am Sessel kleben konnte. Kam es hart auf hart, hatte er keine Chance.

»Fünfzehntausend Euro, hm? Hans«, wandte er sich an seinen Schani, »geh und hol uns einen Kaffee vom Oberstbergmeisteramt drüben. Die Brühe aus unserer Maschine kann man ja niemandem zumuten, der echte Wiener Kaffeehauskultur gewohnt ist.«

Grabner schaute einen Augenblick verdutzt drein, tat dann aber, wie ihm geheißen wurde.

»Unter vier Augen redet es sich leichter. Also, was stellen Sie sich vor, Herr Nowak?«

Anton lehnte sich vor, griff sich eine Kopie des Ortsplanes und riss eine Ecke vom Blatt ab. »Ein Drittel vom ursprünglichen Pachtzins und die Förderung für den Umbau. Dafür können Sie sich das Lokal auf die Fahnen heften. Als Jugendtreff. Das kommt immer gut an: Der Bürgermeister denkt an die jungen Obervellacher«, antwortete er, während er eine Zahl niederschrieb. Drei Nullen.

Müller schaute nicht sehr begeistert drein, was Anton erwartet hatte. Mit einem breiter werdenden Grinsen schob Anton den Fetzen Papier über den Tisch.

Müller nahm ihn auf und blinzelte. »Ich verstehe nicht ganz ...«

»Das hat nichts mit dem Pachtvertrag zu tun oder mit der Sanierungsförderung durch die Gemeinde. Sehen Sie es als einen Unterstützungsbeitrag für die kommende Bürgermeisterwahl. Bar. Monatlich.«

Müller stieß einen leisen Pfiff aus. »Und was wollen Sie dafür?«

»Nicht viel. Ihre Unterstützung in bürokratischen Angelegenheiten, Sie wissen schon, Betriebsstättengenehmigung und so.«

Müller nickte bereitwillig. »Ich kenn genug Leute bei der Bezirkshauptmannschaft in Spittal. Das ist kein Problem.«

»Ach ja. Und die hinteren Räume, die würde ich gern privat nutzen. Inoffiziell.«

»Wofür? Nicht, dass ich neugierig wäre, aber das sind Abstellkammern, keine Wohnräume.«

Anton deutete auf das Stück Papier, das Müller in der Hand hielt. »Das sollte als Erklärung reichen.«

Müller betrachtete die Zahl und schürzte die Lippen. »Absolut.«

Ein kurzes Klopfen an der Tür, und Müller ließ den Zettel unter einem Aktenstapel verschwinden. Zu gern hätte Anton gefragt, was Grabner von Beruf war. Kellner war er jedenfalls keiner. So, wie er zitterte, würde man ihn eher als Alkoholiker einstufen. Mit einem deutlich hörbaren Seufzen stellte er das Tablett mit den zwei Verlängerten auf dem Tisch ab.

»Den Pachtvertrag kannst schon aufsetzen«, ordnete Müller an. »Zweihundert inklusive Betriebskosten.«

»Der letzte Pächter hat aber viel mehr —«

»Die Sanierungsförderung passt auch.«

»Aber ... aber ... Unser Budget! Der Gemeinderat wird nicht zustimmen, nicht bei fünfzehntausend Euro!«

»Der Gemeinderat stimmt gefälligst so, wie ich es sag! Der Bürgermeister bin ich!«

★★★

Das Telefon klingelte. Schon wieder.

Martin Schober sah von der Akte auf, legte den Stift weg und drehte sich mit seinem Stuhl halb herum. Kerstin Moser tat es ihm gleich, sodass sie sich jetzt gegenübersaßen. Wortlos hoben beide die rechte Faust, ließen sie dreimal auf und nieder zucken.

»Schere schneidet Papier.«

»Mist! Schon wieder verloren«, schimpfte Kerstin und griff widerwillig zum Hörer. »Polizeiinspektion Obervellach«, leierte sie hinein.

Gut, Schere-Stein-Papier war vielleicht wirklich etwas kindisch, wie der muffelige Kollege Gerhard Koller abfällig bemerkt hatte. Aber solche Rituale hatten Martins Ansicht nach etwas Verbindendes an sich – und sie halfen beim dringend nötigen Stressabbau.

»Chef! Es ist für dich«, rief Kerstin.

»Wenn's schon wieder jemand von der Presse ist, bin ich nicht da!«, donnerte Postenkommandant Georg Treichel, der gerade den Journaldienstraum betrat und den Dienstplan an die Pinnwand heften wollte.

»Der Chef sagt, er ist nicht da«, flötete sie zuckersüß ins Telefon und zwirbelte dabei eine Haarsträhne um ihren Zeigefinger.

»Ach, das haben Sie eh mitgehört. Ja, er hat eine laute Stimme, gell. Aber wie er gesagt hat, er ist nicht da ...«

Treichel rutschten die Reißnägel aus der Hand. »Kerstin!«

Mit einem Zwinkern hielt sie ihm den Hörer hin. »Scherz! Es ist eine Kollegin von der LPD.«

»Noch so eine Aktion, und du gehst drei Tag lang Fußstreife und kontrollierst die Kurzparkzone von oben bis unten!«, drohte er mit deutlich gedämpfterer Stimme, bevor er sich der Kollegin der Landespolizeidirektion widmete.

»Kaffee?«, flüsterte Kerstin Martin zu.

»Oh ja.«

»Schade, dass ich das Handy nicht parat hatte. Den Gesichtsausdruck vom Chef hätte ich gern auf einem Foto gehabt.«

Martin holte die Milch aus dem Kühlschrank. »Wenn das machst, gehst wirklich Fußstreife.«

»Manchmal komme ich mir vor wie eine Telefonistin im Callcenter! Wenn es wenigstens eine 0900er-Nummer wäre.« Sie gab ihrer Stimme einen rauchig-verruchten Klang: »Polizeiinspektion. Waren Sie ein böser Junge? Dann schicke ich den Martin mit der Rute ...«

Sie kicherte und wirkte dabei noch jünger als ihre vierundzwanzig Jahre.

»Oh Gott, hör auf! Das Bild krieg ich nicht mehr aus dem Kopf!«

Das Lachen tat gut. Martin streckte seine Beine unter dem Tisch aus und massierte sich den Nacken. Tag für Tag kehrte mehr Normalität ins Berufsleben zurück. Zwar kamen immer noch viele Anrufe neugieriger Medienvertreter und besorgter Bürger, aber es wurde spürbar ruhiger. Gott sei Dank.

»Apropos nicht aus dem Kopf kriegen: Läuft da jetzt was mit dir und der Bettina?«

»Deine Verhörmethoden solltest ein bisschen aufpolieren.«

»Quatsch. Raus mit der Sprache! Seids jetzt zusammen oder nicht?«

Gute Frage. Damals, noch zu Hauptschulzeiten, hätte er eher eine Antwort gewusst. Da war es üblich gewesen, sich spätestens nach dem ersten Kuss die Frage zu stellen: Willst du mit mir gehen? Obwohl, bis zu dieser Frage war Martin als Teenager nie gekommen, an einen Kuss von Bettina auch nicht. Jetzt war alles anders. Aber nun war er auch dreiunddreißig, und er würde sich mehr als dämlich vorkommen, Bettina zu fragen, wo genau sie mit ihrer Beziehung nun standen. Hatten sie überhaupt eine Beziehung? Sie lebten im 21. Jahrhundert, und selbst unverbindliche One-Night-Stands waren für viele nicht die Ausnahme, sondern die Regel. Wie konnte Martin da hoffen, von einem Kuss – egal, wie lange und innig – auf eine feste Beziehung schließen zu dürfen?

Klar, er erhoffte sich mehr, wollte mehr. Hatte schon immer mehr gewollt. Bettina war die Flamme seiner Jugendjahre gewesen, und als er sie diesen Sommer so unerwartet wiedergesehen hatte, war das alte Feuer sofort wieder aufgelodert. Doch was fühlte sie? War er für sie lediglich ein Flirt?

»Also?«

Martin trank einen großen Schluck Kaffee und hob die Schultern. »Wir haben uns ein paarmal getroffen, aber da ging es mehr um den Fall. Einmal waren wir wandern.«

»Hast noch kein richtiges Date gehabt mit ihr?«

emons: **Tel. 0221-56977-0 · info@emons-verlag.de**

emons: **verlag**
Cäcilienstraße 48

50667 Köln

☐ **Bitte senden Sie mir das aktuelle Verlagsprogramm zu**

☐ **Ich möchte den Newsletter von** emons: **per E-Mail erhalten**

☐ **Ich habe Interesse an Krimis aus folgender Region:**

f Besuchen Sie uns auch auf www.facebook.com/EmonsVerlag

Name

Straße

PLZ/Ort

E-Mail

Ich bin damit einverstanden, dass meine hier angeführten Daten zu dem folgenden Zweck »Versand von Kundenprospekte erhoben, verarbeitet und genutzt sowie unter Umständen an unseren Dienstleister zum Versand des angeforderten Kundenprospektes weitergegeben bzw. übermittelt und dort ebenfalls zu dem folgenden Zweck »Versand von Kundenprospekt« verarbeitet und genutzt werden. Hier werden die Daten unmittelbar nach dem Versand gelöscht. Im Fall des Widerrufs werden mit dem Zugang meiner Widerrufserklärung meine Daten gelöscht.

»Was bitte verstehst du unter einem richtigen Date?«

Kerstin verdrehte die Augen. »Ausgehen, teures Essen, Kerzenschein. Das volle Programm. Hallo? Das Ich-will-mit-dir-ins-Bett-und-drei-Kinder-haben-Programm! Oder habt ihr das übersprungen und seids gleich ab in die Kiste?«

Bettina schaffte es, ihm ein Gefühl der Unsicherheit zu vermitteln und ihn zweifeln zu lassen wie einen Siebzehnjährigen, der noch feucht hinter den Ohren war und ebensolche Träume hatte. Bei Kerstin hingegen kam er sich vor wie fünfzig. Oder siebzig. Martin fand sich selbst nicht verklemmt oder prüde, aber Kerstin überraschte ihn immer wieder mit ihrer ungehemmten, freien Art. Diese Offenheit schätzte er an ihr, immer geradeheraus, kein Blatt vor dem Mund. Außer, wenn es um sein Privatleben ging, sein Liebesleben, das zugegebenermaßen noch ausbaufähig war. Er spürte, wie seine Ohren zu brennen begannen. Würde Kerstin mit ihm demnächst Lieblingsstellungen diskutieren?

»Nein, so weit sind wir noch nicht«, antwortete er und löste damit ein weiteres Augenrollen aus.

»Willst es etwa langsam angehen lassen?«, fragte sie ungläubig.

»Du wirst nicht jünger. Wenn du in dem Tempo weitermachst, seids beide im Altersheim, bevor … du weißt schon. Und ich habe die Unterwäsche meiner Oma gesehen! Niiicht antörnend, wennst mich verstehst.«

Martin beeilte sich, das Gespräch aus der Horizontalen zu bringen. »Hast einen Vorschlag, wohin ich Bettina ausführen könnte? Für ein *echtes* Date?«

Kerstin überlegte kurz. »Ins Casino in Velden? Die haben ein tolles Menü, und es besteht nicht die Gefahr, dass sie nach dem Essen gleich heimwill. Sie muss ja ihre Jetons verspielen. Ja, mit dem Casino schindest Eindruck.«

»Sprichst aus Erfahrung?«

»Was glaubst du denn! Ich war mit dem Peter vor Kurzem unten. Im Sommer ist es besonders schön, wenn man auf der Terrasse sitzen kann.«

»Peter? Ich dachte, dein Freund heißt Joe?«

»Joe ist Schnee von gestern, und Peter erwies sich auch als Null.«

»Das tut mir leid.«

»Mir nicht. Jetzt genieße ich mein Singledasein.«

Martin wusste nicht, was er darauf antworten sollte. Er wollte nicht in offenen Wunden herumstochern, auch wenn Kerstin ihr Beziehungsende nach außen hin locker nahm.

»Dann wird's das Casino werden. Danke für den Tipp.«

»Das wird in jedem Fall ein Gewinn. Du weißt ja, Pech im Spiel, Glück in der Liebe und umgekehrt.«

Er war richtig erleichtert, als Treichel hereinkam.

»Willst auch einen Kaffee?«, fragte er ihn und sprang auf.

Treichel suchte die Kästen der Küchenzeilen nach Nervennahrung ab und fand eine angebrochene Schachtel Lebkuchen. Ob die noch von den letzten Weihnachten übrig geblieben war oder schon der Vorbereitung auf die nächsten diente, konnte Martin ablaufdatummäßig nicht eruieren. Treichel schüttete den Inhalt auf einen Teller und stellte ihn mitten auf den Tisch.

»Und was wollte die Kollegin von der LPD?«, fragte Martin.

»Einen Termin vereinbaren. Sie rücken morgen mit einem Fotografen an.«

Martin servierte Treichel seinen Kaffee. »Trag's mit Fassung. Jetzt bist es schon gewohnt, aus der Zeitung zu lachen, oder? Kommst wieder aufs Cover?«

»Du findest das wohl lustig, was?«

»Höchstens so viel«, antwortete Martin und hielt Daumen und Zeigefinger fünf Zentimeter auseinander. »Ich bin lei froh, dass du der Chef bist, das Aushängeschild vom Posten. Um nichts in der Welt würde ich mit dir tauschen wollen.«

»Immer noch besser als in ›Kärnten heute‹«, warf Kerstin ein, was Treichel nicht wirklich ermunterte.

Er hielt sich die Hand vor die Augen und ließ ein Stöhnen hören. Er hatte nur zu gern dem Bezirkskommandanten und dem Pressesprecher der Landespolizei den Vortritt gelassen, als es darum ging, Fragen zu den Obervellacher Mordfällen zu beantworten. Der hartnäckigen Reporterin des ORF-Landesstudios war er jedoch nicht ausgekommen. Sie positionierte ihn am Hauptplatz und befragte ihn vor laufender Kamera. Die neugierigen Passanten und das Wissen, ins Fernsehen zu kommen, brachten Treichel gehörig ins Schwitzen. Da die Reporterin nach der Schrift sprach, versuchte auch er, hochdeutsch zu sprechen.

Martin hatte das Ergebnis längst nicht so schrecklich empfunden wie Treichel, der gegenüber der Kollegenschaft lauthals (und im tiefsten Dialekt) schwor, sich nie wieder auf ein Fernsehinterview einzulassen.

»Ein Fototermin ist im Vergleich zum Fernsehen eh halb so schlimm«, sprach Martin ihm Mut zu. »Immer schön gerade stehen und den Bauch einziehen, dann wird das schon.«

Kerstin lachte, bevor sie sich den Zeigefinger ablutschte und begann, die Lebkuchenbrösel vom Teller aufzupicken.

Langsam zog Treichel die Hand vom Gesicht und musterte Martin. Dann lächelte er ein Lächeln, das man nur als wölfisch bezeichnen konnte. »Wenn du zum Friseur gehen willst, geb ich dir den Rest des Tages Zeitausgleich.«

Martin fuhr sich durch das dunkle Haar, das länger war, als er es üblicherweise trug. Na, in den letzten Wochen hatte er andere Sorgen gehabt, und außerdem kaschierte es seine beginnenden Geheimratsecken, wie er beim morgendlichen Zähneputzen festgestellt hatte.

»Ich werde für nächste Woche einen Termin ausmachen.«

»Geh lieber heute.«

»Auf die paar Tage kommt es jetzt auch nicht mehr an.«

Treichel trank seinen Kaffee aus und stand auf, Martin tat es ihm nach und trug sein Häferl zur Abwasch. Treichel schnappte sich noch einen Lebkuchen, hielt beim Hinausgehen jedoch inne und klopfte Martin überraschend mit dem Handrücken gegen den Bauch.

»Die wollen aber ein schönes Foto vom Lebensretter, also von dir. Und immer dran denken: Wenn's blitzt, Bauch einziehen und lächeln.«

4

Pfeif auf den Tee! Heinrich Belten schaufelte Kaffeepulver in den Filteraufsatz. Ein Extralöffel konnte nicht schaden. Was war er müde! Sein Schwiegersohn Anton war in den letzten Tagen vollauf mit den Umbauarbeiten seines neuen Lokals beschäftigt gewesen und immer spät heimgekommen. Aber statt dann wie ein vernünftiger Mensch ins Bett zu gehen, rumorte er noch ewig herum und sah viel zu lang und vor allem viel zu laut fern, etwas, was er sich nie erlauben würde, wenn Carola dabei wäre. Damit nicht genug: Flattacher konnte anscheinend riechen, dass Heinrich notorisch unausgeschlafen war. Seit drei Tagen jaulte die Kreissäge nahezu ununterbrochen. Flattacher musste gefühlt Brennholz für mindestens zehn harte Winter kleingeschnitten haben.

Heinrich sah auf die Küchenuhr. Bald halb zehn. Er deckte den Tisch und stellte das Brotkörbchen bereit. Im oberen Stock fiel eine Tür zu, wenig später war das Rauschen der Dusche zu hören. Es blieben ihm nur wenige Minuten, bis Anton in der Küche auftauchen würde.

Ein deftiges Frühstück war jetzt genau das, was er brauchte. Beim gestrigen Einkauf hatte Heinrich nicht widerstehen können und sich einen Fleischsalat geleistet. Fett und ungesund, hatte er Carolas Stimme im Hinterkopf gehört, sie aber ignoriert. Er wusste selbst, dass Fleischbrät und Mayonnaise nicht in die Vollwertküche gehörten. Aber er aß nie alles auf einmal, sondern verwendete den kostbaren Fleischsalat als Brotaufstrich. Wenn er sparsam war, langte eine solche Packung die ganze Woche.

Er öffnete den Kühlschrank und spähte hinein. Der Wurstsalat war exakt, wo er ihn versteckt hatte: hinter der silbernen Butterdose und den Tomaten unter dem Gouda im letzten Winkel des Gemüsefaches.

Schritte auf der Treppe. Antons Stimme. Er telefonierte. Seine Stimme klang gereizt.

Heinrich schnappte sich Wurstsalat, Butter und Käse zugleich und setzte sich an den Tisch.

»Was soll das heißen, der Bürgermeister ist nicht da? Ich brauch seine Unterschrift! Heute noch!« Das Handy am Ohr, goss sich Anton Kaffee ein, bevor er in den Kühlschrank spähte und ein Stück Braunschweiger fand. »Wo ist er? In Klagenfurt? Mit der Trachtengruppe?«

Beschützend legte Heinrich seine Hand auf den Wurstsalat, als sein Schwiegersohn Platz nahm, und rückte die Packung unauffällig näher an seinen Teller heran.

Antons Stimme wurde immer lauter. »Den ganzen Tag? Ja, ich weiß, dass heute der 10. Oktober ist! Was?« Er warf sein Smartphone auf den Tisch. »Geh, leckts mich doch am Arsch!«

»Problem?«

»Alles Wappler!«, schimpfte Anton. »Der Müller ist den ganzen Tag in Klagenfurt wegen einer Abwehrfeier.«

»Abwehrkampf.«

»Was?«

»Heute ist der 10. Oktober, das ist der Kärntner Landesfeiertag in Erinnerung an den Abwehrkampf und die Volksabstim—«

»Wen interessiert der Schas?«

»Wenn du nach Kärnten ziehst, sollte dir das nicht egal sein! Carola hat das in der Volksschule durchgenommen, und deine Kinder werden das auch lernen, wenn sie hier zur Schule gehen!«

»Die sollen was Gescheites lernen in der Schule! Wen juckt's denn heute noch, was mit dem Hitler im Zweiten Weltkrieg war?«

»Erster.«

»Ha?«

»Erster Weltkrieg. Die Volksabstimmung war 1920. Das hat nichts mit Hitler zu tun. Jugoslawien hat einen Teil von Kärnten geford—«

»Das ist mir blunzen! Meinetwegen hätten die Tschuschen ganz Kärnten haben können! Alles südlich vom Semmering! Die Kärntner sind so was von ewig gestrig, das haltet ja kein normaler Mensch aus!«

Dass sie Kärnten nicht aushält, hatte auch Carola gesagt. Schon vor Jahren, bevor sie nach Wien gegangen war und sich dort ein Leben aufgebaut hatte. Nur sporadisch war sie ins Mölltal heimgekehrt, seltener nach dem Tod von Mutti. Wenn Heinrich mit Carola sprach, gab sie sich stets zufrieden mit ihrem Leben in der Großstadt und schwärmte von ihrem Job in der Versicherungsagentur, in der sie noch weiter aufzusteigen hoffte, jetzt, nachdem die Kinder aus dem Gröbsten heraus waren. Als er nachfragte, wie sie sich das jobmäßig in Oberkärnten vorstellte, waren nur ausweichende Antworten gekommen.

War es wirklich in Carolas Sinn, Wien den Rücken zu kehren und nach Hause zu kommen? War Obervellach denn noch ihr Zuhause? Gut, sie genoss es, in den Sommerferien ein bis zwei Wochen hier zu verbringen; auch zu Weihnachten kamen sie ein paar Tage, damit Heinrich nicht ganz allein war. Aber würde seine Tochter auf Dauer im Mölltal glücklich werden? Bei ihm verstärkte sich der Eindruck, den er schon im letzten Gespräch mit seiner Tochter gewonnen hatte, nämlich dass allein Anton die treibende Kraft hinter dem geplanten Umzug war, während Carola und die Kinder gar nicht so begeistert davon waren. Aber was zog Anton nach Kärnten?

»Wenn du die Kärntner nicht magst, warum bist dann so erpicht, hierherzuziehen?«

»Das ist meine Sache!«

»Na, meine wohl auch. Es ist immerhin mein Haus!«

Anton knallte seine Kaffeetasse so heftig auf den Tisch, dass der Henkel abbrach. So zornig hatte Heinrich ihn noch nie erlebt. Aus bedrohlich zusammengekniffenen Augen heraus starrte er ihn an, und Heinrich musste sich in Erinnerung rufen, dass es Anton war, sein Schwiegersohn, den er seit mehr als zehn Jahren kannte, der ihm gegenübersaß. Doch in diesem Augenblick fragte er sich: Kannte er ihn wirklich? So etwas wie Angst flammte in Heinrich auf.

»Hör zu, Heinrich. Wir sind immer gut miteinander ausgekommen. Aber ich warne dich: Leg dich nicht mit mir an! Gegen mich hast ka Leiberl!«

Verdutzt starrte Heinrich auf den Frühstückstisch und bekam fast nicht mit, wie Anton aus dem Haus stürmte. Dann stand er langsam auf und entsorgte die kaputte Kaffeetasse, bevor er sich wieder niederließ. Er griff nach der Zeitung und begann sie durchzublättern, ohne ein einziges Wort zu lesen. Ein zweiseitiger Beitrag zum Landesfeiertag. Ein Foto, das in Reih und Glied aufgestellte, fahnenschwingende Mitglieder des Abwehrkämpferbundes im braunen Kärntner Anzug zeigte. Die Buchstaben verschwammen vor seinen Augen. Seine Hand zitterte, als er sich eine Scheibe Brot aus dem Körbchen nahm. In Gedanken spulte er die letzten Minuten zurück. Was war passiert? Er konnte nicht benennen, was den kurzen, aber umso heftigeren Wortwechsel ausgelöst hatte – oder um was es dabei gegangen war. Nur die letzten Sätze hörte er immer und immer wieder. Mein Haus. Leg dich nicht mit mir an. Ich warne dich. Er wollte sich doch nicht mit Anton anlegen, er wollte keinen Streit. Heinrich runzelte die Stirn. Er hatte Anton noch nie so aggressiv erlebt. Wütend und aufgebracht schon. Aber so … drohend? Ihm gegenüber? In seinem Haus, an seinem Tisch? Er zwang sich, tief durchzuatmen. Er sollte die unbedacht im Zorn geäußerten Worte Antons nicht auf die Goldwaage legen. Kein Grund, die Situation durch eine unüberlegte Reaktion seinerseits noch zu verschärfen. Der Klügere gibt nach. Er schnaufte.

Leibliche Stärkung war dringend notwendig. Mit einem vollen Magen sah die Welt immer schöner aus. Gedankenverloren zog Heinrich den Deckel vom Wurstsalat und fuhr mit dem Buttermesser in den Plastikbehälter. Er brauchte einen Augenblick, bis die Meldung von seinen Augen in seinem Gehirn eintraf. Zwei schmale Streifen Fleischwurst und gezählte drei Maiskörner schwammen in einem Rest von weißem Brei. Nicht einmal einen Teelöffel voll hatte Anton ihm übrig gelassen.

★★★

Fertig war's, sein neues Lokal. Anton stemmte die Hände in seine Hüften und sah sich prüfend um. Er nickte zufrieden. Jetzt musste nur noch Leben in die Bude kommen, aber er zweifelte keinen Moment am Erfolg.

»Wow! Ich hätte nicht gedacht, dass alles rechtzeitig fertig wird.« Michaela Penker stellte sich neben ihn und blies eine Kaugummiblase, die sie mit einem Schnalzer zerplatzen ließ.

An das ständige Wiederkäuen seiner Mitarbeiterin hatte sich Anton noch nicht gewöhnt. Die Kundschaft würde sich daran kaum stören, bei den tiefen Ausschnitten, die sie selbst bei den Aufbau- und Einräumaufgaben der letzten Tage präsentiert hatte. Obwohl nur drei Arbeiter mittleren Alters und Anton vor Ort gewesen waren, hatte sich Michaela nicht im Schlabberlook erwischen lassen. Sie bevorzugte eindeutig enge Tops und ebensolche, tief sitzende Hosen, die – wenn sie sich bückte – Stringtanga und Arschgeweih zeigten. Wie sie Anton mit einem Augenzwinkern verraten hatte, besaß sie noch weitere Tattoos.

»Alles eine Frage der Organisation«, erklärte Anton. »Man muss einfach wissen, wie man die Leute in die Gänge kriegt, und zeigen, wer der Boss ist.«

Als sie noch ein Stück näher rückte, drückte sich ihr Busen gegen seinen Oberarm. Michaela war eine echte Tuttelbergerin. Anton konnte gar nicht anders: Er schielte auf den herzförmigen Anhänger ihrer Halskette, der beinahe gänzlich in der tiefen Schlucht versunken war.

»Gefällt dir, was du siehst?«

»Sorry, meine Augen haben sich verirrt. Bei dem Einblick …«

Er sah ihr ins Gesicht und grinste.

Michaela lachte auf; ihre Stimme klang rau, vermutlich von den vielen Zigaretten. »Kein Problem. Is ja ka Safn, wird nix weniger. Weder vom Schauen noch vom Anfassen.« Sie fuhr sich durch ihre rot gefärbten, schulterlangen Haare.

Michaela war kein Topmodel, dafür war ihr Gesicht etwas zu derb geschnitten und die Nase zu breit. Das änderte aber nichts daran, dass sie Männerblicke auf sich zog. Noch mehr schätzte Anton ihre inneren Werte. Keinem Flirt abgeneigt und nicht auf den Mund gefallen, war Michaela mit ihrer frechen, anzüglichen Art die Idealbesetzung für den Job. So blöd daherreden könnte ein Tschecherant gar nicht, dass Michaela ihm nicht humorvoll Paroli bieten könnte. Selbst einer Horde geiler Teenager gegenüber würde sie sich zu behaupten und diese mit einem Schmäh in die Schranken zu weisen wissen. Ja, seine fesche, kecke Kellnerin würde Kunden aus den hintersten Gräben und den höchsten Bergbauernhöfen anziehen. Und waren sie erst einmal hier, würde Anton die Spreu vom Weizen zu trennen verstehen. Für seine *besonderen* Kunden gab es *besondere* Unterhaltung. Er zwinkerte Michaela zu. Sie besaß eine sehr, sehr direkte Art. Subtil war für sie ein Fremdwort. Seit ihrem ersten Arbeitstag flirtete sie auf Teufel komm raus mit ihm. Dass er davon geschmeichelt war, war verständlich. Er war schließlich auch nur ein Mann. Seit er die vierzig überschritten hatte, machte ihm die gefräßige Glatze zu schaffen. Dagegen konnte man halt nichts machen, hatte Carola ihn schon vor einer Ewigkeit mit einem Lachen beruhigt und ihm zum Geburtstag ein Poliertuch geschenkt, quasi als Ersatz für die Haarbürste.

Sehr wohl etwas tun könnte er gegen sein Bäuchlein. Aber obwohl er mit zunehmendem Alter etwas aus der Form geraten war, hatte er offensichtlich nichts an Attraktivität verloren. Bitte, alles, was ein Mann schöner ist als ein Affe, war nach Friedrich Torbergs »Tante Jolesch« ohnehin Luxus. Mit einem lockeren Spruch auf den Lippen und einem BMW-Anhänger am Schlüsselbund punktete man beim schwachen Geschlecht weit mehr. Warf man wie hier in der tiefsten Provinz noch eine ordentliche Portion weltmännische Gewandtheit in den Topf, war man der King. Michaela, gut zehn Jahre jünger als er, war der auf hohen Absätzen wandelnde Beweis dafür.

Sie waren allein, seit die Arbeiter sich in die Mittagspause verabschiedet hatten. Nur ganz kurz malte er sich aus, wie es wäre, wenn er Michaelas Hand nähme ... Sie sah ihm fest in die Augen. Dachte sie dasselbe? Er fuhr sich über die schütter gewordenen Haare. Bald könnte er sich die Kopfhaut tatsächlich polieren.

Sein Telefon, das er auf der Theke abgelegt hatte, klingelte. »Nowak. Servas.« Nach einem kurzen Seitenblick auf Michaela und einem ihr zugeflüsterten »ist privat« verzog sich Anton auf die Herrentoilette. »Was soll das heißen, Lieferverzögerung? Heast, Oida, verarschen kann ich mich selbst! Morgen haben wir die Eröffnungsfeier, dann muss alles stehen, sonst gibt's Zores!«

Anton ergriff die Gelegenheit, wo er schon mal hier war und sich die lahmen Ausreden seines Gesprächspartners anhören musste, um das Pissoir zu nutzen.

»Jetzt hör mal gut zu! Wir sind ja kein Pimperlverein! Morgen sind die Geräte da!«

Seinem Gesprächspartner fehlte es eindeutig an Respekt ihm gegenüber. Aber Anton wäre nicht Anton, wenn er nicht wüsste, wie er sich diesen verschaffen konnte.

»Sollen wir Drak informieren, dass du nicht wie vereinbart liefern willst? Geht's dann schneller?« Er zog sich den Hosenschlitz zu und lauschte der – nun zufriedenstellenden – Antwort. »Na also!«

Als er in den Gastraum zurückkehrte, hatte Michaela sich schon wieder einen Tschick angezündet und bot ihm auch einen an. Eigentlich hatte er sich das Rauchen ja abgewöhnt, aber Anton zögerte nicht und griff zu. Ein Laster durfte er sich durchaus gönnen. Ab morgen, wenn das Lokal offiziell seine Pforten öffnete, war damit ohnehin Schluss, zumindest hier im Gastraum.

Mit dem Tschick zwischen den Lippen zückte Anton seine Brieftasche und zählte zweihundert Euro heraus. »Hier, für dich.«

»Vorschuss auf meinen Lohn?«

»Nein, ein Bonus. Du warst in den letzten Tagen so fleißig, den hast dir verdient.«

»Wow. Danke, Toni.«

»Anton, bitte.«

Michaela faltete die Scheine zusammen und ließ sie in ihrer Handtasche verschwinden.

»Gute Arbeit gehört belohnt. Und wir beide, wir sind ein Team. Verstehst?«

Sie nickte eifrig.

Anton nahm einen tiefen Lungenzug.

Ob sie verstand, würde sich noch zeigen.

5

»Flattacher! Warte!«

Sepp hatte beinahe die Straße erreicht, als ihn Heinrich Beltens Schreie vor Schreck auf die Bremse steigen ließen. Ungläubig beobachtete er, wie der die Einfahrt entlangrannte, so schnell ihn seine in ausgeleierten Filzpatschen steckenden Füße trugen. Dabei wedelte er wild mit den Armen.

Herrgott, besaß Belten keinen anderen Pyjama? Und warum trug er den noch zur Mittagszeit?

»Hilfe! Flattacher, du musst mir helfen!«

Nun doch alarmiert stellte Sepp den Motor ab und stieg aus. Er erwartete, Flammen aus den Fenstern des Nachbarhauses schlagen zu sehen oder zumindest eine dicke Rauchsäule.

Belten hatte den Beginn seiner eigenen Hauszufahrt erreicht, umklammerte kurz den Pfosten, der die Grenze markierte und zugleich Ausgangspunkt für den Gartenzaun war, und stolperte dann weiter durch das geöffnete Tor. Nach Luft keuchend warf er sich gegen Sepps Auto. Haltsuchend umklammerte er den Reservereifen an der Hecktür, der von einer schwarzen, mit einem röhrenden Hirsch verzierten Abdeckhülle verdeckt war.

Beltens Gesicht war rot und verschwitzt, und Sepp dachte nur: Hoffentlich ist es kein medizinischer Notfall! Mund-zu-Mund-Beatmung? Niemals! Lieber ginge er zu Beltens Begräbnis.

»Flattacher«, keuchte er. »Flattacher!«

Stand er unter Drogen? Der irre Blick sprach dafür.

»Ich ... wir ... wir ... er ...«

»Jetzt krieg dich wieder ein! Was willst?«

Belten stützte sich weiter auf dem Reserverad ab, die andere Hand presste er sich seitlich an den Bauch. Wohl doch kein Herzinfarkt, eher Seitenstechen vom Marathonlauf. Bitte, die Auffahrt war keine fünfzig Meter lang. Sepp verzog höhnisch die Lippen. Sie waren in etwa gleich alt, aber was körperliche Kondition und Hirn betraf, war er Belten haushoch überlegen!

»Anton!«, brachte er schließlich heraus. »Er ... wir ...«

»Wennst jetzt nicht bald sagst, was zu sagen hast, fahr ich!«
Wurscht, ob Belten hinter dem Suzuki stand oder nicht. Entweder wich er rechtzeitig aus oder ... nicht.

Schnaufend richtete Belten sich auf. »Wir ... wir ...«

»Der Nowak und du?«

Belten verneinte heftig und deutete mit der Hand zwischen sich und Sepp hin und her.

Sepp zog die Brauen hoch und imitierte die Geste mit einem fragenden »Wir?«.

»Genau«, japste Belten. »Du und ich, Flattacher, du und ich. Wir ... wir starten unseren eigenen Abwehrkampf! Ich lass mich nicht aus meinem eigenen Haus verjagen!«

Sepp ließ ihn einen Augenblick zappeln, dann nickte er. »Gut.« Er zog die Fahrertür auf, wurde von Belten jedoch am Einsteigen gehindert.

»Ja, wohin willst denn? Wir müssen doch reden!«

»Glaubst, ich spring, wenn du rufst? Jetzt habe ich keine Zeit für deinen Schas.«

»Aber ...«

»Reden wir später.«

Ein Auto fuhr vorbei, die Lenkerin – Sepp erkannte eine Bäuerin, die noch weiter oben am Pfaffenberg lebte – bremste leicht ab und gaffte ungeniert. Auf dem Rücksitz drückte sich eine Rotzpipn die Nase am Fenster platt. Verärgert machte Sepp eine unmissverständliche Handbewegung, woraufhin die Fahrerin Gas gab.

»Dass du dich so auf die Straße traust! Wir reden, wennst ordentlich angezogen bist. Und rasiert.«

Belten schaute an sich herab und dann Sepp an. »Du musst gerade von Rasieren reden! Mit deinem grauen Strubbelbart! Du siehst aus wie ein verwilderter Einsiedler!«

»Besser ein Einsiedler als eine Wiener Bagage am Hals!« Sepp stieg ein und startete den Wagen. »Schleich di, oder ich fahr dir über deine Zachn!«, warnte er Belten noch.

Auf dem Weg hinunter in den Ort summte Sepp vor sich hin. Die letzten Tage hatte ihm Nowak quer im Magen gelegen, nun merkte er, dass sein Appetit aufflammte. Gut, dass die außerordentliche Vorstandssitzung im Restaurant Almstüberl stattfand. Noch besser, dass es Mittagszeit war. Er hatte sich ein Schnitzel redlich verdient.

Beim Einparken wurde er kurz stutzig, als er den verbeulten Toyota erkannte. Soviel er wusste, hatte Toni Brugger seinen Führerschein doch erst kürzlich abgegeben, oder? Sepp zuckte die Schultern. Das ging ihn nun wirklich nichts an. Als Aufsichtsjäger hatte er genug mit den Mitgliedern der Hubertusrunde zu tun, da konnte er sich nicht auch noch um Autofahrer kümmern, die ohne rosa Schein, dafür aber vollgetankt unterwegs waren. Um die Einhaltung der Straßenverkehrsordnung sollten sich die Obervellacher Polizisten schon selbst kümmern; die ganze Arbeit konnte er den Kieberern nicht abnehmen. Na, vielleicht würde er ihnen mal einen Tipp geben. Am besten in der letzten Novemberwoche, wenn die Gamsbrunft begann. Dann gäbe es einen Waidkameraden weniger, der durch das Revier pirschen und ihm die besten Stücke streitig machen könnte.

Die zweite Riege des Vorstandes der Hubertusrunde war im Extrazimmer zusammengekommen. Obmannstellvertreter Karl Hartmann sah von der Speisekarte auf, als Sepp eintrat. Neben ihm saßen Kassierstellvertreter Vinzenz Hinteregger und der zum Schriftführer erhobene Toni Brugger, der den Gläsern nach schon sein zweites großes Bier vor sich stehen hatte. Obwohl, bei Toni von zweiter Wahl zu reden, wäre die Untertreibung des Jahres. Er hatte per SMS zu dieser Notfallsitzung geladen – sicher im Vollrausch, denn so viele Fehler in zwei Sätzen schaffte nicht einmal der dümmste Erstklässler. Aber kein anderer im Jagdverein hatte nach dem Tod von Ernst Huber diese Funktion übernehmen wollen, und bis auf Verbrechen gegen die Rechtschreibung konnte Toni nicht allzu viel anrichten.

War es echt nur ein paar Wochen her seit Hubers Tod am 1. August? Sepp kam es wie eine Ewigkeit vor. Mit Schaudern dachte er an die letzte Jagdvereinssitzung zurück. An die misstrauischen Blicke. Die Verdächtigungen. Er rieb sich über die Stirn, um die unangenehmen Erinnerungen zu vertreiben, und setzte sich zu den anderen an den Tisch.

»Wir müssen eine Vollversammlung einberufen«, begann Karl Hartmann in seiner langsamen Art. Er verstummte, als der Kellner kam und ihre Bestellung aufnahm. Zur Feier des Tages gönnte sich Sepp vor dem Schnitzel eine deftige Knoblauchcremesuppe. Die hatte er sich redlich verdient. »Mit Vinzenz habe ich schon geredet, er würde sich als Kassier aufstellen lassen.« Als Mitarbeiter der Raiffeisenbank sollte Vinzenz das hinbekommen. Sepp nickte.

»Stellvertreter für den Kassier und den Schriftführer finden wir leichter, das ist nicht so viel Arbeit«, ergänzte Karl.

War Karl Hartmann vom Sprechtempo her ein Bummelzug, war Vinzenz Hinteregger ein ICE. »Es werden sicher alle Verständnis haben, dass wir in dieser Ausnahmesituation, ich meine, das gibt es ja nicht alle Tage, dass so viele Funktionäre auf einmal ausfallen. Auf einen Schlag. Also, quasi.«

»Ich kann es immer noch kaum glauben. Erst hat's den Ernst Huber getroffen, dann den …«, begann Toni, bevor er mit erstickter Stimme abbrach und zum Bier griff.

»Ja. Nicht zu glauben. Einfach nicht zu glauben.« Vinzenz schob sein Besteck hin und her.

»Schlimm, schlimm.« Karl nickte.

»Wisst ihr, was ich am schlimmsten finde?« Sepp wartete geduldig, bis ihn alle ansahen, bevor er ihnen seine nächsten Worte um die Ohren knallte: »Dass ihr alle geglaubt habts, *ich* bin ein Mörder!«

Toni nuckelte weiter an seinem Bier. Karl schwieg schuldbewusst, während sich Vinzenz förmlich überschlug, um Sepp zu beteuern, dass er niemals, also nie daran gedacht hätte … wirklich nicht …

Sepp beschloss, ausnahmsweise Gnade vor Recht walten zu lassen. »Ich bin ja nicht nachtragend«, sagte er.

Toni verkutzte sich an seinem Bier. So wie er spuckte und nach Luft rang, konnte man denken, dass gleich noch eine Stelle im Vorstand frei werden würde. Vinzenz versuchte sich als Lebensretter und klopfte Toni heftig auf den Rücken.

»Nachdem sich die Reihen im Verein gelichtet haben«, griff Sepp den Faden wieder auf, nachdem klar war, dass Toni überleben würde, »schlage ich vor, dass wir Reinhard Hader als Mitglied aufnehmen. Er hat schon mehrmals angesucht.«

»Das müssen wir in der Vollversammlung vorlegen und abstimmen. Wir haben ja mehrere Ansuchen vorliegen und –«, wand sich Vinzenz wie ein Aal.

Sepp hieb mit der Handfläche auf den Tisch. Das Spielchen kannte er schon! Obwohl es ihm sonst völlig am Arsch vorbeiging, wer als Mitglied aufgenommen wurde und wer nicht – Hauptsache, der Betreffende hielt sich dann an Sepps Regeln, denn als Aufsichtsjäger nahm er die Aufsicht sehr genau –, war es ihm dieses Mal ernst.

»Der Reini kommt rein.«

»Aber Sepp ...«, begann Karl. »Wir können nicht –«

»Nix aber! Der Vorstand beschließt die Aufnahme, und der Vorstand, das seid bis zur nächsten Wahl ihr!«

Nicht, dass er dem jungen Mann verpflichtet wäre. Sepp war selbstverständlich keinem Menschen etwas schuldig. Aber er vergaß auch nichts, und seiner Meinung nach hatte sich Reini die Aufnahme mehr als verdient. Punkt.

»Das seid ihr mir schuldig, meinst nicht auch, Karl?«

»Na ja, der Reini ist ein lieber Bua.«

»Nicht der Hellste«, warf Vinzenz mit einem hämischen Lacher ein.

»Gscheiter als ihr ist er allemal!«, wischte ihm Sepp das Grinsen aus dem Gesicht.

»Nehmen wir ihn halt auf«, mischte sich Toni ein. »Plätze haben wir ja jetzt genug frei.« Er begann, seine Finger abzuzählen. »Vier. Oder doch drei? Fünf?«

Gut, dass Toni nicht Kassier war.

»Abgemacht«, stimmte Karl zu.

Dass gerade der Hauptgang serviert wurde, dürfte seine Nachgiebigkeit bestärkt haben. Jeder wusste, dass bei Karls ganz persönlicher Bedürfnispyramide das Essen an oberster Stelle stand. Wehe dem, der sich zwischen ihn und einen saftigen Schweinsbraten stellte.

»Trotzdem müssen wir in aller Form darüber abstimmen«, beharrte Vinzenz, was nicht gerade für einen ausgeprägten Überlebensinstinkt sprach. »Wir müssen darüber reden! Die Aufnahme von Vereinsmitgliedern —«

Karl machte sich gar nicht die Mühe, von seinem Teller aufzusehen. »Vinzenz, merk dir, beim Essen hat deine Goschn genug zu tun.«

Erst nachdem die leeren Teller abgeräumt und drei Kaffee und ein Verdauungsschnapserl serviert worden waren, wagte es Vinzenz nach einem vorsichtigen Seitenblick auf Karl, den Mund wieder aufzumachen. »So. Bleibt noch die Frage des Obmannes.«

»Stellst dich zur Wahl?«, fragte Sepp Karl.

»Kommt nicht in Frage«, erwiderte Karl in Zeitlupentempo. »Mir hat das Gwirks in der letzten Zeit gereicht. Das soll ein anderer machen!«

»Wer denn?«, fragte Vinzenz.

»Sepp, magst nicht du …?« Karl sah ihn auffordernd an.

»Ich hab mit der Jagdaufsicht genug zu tun!« Und Sepp war nicht wahnsinnig genug, sich den ganzen bürokratischen Mist aufbrummen zu lassen. Mit Waldbesitzern über Wildschäden verhandeln? Mit der Landesjägerschaft kommunizieren? Nein, danke, mit sturen Bauernschädeln und oberlehrerhaften Funktionären konnte sich ruhig ein anderer herumärgern. Dafür war Sepp seine Zeit zu schade.

»Wen können wir denn fragen, ob er kandidiert? Der Lenzbauer Willi tät's vielleicht —«

»Bist tepat?«

»Ja, fällt dir ein Besserer ein?«, begehrte Vinzenz gegen Karl auf.

»Freiwillig wird sich niemand melden«, sprach Sepp aus, was alle wussten. »Vielleicht in ein paar Jahren, wenn Gras über die Sache gewachsen ist und keiner sich mehr das Maul darüber zerreißt, was bei uns im Verein los war.«

»Aaah!«, brach Toni unvermittelt sein Schweigen. Er stand auf und begann, seine Hosen- und Jackentaschen zu durchwühlen. Ein Schlüsselbund mit einem abgebrochenen Raiffeisen-Werbeanhänger landete auf dem Tisch, drei verbeulte Bierkappen folgten scheppernd. Beim vollgerotzten Schnaiztiachl wich Vinzenz angewidert zurück.

»Aha!« In der hinteren Hosentasche fand Toni ein x-mal ge-
faltetes Papier, das er mit einem weiteren undefinierbaren Laut –
diesmal klang es mehr nach »Haha« – vor Karl auf den Tisch legte.
»Was ist das?«, fragte Vinzenz.
Karl griff nach dem zerknudlten Zettel, entwirrte ihn bedäch-
tig und begann zu lesen. »Hm.«
»Ja, was denn?«, drängte Vinzenz aufgeregt.
»Da möchte doch jemand Obmann werden.«
»Echt?« Vinzenz riss Karl das Schreiben geradezu aus der Hand
und überflog es hastig. »Ja, aber ... aber ... das ist ...«
Ungeduldig streckte Sepp die Hand aus.
»Das geht doch nicht! Ich meine ... das ... Sepp?«
Sepp war noch mit dem Lesen beschäftigt und hörte nur mit
einem halben Ohr, wie die anderen drei diskutierten.
»Unmöglich!«, stellte Karl fest.
»Das können wir doch nicht machen, wo kommen wir denn
da hin?«, pflichtete Vinzenz ihm bei.
»So was hat es noch nie gegeben!« Karl konnte nicht aufhören,
den Kopf zu schütteln.
»Ah. Na, also. Ahm.«
»Sepp? Was sagst denn du dazu?«, verlangte Karl zu wissen,
als Sepp das Schreiben auf den Tisch legte. Ein hochoffiziel-
les Schriftstück, mit voller Anschrift, ohne Tippfehler und mit
schwungvoller Unterschrift.
»Wie es ausschaut, haben wir eine erste Bewerbung um die
Obmannstelle.«
»Ja, und jetzt?«, hakte Karl nach.
»Ich meine, das können wir doch nicht machen, oder doch?
Das geht nie und nimmer durch!« Vinzenz' Stimme nahm einen
winselnden Ton an, der an Sepps Nerven zerrte.
»Aaaah«, seufzte Toni tief.
»Können wir die Bewerbung zurückweisen?«
»Und warum, Vinzenz? Fällt dir ein triftiger Grund ein?«,
fragte Sepp. Wie erwartet verstummte Vinzenz.
»Boah.« Toni rief nach dem Kellner, der die Bestellung für
zwei Schnäpse, nein, mach drei, und einen Kaffee aufnahm.
»Wenn es keinen Ausschließungsgrund gibt, müssen wir von

unseren Statuten her die Bewerbung akzeptieren«, erklärte Karl langsam.

»Wenn das durchgeht, lacht das ganze Mölltal über uns! Erst ein Mörder, und jetzt das! Die Hubertusrunde und … und … als Obmann … Herrgott!« Vinzenz raufte sich die Haare.

»Dafür gibt's bei der Vollversammlung garantiert keine Stimme. Keine einzige!« Karl klang beinahe trotzig.

»Das haben sich schon mehr Leute vor einer Wahl gedacht! Und schau, wen die Amis jetzt als Präsidenten haben!«, widersprach Sepp.

»Ja, aber können wir nichts dagegen machen? Es muss doch möglich sein …« Vinzenz sah verzweifelt von einem zum anderen.

»Das ist Demokratie. Wer sich der Wahl stellt, kann gewählt werden.«

Vinzenz glotzte Sepp an.

»Und wissts was?«, gab Sepp ihnen Nachhilfeunterricht in Sachen politischer Bildung. »Wenn's keinen Gegenkandidaten gibt, dann kann ich euch jetzt schon sagen, wie die Wahl ausgehen wird!«

»Karl! Du musst dich zur Wahl stellen! Du bist unsere einzige Hoffnung!«

»Puh.« Toni atmete hörbar aus. »Na dann, prost!«

★★★

Ungeduldig wartete Heinrich darauf, dass Flattacher wieder nach Hause kam. Da er nicht stillsitzen konnte, beschäftigte er sich mit Gartenarbeiten, ohne wirklich etwas voranzubringen. Er war mit den Gedanken ganz woanders.

Endlich hörte er die typischen Motorengeräusche von Flattachers Geländewagen. Er musste sich dazu zwingen, nicht zum Gartenzaun zu rennen, sondern den kurzen Weg gemessenen Schrittes zurückzulegen.

»Können wir jetzt reden?«, rief er hinüber.

Flattacher ließ sich Zeit, seinen Hund aus dem Auto zu lassen; noch mehr Zeit ließ er sich dabei, zum Gartenzaun zu schlendern. Als ob ihm das Thema Anton Nowak nicht ebenso unter den Nägeln brennen würde wie ihm! Ihn konnte Flattacher nicht täuschen, ihn nicht!

»Gut schaust noch immer nicht aus, aber besser«, sagte Flattacher statt einer Begrüßung.

Heinrichs Hand zuckte hoch, um den Sitz des Hemdkragens zu prüfen. Im letzten Moment konnte er sich zurückhalten. »Bei mir ist immerhin eine Verbesserung zu bemerken, was man von dir nicht behaupten kann!«

»Also?« Flattacher stützte seine Hände am Gartenzaun ab.

»Also?«

»Du wolltest mit mir reden, also red!«

Heinrich kniff die Augen zusammen. Wenn der Flattacher glaubte, er käme als Bittsteller zu ihm, hatte er sich geschnitten! Ganz bewusst trat er noch einen Schritt näher an den Zaun heran. So nahe, dass er Flattachers Atem im Gesicht spürte. Und roch. Pfui Teufel, was hatte der mittags gegessen? Heinrich zwang sich, die Stellung zu halten.

»Du wolltest mit mir reden, wenn ich mich recht erinnere! Also mach du den Anfang«, begann Heinrich.

»Wir haben ausgeredet gehabt, als du mir die Tür vor der Nase zugeschlagen hast! Wennst was von mir willst ...«

»Pah, als ob du nicht dasselbe willst!«

Sie starrten sich an.

Flattacher kraulte sich seinen Bart.

Heinrich biss die Zähne zusammen.

»Hm.«

»Also ...«

»Der Nowak.«

»Genau. Du willst ihn genauso wenig hier haben wie ich.«

»Bei mir im Haus wohnt er ja nicht.«

Heinrich ballte die Hände zu Fäusten. »Ja, verflixt noch mal. Du hast mir deine Hilfe angeboten! Stehst du zu deinem Wort oder nicht?«

»Immer! Ich bin ja kein Pi–«

»Beleidigen lass ich mich nicht! Wenn wir zusammenhalten wollen, müssen wir uns vertragen.«

Flattacher blinzelte. Öffnete den Mund. Schloss ihn wieder. Keine Antwort.

»Ich habe es mir anders überlegt, das mit dem Haus. Weißt du, ich wollte Carola und den Kindern das Haus überlassen. Aber Anton? Er ... er ... Wir müssen uns was überlegen, wie wir verhindern können –«

»Mein Gott, stellst du dich tepat an! Sag einfach Nein! Dann ist der Fisch geputzt.«

Belten rieb sich über den Hinterkopf und wich Flattachers Blick aus. »So einfach ist das nicht.«

»Sag nicht, dass du so blöd warst und das Haus schon überschrieben hast!«

»Nein, das nicht. Aber ich habe zugestimmt, dass –«

»Dann hast es dir halt anders überlegt.«

»Du verstehst das nicht!«

»Leck Buckl! Was gibt's denn da nicht zu verstehen? Dein Haus, deine Entscheidung.«

»Ich will Carola nicht verlieren!« Heinrich strich sich mit Daumen und Zeigefinger über die Augen, die – garantiert vom Knoblauchgestank seines Gegenübers – feucht geworden waren.

»Wie sie gefragt hat, habe ich Ja gesagt. Ich kann doch jetzt nicht einfach sagen, ich hab's mir anders überlegt. Was, wenn sie mir das nicht verzeiht?« Jetzt musste er glatt Tränen wegblinzeln. Dieser doofe Knoblauch ... Selbst seine Stimme klang ihm in den eigenen Ohren ganz fremd, richtig erstickt. »Flattacher, ich bin nicht wie du! Ich kann nicht ohne meine Familie ...«

Der bärbeißige Nachbar schwieg. Dann kratzte er sich den Bart – hatten sich Flöhe eingenistet? Heinrich musste hart an sich halten, um nicht loszukichern wie ein überdrehtes Mädchen. Er wusste nicht, ob er lachen oder weinen sollte. Beides?

»Warum will deine Tochter überhaupt zurück ins Mölltal? Ich dachte, ihr gefällt's in Wien?«

»Ich glaube auch nicht, dass das von ihr ausgeht. Ich bin mir sicher: Anton ist die treibende Kraft dahinter!«

»Warum? Was will der Wiener hier bei uns? Ich meine, wir haben keinen Prater und keine Mariahilfer Straße und mit dem Steffl kann sich St. Martin auch nicht vergleichen lassen.«

»Keine Ahnung. Ich versteh es ja selbst nicht. Aber du hast sicher gehört, dass er im Ort ein Lokal aufmachen will.«

»Hm. Im Gemeindehaus östlich von der Apotheke, oder?«

Heinrich nickte.

»Das scheint dem Nowak ernst zu sein mit dem Umzug nach Kärnten«, grübelte Flattacher laut.

»Todernst.«

»Dann müssen wir ihn umstimmen.« Ein fieses Lächeln spielte um Flattachers Lippen. Ein Lächeln, das Heinrich nur allzu gut kannte, wie er mit einem Anflug säuerlicher Verbitterung feststellte. Ihm stellten sich die Nackenhaare auf.

»Das wird nicht so leicht gehen. Er ist felsenfest entschlossen und hat sich das gewiss sehr gut überlegt.«

»Meinst?«

»Ja. Immerhin nimmt er dich als Nachbarn in Kauf!«

6

»Tolles Foto!«, sprach Gerhard Martin mit vollem Mund auf das Foto an, das zwischen den Presseausschnitten mit Treichels Konterfei an der Pinnwand des Aufenthaltsraumes prangte. In Vergrößerung. Martin verzog das Gesicht und ließ sich einen Kaffee herunter. Danke, Kerstin!

Er gehörte nicht zur Selfie-Generation, die sich immer und überall selbst fotografierte; noch schlimmer war es, von einem Profi abgelichtet zu werden. Ein wenig vor, ein bisschen mehr seitlich stehen, ganz entspannt … Ha! Wer bitte konnte vor der Kamera entspannt bleiben in dem Wissen, dass das Bild am nächsten Tag in der Zeitung abgedruckt sein würde? Martin wusste nicht, wohin mit den Händen. Hinter den Rücken? Am Gürtel, in die Hüften gestemmt? Eine Hand hängen lassen oder beide? Jede Position kam ihm gekünstelt vor, und er schwitzte wie ein … na ja. Jetzt wusste er, warum Politiker auf Gruppenfotos oft so bescheuert aussahen, und ja, nun glaubte er auch, Angela Merkels von Kritikern öfters angegriffene – und vom Kärntner Landeshauptmann manchmal nachgeäffte – charakteristische Handhaltung zu verstehen.

Martin warf einen letzten Blick auf sein Foto, das jedem Betrachter sofort verriet, wie unwohl er sich gefühlt hatte. Stocksteif stand er da, mit verkrampftem Lächeln und baumelnden Armen. Wie ein Vollidiot!

Nie, nie wieder würde er sich für die Zeitung fotografieren lassen! Nur gut, dass man die Schweißperlen auf seiner Stirn nicht erkannte. Mit einem Seufzer setzte er sich an den Tisch.

»Magst auch ein Stück Sachertorte?« Ein Glück, dass er heute mit Vanessa Liebetegger Dienst hatte, die aufgrund ihrer jungen Familie nur Teilzeit arbeitete, denn Kerstin würde ihn mit dem Foto gnadenlos aufziehen.

»Schmeckt super«, sagte Gerhard und ermutigte ihn zum Zugreifen. Gerhard schnitt sich gerade ein zweites Stück ab, das vom Volumen her allerdings für drei durchgehen könnte.

»Schokolade stärkt die Nerven.« Vanessa reichte ihm einen gut gefüllten Teller weiter. »Nur den Schlag habe ich vergessen.«

»Macht nix. Die Torte ist supersaftig.«

Vanessa warf Gerhard einen skeptischen Seitenblick zu, der unschwer zu deuten war. Der grantige Gerhard, von vielen cholerischer Koller genannt, der sonst an allem und jedem etwas auszusetzen hatte, lobte die Torte? Das sollte sie vielleicht mit einem Kreuzerl im Kalender vermerken.

Martin schob sich eine Gabel voll in den Mund. »Sehr gut.«

»Gell? Meine Mutter hat ein neues Rezept ausprobiert. Willst wissen, was das Geheimnis ist?«

Martin aß rasch weiter, um der Pflicht, zu antworten, zu entgehen. Vanessas Mutter kochte und backte für ihr Leben gern, nur waren die Ergebnisse ihrer Experimente manchmal etwas grenzwertig. Was sie zusammenmischte, gehörte eher in ein Kochbuch für Schwangere und ging in Richtung Essiggurken mit Schokoladensoße. Wenn es schmeckte – so wie jetzt –, genügte es Martin; er wollte gar nicht genau wissen …

»Was? Extra Eier? Milch?«, hakte Gerhard neugierig nach. »Meine Schwiegermutter in spe macht immer eine Sachertorte, die staubt dir bei den Ohren raus! Kannst mir das Rezept für sie geben?«

Eindeutig, Gerhard wusste, wie man sich bei künftigen Schwiegermüttern beliebt machte. Martin grinste schadenfroh. Die Torte war aber wirklich gut, und so bediente sich Martin an einem weiteren Stück.

»Sauerkraut«, sagte Vanessa.

»Haha, der war gut.«

»Nein, im Ernst, Gerhard. Bei dem Rezept kommen zweihundert Gramm Sauerkraut in den Teig.«

Na, mehr war nicht nötig. Gerhards Augen wurden groß und größer – und dann spuckte er den gut gekauten, eingespeichelten Mundinhalt auf seinen Teller, direkt auf das halb gegessene Tortenstück drauf. Martin hielt die Luft an.

Vanessa nicht. »Spinnst jetzt komplett?«

»Willst mich vergiften! Sauerkraut in einer Torte?« Er stand ruckartig auf, packte seinen Teller und warf diesen samt Inhalt in die Mülltonne.

»He, das Geschirr –«

»Ich habe einen Vierundzwanziger! Wenn ich vom Klo nicht mehr runterkomm, kannst du meinen Nachtdienst übernehmen! Ich geh in Krankenstand!«

»Jetzt hör auf herumzukollern, du Choleriker, du! Von der Torte ist noch keinem schlecht geworden.«

»Ich habe einen empfindlichen Magen! Meine Verdauung –«

»Wer schreit hier herum von wegen Krankenstand?«, überbrüllte Treichel Gerhard, was dank des voluminöseren Resonanzkörpers, den er nun mal vor sich hertrug, nicht schwer war. Der Chef baute sich zwischen Vanessa und Gerhard auf und schaute, immerhin war er fast zwei Meter groß, auf den sehr viel kleineren Koller hinunter.

»In der Torte da ist Sauerkraut! Das vertrag ich nicht! Mir wird schlecht, und ich krieg Durchfall, und dann muss Vanessa meinen Dienst übernehmen!«

»Ich habe vorher auch ein Stück gegessen, und mir fehlt nichts«, wischte Treichel die Klage vom Tisch. »Wennst echt die Scheißerei kriegst, nimmst halt das Schnurlostelefon mit aufs Klo.«

»Das Telefon mit … Unmöglich!«

Treichel stemmte die Hände in die Seiten und setzte seinen ultrastrengen Blick auf, der sonst für alkoholisierte Autofahrer reserviert war. »Du sitzt ja sonst auch eine halbe Stunde auf dem Thron und spielst mit deinem Ei… Ei… dem Eierfon! Also behaupte jetzt nicht, du könntest nicht telefonieren und kacken zugleich!«

Autsch. Martin hielt sich unauffällig die Hand vor den Mund. Vanessa hatte sich zum Fenster zurückgezogen und tat, als ob sie die Aussicht in den Hinterhof ganz faszinierend fand. In der Scheibe spiegelte sich ihr Grinsen.

»Jetzt was anderes, Leitln. Heute Abend ist die Eröffnung vom neuen Lokal im Gemeindehaus, unten am Hauptplatz. ›Game over‹-irgendwas.«

»›COME OVER FELLOW‹«, korrigierte Vanessa.

»Klingt wie ein bescheuerter Friseur«, murrte Gerhard.
Ein gutes Zeichen, fand Martin: Solange er tschentschen
konnte, war er doch nicht sterbenskrank vom Kuchen.

»Es ist Englisch und heißt so in etwa: ›Komm rüber Kumpel‹«,
übersetzte Vanessa.

»So ein Blödsinn. Warum brauchen wir immer diesen eng-
lischen Quatsch! Wenn schon Kumpel, dann wenigstens auf
Deutsch. Das täte sich anbieten bei unserer glorreichen Berg-
bauvergangenheit, aber nicht dieses Kamober... Dingsbums«,
schimpfte Treichel.

»So schlecht ist es nicht. Es klingt ähnlich wie Obervellach«,
antwortete Martin.»›COME OVER FELLOW‹, komm, Obervellach. Das ist sicher ein absichtliches Wortspiel als Werbung.«

»So wie bei ›Welcome‹ und ›W-E-L-L-C-U-M‹«, feixte Gerhard.

»Ist das auch ein Lokal?«, fragte Vanessa nach und ließ sich auf
die Eckbank plumpsen.

Gerhard lief rot an.»Äh ...«

»Ist das nicht ein Puff im Gailtal?«, spekulierte Treichel mit
gerunzelter Stirn.

Vanessa zerwuzlte sich vor Lachen.»Im Ernst? Ein Puff im
Gailtal? Nomen est omen, was?«

»Mehr so ein Saunaclub«, betonte Gerhard.»Habe ich gehört. Also, Chef, was wolltest du wegen dem neuen Lokal, dem
›COME OVER‹?«

»Plumpes Ablenkungsmanöver«, stichelte Vanessa, aber Treichel zeigte sich gnädig.

Er erinnerte sich an den knallbunten Flyer, den er immer noch
in der Hand hielt und nun an Gerhard weiterreichte.»Ich werde
nicht ganz schlau daraus. Der Pächter ist ein Anton Nowak, und
es ist ein Jugendtreff oder so etwas in der Art. Ich möchte schon
genau wissen, was für Lokale wir vor unserer Haustür haben, vor
allem, wenn sie Teenager anlocken.«

Jugendschutz war Treichel mindestens ebenso wichtig wie
Sicherheit im Straßenverkehr. Die entsprechenden Schulungen
im Kindergarten und in der Volksschule übernahm er selbst. Wer
ihn als Kind bei der Abnahme der Fahrradprüfung erlebt hatte,

der vergaß bis ins hohe Alter nicht, dass er beim Abbiegen ein Handzeichen zu geben hatte oder dass die Stopptafel tatsächlich »Stopp!« bedeutete. Was Martin immer wieder erstaunte, war, dass die Kinder Treichel trotz seiner Strenge und der gnadenlos von ihm eingeforderten Einhaltung der Verkehrsregeln abgöttisch verehrten. Die Kleinen durchschauten den Postenkommandanten schnell und entdeckten den Puddingkern unter der harten Schale.

»Heute ist die Eröffnung. Da sollten wir Polizeipräsenz zeigen«, erklärte Treichel.

»Ich sag nur: Sauerkraut! Ich setze keinen Fuß vor die Tür!«, beharrte Gerhard. »Ich mache Innendienst!« Sehr viel leiser fügte er hinzu: »Wenn überhaupt.«

»Kein Problem, tauschen wir Innen- gegen Außendienst«, schlug Martin vor. »Ich übernehm das mit dem Lokal, Chef.«

»Gut.«

Als Treichel sich umwandte, blieb sein Blick an der Pinnwand hängen. »Hm.« Er trat davor und ordnete die Bilder neu an. Ganz und gar nicht unauffällig ließ er den Ausschnitt aus der »Kronenzeitung« verschwinden. Das Foto, das ihn vom Gürtel aufwärts im Profil zeigte, war nicht besonders vorteilhaft. Treichel hatte zwar gelacht, als ihn Kerstin gefragt hatte, ob der eingebaute Frontairbag nun zur Standardausrüstung bei der Polizei werden sollte, und gekontert, dass Renaulthemden (bei denen die Knöpfe verzweifelt versuchten, die Knopfleiste noch irgendwie zusammenzuhalten, und dieselbe dann das typische Rautenmuster bildete) der neueste Modetrend wären.

»Um acht fängt es an. Wir treffen uns dort.«

»Du hast ja gar nicht Dienst, Chef, schiebst Überstunden?«, fragte Gerhard und gab Treichel den Flyer zurück.

»Nein. Das ist mein Privatvergnügen. Da steht, dass der Müller die Eröffnungsrede hält.« Treichel besah das Papier und zerknüllte es dann zwischen seinen Fingern. »Und wenn unser ehrenwerter Herr Bürgermeister wo seine Finger im Spiel hat, dann schaue ich ihm wie ein Luchs auf die dreckaten Pfoten!«

★★★

Dass er auf seinem eigenen Grund und Boden herumschleichen sollte wie ein Verbrecher, stieß Sepp mehr als sauer auf. Aber nachdem Anton Nowak gestern unerwartet früh zurückgekommen und so Zeuge geworden war, wie er und Belten am Gartenzaun miteinander sprachen, mussten sie vorsichtiger sein. Wobei es ihnen gestern nicht schwergefallen war, Nowak auf eine falsche Fährte zu lenken. Kaum hatten sie sein Auto bemerkt, zuckte Belten zurück, als ob er einen Elektrozaun angefasst hatte. Für den Wiener lieferten sie eine staatsopernreife Vorstellung ab, warfen sich gegenseitig deftige Schimpfwörter an den Kopf und zogen sich dann zurück. Damit war für Nowak klargestellt: Hier am Pfaffenberg ging alles seinen gewohnten Gang.

Jetzt trafen sich Sepp und Belten wieder am Gartenzaun, und nur Beltens vorsichtige Blicke zur Straße hin zeugten vom gestrigen Schreckmoment.

»Er ist bei der Eröffnungsfeier seines Lokals«, flüsterte Belten. »Heute wird er uns nicht überraschen.«

»Was redest dann so leise?«

»Hast dir was überlegt?«, fuhr Belten in normaler Lautstärke fort.

»Wir müssen dafür sorgen, dass er im Mölltal nur noch Hundstag hat und sich gern zurück nach Wien verzupft.«

»Und wie machen wir das konkret?«

»Wir vergraulen ihn! Wir sekkieren ihn bis aufs Blut, bis er freiwillig geht!«

»Das hast bei mir auch probiert, und ich bin immer noch da!«, schnappte Belten.

»Blödsinn. Wenn ich dich ernsthaft hätte vergraulen wollen, wärst schon vor Jahren weggezogen!«

Belten schnaufte. »Ich sag dir nur eines: Meinen Garten rührst du nicht an! Du schneidest mir keinen einzigen Ast mehr ab, und wenn du nur eine Rose köpfst … dann … dann …«

Sepp sah unwillkürlich zum Nussbaum hinter Beltens Haus hin. In voller Pracht stand er da. Na, der Baum hatte die drei rostigen Nägel wohl gut weggesteckt, die Sepp vor nicht allzu langer Zeit in einer Nacht-und-Nebel-Aktion eingeschlagen hatte.

»Krieg dich wieder ein! Wir wollen ja den Nowak vertreiben, und dem sind deine Blumen wurscht. Da müssen wir uns schon was anderes einfallen lassen.«

»Wir könnten ihm seinen Angeberschlitten zerkratzen! Allerdings hat er Vollkasko.«

Sepp schüttelte ungeduldig den Kopf. Auf Beltens Schnapsideen brauchte er gar nicht erst zu zählen. Er zerbrach sich den Kopf.

»Flöhe«, stieß Sepp zwischen den Zähnen hervor. »Bettwanzen! Das treibt ihn garantiert aus dem Haus!«

»Was?«

»Ungeziefer im Bett!« Sepp überlegte, wie er das am besten umsetzen könnte. Es war ja nicht so, dass er einen Sack Flöhe zu Hause hatte. »Wo kriegen wir Bettwanzen her ...«

»Das würde dir so passen, mir Ungeziefer ins Haus schleppen! Nimm dir einen Hammer und schlag dir das aus dem Kopf!«, zeterte Belten.

»Wenn du den Nowak aus deinem Haus verjagen willst, wirst schon Opfer bringen müssen!«

»Ich will ja gar nicht wissen, wie versifft deine Bude ist! Kein Wunder, dass sich dein Hund ständig kratzt!«

»Mein Akko hat keine Flöhe!«

»Da wäre ich mir nicht so sicher! Und wenn er welche hat, hast du sie garantiert auch schon. Guck, du kratzt ja schon wieder an deinem Bart!«

Sepp riss seine Hand vom Gesicht. Flöhe? Er hatte keine Flöhe. Und Akko schon gar nicht. Die Herumfummelei am Bart war nichts weiter als eine Angewohnheit. Er schnaufte.

»Dann streuen wir ihm halt Juckpulver ins Bett, dass er glaubt, es wären Flöhe und Wanzen«, gab Sepp nach, fest entschlossen, die Idee mit dem Ungeziefer keineswegs fallen zu lassen. Die könnte er aus dem Ärmel ziehen, wenn der Piefke gar nicht mehr damit rechnete. Was für den Nowak recht war, war für den Belten nur billig.

»Ja, das können wir machen, auch wenn es kindisch ist. Noch was?«

»Du könntest dich auch am Denkprozess beteiligen. Wenn du

könntest«, giftete Sepp. »Parkt Nowak immer unter dem Apfel-
baum?«

»Ja, wieso?«

»Hm.« Sepp gönnte ihm keine Antwort, sondern dachte weiter nach. Ihm fiel einiges ein, aber er war sicher, dass Belten seine
Vorschläge ebenso zurückweisen würde wie die geniale Idee mit
den Wanzen.

Belten warf seine Gesichtszüge in Denkerpose. Dann erlitt er
anscheinend einen Geistesblitz: »Ich will ihm ordentlich in die
Suppe spucken!«

»Darum geht's ja. Nur wie machen wir es?«

»Nein, ernsthaft. Ich werde ihm in die Suppe spucken. So
richtig. Ich habe es satt, dass er mir ständig den Kühlschrank
ausräumt! Nie kauft er ein, und dann frisst er ausgerechnet die
Sachen, die mir heilig sind!« Belten steigerte sich richtig rein in
seine Wut.

»Spucken? Und was soll das bitte bringen?« So weit hatte der
Herr Nachbar wieder nicht gedacht.

»Pffh!«

»Wobei … so schlecht ist die Idee gar nicht.«

»Mit der Spucke?«

»Mit der Suppe! Wir könnten ihm was ins Essen mischen.«

Belten runzelte die Stirn. »Vergiften will ich ihn nicht! Ich
bin kein Mörder!«

»Du schaust wohl zu viel Tatort!«, schimpfte Sepp entnervt.

»Tatort ist gut! Vor allem der aus Münster, richtig lustig.«

»Konzentrier dich! Wir mischen ihm was ins Essen …«

»Was denn, Wanzen und Flöhe?«

»Nein, aber Flohsamen wären was. Ein Abführmittel …«

»Rizinusöl!«

»Geh, du Depp, das merkt er doch!«

Belten klopfte mehrmals mit seinem Fuß auf. »Ich werde in
der Apotheke fragen, was es da gibt.«

»Sagst am besten gleich dazu, dass du es deinem Schwiegersohn unterjubeln willst und ihm richtig schlecht werden soll.
Ma, bist du tepat!« Sepp hätte seinen Nachbarn am liebsten über
den Zaun hinweg gepackt und kräftig durchgeschüttelt. »Wenn

der Nowak Durchfall bekommt, rennt er doch als Erstes in die Apotheke! Wenn die eins und eins zusammenzählen …«

»Aber …«

»Beschränk du dich aufs Suppespucken und überlass mir das Denken! Hast du einen robusten Rechen? So aus Eisen?«

»Ja, wieso?«

»Belten, wennst noch einmal tepat ›wieso‹ fragst, leg ich dir eine auf!«

»Wieso?«

7

»Mir reicht's, ich gehe«, stellte Treichel nach einem Blick auf
seine Uhr – es war einundzwanzig Uhr dreißig – fest. »Wie ein
Möchtegern-Politiker so lang reden und nix sagen kann, werde
ich nie kapieren.«

Zwischen Bürgermeister Müller und dem Postenkommandanten herrschte Schlechtwetterlage, was nicht nur Treichels
Kommentar verriet. Geradezu krampfhaft versuchten sie, sich
zu ignorieren, um vor den Leuten den Anstand zu wahren.
Martin nickte. Er hatte während Müllers Rede auch mehrmals
gähnen müssen. Freizeitangebot gerade für die Jugend. Wieder-
belebung des Ortszentrums. Zukunftsorientiertes Denken. Dy-
namische Politik. Bla, bla, bla. Müller war wohl schon in Wahl-
kampflaune.

Vor allem aber hatte er von einer neuen Familien- und Jugend-
politik in der Gemeinde geschwafelt und wie sehr ihm die Kinder
und die Jugend doch am Herzen liegen würden. Da fragte man
sich schon, warum er in den letzten eindreiviertel Amtsperioden
die Hände in den Schoß gelegt und entsprechende Vorschläge
anderer Parteien – vor allem jene seiner größten Konkurren-
tin Veronika Schwarzenbacher, die ihm bei der letzten Wahl
stimmenmäßig schon verflixt nahe gekommen war – torpediert
hatte. Mit dem »COME OVER FELLOW« hatten die jungen und
jung gebliebenen Mölltaler von Montag bis Samstag ein weiteres
Freizeitangebot vor Ort. Und für einen Kino- oder Discobesuch
in Spittal gab es in der Ferienzeit weiterhin die sogenannte Mölltaler Nightline als Busverbindung. Müller hatte dann noch mit
ein paar Zahlen zum Tourismus herumgeworfen, der vom Lokal
natürlich auch profitieren sollte.

Was Treichel mit einem erfreuten Lächeln quittiert hatte, war
die Ankündigung des Pächters Anton Nowak, dauerhaft drei
antialkoholische Getränke zu einem günstigen Preis anzubieten.
Spaß sollten die jungen Leute hier haben und sich nicht sinnlos
ansaufen, hatte Nowak betont. Wie ein prüfender Rundumblick

zeigte, hatten zwar so manche Erwachsene ein Bier in der Hand, die meisten Teenager jedoch antialkoholische Getränke.

Martin konnte sich schon vorstellen, dass Billard, Balanka und Dartautomat zogen. Vier nicht mehr ganz so jugendliche Burschen drängten sich eben um einen quadratischen Tisch, in dessen Platte ein Mensch-ärgere-dich-nicht-Spiel eingearbeitet war, und würfelten auf Teufel komm raus. Er schlenderte zu den an der Längswand aufgereihten Terminals, die verschiedene Videospiele anboten. Vor den besonders interessanten Games hatten sich kleine Menschentrauben gebildet. Die Faszination für die lauten, rasanten Videospiele konnte Martin allerdings nicht teilen.

Er wollte gerade von seinem Spezi trinken, als ihm von hinten auf den rechten Oberarm geklopft wurde. Kräftig genug, dass der Schluck statt in seiner Kehle auf seiner Hand und der Manschette seines Uniformhemdes landete.

»Hi, Martin, du auch hier?« fragte Reini Hader mit lauter Stimme und gesellte sich zu ihm. »Bist im Dienst?

Reini war schon Mitte zwanzig, aber Martin wäre dafür gewesen, den Jugendschutz auszudehnen und ihm Alkoholverbot zu erteilen. Er war sich sogar sicher, dass er damit bei Reinis Schwester Bettina ein paar Pluspunkte sammeln könnte. Nicht umsonst rief sie ihn gern Heini.

»Im Dienst? Wie kommst denn darauf?«, gab er trocken zurück. Er trug seine Uniform samt Dienstkappe und Einsatzgurt mit Funkgerät und Pistole.

Reini runzelte die Stirn. »Ähm … war nur so eine Frage … Cooles Lokal, was?«

»Wie viel Bier hast denn schon intus?«

»Das ist mein erstes, schwöre!« Reini blickte zu den Automaten und rieb sich heftig die Nase. Das war wohl der Pinocchio-Effekt.

»Du fährst aber nicht mehr selbst mit dem Auto heim.« Die Pluspunkte bei Bettina konnte er streichen, wenn er Reini den Führerschein abnehmen musste.

»Natürlich nicht. Ich bin mit Freunden da.« Reini wies auf drei junge Männer am Dartautomat. »Michi ist unser Fahrer, der trinkt nur Tschapperlwasser.«

»Michi Thaler kenne ich«, erwiderte Martin. »Wer sind die anderen beiden?«

»Justin und Kevin Staller. Das sind Brüder.«

Man konnte die beiden glatt für Zwillinge halten. Beide groß und kräftig und mit dem Alkoholpegel eindeutig schon über dem Level der Fahrtüchtigkeit. Der designierte Fahrer Michi stand mit einem großen Glas verdünntem Himbeersaft daneben und machte im Vergleich zu seinen angeheiterten Freunden einen weit weniger fröhlichen Eindruck. Klar, nüchtern fand man nur die Hälfte der Witze lustig, die angetrunkene Männer zum hysterischen Brüllen brachten.

»Sie sind nicht von Obervellach, oder?«

»Nein, aus Rangersdorf. Meistens sind sie aber auswärts, weil sie bei der Strabag arbeiten und unter der Woche in Tirol sind, beim Brennertunnel.«

»Hm.«

Viele Mölltaler arbeiteten aufgrund des mangelnden Angebots an geeigneten Jobs in der Region auswärts, viele im Straßen- und Tunnelbau mit seinen guten Verdienstmöglichkeiten. Das bedeutete, dass sie nur am Wochenende nach Hause kamen. Geschätzt wurde auf den Großbaustellen zudem die Möglichkeit zur Dekadenarbeit, wo nach zehn Arbeitstagen in der Regel vier freie Tage lockten und sich die lange Heimfahrt auszahlte. Da Mittwoch war, tippte Martin im Fall der Staller-Brüder auf letztere Version.

Reini gesellte sich wieder zu seinen Freunden. Das Dartspiel gewann Kevin Staller, er riss die Arme in Siegerpose hoch und brüllte: »Wer ist der King? Yeah!«

Martin wunderte sich nicht. Anscheinend gehörten die Burschen zu jenem nicht nur im Mölltal anzutreffenden Typ von Hacklern, die unter Tage wie die Tiere arbeiteten und an den freien Tagen zu Hause so richtig die Sau rausließen. Nachdem sich Kevin von seinen Freunden ordentlich auf die Schulter hatte klopfen lassen, machte er sich in schwankendem Seemannsgang auf zur Theke, um drei Fläschchen Jägermeister zu holen.

Zeit zu gehen. Er leerte sein Glas und brachte es zurück zur Theke. Mehr aus Neugierde denn aus Drang beschloss Martin, noch einen Abstecher zu machen. Seine Mutter hatte die Angewohnheit, in jedem Gasthaus vor dem Essen erst mal die Toiletten zu inspizieren – ganz nach dem Motto: Wenn das Klo nicht sauber war, wie sah es dann erst in der Küche aus? Nun, ihm ging es weniger um die Sauberkeit der WC-Anlagen, als darum, einen Blick hinter die Fassade zu werfen.

Daher kehrte er nach dem Toilettenbesuch nicht sofort in die Gasträume zurück, sondern sah sich um. Im Gang stapelten sich an der Wand entlang Kartons mit Getränken und Gläsern. Angesichts der Bierkisten fragte er sich, wann er die erste Anzeige wegen »Selbstbedienung durch jugendliche Gäste« würde aufnehmen müssen. Er folgte dem Gang, bog um eine Ecke und fand sich vor einem bodenlangen, dicken Vorhang wieder. In der Erwartung, er wäre eine Art Raumteiler und er würde dahinter einen als Abstellraum dienenden Gangabschnitt finden, zog er ihn zur Seite.

Martin stieß einen leisen Pfiff aus. Eine grundsolide Sicherheitstür mit einem elektronischen Türschloss, über das per Zahlenfeld ein Code eingegeben werden konnte. Schlüsselfreie Zugangssysteme erfreuten sich bei modernen Einfamilienhäusern zunehmender Beliebtheit, und bei einer Eingangstür hätte er auch die mit dem Schloss kombinierte Türsprechanlage – inklusive Kamera – erwartet. Eindeutig State of the Art, wie Technikfreak Gerhard wohl gesagt hätte.

Martin drückte den Klingelknopf, lauschte und wartete ein paar Minuten. Durch die massive Metalltür war nichts zu hören. Er ging zurück in die Gasträume.

Anton Nowak stand hinter der Theke und zapfte Getränke; die Kellnerin kämpfte sich mit einem Tablett bewaffnet durch die Menge und sammelte leere Gläser ein. Martin fing sie ab.

»Viel los, was?«

»Hoffentlich bleibt es so«, antwortete sie mit einem Lächeln und strich sich eine Haarsträhne zurück. »Es sieht aber gut aus.«

»Hm, ich will nicht schon am Eröffnungstag lästig sein, aber die vollen Getränkekisten sind im Gang nicht gut aufgehoben. Von wegen Kriminalprävention, und auch vom Jugendschutz her könnte es Probleme geben, wenn zu junge Gäste an Alkohol herankommen.«

»Oh.«

»Gibt's hier denn keine Lagerräume?«

Sie schüttelte den Kopf. »Nicht wirklich. Aber im Gang sind bereits Regale geplant.«

»Versperrbare Kästen wären besser, zumindest für den Alkohol.«

»Ich werd's dem Chef ausrichten. Sorry, ich muss weiter.«

»Nur eine Frage noch, reine Neugierde. Die Sicherheitstür im Gang, wohin führt die?«

»Zum Heizraum, soviel ich weiß. Ich war aber nie drin.« Sie warf ihm einen letzten entschuldigenden Blick zu und eilte weiter.

Martin nahm die Dienstkappe ab, rieb sich über das – endlich wieder – kurz geschnittene Haar und setzte sie auf. Dann verließ er das »COME OVER FELLOW«.

»Du, Gerhard, hast eine Minute?«, wandte er sich, kaum zurück auf der Polizeiinspektion, an den Kollegen.

Im Gegensatz zu Martin, der erst sechs Monate in Obervellach Dienst tat, war Gerhard seit fast fünfzehn hier und kannte die Verhältnisse vor Ort.

»Wenn's nicht länger dauert. Mich pressiert's schon wieder, Scheiß-Sauerkraut!«

»Ich glaub, im neuen Lokal ist was faul. Ich habe im Gang eine Sicherheitstür gefunden, mit allem Pipapo.«

Gerhard winkte ab. »Ein alter Hut. Die Tür hat noch der spinnerte Vorbesitzer eingebaut, der Schnaps-Franzi. Der war total durch den Wind, richtig paranoid. Mit dem haben wir ganz schön was mitgemacht, bevor sie ihn endlich ins Heim gesteckt haben.«

Martin runzelte die Stirn. »Es kommt mir nur komisch vor, dass –«

»Pass du ein paar Minuten aufs Telefon auf, ich muss schon wieder aufs Häusl.«

★★★

»Die Bettwäsche könntest auch mal wechseln, Heinrich«, maulte Anton und kratzte sich durch den klaffenden Spalt seines weißen Frotteebademantels ausgiebig die Brust. Heinrich kniff die Augen leicht zusammen, um das auf der Brusttasche eingestickte Logo eines bekannten Wellnesshotels leichter entziffern zu können.

»Die Bettwäsche habe ich erst vorgestern frisch aufgezogen.«

»Echt? Was nimmst für ein Waschpulver?« Anton ging dazu über, mit beiden Händen seine untere Rückenpartie zu bearbeiten.

»Hier, Kaffee, damit munter wirst.« Mit einem wahrhaft von Herzen kommenden Lächeln stellte Heinrich ihm die Tasse hin. Wer sagt denn, dass man nur in Suppe spucken kann? »Wie läuft es mit deinem Lokal?«

»Gut, was sonst? Ich versteh mein Geschäft!«, antwortete Anton übellaunig und rieb sich den linken Unterarm, der schon ganz rot war. »Du, probier mal ein anderes Waschpulver. Heast, mich juckt's überall!«

»Ach wirklich?«

»Ja, wirklich!«

»Also mir fehlt nichts.«

»Schön für dich!« Anton trank seinen Kaffee in einem Zug aus, stand auf und schenkte sich nach. Als er sich unfein an einer etwas intimen Körperstelle zu kratzen begann, wandte sich Heinrich diskret ab. Er musste sich auf die Lippe beißen, um sich nicht zu verraten. Aus den Augenwinkeln beobachtete er, wie sich Anton weiter heftig die Haut abzuschälen versuchte.

»Hast dir ... was geholt? Weil es dich so juckt?«

»Was denn, bitte schön?«

»Sackläuse?«

»Was?« Antons Stimme überschlug sich förmlich.

»Wäre ja möglich. Guck zur Sicherheit nach«, rief er ihm hinterher, als Anton aus der Küche hetzte.

Heinrich presste sich die Hand auf den Mund, um nicht laut loszuprusten. Eins zu null für das Team Belten-Flattacher.

Er frühstückte in Seelenruhe, während Anton auffällig lange duschte.

»Ich habe keine Läuse!«, maulte er, als er – in einen Anzug gekleidet – wieder in die Küche kam.

»Na ja, hätte ja sein können. Ich hoffe nur, dass es nicht wieder Bettwanzen sind.« Heinrich runzelte in gespielter Sorge die Stirn. »Mit denen hatte ich hier im Haus schon oft Probleme. Ich werde den Kammerjäger anrufen müssen, schon wieder. Dieses Ungeziefer ist noch hartnäckiger wie der Schimmel, der kommt im ersten Stock auch immer wieder durch. Sehr lästig und auch schlecht für die Gesundheit.«

Anton wusste darauf keine Antwort, sondern packte seine Sachen und verließ das Haus. Heinrich starrte auf die Küchenuhr. Keine vier Minuten dauerte es, und sein Schwiegersohn stand schwer atmend wieder in der Küche.

»Hast du etwas vergessen?«

»Du!« Anton deutete mit dem Zeigefinger auf ihn. »Mein BMW hat einen Platten! Und du … du bist schuld!«

»Ich?«

»Los, komm mit! Ich zeig's dir!« Anton packte ihn grob am Arm und zerrte ihn mit sich ins Freie.

Tatsächlich, der schöne BMW hatte einen platten Hinterreifen. Na so was. Heinrich hielt sich die Faust vor den Mund und hüstelte.

Anton bückte sich und hob einen Rechen auf, den er Heinrich anklagend unter die Nase hielt. Ein paar der langen, eisernen Zähne waren verbogen. »Hast dafür eine Erklärung?«

»Ah, du bist über den Rechen gefahren. Daher der Platten. Verstehe. So ein Pech. Na, typisch für einen Freitag, den 13. Ein Unglückstag«, gab sich Heinrich bedauernd.

»Du bist schuld! Du und dein gschissener Rechen! Du hast ihn da liegen gelassen!«

»Oh. Wie dumm von mir.«

Antons Augen verengten sich, und sein Unterkiefer schob sich vor. »Hast du das mit Absicht gemacht?«, fragte er und schwang den Rechen. Drohend.

Heinrich wich zurück. »Aber nein, das hätte ich nie getan«, beeilte er sich, aus der Angriffslinie zu kommen. »Ich muss ihn versehentlich liegen gelassen haben.«

»Bist sicher? Mir kommt das schon verdächtig vor, dass der Rechen ausgerechnet da liegt, wo ich immer parke!«

Heinrich sah ihn aus – hoffentlich – unschuldig wirkenden Augen groß an. »Ich räume meine Gartensachen sonst immer gewissenhaft weg. Das weißt du doch!«

Das kaufte ihm Anton ab, zumal er sich schon des Öfteren über Heinrichs preußische Gründlichkeit lustig gemacht hatte. Was gab es über Ordnung und Gewissenhaftigkeit zu lachen? Das waren keine Laster, sondern Tugenden, auf die Heinrich stolz war.

Schließlich flackerte Antons misstrauischer Blick zum Nachbarhaus. »Dem Flattacher traue ich das zu …«, murmelte er mehr zu sich selbst.

Heinrich nickte hastig. Er sah keinen Grund, Flattacher vor Anton in Schutz zu nehmen. Sollte Anton wirklich hinübergehen und Flattacher zur Rede stellen, würde der sich schon zu wehren wissen. Und wenn Flattacher eines mit dem Rechen übergebraten bekam, würden Heinrich deswegen auch nicht mehr graue Haare wachsen. Er rieb sich die linke Wange.

»Dem ist alles zuzutrauen. So einen Nachbarn wünscht man seinem ärgsten Feind nicht!« Heinrich legte eine bedeutungsschwere Pause ein. »Wenn ich vorher gewusst hätte, was für ein irrer Typ das ist, ich hätte mit Mutti nie dieses Haus gekauft!«

»Der Sauhund!«

»Der macht einem das Leben zur Hölle auf Erden! Bist sicher, dass du dir und den Kindern und Carola das antun willst?«

Anton umklammerte den Rechen mit beiden Händen. »Mit dem werde ich schon fertig. Der wird mich noch kennenlernen!«

Heinrich malte sich aus, wie so ein Showdown aussehen könnte: Anton Nowak mit dem Rechen, Sepp Flattacher mit Gewehr und Hund. Hm. Auf wen würde er da wetten? Einerlei, es würde immer den Richtigen treffen. Heinrich würde sich genüsslich an den Stamm seines Apfelbaumes lehnen und beobachten, wie sich die beiden gegenseitig die Köpfe blutig schlugen. Leider wurde er unsanft aus seinen Phantasien gerissen.

»Leih mir dein Auto!«

»Wieso?«

»Weil ich einen wichtigen Banktermin mit dem Bürgermeister habe! Du bist eh zu Hause, also schick ich nachher den ÖAMTC rauf zum Reifenwechseln.«

Widerstrebend händigte Heinrich ihm seinen Autoschlüssel aus. Als einziger Trost blieb, dass der BMW-verwöhnte Nowak sich mit seinem altersschwachen Ford Fiesta genieren würde, sofern er ihn überhaupt zum Laufen brachte. Tatsächlich benötigte Anton drei Versuche, bis der Motor unter lautstarkem Protest ansprang.

Heinrich wartete noch ein paar Minuten, dann schlenderte er seine lange Auffahrt entlang auf die Straße, um dann den ebenso weiten Weg auf dem Nachbargrundstück zurückzulegen, bis er an Flattachers Tür klopfen konnte. Die Luftlinie zwischen ihren Häusern betrug keine fünfzehn Meter, doch aufgrund der länglichen Grundstücke zogen sich die Zufahrten. Eine Idee wäre …

Die Haustür wurde abrupt aufgerissen. Mit Akko an der Seite stand Flattacher vor ihm.

»Und?«

»Es hat geklappt! Wir haben Anton ordentlich in die Pfanne gehauen!«

»Hab ich dir ja gesagt. Das ist a Hetz, was, wenn man so einem Vollkoffer mal richtig zeigt, wo der Bartl den Most holt.« Flattacher hieb sich mit der Faust in die offene Fläche der anderen Hand und grinste hämisch.

Heinrich nickte zögernd und mit dem dumpfen Gefühl in der Magengegend, dass Flattacher nicht zum ersten Mal Grund zur hellen Schadenfreude hatte – wobei sonst er und nicht Anton Zielscheibe seiner bösartigen Attacken war. Wie oft hatte sich Flattacher schon auf seine Kosten so ins Fäustchen gelacht?

»Wir sind jetzt in einem Team«, erinnerte Heinrich ihn. »Vereint gegen Anton. Du kennst doch das Sprichwort: Der Feind meines Feindes ist mein Freund.«

»Was?«

»Der Feind meines Feindes … Also, wir sind jetzt Freunde, oder?«

»Wie bitte?«

»Zumindest sind wir auf dem Weg dorthin, oder?«

Flattacher verschränkte die Arme vor der Brust, sagte aber nichts.

»Oder?«, bohrte Heinrich hartnäckig nach.

»Schau ma mal, dann seh ma schon«, murmelte Flattacher.

Na, ging doch! Heinrich lächelte. So ein Brummbär! Es würde ein langer Weg werden, das war Heinrich klar. Doch der Klügere gibt nicht nur nach, sondern reicht auch als Erster die Hand.

»Ein Kaffee wäre jetzt schön.« Er lächelte Flattacher ermunternd an und machte einen Schritt nach vorne.

»Dann geh heim und koch dir einen!«

Ein paar Atemzüge lang starrte Heinrich das raue, verblichene und teils abgesplitterte Holz der massiven Tür an, die Flattacher mit einem lauten Knall ins Schloss hatte fallen lassen.

Oje. Das würde ein langer und sehr steiniger Weg werden.

8

»Was erhoffst du dir, Martin? Glück im Spiel oder Glück in der Liebe?«

Bettina nahm betont langsam auf einem der Barhocker an der Theke Platz und schlug ein Bein über das andere. In ihrem ultrakurzen Minikleid war sehr viel Bein zu bewundern. »Dressed to kill«, lautete ihr Motto.

»Warum nicht beides?«, antwortete Martin diplomatisch. Er blieb neben ihr stehen, einen Unterarm auf die Theke gestützt. Ihre glänzende Strumpfhose zog seine Augen geradezu magnetisch an. Oder trug sie Strümpfe? Martin schluckte. Die Krawatte erschien ihm auf einmal viel zu eng.

»Du Draufgänger!«

Ihr kehliges Lachen ließ sein Herz schneller schlagen.

»No risk, no fun.« Bitte, eine angemessen coole Antwort. Sie griff nach der Getränkekarte und studierte das Angebot, was Martin die Möglichkeit gab, sie ungeniert zu bewundern. Kerstins Tipp mit dem Casino in Velden erwies sich als goldrichtig. Das mehrgängige Dinner war ausgezeichnet gewesen, und obwohl Martin bei den nobel angerichteten Portionen erst so seine Zweifel gekommen waren, hatte er den Tisch dann doch satt verlassen. Wichtiger war ihm aber ohnehin der Eindruck, den es bei Bettina hinterließ.

»Zu so einem Abend gehört ein dekadenter Cocktail, meinst du nicht auch? Kalorienzählen kann ich ab morgen wieder.«

»Blödsinn. Deine Figur ist doch perfekt.«

Bettina fuhr sich über die Hüfte und warf ihm unter halb gesenkten Lidern einen neckischen Blick zu. »Findest du?«

»Da will wohl jemand Komplimente fischen.«

»Frau tut, was sie kann«, gab Bettina schelmisch zurück. »So ein hautenges Kleid verzeiht keine Sünden. Da zeichnet sich jedes Röllchen ab.«

Martin neigte sich leicht zurück und musterte sie von oben bis unten. »Ich bleibe dabei. Perfekt.«

Bettina lachte. »Dafür spendiere ich dir einen Drink.«

»Für mich nur ein Wasser«, lehnte Martin ab. »Ich muss ja noch fahren.«

»Nein, nein! Wenn schon kein Alkohol, dann wenigstens ordentlich Kalorien. Allein macht Sündigen doch keinen Spaß!« Der picksüße Cocktail, den er sich von ihr aufschwatzen ließ, irgendetwas mit Kokosnuss, traf nicht ganz Martins Geschmack. Aber er trug es mit Würde – nachdem er schleunigst das neckische Schirmchen mit Ananasstück und Kirsche losgeworden war.

»Danke für die Einladung.« Bettina hob ihr Glas, und sie stießen miteinander an.

»Du hast es verdient, ein richtiges Date, meine ich.«

»Bei dem speziellen Datum werden wir es auch nicht so schnell vergessen, oder?«

Freitag, der 13. Ob sie das mal ihren Enkelkindern erzählen konnten?

»Oh, wie schön«, seufzte sie, als sich der Pianospieler an die Arbeit machte. »Livemusik.«

Sie drehte sich auf ihrem Barhocker halb herum, sodass sie sich mit dem Rücken an Martin lehnen konnte. Nur zu gern rückte er näher an sie heran. Und als eine besonders romantische Melodie erklang – er hatte keine Ahnung, um welches Stück es sich handelte –, schlang er einen Arm um Bettina.

»Wo sollen wir zuerst unser Glück versuchen?«, fragte sie, nachdem sie ihre Gläser geleert hatten. »Oder machen wir zuerst einen Verdauungsspaziergang?«

Sie hakte sich bei ihm unter, und sie schlenderten durch das Casino. Neugierig, wie sie war – »ich will alles sehen« –, wollte sie auch den durch Glaswände vom übrigen Casino getrennten Raum mit den Spielautomaten sehen. Martin kam sich ein wenig vor wie in Las Vegas. Ein funkelnder, blinkender und piepsender Automat nach dem anderen.

Als er mit Bettina am Arm gemächlich eine Runde drehte, fiel ihm auf, dass sie verstummte. Das Schweigen im Raum wirkte ansteckend. Er zählte locker fünfzehn Leute, die mit geringen Einsätzen – und verbissenem Ernst – auf den großen Gewinn hofften. Beide Geschlechter und sämtliche Altersklassen waren vertreten. Sie hatten nur eines gemein, sie …

»Die sehen nicht so aus, als ob sie Spaß haben«, wisperte Bettina ihm ins Ohr und deutete diskret auf einen älteren Mann, der in einer Hand einen Toast hielt und ohne hinzusehen von diesem abbiss, während er mit der anderen den Automaten bediente.

In stillschweigendem Einvernehmen verließen sie den Raum.

»Puh! Das war fast gruselig.« Bettina schüttelte sich, schnappte sich seine Hand und zog ihn zum Roulettetisch. »Was ist deine Glückszahl?«

»Ich habe keine.«

»Wann hast du Geburtstag?«

»Am 24. März.«

Bettina setzte auf die Vierundzwanzig und die Drei und nahm noch die Sechzehn und die Sieben dazu. Ihr Geburtsdatum, wie Martin nur zu gut wusste. Er setzte zwei seiner Chips auf Rot.

»Du spielst wohl lieber auf der sicheren Seite?«, neckte sie ihn, um dann trotz Stöckelschuhen auf und ab zu hüpfen, als tatsächlich die Vierundzwanzig kam.

Nach fünf Runden hatte Bettina mehr als nur ihre Lust am Roulettespiel verloren. Martin schlug vor, es bei Blackjack zu versuchen. Hier blieb ihm zumindest die Illusion, sein Glück ein wenig mitbestimmen zu können.

»Wenn du noch weiterspielen möchtest«, fragte Martin und hielt ihr seine Chips hin.

Bettina schüttelte den Kopf. »Nein. Ich habe es mir zur Regel gemacht, nicht mehr als die Eintrittschips zu verspielen. Ich schau dir zu.«

»Spielen wir zusammen. Du darfst meine Glücksfee sein.«

Diese hohen Stühle waren von Vorteil, dachte Martin zufrieden, als sie einen freien Platz an einem der Tische gefunden hatten. Wie zuvor an der Bar erschien es die natürlichste Sache der Welt, dass er sich hinter Bettina stellte und, nachdem er sich zum zweiten Mal vorgebeugt hatte, um einen Chip zu platzieren, nicht mehr zurückwich. Er beugte leicht den Kopf und atmete den Duft ihrer Haare ein. Sie musste ein besonderes Shampoo benutzen, es roch nach Vanille und …

»Martin? Wir nehmen noch eine Karte, oder?«

»Ähm.« Ertappt sah Martin auf die Karten; noch bevor er die Punkte selbst zusammenzählen konnte, ergriff der Croupier – Zeit ist Geld? – das Wort. »Vierzehn. Hören Sie auf die Lady!«, empfahl er ihm mit einem Zwinkern.

Martin nickte, und Bettina quietschte, als eine Sieben kam. Von diesem Moment an gab er jeden Versuch auf, sich auf das Spiel zu konzentrieren, und begnügte sich damit, Chips nachzulegen, falls sie einmal eine Runde verlieren sollten. Er fand Bettinas Aufregung viel faszinierender. Sie jubelte bei jedem Erfolg und warf frustriert ihren Kopf gegen seine Schulter, wenn sie über die Einundzwanzig hinausschoss. Ausgelassen wie ein Teenager, das war sie. So hatte er sie schon lange nicht mehr erlebt: jung und unbeschwert und ihren Gefühlen freien Lauf lassend, wie er sie aus Hauptschulzeiten kannte. Er tippte darauf, dass auch der Alkohol ein wenig zu ihrer gelösten Stimmung beitrug.

»Oh yeah, baby!«, rief sie und hob ihre Arme in Siegerpose nach oben. »Einundzwanzig!«

»Wusste ich es doch, dass du mir Glück bringst.«

Bettina warf ihm über ihre Schulter hinweg einen Blick zu, und Martin konnte nicht anders; sie war ein Magnet. Obwohl er sonst kein Freund von vor Publikum ausgetauschten Zärtlichkeiten war, drückte er ihr einen flüchtigen Kuss auf die Lippen.

Nach einem letzten Getränk an der Bar – diesmal setzte sich Martin mit seinem Wasser durch, sie gönnte sich einen Baileys – schlenderten sie Richtung Ausgang. Bettina blieb vor dem großen Glücksrad stehen.

»Sollen wir ein letztes Mal unser Glück riskieren? Von wegen Freitag, der 13.?«

»Genau genommen ist schon der 14.«, erwiderte Martin und drückte ihr einen weiteren Chip in die Hand.

Bettina zögerte nicht: Sie legte ihn auf den Rubin, der wie der Diamant nur einmal vorkam und eine Auszahlungsquote von fünfundvierzig zu eins versprach.

»Rot wie die Liebe. Los, Martin, setz du auch!«

Er überflog die verschiedenen Symbole – lauter Edelsteine –

und wählte schließlich den Topas. Mit einer Quote von fünf zu eins und auf acht Feldern prangend erschien er ihm als solider Mittelweg.

»Wie war das? No risk, no fun?«

»Ich mag den Topas«, verteidigte er sich und hoffte, dass sie nicht nach der Farbe des Steines fragen würde. Um ihr zu beweisen, dass er sehr wohl risikobereit war, legte er einen zweiten Chip dazu.

Aufgeregt griff Bettina mit beiden Händen nach seiner Hand, als der Croupier das Rad schwungvoll in Bewegung setzte. So wie sie seine Finger quetschte, verselbstständigten sich seine Gedanken erneut in Richtung Enkelkinder, nein, eine Station davor. Begann auch bei Männern Anfang dreißig die biologische Uhr zu ticken? Oder warum sah er sich mit Bettina im Kreißsaal? Und das beim ersten richtigen Date. Dabei hatte es außer – zugegebenermaßen heißen – Küssen noch keine weitergehenden Intimitäten gegeben. Aber für Martin fühlte es sich richtig an. Stimmig. Er konnte sich glatt vorstellen, ihr einen Heiratsantrag zu machen. Sie einfach fragen, ganz schlicht, ganz simpel. Bettina, willst du meine Frau werden?

»Ja!«, kreischte sie auf und fiel ihm lachend um den Hals.

Oh.

Mein.

Gott.

Martin rang nach Luft. Hatte er seine Gedanken laut ausgesprochen? Es wäre nicht das erste Mal, dass ihm das passierte. Erschrocken sah er den Croupier an, der ein breites Lächeln aufsetzte und ihm zunickte.

»Habe ich wirklich …«

»Ja, haben Sie. Mein Glückwunsch.«

Er schloss kurz die Augen. Als Martin sie wieder öffnete, befand er sich immer noch im Casino. Bettina hing weiter an ihm.

Der Croupier – das Lächeln gehörte wohl zur Uniform? – zählte mit flinken Fingern Chips auf den Tisch und schob das Häufchen Martin entgegen. »Bitte schön.«

»Wir haben gewonnen! Topas!«

»Noch eine Runde, der Herr?«

Martin atmete tief durch. »Nein, ich habe meinen Glücksvorrat aufgebraucht.«

Er wechselte seine Chips, dann machten sie sich auf den Weg zur gegenüberliegenden Parkgarage.

Bettina hakte sich bei ihm unter. »Danke für den schönen Abend.«

»Bitte, gern.« Martin legte seine Hand über ihre. »Aber du kannst mich nicht hängen lassen.«

»Was meinst du?«

»Na, den Gewinn des heutigen Abends müssen wir gemeinsam umsetzen, das schuldest du mir. Nächste Woche? Am Dienstag habe ich frei.«

»Du legst ein ganz schönes Tempo vor.«

Mist. Drängte er sie zu sehr? War sie sich noch unschlüssig, wohin ihre Reise ging, während er bereits von Kindern und Enkelkindern träumte? Sie blieben vor dem Lift stehen und sahen sich an. Vergebens versuchte Martin, in ihrer Miene zu lesen. Warum lachte sie nicht? Kein schelmisches Grinsen? Er verlagerte sein Gewicht von einem Bein auf das andere.

»Zu schnell?« Martin rieb sich schuldbewusst den Nacken. »Ich will dich nicht drängen, wo ich doch weiß … ich meine, du hast dich gerade erst von deinem Mann getrennt, und ich verstehe, wenn du mehr Zeit –«

Bettina legte ihre Hand über seinen Mund. »Pst.«

Martin war froh, als sich die Tür zum Lift öffnete. Schweigend gingen sie zum Auto, und er hielt ihr die Beifahrertür auf. Er zog sein Sakko aus und legte es auf die Rückbank; dann riss er sich die Krawatte geradezu herunter, bevor er sich auf dem Fahrersitz niederließ und nach einem kurzen Zögern losfuhr. Ihm fiel nichts ein, womit er die Stille zwischen ihnen brechen könnte. Hatte er sie mit seiner Bemerkung so sehr unter Druck gesetzt, dass er ihre ausgelassene, quirlige Stimmung von vorhin schlagartig ruiniert hatte? Im flackernden Licht der Straßenlaternen fühlte er ihren Blick. Warum sagte sie nichts?

Sie erreichten die Autobahnauffahrt, und er trat aufs Gas. Schaltete.

»Bettina, ich …«

Er spürte ihre Hand auf seinem Oberschenkel. Sie rieb über seine schwarze Jeans. Auf und ab. Bis zum Knie und wieder höher.

Der Scheinwerfer fiel auf das Schild »Schleudergefahr«. Wie passend.

»Willst du herausfinden, wie viel Glück du in der Liebe hast?«, flüsterte sie.

Er erwischte ihre Hand und hielt sie fest.

»Bin *ich* dir zu schnell?«

Er schüttelte energisch den Kopf. »Ganz und gar nicht! Aber Sicherheit beim Verkehr« – sie lachte auf, und er geriet ins Stottern – »im Straßenverkehr meine ich! Beim Fahren geht Sicherheit vor.«

Unauffällig schob er ihre Hand ein wenig hinab und streichelte sie; wie von selbst verschlangen sich ihrer beider Finger ineinander. Wiederum breitete sich Schweigen aus, doch diesmal empfand er es als angenehm.

Es war schon nach drei, als sie Obervellach erreichten; von hier ging es weiter die kurvenreiche Straße hinauf nach Mallnitz und dann in die Dösen. Im zweiten Gang ließ Martin das Auto in die Hofeinfahrt rollen, bremste behutsam und drehte den Motor ab. Das Letzte, was er wollte, war, Bettinas Eltern aufzuwecken. Ihre Mutter Barbara war ganz gmiatlich, eine herzensgute Frau; aber Raimund Hader hielt – wie Martin aus eigener leidvoller Erfahrung wusste – wenig von nächtlichen Besuchern seiner Tochter. So wenig wie Hunde sollte man schlafende Bauern wecken. Schon gar nicht, wenn sie eine Schrotflinte besaßen.

»Nun, wegen Dienstag …«, begann Martin.

Bettina schnallte sich los, aber noch bevor er seinen Gurt ebenfalls lösen konnte, hatte sie sich über die Mittelkonsole zu ihm gebeugt und küsste ihn so leidenschaftlich, wie sie war. Er vergrub seine Hände in ihren Haaren, streichelte ihr Gesicht, ihren Hals. Sie schob sich näher an ihn; er zog sie zu sich. Dann saß sie rittlings auf seinem Schoß.

»Warte«, murmelte er und fummelte am Gurtschloss herum, um sich mehr Bewegungsfreiheit zu verschaffen. »Der Gurt …«

»Du nimmst das echt ernst mit der Sicherheit beim Verkehr«, neckte Bettina ihn und biss ihn in den Hals. Er erschauderte. »Bleib lieber angeschnallt, es könnte turbulent werden.«

»Willst du mich in den Wahnsinn treiben?« Er suchte an ihrem Oberschenkel Halt. Die seidige Glätte ihrer Strumpfhose ließ seine Finger wie von selbst höher rutschen, unter ihr Kleid, das, ohnehin viel zu kurz, noch höher gekrochen war. Seinen anderen Arm schob er zwischen ihren Rücken und das Lenkrad.

Himmel, weiter durften sie nicht gehen. Nicht im Auto. Wie notgeile Teenager. Am Hof ihrer Eltern! Bettina bog ihren Rücken durch. Er küsste sich ihren Hals entlang tiefer, zu ihrem Ausschnitt, er hörte sie stöhnen. Oder kam es von ihm? Gleich, gleich würde er die Notbremse ziehen. Aber noch eine Berührung, noch einmal kosten ...

Plötzlich wurde die Fahrertür aufgerissen.

Bettina kreischte erschrocken auf.

Martin riss seinen Kopf herum.

Eine schemenhafte Männergestalt.

Und der unverkennbare Umriss eines Gewehres.

»Hab ich euch erwischt!«

***

Sepp warf einen Blick auf seine Uhr. Fünf Minuten vor vier. Er sah die Lichtkegel eines Autos in seine Einfahrt einschwenken. Fünf Minuten vor der Zeit ist des Jägers Pünktlichkeit. Zumindest hatte er Reini Hader den Spruch in dieser Version eingebläut, und der junge Mann hatte rasch gelernt, dass eine Verabredung um vier Uhr morgens bedeutete, dass er spätestens fünf Minuten früher auf der Matte stehen sollte. Wer zu spät kommt, den beißen die Hunde. Oder so ähnlich handhabe es Sepp.

Schon vor Jahren hatte er als frischgebackener Aufsichtsjäger im Jagdverein Hubertusrunde dem dortigen Schlendrian ein rasches Ende gesetzt. Dr. Haribert Maierbrugger hatte ihm einmal beim morgendlichen Auftakt zu einer groß angelegten Treibjagd zu erklären versucht, dass an der Universität »cum tempore« üblich wäre, also ein zugestandener Zeitrahmen von fünfzehn Minuten nach dem vereinbarten Termin. Fünfzehn. Minuten. Eine ganze Viertelstunde!

Sepp hatte sich die hochakademischen Erläuterungen geduldig angehört und dann für alle Jäger und Treiber gut hörbar verkündet, dass man sich um siebzehn Uhr an vereinbarter Stelle zur Heimfahrt treffen würde. Da Ausgangs- und Endpunkt der Treibjagd weit auseinanderlagen, waren Fahrgemeinschaften beschlossen worden, wozu Sepp die Einteilung vorgenommen hatte.

Lange nach Mitternacht trafen Maierbrugger und drei weitere Jagdkameraden, die zu dämlich waren, die Uhr zu lesen, völlig abgekämpft beim Kirchenwirt ein. Maierbrugger spielte sich mordsmäßig auf und drohte mit juristischen Schritten – immerhin hatten sie sich im Dunkeln durch den unwegsamen Kaponiggraben kämpfen müssen und hätten dabei draufgehen – jawohl, draufgehen! – können. Die meisten Jagdvereinsmitglieder waren zu so fortgeschrittener Stunde außerstande, sich konstruktiv in die Diskussion einzubringen. Also oblag es Sepp, der ganz bewusst beim gespritzten Apfelsaft geblieben war, dem Herrn Juristen das Zeitverständnis der Österreichischen Bundesbahnen zu erklären und dass nun, da Sepp in der Hubertusrunde die Aufsicht führte, dieses auch in den Jagdverein Einzug gehalten hatte.

Wenn Sepp als pensionierter ÖBB-Beamter sagte, Abfahrt um siebzehn Uhr, dann meinte er siebzehn Uhr und keine Minute später. Da fuhr der Zug drüber. Für lustiges Studentenleben und akademische Viertelstündchen hatte er absolut kein Verständnis. Das begriff selbst Dr. Maierbrugger, der künftig meist fünfzehn Minuten vor der vereinbarten Zeit habt acht stand.

Dabei reichten Sepp fünf Minuten, wie sie Reini brav einhielt, völlig aus. Er packte seinen im Flur bereitliegenden Rucksack und die Ferlacher Bockbüchsflinte und verließ, Akko dicht auf den Fersen, das Haus. Zeitgleich mit Reini traf er bei seinem Suzuki ein. Sie tauschten ein kurzes Nicken; Worte waren nicht nötig.

Auch das hatte er dem Jungjäger Reini erst beibringen müssen: Wer zu so früher Morgenstunde zur Jagd aufbrach, durfte nicht reden wie ein Radio. Wobei das Maulhalten Sepps Geschmack nach nicht nur beim Aufbruch anzuraten war, sondern auch während der Jagd angesagt war. Und danach. Man kam einfach viel besser miteinander aus, fand er. Reini hielt also brav seine Goschn und verlor nicht einmal ein Wort, als er auf dem Weg zum Hochsitz von einer tückischen Brombeerranke zu Fall gebracht wurde und voll auf besagten Körperteil fiel.

Allerdings war es dann Sepp, der wenig später ein Gespräch begann. »Reini, sag, kennst du das neue Lokal in Obervellach? Das von Anton Nowak, dem Wiener?«

»›COME OVER FELLOW‹?«, wisperte Reini ebenso leise zurück.

»Was ist das für ein Lokal?«

»Ein ganz normales. Mit Balanka und mit Automaten und so Videospielen im Internet. Zum Essen gibt's nix außer Fertigpizza und Toast. Aber es sind immer ordentlich Leute dort. Es ist halt was für uns Junge.« Reini lugte durch sein Fernglas, wurde aber plötzlich von einem Geistesblitz überrumpelt. »Nicht, dass du alt wärst! So habe ich das nicht gemeint! Ich meine, wenn du mal Balanka spielen willst ... ähm ...«

»Pst!«, zischte Sepp warnend, als Reini viel zu laut versuchte, aus dem Fettnäpfchen zu entkommen. »Schau ich so aus, als ob ich Balanka spielen will?«

Reini fummelte an der Einstellung seines Fernglases herum. »Bist öfters dort?«

»Im ›COME OVER‹?«

»Na, in der Kirchen! Von was reden wir denn?« Zugegeben, wenn man flüsterte, verloren Worte wie diese sehr viel von ihrer Wirkung. Ihnen fehlte einfach der scharfe Biss.

»Ja, schon. Mein Kumpel Kevin ist ganz begeistert vom ›COME OVER‹. Er ist sonst immer runter nach Spittal oder Villach oder rüber nach Lienz gefahren, hat er gesagt. Aber jetzt haben wir was Cooles in Obervellach direkt vor der Nase. Weißt, Sepp, wenn —«

»Ja, ja!« Die Regel mit dem Stillsein hatte schon ihren Sinn. Denn drehte man den Knopf erst mal an, war es schwer, das

Radio wieder auszuschalten. »Der Nowak ist selbst dort, oder? Kennst ihn?«

»Ja, er ist der Chef. Außer ihm arbeitet noch eine Kellnerin dort. Die ist zwar schon alt, sicher über dreißig, aber noch immer scharf! Der Kevin hat gesagt —«

»Was ist mit dem Nowak? Ist dir an ihm was aufgefallen, irgendwas? Ist er, ich weiß nicht, irgendwie ein …« Sepp suchte nach dem richtigen Wort. Immerhin wollte er Reini nicht zu viel verraten, denn wer wusste schon, was der Oberschlaumeier weiterplapperte.

»Ein alter Fuchs!«

Hm, so viel Menschenkenntnis hätte Sepp dem jungen Hupfer gar nicht zugetraut. »Ja, der Nowak ist ein ausgekochter Fuchs.«

»Nein, da! Ein Fuchs!«

Mit einem Brummen hob Sepp sein Spektiv und spähte in die Richtung, in die Reini deutete. Tatsächlich. Ein alter Fuchs, sichtlich abgemagert, hinkte am Waldrand entlang. So schlecht, wie der beinand war, würde er nicht mal den Winteranbruch erleben, geschweige denn die kalten Monate überstehen.

»Schieß ihn.«

Es knallte.

Sie blieben noch ein paar Minuten still sitzen, bevor sie zum erlegten Stück Raubwild gingen.

Sepp rieb sich die bärtige Wange und starrte auf den Fuchs hinab. »Macht's dir was aus, wenn ich ihn mitnehme?«, fragte er den Schützen. »Der kommt mir gerade recht.«

»Natürlich nicht! Danke, dass du mich hast schießen lassen. Soll ich ihn zum Ausbalgen mitnehmen, damit keine Arbeit damit hast?«

Der Reini war echt ein braver Bua. Irgendwann würde Sepp ihm das auch sagen. Vielleicht.

»Nein, ich mach das schon. Und den Balg kriegst du, den brauch ich nicht.«

9

Heinrich hob den Plastikmessbecher hoch und kontrollierte das Ergebnis: exakt ein Liter. Er goss das Wasser in den Topf, überlegte kurz – ja, großer Kohldampf – und wiederholte den Vorgang, bevor er vier Suppenwürfel zwischen den Fingerspitzen zerbröselte und ins Wasser rieseln ließ. Eine richtig schöne Nudelsuppe war an einem ungemütlichen Herbsttag wie diesem genau das Richtige. Im Küchenschrank fand er eine angebrochene Packung Spiralnudeln und wog diese prüfend in der Hand. Für zwei Liter Suppe erschien ihm das recht wenig. Zu seinem Glück entdeckte er hinter dem Zucker und einem Glas Essiggurken noch ein Säckchen mit Hörnchennudeln.

Gerade als das Wasser zu blubbern begann, klingelte es. Flattacher. Niemand sonst in seinem Bekanntenkreis hatte so ein Talent, zur unpassendsten Zeit aufzukreuzen; und niemand sonst würde ungeduldig Sturm läuten.

Dieser Knallkopf! Am liebsten hätte Heinrich seinen Nachbarn ignoriert, und er gab sich auf dem Weg durch die Diele der Illusion hin, ihn genauso unfreundlich abzukanzeln, wie es Flattacher mit ihm zu tun pflegte.

Aber wie gesagt: Langer, steiniger Weg, und es oblag Heinrich, die ersten Schritte zu setzen und den störrischen Maulesel auf der anderen Seite der noch geschlossenen Tür mitzuschleifen.

»Einen schönen guten Morgen«, grüßte er Flattacher daher mit einem betont freundlichen Lächeln.

»Es ist Mittag!«

»Komm doch herein.« Einladend hielt Heinrich die Tür auf. Flattacher rührte sich nicht vom Fleck. »Du willst doch mit mir reden, oder nicht?«

Heinrich ging in die Küche zurück. Die Suppe kochte heftig, und er schüttete die Nudeln dazu und rührte einmal um.

Er hörte, wie die Haustür zugeknallt wurde.

Er lauschte.

Es kostete ihn einiges an Nerven, so am Herd stehen zu bleiben und sich nicht umzudrehen.

Schritte.

Dann Stille.

Er umklammerte den Kochlöffel.

Befand sich Flattacher noch in der Diele? Oder stand er direkt hinter ihm? Heinrich wirbelte herum, weil es ihm doch zu unheimlich wurde, seinen unberechenbaren Nachbarn im Rücken zu wissen. Er ertappte Flattacher dabei, wie er mit verzogenen Lippen die Einbauküche betrachtete.

»Da hast aber schon lang nicht mehr renoviert, was?«

»Dir als Jäger sollte Grün doch gefallen«, erwiderte Heinrich trotzig.

Er erinnerte sich noch gut an die Diskussionen mit Mutti, als es darum gegangen war, eine Einbauküche für das neue Heim auszusuchen. Heinrich hatte an dem komischen Grünton wenig Gefallen gefunden und ein neutrales Weiß vorgeschlagen. Selbst mit der Eierfarbe, die der Verkäufer als Alternative angeboten hatte, wäre er glücklicher gewesen. Mutti jedoch bestand auf ihrer Wahl und argumentierte, dass sie, auch wenn sie im ländlichen Abseits lebten, nicht auf den modernen Chic ihrer Zeit verzichten wollte. Ihre Augen, von dicken pechschwarzen Strichen umrahmt, blitzten vor Entschlossenheit. Sie schmetterte ihm die Frage entgegen, wer denn in der Küche stehen würde, er oder sie, und Heinrich tat, was jeder halbwegs vernünftige, frisch vermählte Mann in einer solchen Lage auch getan hätte: Er gab nach.

An das zugleich blasse wie grelle Grün der Fronten hatte er sich mit den Jahren ebenso gewöhnt wie an die farbfreudigen, rotbraunen Fliesen mit ihrem auffallenden Blumenmuster. Nur wenige Monate vor ihrem Tod hatte Mutti eine neue Küche angesprochen, weil der Siebziger-Jahre-Stil im ausgehenden 20. Jahrhundert nicht mehr so chic war wie einst und sich Carola in bester Teenagermanier darüber lustig machte. Aber dieses Mal hatte sich Heinrich durchgesetzt. Er schloss Mutti in die Arme, streichelte ihr über das stoppelkurze Haar und bestand darauf, nichts zu ändern. Absolut. Nichts.

Das schmatzende Geräusch, mit dem eine schmutzige Plastiktüte auf dem Tisch landete, ließ Heinrich zusammenzucken.

»Was ist das?«

»Ein Wundermittel gegen Nowak.«

Mit einer gehörigen Portion Skepsis trat Heinrich näher an den Tisch und beobachtete, wie Flattacher den Knoten löste und dann mit einer ruckartigen Bewegung den Inhalt auf den Tisch leerte.

»Iiiiiiiiiiih!« Entsetzt sprang er zurück, als sich undefinierbare Körperteile über seinen Tisch ergossen. *Seinen* Tisch.

»Spinnst du?«

»Jetzt krieg dich wieder ein. Du kreischst ja wie eine alte Jungfer, die zum ersten Mal einen Nackerten sieht!«

»Räum das weg!« Heinrich räusperte sich und wiederholte seine Worte eine Oktave tiefer. »Das ist eklig!«

»Was genau? Meinst du die Gedärme« – Flattacher griff das glitschig-blutige Ding mit blanken Fingern an und hob es hoch – »oder hier das Herz?«

Flattacher grinste fies. Und es war dieses gemeine, boshafte, verschlagene und ach so bekannte Grinsen, das Heinrich half, seine Fassung wiederzuerlangen. Solange er den blutigen Haufen nicht ansah, ging es.

»Was soll das werden? Willst du das Anton ins Bett legen? Oder darunter verstecken, so wie das stinkt?«

Tatsächlich war der üble Geruch kaum auszuhalten. Heinrich riss das Küchenfenster auf. »Was ist das überhaupt?«

»Die Eingeweide von einem Fuchs.«

»Würdest du mir jetzt endlich erklären, warum die Innereien von einem Fuchs auf meinem Küchentisch liegen!«

Heinrich hätte fast gekotzt, als Flattacher – mit bloßen Händen! – in dem Haufen rührte und ihm dann einen kleinen Klumpen entgegenhielt.

»Glaub mir, damit werden wir den Nowak los!«

»Kannst du jetzt *bitte* das Zeug wieder wegpacken?«

»Graust's dich davor?«

»Ich bin gerade beim Kochen. Das ist nicht appetitlich. Und nicht hygienisch!«

Flattacher feixte, machte sich dann aber doch daran, die Eingeweide zurück in die Plastiktüte zu schaufeln und diese zuzubinden.

Heinrich griff nach einer ganzen Rolle Küchenpapier und wischte den Tisch ab. Selbst als kein Blutspritzer mehr zu entdecken war, nahm er noch ein paar Lagen Papier, befeuchtete sie ausgiebig und rieb mit reichlich Geschirrspülmittel über die Tischplatte.

Flattacher ging zur Spüle und wusch sich die Hände. Ein Wunder.

»Pass auf, wir werden –«

»Warte kurz!«, unterbrach Heinrich ihn und eilte ins Badezimmer, wo er im Schrank unter dem Waschbecken die gesuchte blaue Flasche fand.

Ausnahmsweise nahm er sich nicht die Zeit, den Anwendungshinweis zu studieren. Er mühte sich mit dem Schraubverschluss ab und goss, als er die Kindersicherung überwunden hatte, die Flüssigkeit einfach über die Tischplatte.

»Pfui Teufel! Was ist denn das?«

»Danclor«, erklärte Heinrich und holte eine neue Küchenrolle aus dem Schrank, um das Putzmittel aufzuwischen.

»Stinkt's jetzt weniger?«, schimpfte Flattacher und stellte sich nach Luft schnappend ans offene Fenster.

Zugegeben, der scharfe Chlorgeruch biss auch Heinrich in die Nase. »Nein, aber besser!«

»Du bist und bleibst ein Depp!« Und dann unvermittelt: »Kannst du kochen?«

Oha, die Nudelsuppe! Die hatte Heinrich glatt vergessen.

»Warum bleibst nicht zum Essen? Dann kannst du das selbst herausfinden. Wieso willst du das wissen?«

»Weil wir zwei für Nowak kochen werden.«

»Pfhh. Als ob ich darauf Bock habe! Der frisst mir ohnehin dauernd den Kühlschrank leer.«

»Vertrau mir.«

Nicht weiter, als er Flattacher werfen konnte!

»Was kochst du denn?«

»Nudelsuppe mit Wiener Würstchen.«

Nur dass diese hier in Österreich Frankfurter hießen. Na ja, an solche sprachlichen Unterschiede hatte sich Heinrich in den vielen Jahren weitgehend gewöhnt.

»Ganz schön aufwendig, ein zweigängiges Menü«, spöttelte Flattacher. »Ich brauche aber keine Vorspeise, ein Paar Frankfurter mit einer Semmel oder einer Scheibe Brot reichen mir. Hast Senf?«

Heinrich befreite die Würstchen aus der Verpackung, legte sie auf ein großes Schneidbrett und begann, sie in kleine Scheiben zu schneiden.

»He! Was machst denn da?« Flattacher hielt ihn am Arm fest.

»Lass mich los!« Heinrich schüttelte ihn ab und schnitt unbekümmert weiter.

»Ich will meine Frankfurter nicht mit der Gabel essen, sondern mit der Hand, wie sich's gehört!«

»Denkste!« Ungerührt hob Heinrich das Brett und schob die Wursträdchen in die kochende Suppe. »Heute isst du die Wiener Würstchen mit dem Löffel!«

Heinrich stellte zwei Suppenteller bereit.

»Was, bitte, soll das sein?«

»Das habe ich dir doch gesagt«, antwortete Heinrich geduldig. »Nudelsuppe mit Wiener Würstchen. Das ist eine Spezialität aus meiner Heimat.«

»Ihr fressts echt jeden Schas.«

»Wie bitte?«

»Na, ihr bestellts euch im Gasthaus ja auch Tunke zum Wiener Schnitzel!«

Beleidigt drückte Heinrich Flattacher zwei Löffel in die Hand. »Deck den Tisch.«

»Wo hast du Salz und Pfeffer?«

»Die Suppe ist würzig genug!«

Heinrich machte sich daran, die Teller zu füllen. Nur zu gut erinnerte er sich an seine eigene Kindheit, als seine Mutter die Wursträdchen in der Suppe abzählen musste, damit jedes Kind gleich viel bekam. Wehe, ein Bruder hatte mehr auf dem Teller. Selbst die kleine Gisela konnte ein Gezeter anstimmen, dass Großtante Hilde aus dem Nebenhaus angerannt kam, um zu sehen, ob sie von ihren älteren Geschwistern gemeuchelt wurde. Mutter hatte aber nicht nur die Wurst gerecht aufgeteilt, sondern auch das sehr viel weniger geschätzte Gemüse: Karotten und Erbsen und sogar Sellerie hatte sie in die Suppe gegeben, ach, und getrocknetes Suppengrün. Wenn das Essen noch kräftiger ausfallen sollte, dann hatte sie zudem Eier hineingeschlagen und mit der Gabel grob versprudelt.

Nun ja, seit Heinrich sich die Suppe selbst kochte, hatte er das Familienrezept etwas abgewandelt und den Gemüseanteil durch Wiener Würstchen – oder hier in Kärnten eben durch Frankfurter – ersetzt, sodass sich Nudeln und pikante Einlage recht gut die Waage hielten.

»Wenn sie so fad schmeckt, wie sie ausschaut …« Ohne zu fragen, öffnete Flattacher die Oberschränke, bis er die Gewürze fand. »Ah, schau, sogar Maggi hast du, um zu retten, was noch zu retten ist. Wo hast das Salz?«

Das offene Schraubglas mit dem Salz stand direkt vor Heinrich auf der Arbeitsfläche. Ein Löffel stak darin.

»Das ist lei a Fertigsuppe, oder? Und das nennst du kochen«, hörte er Flattacher vor sich hin schimpfen.

Heinrich sah über seine Schulter; Flattacher guckte nicht herüber. Nie war Heinrich die Redewendung, jemandem die Suppe ordentlich zu versalzen, passender erschienen.

»Hier, deine Suppe.«

»Also, das schafft echt nur ein Piefke wie du, a gupfate Suppen zu servieren!«

»Eine was?«

»Eine Suppe mit einem Gupf. Mit einem Hügel, wennst das besser verstehst.«

Heinrich betrachtete prüfend seinen eigenen Teller. Randvoll gefüllt mit einem Extraschöpfer Nudeln und Wurst in der Mitte. Mit ein wenig Phantasie konnte das schon als kleiner Berg durchgehen. Alles war genau so, wie es sein musste.

»Sei vorsichtig mit dem Nachwürzen«, mahnte er Flattacher noch, der eine kräftige Prise Salz auf seinen Hügel – oder Gupf – streute. Typisch, er ignorierte die Warnung und griff nach der Maggi-Würze.

Heinrich begann zu essen. Er achtete sorgsam darauf, immer Nudeln und Wursträdchen auf dem Löffel zu haben. »Das schmeckt schön!«

»Was?«

»Die Suppe. Schön schmeckt sie.«

»Schön ist ein Weiberarsch, aber doch kein Essen!«, polterte Sepp los.

»Dann eben lecker, wenn dir das lieber ist.«

»Lecker, Belten, heißt die Zunge beim Schalenwild!«

»Kannste nicht einmal nicht nörgeln, du alter Miesepeter?«

Flattacher rührte umständlich in seiner Suppe, vermutlich auf der Suche nach dem sprichwörtlichen Haar darin. Mittlerweile bereute es Heinrich, den Griesgram zum Essen eingeladen zu haben. Nur die Hoffnung auf sein doofes Gesicht, wenn er sie aß, blieb.

»Koste doch mal!«, drängte er ihn.

»Hm. Schön ... schaut die Suppe nicht aus. Mehr nach Nudelgatsch.«

»Das muss so sein«, beharrte Heinrich.

Niemals hätte er zugegeben, dass er die Nudeln versehentlich zu lange gekocht hatte. Jetzt erinnerten sie, vollgesogen mit Suppe, in der Tat etwas an Mus. Die Konsistenz besaß die Nudelsuppe normalerweise erst nach dem zweiten Aufwärmen, und dann schmeckte sie am besten, wenn man sie im Stehen gleich aus dem Topf in sich hineinschaufelte.

»Hast deine Dritten verloren, oder stimmst dich schon ein aufs Altersheim?«, machte sich Flattacher weiter über seine Kochkünste lustig; Heinrichs Geduldsfaden wurde immer dünner.

»Iss einfach!«

Endlich hob Flattacher einen gut gefüllten Löffel an die Lippen, blies vorsichtshalber drauf und schob ihn sich in den Mund. Gebannt starrte Heinrich ihn an. Einen Moment wirkte Flattacher wie eingefroren, bevor er – ohne zu kauen – einfach schluckte.

»Na, schmeckt's?«

Flattacher nickte knapp.

»Hast wohl nicht zu viel nachgesalzen? Weil für mich ist die Suppe, so wie sie ist, würzig genug.«

»Nein, passt genau«, murmelte Flattacher, die Augen stur auf seinen Teller geheftet.

Heinrich lächelte in sich hinein und gönnte sich noch eine zweite und dritte Portion.

Nach dem Essen bot er Flattacher großzügig Kaffee an, den dieser auch dankbar annahm; noch dankbarer war er vermutlich über die zwei Gläser Wasser dazu. Nicht, dass ihm ein Danke über die spröden Lippen gekommen wäre. Dann erklärte Flattacher endlich, was es mit dem Fuchs auf sich hatte. Heinrich hörte aufmerksam zu, fragte nach und nickte schließlich.

Der Plan klang gar nicht so übel.

War er gemein? Ja.

War er böse? Oh ja.

Ein richtiger Sepp-Flattacher-Plan.

***

Das Geschäft lief besser an, als Anton es sich erhofft hatte. Die Hintertupfinger hatten anscheinend nur darauf gewartet, dass sie endlich mal anständige Unterhaltung geboten bekamen. Der Dartautomat war heiß begehrt; die Jungs – auch ein paar Mädchen waren dabei – schienen aber noch keine zwanzig zu sein. Die Kerle am Balanka-Tisch waren wesentlich älter und mit ihren Vokuhila-Frisuren eindeutig in der Zeit stehen geblieben. Obwohl sie damit perfekt in dieses zurückgebliebene Tal passten.

Sein Blick fiel auf die Internetterminals. An einem der PCs spielten zwei Girlies ein lustiges Abknallspiel, vermutlich jagten sie Moorhühner. Am anderen drängten sich drei Burschen zusammen, die Anton auf Mitte zwanzig schätzte und die sich auf dem besten Weg zur Stammkundschaft befanden. Vor allem die beiden Staller-Brüder waren Anton schon mehrmals aufgefallen. Sie übertrafen sich gegenseitig beim Saufen, aber was noch wichtiger war: Sie hielten sich beide für besonders schlau, und ihre Brieftaschen waren immer gut gefüllt.

Gemächlich schlenderte Anton durch den Raum, wechselte ein paar Worte mit den Spielern am Balanka-Tisch, machte den

Moorhuhn-Mädchen Komplimente und spendierte ihnen ein Freigetränk und erreichte schließlich sein Ziel.

»Ah, ihr kennts euch mit Fußball aus, was?«, setzte er an, kaum hatte er erkannt, was am Bildschirm vor sich ging: ein Fußballspiel in Liveübertragung.

»Wir hamma ja selbst gespielt. Ich war Mittelstürmer«, prahlte Kevin. »Mein Bruder war Verteidiger.«

So bullig, wie die beiden Brüder gebaut waren, hätte Anton ihnen sogar American Football zugetraut. Das würde auch zu ihrem Aggressionspotenzial und ihrer Hirnmasse passen.

»Ich lieg immer richtig«, gab Kevin an.

»Na ja, vorhin mit dem Elfmeter lagst schon falsch«, wagte Michi Thaler einzuwerfen.

»Gar nicht! Ich war hundertpro richtig! Nur der Arsch von einem Schiedsrichter hat falsch verlängert, das hätte er gar nicht dürfen! Wer weiß, wie viel sie dem geschmiert haben!«

»He, pass auf! Ich sag's dir, die schießen gleich noch ein Tor! Setz die Wette!« Justin rüttelte seinen Bruder aufgeregt an der Schulter.

Der schlug seine Hand unwirsch weg. »Ich mach das schon!«

Wenn Kevin mit dem Fußball genauso herumgestümpert hatte wie mit der PC-Maus, hatte er garantiert nie ein Tor geschossen. Hilfsbereit zeigte ihm Anton, wo er klicken musste, damit er seine Wette noch rechtzeitig platzieren konnte. Ein Glück für Kevin – und für Anton –, dass er damit richtiglag.

»Wer ist der King? Ha? Wer ist der King?«

»Lässiges Spiel«, sagte Anton und nahm einen Schluck von seinem Rüscherl. »Es gibt aber bessere.«

»Ach so?« So richtig begeistert klang Kevin nicht.

Anton schnalzte mit der Zunge und zählte stumm bis zehn. »Dort casht man richtig ab. Die sind aber nix für Weicheier, nur für Profis. Wenn du genug hast von dem Pimperlspiel, sag mir Bescheid.«

Er nickte ihnen zu und ging zurück zur Bar. Ja, es lief wie am Schnürchen. Anton löste Michaela für ihre kurze Rauchpause ab. Solange sie ihren täglichen Nikotinbedarf deckte, war sie stimmungsmäßig im Hoch.

Ein Pickelgesicht schien nur darauf gewartet zu haben, dass Michaela ihren Posten verließ. Der Junge drängte sich hastig an die Theke, hielt Anton einen Zehn-Euro-Schein hin und bestellte mit sich überschlagender Stimme ein Gummibärli, also roten Wodka mit Red Bull. Stillschweigend nahm Anton den Geldschein entgegen, hielt ein Glas unter den Zapfhahn und stellte es ihm vor die Nase.

»Das ist kein Gummibärli!«

Anton zählte ihm das Restgeld daneben hin, legte seinen Unterarm auf die Theke und beugte sich vor. »Und du bist keine achtzehn«, fuhr er ihn mit gesenkter Stimme an. »Also halt die Klappe oder schleich dich! Kapiert?«

Mit einem betretenen Gesichtsausdruck – und dem Cola in der Hand – verkrümelte sich der Bursche. Keine fünf Minuten später kam Kevin Staller, seinen Bruder Justin und Freund Michi im Schlepptau, an die Theke.

»Lust auf echte Action?«, fragte Anton grinsend. Mit einem Kopfnicken bedeutete er den dreien, ihm zu folgen.

Sehr viel später machten Anton und Michaela pünktlich auf die Minute Sperrstunde. Kein Grund, es sich wegen Kinkerlitzchen mit den Bullen zu verscherzen. Mittlerweile waren sie beide ein eingespieltes Team; die Aufräumarbeiten gingen leicht von der Hand.

»Noch ein Abschlussgetränk?«, fragte Michaela.

»Sicher.«

Sie mixte sich selbst ein obskures Gebräu, das mit seiner orangen Farbe Signalwirkung hatte. Anton gönnte sich ein kleines Bier. Er rückte Michaela einen Barhocker zurecht, aber sie ignorierte ihn und schmiegte sich, den Rücken gegen die Theke gepresst, an ihn.

»Das ist echt ein cooles Lokal. So was hätte ich mir hier schon vor Jahren gewünscht.«

So wie sie ihre Hände über seine Hemdbrust wandern ließ, war klar, dass sie nicht nur vom Lokal sprach. Er wusste, dass er sie stoppen sollte; musste.

»Und du bist ein cooler Typ.«

Anton feixte. Er schob seine Hand in ihre Haare und ließ diese durch seine Finger gleiten. Das Thekenlicht fiel auf seinen Ehering und ließ ihn für einen Augenblick funkeln. Der schmale Goldreif hatte mit den Jahren viel von seinem einstigen Glanz verloren und war ihm eng geworden.

»Trägst einen Ring von der Vogelwarte?«, neckte sie ihn.

Es war ihm nicht bewusst gewesen, dass er mit den Fingern der linken Hand am Ring zu drehen versuchte. »So ungefähr.«

Sie zuckte die Schultern, was ihren Vorbau in der tief ausgeschnittenen Trachtenbluse erbeben ließ. »Verheiratet ist ja nicht gestorben. Deine Frau ist selbst schuld, wenn sie in Wien geblieben ist.«

Dank ihrer hochhackigen Stiefeletten musste sie sich nicht auf die Zehenspitzen stellen, um ihn auf den Mund küssen zu können.

Gerade als sie ihre Zunge zwischen seine Lippen schob, läutete sein Handy. Ein Blick auf das Display zeigte, was Priorität hatte. Ihm stand das Wasser bis zum Hals.

»Sorry, Michaela, da muss ich ran.« Er hastete in den Gang und nahm ab. Krampfhaft versuchte er, seiner Stimme einen unbekümmerten Klang zu verleihen. Ganz lässig. »He, Juraj.«

10

»Und? Wie war's im Casino? Oder besser noch: Was lief danach?«

Kerstin sang die letzten Worte falsch, aber mit Begeisterung. Von wegen drei Kärntner, ein Gesangsverein! Es gab eindeutig auch in diesem Bundesland Geborene, die Ausnahmen von der Regel darstellten. Hoffentlich kam sie nie auf die Idee, im Duett mit Treichel zu singen. Wenn der die Kärntner Landeshymne anstimmte, war es nämlich Zeit, die Flucht zu ergreifen. Martin schaute demonstrativ auf seine Uhr und hob die Brauen. »Wow, ein neuer Rekord!«

»Wie, wo, was?«

»Montag, 16. Oktober, exakt halb zehn. Lassen wir die zehn Minuten vor dem Dienstbeginn weg, dann hast du deine Neugierde geschlagene zweieinhalb Stunden beherrschen können. Aua!«

Kerstin traf keinen Ton, aber ihre Boxhiebe waren immer Volltreffer. Er fragte sich nur, wo sie die Kraft dafür hernahm, Leichtgewicht, das sie war. Martin rieb sich so unauffällig wie möglich den schmerzenden Oberarm.

»Kollegenmisshandlung in aller Öffentlichkeit. Was sollen denn da die Leute denken?«

Es war zwar nicht mehr Hauptsaison, weshalb sich wenig Touristen am Hauptplatz tummelten, aber dennoch war für Obervellacher Verhältnisse mehr als genug los. Martin grüßte die ältlichen Damen, die mit mehreren Sackerln beladen aus der Apotheke hinter ihnen kamen. Gegenüber, beim Modezentrum Reiter, wurde gerade das Schaufenster neu dekoriert, und die jüngere der beiden Verkäuferinnen, die Martins Blick auffing, winkte ihm mit der Hand einer Modepuppe zu.

»Casino? Bettina? Rede!«

»Da gibt's nicht viel zu erzählen. Schön war's, danke für den Tipp. Das Essen war klasse.«

»Und?«

»Wir haben Roulette und Blackjack gespielt, und ich bin mit mehr raus als rein.«

»Und dann?«

»Was dann?«

Kerstin verdrehte die Augen, und Martin beeilte sich, weiterzugehen, um nicht wieder einen Hieb abzubekommen. Sie neigte eindeutig zu Gewalttätigkeit.

»Dann habe ich Bettina heimgebracht. Das war's.«

»Seids jetzt zusammen?«

Gute Frage. »Ich denke schon.«

»Hm. Sonst ist nix Aufregendes passiert?«

Martin spürte, wie er rote Ohren bekam. Weder wollte er Kerstin berichten, was im Auto vorgefallen war, noch, wie die Romantik ihr vorschnelles Ende gefunden hatte. Gut, dass er starke Nerven hatte und in diversen Einsatztrainings Extremsituationen zu bewältigen hatte. Ein anderer hätte sich vor Schreck vermutlich in die Hose gemacht.

»Nein«, log er.

»Du würdest deiner BFFI doch nichts verheimlichen, oder?«

»Was soll das überhaupt heißen?«

»BFFI? Beste Freundinnen für immer.« Sie grinste.

Freundinnen? »Aha«, antwortete Martin lahm. Jedes weitere Wort würde es noch schlimmer machen.

Er rückte sich den Gurt zurecht und ging zurück Richtung Polizeiinspektion, die sich am westlichen Ende des lang gezogenen Platzes im Sparkassengebäude befand. Er legte einen Zahn zu, aber Kerstin hielt mühelos mit ihm Schritt.

Sie rempelte ihn mit der Schulter an. »Na komm, wenn ich derzeit schon kein Liebesleben habe, lass mich wenigstens an deinem teilhaben.«

»So aufregend ist es nicht, dass sich das Ausfratschln auszahlt.«

»Aufregender als nichts immer noch.«

»Wie war das mit dem schweigenden Gentleman?« Martin spielte seine Körpergröße aus und sah oberlehrerhaft auf sie herab, was Kerstin lediglich ein freches Grinsen entlockte.

»Vergiss es. Wir sind doch so was wie BFFI? Da hat man keine Geheimnisse voreinander.«

»Du klingst mehr nach FBI.«

»Lass die Verzögerungstaktik und spuck's aus! Oder soll ich dich im Aufenthaltsraum vor Gerhard fragen?«

»Das war ein Schlag unter die Gürtellinie!«

»Steck ihn weg wie ein echter Mann«, feixte Kerstin, legte ihre Hände über den Schritt und spielte sterbenden Schwan. Wie peinlich!

Aus dem Tor zum Oberstbergmeisteramt schoss ein schwarzes Fellknäuel quer über die gesamte Terrassenbreite zum Geländer hin. Martin konnte Kerstin gerade noch am Arm festhalten, als sie über die dazugehörige Hundeleine stolperte und sich verhedderte. Dadurch geriet auch der Mops ins Straucheln und zwilte auf.

»Rocky! Passen Sie doch auf! Rocky, mein Süßer!«

Martin erkannte den Hundebesitzer: Franz Pichler. Rocky war offensichtlich der Nachfolger von Rambo, der vor nicht allzu langer Zeit ein tragisches Ende gefunden hatte. Gut für Pichler, dass er einen Ersatz für sein geliebtes Hunderl gefunden hatte; schlecht für Kerstin, der Pichler wohl Mordabsichten unterstellte.

»Hat die böse Frau dich zåmgetreten? Bist verletzt, Rocky? Können Sie nicht schauen, wo Sie hinsteigen? Wo tut's denn weh, mein Süßer?«

Pichler kniete am Boden und hob, nachdem er endlich die Leine vom Halsband losbekommen hatte, seinen Mops hoch. Eifrig schleckte dieser das Gesicht seines Herrli ab. »Ich zeig Sie an!«

»Sie sollten aufpassen! Sie können dem Viech die Laufleine nicht so lang lassen, dass jemand darüber stolpert!«

»Mein Rocky ist kein Viech! Nur weil Sie von der Polizei sind, können Sie doch nicht wehrlose kleine Hunde niederstampfen!«

»Herr Pichler, niemand hat —«, mischte sich Martin ein.

»Seien Sie nur froh, dass ich es war und nicht ein Pensionistenweibl, das sich weiß Gott was hätte brechen können!« Kerstin deutete auf die beiden Apothekenkundinnen, die ihnen aufgrund ihres Alters in gemächlichem Tempo gefolgt waren und nun aus großen Augen das Geschehen betrachteten.

»Stellen Sie sich vor, Ihr Hund wäre der lieben Frau Grundlinger vor die Füße gelaufen«, knallte sie Pichler hin. »Mit der Leine als Fallstrick, nicht auszudenken!«

Die Genannte umklammerte ihren Gehstock fester und nickte aufgeregt. »Mei, ich hätte mir die Hüfte brechen können, schon wieder!«

Pichler stand auf, aber die beiden Damen ließen ihn gar nicht zu Wort kommen. Er machte ein paar Schritte zurück.

»So eine Frechheit! Passen Sie doch besser auf Ihren Hund auf!«, leistete ihre resolute Begleiterin Schützenhilfe. »Gut, dass die Polizei Sie erwischt hat! Lassen Sie sich das eine Lehre sein!«

»Ich hoffe, er kriegt eine saftige Strafe! Die hat er verdient.« Frau Grundlinger hob ihren Stock und stieß ihn drohend in Pichlers Richtung.

Rocky machte seinem Namen alle Ehre, stieß so etwas wie ein Knurren aus und schnappte nach dem Holz. Pichler beeilte sich, den Gehsteig entlang noch ein paar Meter zwischen sich und die aufgebrachten Damen zu bringen, die weit aggressiver wirkten als der winzige Mops.

»Der braucht ja einen Beißkorb!«, ereiferte sich Grundlingers Freundin.

»Mein Rocky beißt nicht«, fand sich Pichler jäh in der Verteidigungsrolle wieder.

»Wie der Herr, so das Gescherr!«, fauchte Grundlinger. »Wahrscheinlich haben Sie die Leine absichtlich so lang gelassen!«

»Aber nein! Ich … ich …«

Kerstin konnte ihr Lachen nicht länger zurückhalten; sie hielt sich die Hand vor den Mund und kuterte. Sie flüsterte Martin zu: »Du, ich prunz mich gleich an!«

Martin hielt es für an der Zeit, der Schmierenkomödie ein Ende zu bereiten. Er drängte sich dazwischen und versicherte den Damen, sich um den Fall zu kümmern. Und ja, sie könnten sich auf den Straßen Obervellachs künftig wieder sicher fühlen. Glücklicherweise erinnerte Grundlinger ihre Freundin an einen Friseurtermin – sie waren schon spät dran! –, und sie wackelten weiter.

Pichler setzte seinen Mops auf die Füße und leinte ihn wieder an. Sofort rannte der Hund los, runter vom Gehsteig und am Springbrunnen vorbei Richtung Straße.

»Rocky! Hier! Da kommt ein Auto! *Rocky!*«, kreischte Pichler, reagierte aber sonst in keinster Weise.

Es gelang Martin in letzter Sekunde, die Leine zu greifen und diese kräftig zurückzureißen. Der Mops machte einen unfreiwilligen Salto rückwärts und wurde solcherart – zugegeben wenig tierschutzgerecht – in Sicherheit katapultiert, bevor ein grüner Suzuki Jimny vorbeiratterte. Ein kapitaler Hirsch prangte auf der Abdeckplane des Reserverades.

$$\star\star\star$$

»Sepp! Warte, ich komme zu dir. Es gibt Neuigkeiten von Anton!«

Sepp ließ Akko aus dem Auto, dann griff er nach seinen Einkäufen. Sein Nachbar würde es noch schaffen, ihm das Heimkommen zu vergraulen! Vermutlich hatte Belten auf der Lauer gelegen, um ihn sofort – noch bevor er überhaupt die Haustür erreichen konnte – abzufangen. Wenn Sepp gewollt hätte, dass ihm jemand in seinem eigenen Zuhause ständig die Ohren vollsemperte, hätte er ja gleich heiraten können! Dabei hatte Sepp nach diesem Montagvormittag so gar keine Lust mehr, sich mit wem auch immer herumschlagen zu müssen. Er wollte seine gottverdammte Ruhe und nicht mehr, als sein Gewehr packen und ein paar Stunden ins Revier verschwinden. War das denn zu viel verlangt?

Er stellte sich darauf ein, sich ein paar Minuten am Gartenzaun den Schas vom Belten anhören zu müssen. Doch der schien sich auf ein langes Gespräch einzurichten, denn er schleppte einen alten Küchenstuhl mit sich. Sepp knallte die Hecktür zu und stapfte mit den schweren Einkaufssackerln in den Händen zu seinem Haus hinüber, als er aus den Augenwinkeln sah, wie …

Ja, Kruzitürken! Der Piefke setzte sich nicht hin, sondern nützte den Stuhl als Steighilfe – auf der hiesigen Seite kam ihm ein Baumstumpf entgegen – und kletterte påtschat über den Gartenzaun.

»Was wird denn das, wenn's fertig ist?«, brüllte Sepp. »Was glaubst denn, für was ich einen Zaun hab?«

»Da guckste, was? Ich bin doch nicht so blöd und laufe ständig meine und deine Auffahrt rauf und runter!«

Belten kam mit einem derart selbstzufriedenen Gesichtsausdruck auf ihn zu, dass es Sepp – obwohl er ja nun wirklich kein gewalttätiger Mensch war, da gab es im Mölltal ganz andere Kaliber – regelrecht in den Fingern juckte, ihm ane zu sålzn. Aber eines nach dem anderen. Erst galt es, Nowak loszuwerden. Dann würde Sepp schon dafür sorgen, dass Belten mit seinem Stuhl auf seiner Seite des Zaunes blieb.

Grantig schloss er seine Haustür auf. Er machte sich nicht die Mühe, Belten ins Haus zu bitten. Wozu auch? Der Depp drängte sich eh ungefragt hinein, und Sepp hätte schon handgreiflich werden müssen, um ihn daran zu hindern.

»Bist du heute beim Bürgermeister gewesen?«

»Hm.« Sepp verstaute seine Einkäufe.

»Was hat er gesagt?«

Statt zu antworten, wickelte Sepp die Hauswürste aus ihrem Papier, griff sich eine und biss ein Stück ab.

»Wird er etwas gegen Anton unternehmen? Mensch, lass dir doch nicht alles aus der Nase ziehen!«

Ärger und Essen passten nicht gut zusammen, wie er feststellen musste. Die Wurst mochte ihm nicht schmecken. Im Gegensatz zu ihm war Akko der Appetit nicht vergangen. Er saß mit treuherzigem Dackelblick neben ihm; seine Rute fegte aufgeregt über den Boden. Sepp begutachtete die Wurst. Kein ideales Hundefutter. Aber Akko und er kamen langsam in das Alter, in dem es wurscht war, ob sie hin und wieder sündigten. Gesundheitliche Langzeitfolgen mussten sie beide wohl nicht mehr fürchten. Mit einer raschen Drehung des Handgelenkes warf er ihm die Wurst hin.

»Sepp? Was war beim Bürgermeister? Du hast gesagt, du kannst gut mit ihm. Also?«

Hätte er Belten nur nicht gesagt, dass er heute den Müller aufsuchen wollte; dann könnte der ihn jetzt nicht mit Fragen löchern, auf die Sepp lieber keine Antwort geben wollte. Aber wie hieß es so schön: Hintennach reitet die alte Urschl.

Natürlich *konnte* er gut mit Müller, so gut, dass der ihn auch ohne Termin sofort in seinem Büro empfangen hatte, obwohl seine Sekretärin Inge Hirschenthaler ihn hatte abwimmeln wollen. Wo der Herr Bürgermeister doch so beschäftigt wäre. Im Gegensatz zu ihr wusste Müller jedoch, dass er schnell sehr viel mehr freie Zeit haben würde, als ihm lieb sein konnte, wenn er es sich mit Sepp verscherzte.

Allerdings verlief das Gespräch mit Müller nicht so befriedigend, wie er es sich erhofft hatte. Seine Fragen nach Betriebsgenehmigung und Auflagen Nowaks Lokal betreffend beantwortete der Bürgermeister noch bereitwillig; alles hätte seine Richtigkeit und Ordnung.

»Hören wir auf, um den heißen Brei herumzureden«, verlor Sepp schließlich die Geduld. »Das Lokal muss weg!«

Müller gaffte ihn aus großen Augen an. »Wieso? Hast einen Grund —«

»Weil ich's sag! Das Haus gehört der Gemeinde, ihr habt es dem Nowak verpachtet. Also könnt ihr das auch wieder rückgängig machen.«

Zunehmend nervös redete der Bürgermeister einen Topfen daher, von wegen Vertrag und Gemeinderatsbeschluss und so weiter. Die Schweißflecken unter seinen Achseln wurden immer größer. »Ich kann da nichts machen.«

»Wirklich? Ich bin gespannt, ob Veronika Schwarzenbacher das auch so sehen wird, wenn sie erst einmal Bürgermeisterin ist.«

»Eine Frau als Bürgermeister von Obervellach? Niemals! Das wollen die Wähler nicht«, antwortete Müller und schnaubte verächtlich.

»Vielleicht denken sich die Wähler aber auch, lieber die Schwarzenbacher als einen Windhund, der ein Gšpusi mit einer verheirateten —«

»Pst!« Hektisch blickte Müller auf die geschlossene Bürotür, aber Sepp kam erst so richtig in Fahrt.

»Was sagt denn eigentlich die Frau Müller dazu, dass ihr Mann alles påckt, was bei drei nicht aufm Bam ist? Wo sie doch so erzkatholisch ist.«

»Ich würde dir ja helfen, aber ich kann nicht!«

Müller erklärte ausführlich, dass die Verpachtung durch den Gemeinderat erfolgt war, mit fast einstimmigem Beschluss, und er nicht ohne triftigen Grund eine Abstimmung über die Aufkündigung des Pachtvertrages beantragen könnte. Als Bürgermeister wären ihm die Hände gebunden, er könnte nicht willkürlich Beschlüsse umstoßen, sondern müsste sich den Entscheidungen des Gemeindevorstandes und Gemeinderates beugen.

»Selbst wenn die Schwarzenbacher Bürgermeister wäre, könnte sie genauso wenig daran rütteln. Finde dich damit ab, Sepp. Solange Anton Nowak nicht gegen Auflagen oder das Jugendschutzgesetz verstößt, ist nichts zu machen.«

Sepp knirschte mit den Zähnen. Schlussendlich war ihm nichts anderes übrig geblieben, als enttäuscht abzuziehen. Nur damit jetzt Belten mit seiner Fragerei in offenen Wunden herumstocherte.

»Sag schon, was ist bei deinem Gespräch mit dem Bürgermeister herausgekommen?«

»Nichts.«

»Was meinst du mit —«

»Bist nicht nur tepat, sondern auch terisch?«

»Kann ich doch nichts für, wenn du beim Bürgermeister keinen Erfolg hattest. Das ist kein Grund, mich anzubrüllen.«

Belten verschränkte die Arme vor der Brust und starrte ihn an, die Unterlippe trotzig vorgeschoben wie ein kleines Kind. Einfach nur lächerlich. Als Sepp jedoch die kalte Hundeschnauze an seiner Hand fühlte und Akko seinen Kopf auffordernd an seinen Fingern rieb, spürte er, wie der Groll in ihm nachließ.

»Ist ja gut, hast ja recht«, sagte er.

»Schön, dass du das einsiehst!«

»Ich hab mit meinem Hund geredet.« Er streichelte ihn weiter und rieb ihm sanft die langen Schlappohren, was er besonders mochte.

»Du behandelst deinen Hund besser als Menschen«, beschwerte sich Belten.

»Jedem das Seine.«

Ein sturer Hund war er, der Belten. Denn statt beleidigt zu gehen, setzte er sich – nachdem Sepp ihn noch scharf gewarnt hatte, dass der Stuhl ihm gehörte – auf die Eckbank. Zumindest mit dem halben Hintern fand er darauf Platz. Mit hochgezogenen Brauen musterte Belten die gestapelten Jagdzeitschriften und lugte sogar in eine der offenen Schachteln hinein, die Verordnungen der Kärntner Jägerschaft enthielt.

Dann reckte sich Belten zum Fenster und lupfte mit Daumen und Zeigefinger die gräuliche, teils eingerissene Gardine. Die grelle Mittagssonne fiel unbarmherzig auf das südseitig gelegene Fenster, betonte die Schlieren und ließ den Fliegenschiss auf den Scheiben erleuchten. Im einfallenden Sonnenlicht tanzten die Staubkörner. Er murmelte etwas, das Sepp verdächtig nach »versifft« klang, aber als er nachfragte, schüttelte er nur den Kopf.

Er bemerkte, wie Belten zur Kaffeemaschine schielte, und überschlug im Kopf die Zeit, die für das Kochen und Trinken draufgehen würde. Mindestens zehn Minuten. Nein, so lange konnte er seinen Besuch nicht ertragen. Obwohl sich Sepp nach einem ordentlichen Häferlkaffee sehnte, würde er damit warten, bis er endlich wieder allein war.

Sein Handy brummte. Genervt zog Sepp es aus der Jackentasche. Schon wieder Vinzenz Hinteregger. Er drückte ihn weg und sah, dass von Karl Hartmann eine weitere SMS gekommen war. Sepp machte sich nicht die Mühe, sie zu öffnen. Es würde eh nichts anderes drinstehen als in den letzten dreizehn SMS, die er in den vergangenen Tagen erhalten hatte. Die Vorstandsmitglieder der Hubertusrunde kamen wegen der Obmannfrage ganz schön ins Schwitzen und wurden nicht müde, ihn mit Anrufen und Mitteilungen zu bombardieren. Ein Glück, dass man ein Handy auf lautlos stellen und so die lästigen Deppen ignorieren konnte …

»Hast ein Handy?«

»Klaro.«

Sie tauschten die Nummern aus.

»Gute Idee, dann kann ich dich immer erreichen, selbst wenn du nicht zu Hause bist.«

»Auch wenn ich daheim bin, ist's mir lieber, du rufst mich an, wenn es etwas gibt. Dann musst nicht herkommen.«

»Ach, das macht ja keine Umstände, zumal ich ja die Abkürzung —«

»Ruf an! Apropos: Was gibt's vom Nowak?«

»Er fährt für ein paar Tage zu Carola und den Kindern.«
Sepp strich sich mit den Knöcheln über das bärtige Kinn.

»Gut, dann haben wir Zeit, bis er zurückkommt.«

»Was machen wir bis dahin? Wir —«

»Du gehst heim, und ich geh in den Wald. Meld dich, wenn
Nowak wieder da ist. Telefonisch!«

11

Kurz nach dem Katschbergtunnel ließ Anton die Scheibe der Fahrertür hinunter, um seinen Tschick hinauszuwerfen. Mist, das war sein letzter gewesen. Mehr als zwei Packerln hatte er auf der Fahrt von Wien nach Kärnten geraucht, was ein neuer Rekord für ihn war. Carola würde ihm die Hölle heißmachen, wenn sie davon wüsste. Sie hasste es, wenn er sich im Auto eine anzündete, und er verkniff es sich in ihrer Gegenwart. Und niemals neben den Kindern, darauf bestand sie. Er musste sich unbedingt Nachschub besorgen. Eine Hinweistafel kündigte Gmünd an, und er überlegte kurz, hier abzufahren, verwarf den Gedanken aber. Ihm fehlten die Nerven, um nach einer Trafik zu suchen. Bis zum Autobahnknoten Spittal konnte er es noch aushalten, und in Seeboden befand sich eine direkt an der Hauptstraße, wie er von den sommerlichen Ausflügen an den Millstätter See wusste. Obervellach hatte zwar ein nettes Freibad mit Rutsche, das den Kindern vollauf genügte; aber See blieb See, wie Carola immer sagte. Mindestens drei Mal pro Jahr mussten sie auf ihr Drängen hin mit dem Schiffernakel über den See fahren, wovon Anton nicht mehr hatte als einen Sonnenbrand auf seiner gelichteten Kopfhaut, wenn er ein Kappl aufzusetzen vergessen sollte. Er rieb sich über den Schädel und konnte das vertraute Brennen fast spüren.

Anton war in Gedanken schon so sehr beim nächsten Tschick, dass er ohne die Warnung von seinem Navi bei Trebesing glatt mit hundertsechzig Stundenkilometer in den Frontradar gerast wäre. So konnte er gerade noch rechtzeitig herunterschleifen. Bald danach ordnete er sich links ein, um die Abfahrt Spittal Nord zu nehmen. Obwohl hier Tempo hundert galt, blickte er aus reiner Gewohnheit in den Rückspiegel – aus Angst, dass ihm ein ortsunkundiger Raser hintendrauf knallte. Bei der nächsten Ampel bog er links in die B 98, die Millstätter Straße, ein. Die monotone Frauenstimme mit ihrem »Wenn möglich, bitte wenden« drohte ihm den letzten Nerv zu rauben, bis er wenige

Minuten später die Trafik erreichte und eine Parkmöglichkeit direkt davor fand. Er kaufte gleich eine ganze Stange Marlboro. Kaum saß er wieder im Auto, riss er mit nervösen Fingern die Packung auf. Das obligatorische Schockbild – dieses galt dem Thema Lungenkrebs – entlockte ihm wie vermutlich den meisten Rauchern nicht mehr als ein Achselzucken. Vor dem Krebs hatte er keine Angst, der musste sich hinten anstellen, wenn er ihm ans Leder wollte. Er zündete sich eine an.

Sein Blick fiel auf das Familienfoto, das Noemi-Sophie mit breiten Tixostreifen am Armaturenbrett festgeklebt hatte. Es war vor einem Jahr im Prater aufgenommen worden. Den Tschick zwischen Zeige- und Mittelfinger geklemmt, strich Anton mit den Fingerspitzen über das Bild. Gut, dass sie das Foto nicht fünfzehn Minuten später gemacht hatten. Denn dann hätte der kleine Anton sehr viel blasser ausgesehen, hatte er mit seinen damals acht Jahren doch darauf bestanden, mit dem Papa Geisterbahn zu fahren. Auch wenn sein Bub vom Fernsehen her Monstertypen aller Art gewohnt war, hatte er sich doch beinahe in die Hose gemacht vor Angst. Und bei der fünfjährigen Pia-Nadine war es nicht beim »beinahe« geblieben: Sie hatte nicht auf die Mahnungen ihrer Mama hören wollen, dass sie nach all der Zuckerwatte und der Leberkässemmel speiben würde, und hatte sich in der dritten Runde Ringelspiel von oben bis unten vollgekotzt. Nur Noemi-Sophie war ganz Prinzessin geblieben in ihrem rosa Kleidchen und mit den beiden Zöpfchen, wo sie doch zwei Jahre älter war als ihre Schwester, das Kindergartenkind. Dass Noemi-Sophie mit zwei großen Zahnlücken in die Kamera lächelte, tat ihrem Charme keinen Abbruch.

Leider war von der Familienidylle, wie sie das Foto abbildete, in den letzten Tagen in Wien nicht viel zu spüren gewesen. Weder Carola noch die Kinder konnten sich mit der Idee anfreunden, nach dem laufenden Schuljahr nach Kärnten zu übersiedeln. Sie wollten nicht weg aus der vertrauten Umgebung und von ihren Freunden. Anton junior hatte ihm gestern Abend sogar ein »Ich hasse dich!« entgegengebrüllt und ihm die Kinderzimmertür vor der Nase zugeschlagen. Selbstverständlich hatte sich Carola vor den Kleinen zurückgehalten – als Eltern sollten sie sich als Einheit darstellen und ja nicht vor den Kindern streiten.

Aber frage nicht, was heute Morgen los war, als sich die Kinder auf den Weg zur Schule gemacht hatten. Carola hatte sich aus seiner Umarmung gewunden und ihn gebeten, es sich doch bitte noch einmal zu überlegen. Und sie hatte zum ersten Mal angedeutet, dass sie ihm vielleicht nicht nach Obervellach folgen würde.

Anton schlug gegen das Lenkrad. Was sollte er sich denn bitte überlegen? Glaubte sie, ihm war die Entscheidung leichtgefallen? Dachte sie, ihm gefiel es, in die Einöde zu ziehen, wo sich Fuchs und Hase gute Nacht sagten und er sich mit Gscherten wie dem Bürgermeister Müller oder einem irren Nachbarn wie Sepp Flattacher herumplagen musste? Ihm blieb verdammt noch mal keine andere Wahl! Er sah keinen anderen Ausweg, um aus dem Schlamassel herauszukommen.

Frustriert warf Anton den Zigarettenstummel hinaus und startete den BMW. Er musste zusehen, dass er nach Obervellach kam, bevor das »COME OVER FELLOW« aufsperrte. Die Freitage und Samstage waren – no na ned – die stärksten Tage der Woche, und er hatte Michaela versprochen, rechtzeitig wieder zurück zu sein, damit sie zum Wochenende nicht allein die Stellung halten musste. Irgendwie freute er sich sogar auf den Stress, der ihn im Lokal erwartete. Er bedeutete Ablenkung, die er dringend benötigte, um nicht verrückt zu werden.

Denn hier, allein im Auto, konnte er es sich eingestehen: Ihm ging gewaltig die Muffen.

★★★

Sepp rammte den Wanderstab mit der eisernen Spitze in den Boden und hielt sich an diesem fest, um nach einem besonders steilen Jägersteig zu verschnaufen. Das gab ihm zudem die Gelegenheit, sich umzublicken und tief einzuatmen. Diesen Geruch nach Alm und Wald konnte man gar nicht beschreiben, so erdig und satt. Die Sonne war mittlerweile vollständig aufgegangen und ließ die Lärchen ringsum goldgelb erstrahlen.

Sepp besaß keine poetische Ader, er war ein durch und durch bodenständiger, pragmatischer Kerl. Aber wenn er zum Dichten geneigt hätte, wären ihm jetzt gewiss die besten Ideen gekommen. Dann hätte er den nahezu wolkenlosen Himmel und die Vogelstimmen in passende Worte gekleidet, die über die Hänge verstreuten einzelnen Felsblocken als wie von Riesenhand hingeworfen beschrieben oder das sanfte Gebimmel einer Kuhglocke hergenommen. Nicht mehr lange und die jetzt noch auf der Lärchenweide grasenden Kühe würden – anlässlich des Almabtriebes prächtig geschmückt – in ihre Ställe heimkehren. Sepp war so richtig gut gelaunt.

»Reini, ich habe eine Spezialfrage für dich.« Er ergriff häufig die Gelegenheit, das Wissen des Jungjägers zu prüfen; je kniffliger, desto besser. Jetzt deutete er zu den Kühen und fragte: »Was machst, wenn du aus Versehen einen Butterhirsch schießt?«

»Ich ruf dich an, also, den Aufsichtsjäger. Herrje, das würde der Kärntner Jägerschaft gemeldet werden, nicht wahr? Das ist ein grober Verstoß. Ich meine, wenn ich die Kuh falsch anspreche und glaub, es ist ein Hirsch … Da bin ich meinen Jagdschein los, oder?«

»Ziemlich sicher. Also, was machst?« Als Reini nichts einfiel, grinste Sepp. »Du schiebst der Kuh einen Hasen ins Maul und sagst dem Bauern, sie hat gewildert.«

»Im Ernst? Äh … Das ist ein Schmäh, oder?«

Sepp verdrehte die Augen. Da machte er einmal einen Witz, der noch dazu einen langen Bart hatte, und dann schnallte Reini ihn nicht.

»Ja, das ist ein Schmäh«, brummte er verärgert.

Reini lachte. »Der ist gut! Die Kuh hat gewildert! Aber im Ernst, wenn mir das passieren würde, was müsste ich dann tun?«

»Du rufst mich an.«

»Okay. Und dann?«

»Dann geb ich dir den Gnadenschuss.« Sepp riss seinen Stock frei und stapfte weiter.

Bald hatten sie die Baumgrenze hinter sich gelassen, und sie hatten einen guten Blick zum felsigen Gipfel des Grönecks hinauf, der dank seiner Aussichtslage viele Wanderer anlockte.

Sepp hob sein Fernglas und suchte die Hänge ab. Wie er wusste, befand sich nicht weit von hier ein ausgedehnter Murmelbau. Mit ein bisschen Glück sollten sie an diesem Oktobertag Murmalan sehen.

»Da gemma ume«, flüsterte er über seine Schulter hinweg und deutete auf eine Ansammlung wuchtiger Felsen.

Reini nickte und pirschte ihm, seinen Fuß stets dahin setzend, wo Sepp hingestiegen war, nach. Im Schutz der Felsen hockten sie sich hin. Sepp ließ seinen Lodenrucksack zu Boden gleiten und holte sein Spektiv heraus. Halb über einem Stein liegend, spähten sie zum Murmelbau.

»Da, ein Bär!«, wisperte Reini aufgeregt.

Tatsächlich. Ein kräftig gebauter Bär bezog auf einem flachen Felsen Stellung. Er richtete sich auf und hielt die Nase hoch. Gut, dass der Wind ihnen ins Gesicht blies, sonst hätte er die Jäger sofort ausgemacht. Dass das Tier vor ihnen sicher war, da die Schusszeit mit dem 15. Oktober geendet hatte, konnte es ja nicht wissen.

»Der Wächter«, gab Sepp ebenso leise zurück.

Gleich darauf zeigte sich vorsichtig schnuppernd eine Katze; drei quirlige Affen folgten ihr und rannten, übereinander purzelnd, über den steilen Hang. Die Jungtiere hatten sich schon ordentlich Speck angefuttert, wie Sepp mit einem Lächeln feststellte. Damit würden sie den bevorstehenden langen Winterschlaf, in der Nestkammer eng aneinandergekuschelt und sich gegenseitig wärmend, hoffentlich gut überstehen. Nach und nach kamen noch weitere Murmalan aus dem Bau, fraßen und spielten, dass es eine Freude war, ihnen zuzusehen.

Nur um den starken Bären machten die verspielten Affen einen Bogen. Denn der hielt Wache. Ihn abzulenken könnte sich als tödlich erweisen. Sepp betrachtete das starke Tier. Es musste schon einige Jahre auf dem Buckel haben; die langen Schneidezähne waren goldbraun verfärbt.

Plötzlich stieß der Bär einen schrillen Pfiff aus. Schlagartig fuhren alle Murmeltiere in den Bau ein.

Er sah hinauf zum Himmel.

»Ein Adler?«, fragte Reini.

Sepp kniff die Augen zusammen. »Bartgeier.«

»Boah. So nah habe ich noch keinen gesehen«, flüsterte Reini und hielt sein Fernglas auf den majestätischen Raubvogel gerichtet, der Sepps Schätzung nach eine Flügelspannweite von über zwei Metern besaß.

Bartgeier waren längst kein ungewöhnlicher Anblick mehr, denn die in den 1980er-Jahren eingeleitete Wiederansiedlung erwies sich – wie auch bei den Steinböcken – als voller Erfolg. Fritz Rieder, Berufsjäger im Nationalpark Hohe Tauern, hatte ihm mal auf dem Handy gezeigt, wie weit die Bartgeier auf ihren Flügen kamen. Da manche von ihnen mit GPS-Sendern ausgestattet waren, konnte man ihre Wege auf der Landkarte verfolgen. Solange der Bartgeier über ihnen kreiste, würden sich die Murmeltiere nicht sehen lassen.

»Weiter geht's.« Sepp stand auf.

Sie marschierten die Bergflanke entlang, wobei sie einmal eine schmale Rinne überqueren mussten, in der sich loses Geröll angesammelt hatte. Trittsicher wie die Steinböcke – sie waren ja nicht wie ausländische Touristen mit Sandalen unterwegs – überwanden sie das Hindernis.

»Down!«, befahl Sepp leise, aber in scharfem Tonfall, und nicht nur Akko ließ sich auf das Kommando sofort niederfallen. Unweit von ihnen zog ein Gamsrudel schräg vom Grat herunter und querte dabei eine Rinne. »Da holen wir uns einen.«

In gebückter Haltung schlichen sie sich zu einem Vorsprung vor.

»Traust dir den Schuss auf die Entfernung zu?«, fragte er Reini.

»Zweihundert Meter?«

»Eher hundertfünfzig.«

Reini richtete sein Gewehr her und benützte seinen Rucksack als Auflage.

Jetzt ging es darum, die Gämsen anzusprechen und ein geeignetes Stück auszuwählen.

»Was ist mit dem Bock, der zweite von rechts?«

»Zu stark, den lassen wir. Einserböcke haben wir nur noch einen frei.«

Den Jägern der Hubertusrunde fiel es, wie so ziemlich allen

Waidmännern, nicht schwer, den Abschussplan zu erfüllen – soweit er die begehrten Trophäenträger wie Hirsch, Gams oder Rehbock betraf. Anlässlich der letzten Hegeringschau, bei der die Jäger des Bezirks wie immer neidisch die Länge der Gamskrickerln vermessen und die Enden der Hirschgeweihe gezählt hatten, war Sepp der Kragen geplatzt, und er hatte in seiner Funktion als Aufsichtsjäger darauf hingewiesen, doch bitte sehr auch beim Kahlwild den Abschussplan zu beachten. Für die Tiefkühltruhe wäre ein Hirschtier oder Kalb schließlich genauso gut geeignet.

»A Tiefkühltruhen kann ich mir aber nicht an die Wand nageln«, spottete Hannes Guggenberger senior, damals noch Obmann des Jagdvereins Hubertusrunde und schon reichlich angetrunken.

Das Sprichwort traf zu: Von Kindern und Narren kann man die Wahrheit erfahren. Die Jagdsaison auf Gams- und Rotwild dauerte bis zum 31. Dezember. Doch gegen Jahresende, wenn klar wurde, welche Stücke noch zum Abschuss frei waren, nahm die Begeisterung der Jäger, ein Hirschtier zu erlegen, gerade im Gebirge proportional zur steigenden Schneehöhe ab. Da überlegte man sich zweimal vor dem Schuss, ob man sich die Bergung eines erlegten Stückes antun wollte oder nicht.

»Ich steig nicht einmal für einen Schmalspießer fünfzig Meter weit durch den hüfthohen Schnee«, lautete Guggenbergers diesbezügliche klare Ansage.

Sepp schüttelte bei der Erinnerung an den alten Hannes Guggenberger den Kopf. Wie wenig waidmännisch dieser war, hatte sich ja herausgestellt, und er hatte bekommen, was er verdiente.

»Schau, da zieht ein passender Jahrling nach«, raunte Sepp Reini zu. »Den kannst schießen!«

Für einen Jungjäger wie Reini tat es als erster Gamsbock ein junges Stück mit fünf Zentimeter langen Schläuchen. Man muss nichts übertreiben. Wenn es nach Sepps Kopf ging, würde er im Jagdverein aufgenommen werden und könnte dann ab nächstem Jahr als vollwertiges Mitglied auch allein auf die Jagd gehen. Dann brauchte er Sepp als Begleiter nicht mehr. Der Gedanke hinterließ einen seltsam schalen Geschmack in seinem Mund.

»Pass bloß auf, dass keine Gas erwischst!«, raunzte er.

Zwar unterschieden sich die Krucken der männlichen und weiblichen Tiere deutlich durch Hakelung und Schlauchstärke – bei den Böcken waren sie breiter und stärker gekrümmt –, aber Reini wäre nicht der erste Jäger, dem in der Aufregung ein solcher Fehler unterlaufen wäre.

»Haha! Gilt das mit dem Gnadenschuss bei einer Gas auch oder nur beim Butterhirsch?«

Was war das, eine schlagfertige Antwort vom Reini? Sepp musste schmunzeln. Wenn Reini sich nicht gerade schussbereit machen würde, hätte er ihm einen leichten Hieb auf den Hinterkopf versetzt.

»Ruhig. Lass dir Zeit. Der rennt dir nicht davon«, mahnte Sepp, das Spektiv auf den ausgewählten Bock gerichtet. »Halt direkt aufs Blattl.«

Reini drückte ab.

Wie bei Gämsen öfter zu beobachten, erwies sich auch dieser Gamsbock als ziemlich schusshart. Eindeutig getroffen, schwankte er zwar leicht, blieb aber stehen.

»Soll ich noch einmal …?«

Bevor Sepp antworten konnte, tänzelte der Gams auf wackeligen Beinen einen Felsvorsprung entlang – und … stürzte auf dem losen Geröll abwärts.

»Eh klar, dein erster Gamsbock muss uns ja åbwålgn.« Gemächlich verstaute Sepp sein Spektiv und rappelte sich hoch. Sie mussten sich nicht länger in der Deckung halten, denn auf den Schuss hin hatten auch die anderen Gämsen das Weite gesucht.

Er schulterte den Rucksack, packte seinen Stecken und ging voran. An der Anschussstelle ließ sich Sepp auf ein Knie fallen. Hellroter, schaumiger Schweiß bestätigte seine Annahme, dass es sich um einen Lungenschuss handeln musste, und er wies auch Reini darauf hin, damit er was lernte.

Akko schnupperte aufgeregt; eine Handbewegung genügte, um ihn auf die Nachsuche zu schicken. Obwohl wie sein Herr nicht mehr der Jüngste, sprang Akko leichtfüßig über das Geröll, aber selbst unter seinen Pfoten löste sich der eine oder andere

Stein und polterte, weitere mit sich reißend, in die Tiefe. Der Hund verschwand aus ihrem Blickfeld, aber gleich darauf hörten sie, wie er das erlegte Stück mit tiefem Standlaut verbellte.

Auf dem sichereren Almboden bleibend, stiegen sie parallel zur Rinne ab. Es wurde immer steiler. Sepp setzte sich hin und rutschte, sich mit der freien Hand an Grasbüscheln festhaltend, auf dem Hosenboden hinunter – wozu hatte man eine widerstandsfreudige Lederhose? Die Kråchane war einfach unersetzlich. Der Gamsbock war in der hier breiter werdenden Rinne zu liegen gekommen. Ein Glück, denn noch ein Überschlag mehr, und sie hätten ihn abschreiben können. Danach ging es nämlich so richtig tief runter.

»Waidmannsheil.«

»Waidmannsdank.« Reini befreite sich von Gewehr und Rucksack und nahm auch das Fernglas ab, das er am Riemen um den Hals getragen hatte.

Währenddessen setzte sich Sepp auf einen flachen Stein und durchwühlte seinen eigenen Rucksack. Ganz obenauf befand sich die blecherne Jausenbox, die er irgendwann durch eine neue ersetzen musste. So verbeult, wie sie mittlerweile war, konnte er sie kaum noch schließen. Aber er hing an dem alten Ding. Er stellte sie neben sich auf den Stein. Als Nächstes kam eine Wasserflasche ans Tageslicht. Dann ein Frakale. Er schüttelte es vorsichtig; ja, ein bisserl Schnaps war noch drin. Den würde er sich für später aufbewahren. Taschentücher. In einem fadenscheinigen Beutel war sein Notfallset untergebracht, das neben Pflasterln, einer Mullbinde und einer Taschenlampe – man wusste ja nie – auch ein dunkles Fläschchen mit Arnikatinktur enthielt. Nach einem skeptischen Blick auf Reini ließ er den Beutel nicht wieder in den Tiefen des Rucksacks verschwinden, sondern legte ihn neben die Jausenbox.

Der Reini konnte so ein Påtschgoggl sein, dass es kaum zu glauben war. Was Sepp ihn beim Hochsitzbauen oder Bäumezurückschneiden schon hatte verarzten müssen, weil er sich mit Hammer oder Säge verletzt hatte. Selbst bei jenem einen Mal, als sie eine neue Futterkrippe aufgestellt hatten und Sepp ihm absichtlich kein Werkzeug überlassen hatte, war Reini mit einem blauen Auge und einer Schnittverletzung über der Braue heimgefahren. Sepp war gerade dabei gewesen, einen Ast abzuschneiden; nur war Sepp derselbe ausgekommen und Reini ins Gesicht geschnalzt. Wie gesagt, Reini war und blieb påtschat.

Ganz unten im Rucksack fand Sepp das aufgerollte Seil, nach dem er gesucht hatte. Das Ende desselben drückte er Reini in die Hand, der sich vorsichtig tastend über die lockeren Steine zum Gamsbock vorarbeitete.

»Pass lei auf, dass dir nicht die Haxn brichst!«, rief Sepp ihm nach. Dafür gab's kein Pflasterl.

Der Bartgeier kreiste schon erwartungsvoll über ihnen.

Endlich erreichte Reini das verendete Stück, bei dem Akko geduldig wartete. Bevor er seine Hand nach dem Gamsbock ausstreckte, fütterte er dem Hund ein paar Leckerli. Das war nicht unbedingt nötig, denn Akko war nicht wie Karl Hartmanns nichtsnutzige Dachsbracke, Cindy oder Sissi oder Cilli oder wie das Viech hieß. Die Hündin schaffte es nicht, allein aus dem Wald heimzufinden, aber drohte selbst dem eigenen Besitzer an die Gurgel zu springen, wenn er das geschossene Stück Wild in Besitz nehmen wollte. Sepp hatte mit eigenen Augen gesehen, wie sie bei einer Treibjagd in aller Seelenruhe ein Hirschtier anschnitt und vom Weidloch – der dünnsten Stelle in der Decke – ausgehend die besten Schnitzel aus dem Schlögel fraß. Ein Waidkamerad, der hart durchgreifen wollte, musste mit Bissverletzungen an der Hand zum Arzt. Selbst Karl Hartmann war, als er endlich dazukam, nicht in der Lage, das Sauviech zur Räson zu bringen. So ein blöder Hund! Und die Keiffn war auch nix besser.

Am liebsten hätte Sepp Karls Hündin auf der Stelle in die ewigen Jagdgründe geschickt, aber bevor er das Gewehr anlegen konnte, war Karl auf der Bildfläche erschienen. Alles konnte man einem Hundeführer sagen: Dass seine Frau fremdging und dass die Kinder Štirzler waren – aber nicht, dass sein Hund nichts taugte. Denn das nahm dieser dann doch persönlich.

Seinen Akko hatte Sepp im Gegensatz dazu perfekt erzogen. Er ließ sich willig mit Leckerlis füttern – und das tiefe Knurren, als Reini das Gamshäuptl anhob, war ein ganz freundschaftliches, wie Sepp fand.

»So ein Mist«, rief Reini. »Eine der Krucken ist abgebrochen.«
Er stand auf und sah sich suchend auf dem Geröll um.
»Lass lei, das findest niemals! Schau, dass wir ihn herziehen.«
Reini legte dem Gamsbock den Strick um den Hals und stieg
zurück zu Sepp. Gemeinsam zogen sie das Stück zu sich heran. Da
kam selbst Sepp ins Schwitzen. Schließlich lag der Gamsbock auf
sicherem Boden vor ihnen, und sie drehten ihn auf seine rechte
Seite. Keuchend ließ sich Reini auf den Hintern plumpsen.
Sepp beugte sich vor, um das von Reini beklagte Malheur
anzusehen. Beim Absturz über die Felsen war oberhalb des Stirn-
zapfens ein Stück vom Schlauch abgebrochen. Selbstverständlich
hatte Sepp dem jüngeren Jäger wieder und wieder gesagt, dass
es beim Jagen nicht nur auf die Trophäe ankam; aber der erste
erlegte Gamsbock war schon etwas Besonderes. Und a hålbate
Krucken war halt lei a hålbate Gschicht.
Er klopfte Reini tröstend auf die Schulter und machte sich
dann auf die Suche nach einem bruchwürdigen Gehölz. Im Wald
war es einfacher, da tat es ein Zweig von Tanne, Fichte oder
Eiche. Oberhalb der Baumgrenze galt es, nach Almrausch, der
jetzt im Oktober schon verblüht war, oder Grantnlaub Ausschau
zu halten. Er brach zwei kleinere Zweige vom Almrausch ab und
fand zu seiner Freude ganz in der Nähe eine Latsche. Ein halbwegs kräftiger Ast war genau das, was er gesucht hatte. Schließlich
sollte Reini seinen ersten Gamsbock nicht so schnell vergessen.
Zur Jagd gehörte mehr als das Beutemachen. Sepp sah sich
selbst als traditionsbewusst, was jagdliche Gebräuche anging. Auf
das gemeinschaftliche Besäufnis in Jägerrunden konnte er zwar
gut verzichten, aber andere Riten waren ihm wichtig, und die
wollte er auch Reini näherbringen, damit sie nicht in Verges-
senheit gerieten.
»Dein erster Gamsbock«, sagte er und feixte. »Runter mit der
Hose! Jetzt kriegst Wichs.«
Reini rang sich ein halbherziges Lachen ab, legte seinen Hut
auf den Boden und kniete sich neben das erlegte Stück Wild.
Mit nacktem Arsch beugte er sich darüber. Brauch war Brauch.«
Sepp packte den Latschenast, schwang ihn einmal prüfend durch
die Luft und legte los.

»Der erste Schlag —«

»*Aua!*«

»... soll dich zum Jäger weihn. Der zweite Schlag soll dir die Kraft verleihn, zu üben stets das Rechte.«

»Nicht so fest!«, jammerte Reini und schob seine Hände schützend über die Hinterbacken.

»Sei nicht so eine Plärrenke!«, schimpfte Sepp.

Zögernd nahm Reini die Hände weg.

»Der dritte Schlag soll dich verpflichten, nie auf die Jägerehre zu verzichten.«

In den nächsten Tagen würde Reini jedes Mal, wenn er sich hinsetzte, an den heutigen Tag denken.

»So, jetzt bist zum Gamsjäger geschlagen.«

»Waidmannsdank«, antwortete Reini mit nunmehr sehr ernstem Gesichtsausdruck. Er zog sich die Hose hoch und rieb sich den Hintern.

Sepp nickte zufrieden. Er brach ein kleines Zweigerl vom Latschenast ab, wischte damit über das Einschussloch, um es mit Schweiß zu benetzen, und legte es dann auf seinen Hut, um es als Beutebruch Reini zu reichen.

»So nimm, Gesell, den grünen Bruch und beherzige den Jägerspruch: Es ist des Jägers Ehrenschild, dass er beschützt und hegt sein Wild, waidmännisch jagt, wie sich's gehört, den Schöpfer im Geschöpfe ehrt.«

Reini nahm den Bruch entgegen und steckte ihn an die rechte Seite seines Jagahutes, den er wieder aufsetzte. Danach bekam der Gamsbock den Almrausch als seinen Letzten Bissen in den Äser geschoben. Sepp kramte sein Schnapsfrakale hervor und reichte es zuerst Reini, der einen Schluck nahm und sich prompt verkutzte. Hilfsbereit klopfte Sepp ihm auf den Rücken.

»Na, na, bist doch noch ein bisserl jung für einen richtigen Schnaps«, zog er ihn auf, bevor er seine eigenen Lippen nur befeuchtete.

Mehr war bei dem hantigen Enzianschnaps nicht ratsam. Aber Sepp hatte nur einmal den Fehler gemacht, bei einer Treibjagd einen süffigen Marillenschnaps dabeizuhaben. Es war üblich, dass die Frakalen weitergereicht wurden, und so schnell hatte Sepp gar nicht schauen können, da war seines leer gewesen. Mit dem Enzianschnaps passierte das nicht.

Anschließend brach Reini den Gamsbock unter Sepps wachsamen Augen fachgerecht auf, sogar ohne sich dabei in den Finger zu schneiden. Der Tag hatte sich gelohnt. Auch für den Bartgeier. Der würde sich – natürlich war das Stück bleifrei geschossen worden – über den Aufbruch freuen.

»Ich werde trotzdem noch schauen, ob ich das Horn finde«, sagte Reini und stieg zurück in die Rinne, nicht auf Sepps Einwände hörend.

Kopfschüttelnd packte Sepp seine Jause aus und hielt mit geschlossenen Augen sein Gesicht in die Sonne. Ausdauernd war der Reini, das musste man ihm lassen, und das hatte er schon öfter unter Beweis gestellt, beispielsweise wenn er Sepps Rasen mähte. Aber eine Stecknadel im Heuhaufen suchen? So eine Arbeit tat sich nur der Reini an. Völlig umsonst. Aber wenn er nicht auf Sepp hören wollte ...

»Ich hab's!«, schrie Reini nach mehr als einer Stunde auf und reckte Sepp die Faust entgegen. In seiner Hast trat er noch eine polternde Steinlawine los, und er konnte von Glück reden, dass es ihn nur auf den Arsch setzte.

»Schau!« Voller Stolz hielt ihm Reini sein Fundstück entgegen.

Ungläubig nahm Sepp es entgegen und hielt es näher an sein Gesicht. Tatsächlich, es war das abgebrochene Stück. Innen hohl, wie die Hornschläuche beim Gams eben waren, und durch den Absturz teils gesplittert. Wie Reini das unter all den Steinen gefunden hatte, zumal der Gams ja doch einige Meter abgestürzt war, war Sepp ein Rätsel. Da standen ja die Chancen auf einen Sechser im Lotto besser!

»Kann man das picken?«

Man könnte höchstens ein breites Tixo fünfmal herumwickeln – aber wie das ausschauen würde! –, doch Sepp brachte es irgendwie nicht über sich, Reini zu sagen, dass seine akribische Suche völlig für den Hugo gewesen war. »Ich lass mir was einfallen.«

»Danke, Sepp! Du bist der Beste!«

Als Bester half er Reini, den Gamsbock an den Läufen an den Rucksack zu binden. Denn nach dem Abschuss galt es, das Stück vom Berg runterzuzarn. Na ja, Reini war ein junger, kräftiger Bursch, der machte das schon.

»Wenn du willst, können wir heute Abend noch auf die Hirschen ansitzen«, bot Sepp ihm quasi als Trost an.

»Äh … Heute ist schlecht«, murmelte er. »Ich habe was anderes vor.«

»Was Wichtigeres als jagern?« Sepp zog die Brauen zusammen. Noch nie hatte Reini ein solches Angebot ausgeschlagen. »Hast epa eine Freundin?«

»Nein! Aber der Kevin …« Reini verstummte, als er sich mit seiner Last über eine quer über den Steig liegende, vom letzten Sturm gefällte Lärche plagte. »Er ist … hoppla!«

Kevin?

»Also, der Kevin ist mein Freund und –«

»Ich versteh schon«, wehrte Sepp hastig ab, den Blick stur nach vorne gerichtet.

»Genau! Du bist nicht böse, oder, Sepp?«

»Nein, natürlich nicht. Schau dir die Zirben da an, die ist aber eigenwillig gewachsen.«

»Weißt, ich wäre gern mit dir auf die Hirsch gegangen, aber Kevin will mir heute Abend zum ersten Mal zeigen –«

»Ich will es gar nicht wissen!«

Sepp schritt zügiger voran. Reini konnte mit ihm zwar gut mithalten, immerhin war er rund vierzig Jahre jünger, aber mit dem Gewehr über der Schulter und dem Gamsbock über dem Rucksack blieb ihm doch die Luft zum Reden weg. Ein Segen.

Es war ein langer Hatscher zurück zum Auto, das sie am Ende des Huberalmwegs geparkt hatten. Sie brauchten fast zwei Stunden, auch wenn es obe schneller ging als aufe. Gemeinsam hoben sie den Gams ins Wildwandl. Reini lehnte sich gegen das Auto, schnaufte und wischte sich mit dem Jackenärmel den Schweiß von der Stirn.

»Siehst, sparst dir das Fitnesscenter«, sagte Sepp.

Er griff sich eine der Wasserflaschen, die er immer im Auto hatte, und füllte eine Schüssel für Akko. Dann reichte er die halb leere Flasche an Reini weiter, der ebenso gierig trank wie der treue Wachtelhund.

Derweil zog Sepp sein Handy aus der Jackentasche und schaltete es ein. Anrufe in Abwesenheit und SMS von Karl Hartmann, Vinzenz Hinteregger und sogar von Toni Brugger. Allerdings war auch eine Kurznachricht von Heinrich Belten dabei: »Anton wieder da«.

Na dann.

Mögen die Spiele beginnen und der Bessere gewinnen.

12

»Anton ist weg.« Heinrich tippte die Worte ein und drückte auf Senden. Nachdem sein Schwiegersohn gestern aus Wien zurückgekommen war, wollten Sepp und er heute ihren Plan in die Tat umsetzen. Er hatte es kaum erwarten können, dass Anton endlich aufbrach. Vor dem späten Abend erwartete er ihn nicht zurück.

Sie würden das Haus für sich allein haben. Flattacher hatte zwar sein Haus vorgeschlagen, aber Heinrich hatte sich standhaft geweigert. Bevor er auch nur daran denken könnte, in dessen verdreckter Küche zu kochen, müsste er diese einer wahrhaft gründlichen Reinigung unterziehen. Ehrlich gesagt hatte Heinrich es nicht gewagt, dies Flattacher ins Gesicht zu sagen, sondern andere Gründe vorgeschoben, warum sein Haus besser geeignet wäre.

An ein Stillsitzen war nicht zu denken, deshalb begann Heinrich, alles vorzubereiten. Eine Schüssel. Schneidbrett. Das Messer legte er ordentlich mit dem Griff nach rechts darauf. Wo war seine große Pfanne mit der Teflonbeschichtung? Sollte er lieber das Sonnenblumenöl oder das Maiskeimöl nehmen? Sicherheitshalber holte er beide Flaschen aus dem Schrank.

Auf dem Küchentisch lag einsam das aufgeschlagene Kochbuch, und er suchte die im Rezept genannten Gewürze zusammen. Fleisch und Zwiebeln wollte Flattacher einkaufen, allein, obwohl Heinrich ihm seine Begleitung angeboten hatte. Im Unterschrank fand er noch eine Schürze, die er über den Küchentisch legte, um sie sich zur rechten Zeit umbinden zu können. Sicherheitshalber fuhr er mit dem Wettex noch einmal über die Arbeitsflächen, bis diese blitzblank sauber waren.

Fertig.

Er brühte Kaffee auf, damit ihn das nach Flattachers Eintreffen keine unnötige Zeit kostete. Dank der Thermoskanne würde er schön warm bleiben.

Der werte Herr Nachbar ließ sich ganz schön Zeit mit dem

Einkaufen, genug Zeit, dass Heinrich seine Auffahrt gründlich kehren konnte. Jedes Mal, wenn er ein Auto hörte, zuckte er erwartungsvoll zusammen, nur um es enttäuscht vorbeifahren zu sehen.

Als er fertig war, ging er zurück ins Haus – da Flattacher jetzt wirklich jeden Moment kommen musste, ließ er die Haustür offen –, wusch sich mit Seife zweimal die Hände und ging in die Küche. Er holte zwei zusammenpassende Kaffeeschalen und goss in beide etwas Milch hinein. In seine Tasse gab er zudem zwei Löffelchen Zucker und ließ den Löffel stecken, damit er sie nicht verwechseln konnte. Er trug die beiden Tassen zum Tisch.

In den nächsten elf Minuten – er registrierte jedes einzelne Vorrücken des Zeigers der laut tickenden Küchenuhr – blätterte er die Tageszeitung zum dritten Mal durch und verschob mehrmals Flattachers Tasse, weil er sich einfach nicht entscheiden konnte, ob er ihn gegenübersitzen haben wollte oder über Eck platzieren sollte. Wobei sie vermutlich nicht viel zum Sitzen kämen, sie wollten schließlich kochen.

Den Anflug schlechten Gewissens, der sich in Heinrich regte, rang er nieder. Immerhin war es nicht seine Idee gewesen. Eine gewisse Mittäterschaft ließe sich vermutlich nicht leugnen, aber ganz klar trug nicht er die Hauptverantwortung, um von so etwas wie Schuld gar nicht erst zu reden.

Endlich hörte er ein Auto vorfahren. Da Flattacher wie gewohnt in seiner eigenen Einfahrt parkte, nutzte Heinrich seine neue Abkürzung, um ihm entgegenzueilen.

»Du hast dir ganz schön Zeit gelassen«, rief er ihm von Weitem zu. »Spät bist –«

»Wir haben keine Uhrzeit ausgemacht.« In aller Seelenruhe begann Flattacher, Einkaufstüten aus seinem Auto zu heben.

»Aber ich warte schon seit –«

»Zipf mich nicht an! Sonst kannst allein schauen, wie den Nowak loswirst!«

»Ich meine ja nur. Wenn du dich beeilt hättest, könnten wir schon ...« Heinrich brach mit einem Seufzen ab. Es hatte keinen Sinn, mit Sepp Flattacher zu debattieren.

»Das Sackerl kannst schon ume tragen zu dir.« Flattacher

drückte ihm eine schwere Tüte in die Hand. »Ich hole noch unsere Spezialzutat.«

Heinrich wartete jedoch, bis er mit einer geschlossenen Plastikdose in der Hand wieder aus dem Haus kam. »Hast du alles gekauft, was auf der Liste stand? Ich habe schon alles vorbereitet, wir können gleich loslegen.«

»Hm.« Das klang wie ein zustimmendes Ja.

Mit der schweren Einkaufstüte in der Hand war es gar nicht so einfach, über den Zaun zu klettern, zumal der Baumstumpf auf Flattachers Seite nicht so hoch war wie Heinrichs Stuhl und auch nicht eben. Aber Flattacher machte keine Anstalten, ihm die Last kurz abzunehmen. Heinrich bewältigte das Hindernis aber auch ohne Hilfe. Um dann als gutes Beispiel voranzugehen – der Klügere eben –, streckte er Flattacher helfend die Hand entgegen, die dieser – wie vom nicht Klügeren zu erwarten – mit einem Schnauben zurückwies. Leise winselnd blieb Akko am Gartenzaun zurück.

Flattacher blickte zum Hund zurück und klopfte sich zweimal auf den Oberschenkel. Akko lief erst ein paar Meter winselnd auf und ab, kapierte dann aber die Funktion des Baumstumpfes und landete mit einem Satz neben seinem Besitzer.

»Dein Hund war nicht eingeladen!«

»Hast was dagegen?«

»Wenn er sein großes Geschäft in meinem Garten erledigt, machst du sauber!«, drohte Heinrich.

»Hm-mh.« Das klang weniger zustimmend.

Heinrich ging voraus zum Haus. In der Diele hatte er für Flattacher bereits Filzpantoffeln bereitgelegt, auf die er mit einem »Für dich« deutete, während er in seine eigenen ausgetretenen Hausschuhe schlüpfte.

»Im Ernst?«

»Ich habe heute Morgen erst aufgewischt. Was sauber ist, sollte auch sauber bleiben.«

Heinrich versuchte, die Tür zu schließen, doch Akko drängte sich ungebeten herein und wischte mit seinem buschigen Schwanz fast eine Vase mit Trockenblumen vom niedrigen Schuhschrank.

»Also wirklich, ins Haus muss er nicht!«

»Stell dich nicht so an. So kannst dir sicher sein, dass er dir nicht in deine Beete scheißt.«

»Und wenn er hier hereinmacht? Ich habe einen Teppich im Wohnzimmer!«

»Im Gegensatz zu dir ist mein Hund stubenrein!«

»Wenn er was dreckig macht, machst du es weg!«

»Hm.«

Zumindest einen Sieg konnte Heinrich verbuchen, denn Flattacher setzte sich etwas schwerfällig auf einen Schemel und schnürte sich die klobigen Wanderschuhe auf. Hatte er überhaupt anderes Schuhwerk? Egal. Mit seinem gewohnt missmutigen Ausdruck auf dem Gesicht schlüpfte er in die Pantoffeln und folgte Heinrich in die Küche.

»Kaffee?«

»Hm.«

»Hm ja oder hm nein? Kommunikation ist der Schlüssel zu guten zwischenmenschlichen Beziehungen.«

Flattacher sah ihn sichtlich entgeistert an. Leider hatte sich Heinrich von der gestrigen Wissensendung nicht viel mehr gemerkt, nicht einmal ihren Namen, denn er war eingeschlafen, als die Moderatorin mit den beiden Psychologen und einem Medienfachmann Einzelheiten zu diskutieren begann. Soviel er mitbekommen hatte, war es um Reformen im Bildungssystem und konkret um gewaltfreie Kommunikation zwischen Schülern und Lehrern gegangen, und die Experten hatten sich mit Fremdwörtern beworfen. Aber die Formulierung mit dem Schlüssel gefiel Heinrich, zumal die grauhaarige Psychologin mit ihrer auffallend großen Brille immer wieder den Wert bildhafter Sprache betont hatte.

Heinrich hob Flattachers bereitstehende Tasse auf. »Schau, willst du einen Kaffee, ja oder nein?«

»Ja.«

Funktioniert doch. Mit einem Lächeln griff sich Heinrich die Kaffeekanne und goss ein. Inzwischen studierte Flattacher das Rezept.

»Da fehlen die Semmeln.«

»Wie?«

»Es gehören noch alte Semmeln rein ins Faschierte. Das Rezept ist a Schas!«

»Na, hör mal! Das Kochbuch gehörte Mutti, sie hat danach gekocht, und es hat mir immer geschmeckt!«

»Trotzdem gehören eingwakte alte Semmeln rein.«

Flattacher leerte kurzerhand die Einkaufstüte, die Heinrich ordentlich auf dem Stuhl abgestellt hatte, auf dem Tisch aus.

»Pass doch auf, die Eier!« Kopfschüttelnd zog Heinrich die Zehnerpackung unter dem Sack mit den Zwiebeln hervor und begann, die Einkäufe sorgfältig zu sortieren. Flattacher griff nach einem Säckchen mit Semmeln vom Vortag, die laut Etikett zum halben Preis verkauft worden waren.

»Hast eine Schüssel?«

»Steht schon bereit«, antwortete Heinrich und deutete zur Küchenzeile.

Flattacher nahm drei Semmeln, warf sie in die Schüssel und hielt dieselbe unter den aufgedrehten Wasserhahn.

»Die Schüssel benötige ich für das Fleisch.«

»Du kannst sie haben, wenn ich fertig bin.«

Heinrich band sich die Schürze um und beobachtete mit Argusaugen, wie Flattacher mit der Schüssel zurückkam. Mit beiden Händen griff er in die Schüssel, zerriss die Semmeln grob und begann, sie im Wasser aufzuweichen. Flattacher hob den Arm und wischte sich mit dem Handrücken die Nase ab, nur um zu Heinrichs Entsetzen mit seinen Fingern sofort wieder in die Semmelmasse zu fahren.

»Ja, hast dir überhaupt die Hände gewaschen?«

»Wozu? Ein bisschen Dreck wird dem Nowak nicht schaden, oder?«

»Wenn das deine Art von Küchenhygiene ist, will ich bei dir lieber nicht essen.«

»Ich habe dich nicht eingeladen!«

»Hmpf.«

Flattacher knetete – mit seinen Schmutzfingern – die breiige Masse durch und leerte sie dann auf das Schneidbrett. Mit den Handflächen presste er das Zuviel an Einweichwasser heraus, dass es nur so über die Arbeitsfläche floss und über die Kante zu tropfen begann. Heinrich schnappte sich den Wettex und drängte Flattacher einen Schritt zur Seite.

»Was werd denn das?«, maulte der Schmutzfink.

»Du versaust mir meine Küche!« Heinrich bückte sich und wischte auch die Fronten der Unterschränke ab, über die das Semmelwasser geronnen war.

»Schleich di! Putzen kannst nachher.«

Grob schubste Flattacher ihn zur Seite und griff nach dem Messer, um damit die Semmelmasse zu malträtieren. Heinrich verkniff sich den Hinweis, dass er das Brett für die Zwiebeln bereitgestellt hatte, aber sobald Flattacher fertig war, übernahm Heinrich die Führung und verfrachtete den Semmelhackbrei auf einen Teller, wusch Brett und Messer, trocknete beides mit einem sauberen Geschirrtuch ab und trug es zum Tisch.

»Wie viel Fleisch haben wir?«, fragte er Flattacher.

»Etwa eineinhalb Kilo.«

»Was heißt etwa? Das Rezept ist für fünfhundert Gramm, und jetzt müssen wir den Bedarf an Eiern und Zwiebeln umrechnen und –«

»Da steht's, ein Ei für fünfhundert Gramm. Dann nehmen wir drei Eier. Das passt immer.«

Heinrich kontrollierte den Aufdruck auf der Fleischpackung. Tausendfünfhundertsiebzig Gramm.

»Drei mittelgroße Zwiebeln«, las Flattacher aus dem Rezept vor.

Er hatte einen Zwei-Kilo-Sack gekauft, den Heinrich jetzt mit der Küchenschere aufschnitt. Waren das mittelgroße Zwiebeln? Er legte drei zurecht, tauschte die kleinste davon aber doch in eine größere um. Immerhin war es auch ein bisschen mehr Fleisch als im Rezept angegeben. Er schälte die Zwiebeln.

Er versuchte, das Zwiebelschneiden an Flattacher zu delegieren, aber der stieg nicht darauf ein. So blieb Heinrich nichts anderes übrig, als sich selbst darüberzuwagen. Er schniefte. Obwohl ihm die Tränen die Sicht trübten, sah er deutlich genug, wie ungeschickt Flattacher die Eier aufschlug und mit den Fingern Schalenteile aus der Schüssel fischte.

»Unter der Spüle ist der Eimer für den Biomüll«, wies Heinrich ihn an, aber Flattacher warf die Schalen einfach auf den Tisch und machte sich daran, die Fleischpackung zu öffnen und den Inhalt ebenso in die Schüssel zu schütten.

»Meinst du nicht, das sind zu viel Semmeln?«, fragte er nach, als Flattacher auch das Breihack hinzufügte. »Es sollen ja keine Semmelknödel werden.«

»Halt's Maul und schneid die Zwiebel fertig.«

Heinrich knöpfte sich die letzte Zwiebel vor, hackte dann sicherheitshalber nochmals über die gesamte Masse und schob sie schließlich vom Brett in die Schüssel, darauf bedacht, kein noch so kleines Stückchen zu übersehen.

»Halt!«, schrie er entsetzt auf, als Flattacher sich anschickte, die Masse durchzukneten. Mit bloßen Händen! »Wasch dir vorher die Pfoten! Bei der Spüle steht Flüssigseife.«

Er grummelte zwar, ging aber hin und wusch sich die Hände. Dass er versehentlich das Geschirrspülmittel erwischte und nicht die Seife, störte Heinrich nicht im Geringsten. Immerhin war es laut Werbung hautschonend.

Während Flattacher die Hände unter das Wasser hielt, warf er einen bösen Blick über seine Schulter. »Du Depp weißt aber schon noch, dass wir deinen Schwiegersohn vergiften wollen, oder?«

Nie wieder.

Nie wieder würde er sich so etwas antun!

Sepp trocknete sich die Hände ab – »Nicht das Geschirrtuch! Das Handtuch hängt dort am Haken!« – und schloss kurz die Augen. Belten konnte einem mit dieser viel gerühmten deutschen Gründlichkeit den letzten Nerv ziehen.

Auf der Arbeitsfläche neben der Abwasch standen Salz- und Pfefferstreuer schon habt acht. Er schnappte sich die Gewürze. Beim Umdrehen wäre er fast mit Belten zusammengestoßen, der ihm auch die drei Schritte hin zum Tisch auf den Fersen klebte und, als er das Fleisch zu pfeffern begann, von seiner rechten auf die linke Seite wechselte.

»Was schleichst denn herum wie a sachige Kåtz!«

»Tu ich doch gar nicht!« Und einen Augenblick später: »Was ist das, eine sachige Kotz?«

Sepp verdrehte die Augen, stellte den Pfeffer zur Seite und griff nach dem Salz. »Eine Katze, die sachn muss. Ludln. Pinkeln!«

»Das reicht«, stoppte ihn Heinrich. »Versalz es nicht wieder.«

»Ich versalz gar nix!«

Belten grinste blöd.

»Hast du Knoblauch?«

»Im Rezept steht nichts von –«

»Ich habe dich nicht gefragt, was in deinem tepaten Kochbuch steht, sondern ob du Knoblauch hast! Der gehört rein, und außerdem überdeckt er alles andere.«

»Ah! Verstehe.«

Daran zweifelte Sepp. Dennoch schlurfte Belten zu seinem Küchenschrank und kam mit einem Gewürzglaserl zurück.

»Was soll denn das sein?«

»Knoblauchgranulat.«

»Hast du keinen frischen Knoblauch?«

»Nee. Ich brauche nicht viel Knoblauch. Außerdem stinkt man davon aus … Wo willst denn hin?«

»Heim«, rief Sepp über seine Schulter zurück. »Echten Knoblauch holen.«

Akko lief ihm nach. Gscheiter Hund. Das musste der Instinkt sein, der ihn davor warnte, allein bei einem Toker zurückzubleiben.

Keine drei Minuten später knallte Sepp zwei Knollen Knoblauch vor Belten auf den Tisch.

»Frisch sieht der aber nicht mehr aus«, motschkerte der Piefke und deutete auf die langen grünen Triebe.

Sepp brach ein paar Zehen ab und schälte sie; angefaulte Stellen schnitt er nach einem kurzen Blick in Beltens dummes Gfris weg.

»Bist sicher, dass der Knoblauch noch gut ist?«

Zum Beweis schob sich Sepp eine Zehe in den Mund und zerkaute sie. Leck Buckl! Ihm schossen die Tränen in die Augen, so scharf war er.

»Der passt schon«, murmelte er, obwohl ihm fast der Atem wegblieb. »Knoblauchpresse?«

Belten ging zur Küchenzeile, um die Laden zu durchsuchen, und Sepp nutzte die Gelegenheit, die halb zerkaute Knoblauchzehe in seine Hand zu spucken. Er griff nach seiner Tasse und spülte sich mit dem Kaffee den Mund, obwohl es dadurch nicht viel besser wurde. Schnaps! Seinetwegen auch einen Schluck Danclor. Alles, um diesen grauenhaften Geschmack aus dem Mund zu bekommen.

Sepp sah von seiner Hand mit dem Knoblauchbatzen zu Akko, der mit treuherzigem Blick neben ihm saß. Nein, das konnte er ihm nicht antun.

»Gefunden!«, rief Belten freudig aus.

Noch bevor sich Belten umdrehen konnte, ließ Sepp das verräterische Corpus Delicti in der Fleischmasse verschwinden. Was denn? Er selbst würde das Faschierte ja nicht essen, und Anton Nowak – ja, auch Belten – hatte nichts Besseres verdient.

Mit einer leicht rostigen Knoblauchpresse in der Hand kam Belten zum Tisch zurück; bei jeder Zehe, die Sepp ihm reichte, fragte er blöd nach, ob es nicht schon reichte.

»So, jetzt kannst das umrühren.«

»Mach nur.«

»Tua lei selber, meine Hände sind dir ja nie sauber genug«, gab Sepp angefressen zurück.

Belten kniff die Lippen zusammen, bevor er das Kastl unter der Abwasch öffnete und, Sepp musste zwei Mal hinschauen, Gummihandschuhe aus einer Box zog. Sepp sagte nichts, die Scheibenwischergeste sollte genügen. Mit trotzigem Gesichtsausdruck knetete Belten die Fleischmasse kräftig durch, dass der Dotter nur so zwischen seinen Gummifingern herausquoll.

»Jetzt kannst kosten.«

»Ich esse doch kein rohes Fleisch! Und schon gar kein rohes Ei, schon mal was von Salmonellen gehört?«, sumperte Belten.

»Du Todl!« Sepp griff in die Schüssel – ohne Gummihandschuh! – und nahm sich einen Batzen heraus. Vorsichtig kostete er ein winziges Stückchen davon und prüfte es schmatzend zwischen Zunge und Gaumen.

128

»Und?«

»Mehr Salz gehört rein.«

Seine Finger mit der restlichen Fleischmasse hielt er Akko hin, der sie gierig und ausgiebig ableckte. »Schau, sauber«, trumpfte er auf und hielt Belten die Hand unter die Nase, bevor er so tat, als ob er in die Schüssel fassen wollte.

»Untersteh dich!« Beltens Stimme kippte, und er riss die Schüssel zur Seite.

Er war so leicht aus der Fassung zu bringen, der Piefke, das war gar keine Herausforderung. Grinsend wusch Sepp die Hände und trocknete diese natürlich mit dem Geschirrtuch ab.

»Semmelbrösel gehören auch noch dazu«, sagte Belten. »Steht im Rezept.«

»Und du gehörst echt bald ins Altersheim, so dement, wie du bist. Da sind drei Semmeln drin!«

Geradezu feierlich rückte Sepp die Plastikbox mit der Spezialzutat heran. Belten rieb sich nervös das Kinn und beäugte sie argwöhnisch, als er langsam den Deckel anhob.

»Pfui, das stinkt! Das merkt Anton doch!«

»Deshalb haben wir ja genug Knoblauch eingedruckt! Der merkt nichts, bevor es zu spät ist für ihn!«

Behutsam ließ er das kleine, glitschige Stück Fuchsleber auf das Schneidbrett rutschen. Er hatte sie sicherheitshalber eingefroren, damit sie nicht verdarb, bevor sie zum Einsatz kam. Von dem Geruch konnte einem echt schlecht werden. Nachdenklich ließ er seinen Blick zwischen der vollen Schüssel mit der Fleischmasse und dem Pazl Leber hin- und herwandern. Das Verhältnis schien nicht ganz ausgewogen, und wenn sie zu wenig Fuchsleber erwischten, war die ganze Mühe umsonst. Noch eine Kochaktion mit dem Belten? Nein, danke!

»Weißt was, teilen wir die Masse. In die eine Hälfte mischen wir die Leber, in die andere nicht. Die kannst du dann essen, dann schöpft der Nowak auch keinen Verdacht.«

»Aha, wie beim Schneewittchen und dem vergifteten Apfel?«

»Ha?«

»Du weißt schon, Schneewittchen und die sieben Zwerge. Die böse Stiefmutter hat die eine Hälfte vom Apfel vergiftet und

in die andere reingebissen …« Belten zupfte an seinen Gummi-
handschuhen herum. »Wenn du Enkelkinder hättest, würdest du
dich mit Märchen auskennen.«

»Vergiss halt nicht, dein Märchenbuch mitzunehmen, wennst
ins Altersheim gehst. Die Leute dort freuen sich sicher, wenn
ihnen jemand Gschichtln erzählt.«

»Also, ich –«

»Jetzt red nicht dauernd wie ein Radio! Los, machen wir
zuerst deine Labalen, dann hast ein Mittagessen.«

Belten holte einen Fleischteller, wobei der Umstandsmeier –
um mit seinen angepatzten Händen ja nichts schmutzig zu machen – das Kastl mit dem Ellbogen öffnete und dann mit spitzen
Fingern einen Teller vom Stapel hob. Genervt schaute Sepp zu,
wie er drei Kugeln formte und auf den Teller legte. Bei der
dritten riss Sepp der Geduldsfaden, denn Belten brauchte drei
Anläufe, damit alle ungefähr gleich groß waren.

»Was soll denn das werden?«

»Hackbällchen.«

Sepp trat einen Schritt nach vorne, Belten wich zurück.
Schnaubend stieß er die Luft aus und schlug dann mit der Hand
eine Kugel nach der anderen flach. Bei der letzten drosch er so
heftig zu, dass eine Kostprobe auf der entsprechenden Seite im
Kochbuch landete.

»Was tust du denn da?«, kreischte Belten.

»Jetzt passen s'.«

»Schau, hier im Kochbuch sind die Hackbällchen aber schön
rund.«

»Weißt, wohin du dir dein Kochbuch stecken kannst?«

Beleidigt versuchte Belten mit dem Knöchel seiner linken
Hand, der einzig sauberen Stelle an seinem Gummihandschuh,
die Seite im Kochbuch zu säubern. Ein Fleck blieb aber dennoch
zurück.

»Faschierte Labalen müssen flach sein.«

Mit hängenden Mundwinkeln betrachtete Belten seine zer-
störten Meisterwerke. »Hm, jetzt sehen die Hackbällchen aus
wie Frikadellen.«

Leise vor sich hin sumpernd, formte Belten noch drei Wasauch-immer, bevor Sepp ihm Einhalt gebot. »Stell deinen Teller lieber woanders hin, nicht, dass die Labalen verwechselst.«

Obwohl, es wäre lustig, wenn er nachher ein oder zwei Labalen austauschen würde. Dann hätte Belten auch was von der Fuchsleber, hehe.

Mit dem Messer begann Sepp, diese kleinzuschneiden und dann aufzuhacken. Gut, dass sie noch leicht gefroren war, so blieb sie kompakt und ließ sich gut verarbeiten.

»Ist das wohl nicht zu viel von der Leber?«, fragte Belten, der schon wieder von einem Bein auf das andere trat. »Was steht denn in der Anleitung?«

»Ja, glaubst du echt, für so was gibt's ein Kochbuch?«

»Nee, wohl nicht«, gestand Belten kleinlaut ein. »Aber was passiert, wenn die Dosis zu hoch ist?«

Sepp mischte die gesamte Leber in die Fleischmasse und sah Belten dann hämisch an. »Was denn, hast Angst, dass der Nowak eingehen könnte?«

13

Lustlos lungerte Bettina am großen Küchentisch und blätterte das Fernsehprogramm durch. Sie fühlte sich fünfzehn Jahre zurückversetzt, so wie die Mama am Herd stand und Apfelmus einkochte. Zählte man die bereitgestellten Einkochgläser ab, konnte man sich ausrechnen, dass das Apfelmus für die nächsten fünf Jahre reichen würde. Draußen fuhr Papa mit dem Traktor vorbei.

»Ja, Bettina, hast denn heute Abend nichts vor? Es ist doch Samstag? Da gehen die jungen Leute doch aus.«

Bettina schmunzelte. Ausgerechnet von ihrer Mutter musste sie das hören? Wenn sie daran dachte, welche Kämpfe sie damals ausgefochten hatte, um ausgehen zu dürfen – eben weil die jungen Leute ausgehen und nicht zu Hause mit Mama und Papa vor dem Fernseher hocken wollten, um samstägliche Familienpflichtprogramme wie »Wetten, dass ...?« zu schauen. Gut, die Mama hatte sich noch leichter beknien lassen; bei ihrem Papa sah die Sache anders aus. Nein war nein. Punkt. Ein Wunder, dass er sie mit vierzehn allein ins Schwimmbad ließ, natürlich nicht, ohne vorher genau zu erfragen, mit welchen ihrer Freundinnen sie sich dort treffen wollte. Wohlweislich verheimlichte Bettina ihm ihren nagelneuen Bikini.

Und als sie mit sechzehn das erste Mal richtig ausgehen durfte, bestand Papa darauf, sie abzuholen, obwohl er den ganzen Tag auf dem Hof gearbeitet hatte. Bettina vermutete, dass es ihm um mehr als nur um ihre sichere Heimkehr ging, auch wenn die kurvenreiche Straße rauf nach Mallnitz und rein in die Dösen im Dunkeln nicht so ungefährlich war und Papa fürchtete, dass sich die Führerscheinneulinge in ihrem Freundeskreis damit übernehmen könnten, selbst wenn sie nüchtern waren. Nein, er nutzte auch jedes Mal – oh Gott, wie peinlich war ihr das gewesen – die Gelegenheit, ihre Freunde mit einem finstern Blick unter seinen buschigen Brauen hervor einzuschüchtern. Ja, es galt geradezu als Mutprobe unter ihren Verehrern, bei ihr zu fensterln. Ob Martin das auch heute noch so sah?

»Ich weiß es noch nicht, Mama«, antwortete Bettina mit Verspätung.

Von Martin wusste sie, dass er dieses Wochenende zwei Tagdienste hintereinander hatte. Er fiel als Begleitung also aus. Wer käme sonst in Frage? Seit sie im heurigen Jahr von Graz heimgekehrt war – sie hätte ihren untreuen Hallodri von Ehemann schon viel früher verlassen sollen –, hatte sie zwar so manche Jugendfreundschaft wiederbelebt. Aber viele ihrer damaligen Freundinnen waren fortgezogen, hinaus in die weite Welt, so wie Bettina auch.

Nur Nicki, ihre beste Freundin seit dem Kindergarten, die jede Woche neue Ideen für fiese Streiche ausgeheckt hatte, war in Obervellach geblieben. Bettina musste grinsen, als sie an Nicki dachte. Vor rund fünfzehn Jahren hatte ihre Mama geklagt, dass Nicki kein guter Umgang für sie wäre. Nicki mit den grell gefärbten Haaren – einmal sogar lila! – und ihrer frechen Klappe, den zu kurzen Röckchen und den lackierten Fingernägeln. Und heute? Heute hatte Nicki drei kleine Kinder und auf dem Bauernhof, auf den sie eingeheiratet hatte, alle Hände voll zu tun.

Aktiv war Nicki weiterhin, nur … anders. Letztens hatten sie sich zu Kaffee und Kuchen getroffen. Auf Bettinas durchaus besorgte Frage, ob Nicki zu Hause wohl nicht die Decke auf den Kopf fallen würde, hatte diese herzlich gelacht. Ihre Augen strahlten, als sie von ihrem Engagement bei den Obervellacher Trachtenfrauen sowie ihren Auftritten mit dem gemischten Chor schwärmte. Die Kaffeepause blieb kurz, da Nicki ihre Jüngsten vom Kindergarten abholen musste. Bettina begleitete sie. Angesichts von Patschhändchen und Plappermäulchen wusste sie nicht, ob sie ihre Freundin bemitleiden oder nicht doch beneiden sollte.

Könnte das ihr Leben sein, wenn sie nicht nach der Matura zum Studieren nach Graz gezogen wäre? Was hatte sie außer einer gescheiterten Ehe und einem nicht abgeschlossenen Studium vorzuweisen? Ihr größter Fehler – nein, Fehler Nummer zwei, denn Fehler Nummer eins war es gewesen, den Heiratsantrag eines gewissen Dr. Hans-Jürgen Piroschek anzunehmen – war es gewesen, sich von ihm zur Aufgabe ihres Studiums drängen zu lassen, um sich mit der Rolle der Ehefrau und Ordinationsgehilfin zu begnügen. Dabei hätte sie mit Romanistik und Anglistik gute Chancen gehabt, und auch ihre Noten waren nicht so schlecht gewesen.

Bettina war fest entschlossen, sich ihr Leben zurückzuerobern. Schritt für Schritt. Letzte Woche hatte sie sich an der Alpen-Adria-Universität in Klagenfurt erkundigt, welche Lehrveranstaltungen ihr noch fehlten. Durch die neuen Studienpläne müsste sie selbst für den Bachelor etliche Stunden absolvieren. Die zuständige Dame hatte sie sehr freundlich beraten und ihr nahegelegt, doch gleich in diesem Semester einzusteigen, aber das ging Bettina dann doch eine Spur zu schnell.

Sie war noch nicht so weit, und es gab noch so viele Baustellen in ihrem Leben, die sie zuerst ordnen wollte. Vor allem wollte sie nicht den Namen Piroschek auf einem Zeugnis sehen, sondern ihren Mädchennamen Hader. Wenn Hans-Jürgen mitspielte, konnte die Scheidung noch in diesem Jahr über die Bühne gehen, und sie würde das nächste mit neuem Schwung und befreit von dieser Altlast beginnen.

Sie hörte die Haustür zuschlagen; gleich darauf betrat ihr Vater in seiner gewohnten Arbeitskluft – nur die derben Stiefel hatte er im Flur gegen Schlapfen vertauscht – die Wohnküche. Auf jene, die ihn nicht näher kannten, wirkte Raimund Hader ruppig und abweisend, aber Bettina wusste, welch weicher Kern unter seiner rauen Schale steckte. Ein Beweis dafür war das Busserl, das er seiner Frau gab. Bettina konnte sich nicht daran erinnern, dass ihre Eltern jemals darauf verzichtet hätten. Das wünschte sie sich auch. Einen Partner, dessen man sich selbst nach Jahrzehnten noch sicher sein konnte.

»Na?«

»Selber na«, gab Bettina mit einem verschmitzten Grinsen zurück.

Die wortkarge Art war ein weiteres Markenzeichen ihres Vaters – wobei man gut beraten war, auf die wenigen Worte zu achten, die er von sich gab. Denn die wogen schwer.

»Bettina hat heute gar nichts vor«, plapperte ihre Mama sofort aus. »Wo es doch Samstag ist. Sie soll unter die Leute und nicht daheim bei uns Alten versauern.«

»Tust Trübsal blasen?«, erkundigte er sich.

»Nein, natürlich nicht.«

»Gut. Dazu gibt's auch keinen Grund.«

Er griff nach dem Fernsehprogramm und schlug die aktuelle Seite auf.

»Ja, mei, es ist halt alles nicht so leicht.« Mama setzte sich zu ihnen und tätschelte ihre Hand. »Also, die Sache mit dem Hans-Jürgen und so. Ich verstehe schon, dass dich das bedrückt.«

»Hmpf«, machte Papa, der Hans-Jürgen sehr deutlich klargemacht hatte, was er von ihm hielt und dass er sich hier am Hof nicht mehr sehen lassen sollte, wenn ihm sein Leben und sein Auto lieb waren.

»Aber weißt, dieser Martin Schober, der letztens bei uns war, der Polizist, der scheint ein recht netter junger Mann zu sein. Meinst nicht auch, Raimund?«

Papa grunzte nur.

»Triffst dich wieder mit ihm?«

»Ich denke schon ... Er ist echt nett.« Bettina warf ihrem Vater einen raschen Blick zu, doch der war ins Fernsehprogramm vertieft.

»Du kannst ihn auch gern mal zu uns einladen, dann koche ich was Feines. Er war ja auch so nett zum Reini, der Herr Polizist. Was sagst denn du dazu, Schatzl?«

»Hm-hm.«

»Wo ist denn der Reini?«, kam Bettina ihrer Mama zuvor, bevor sie weiterbohren konnte.

»Ach, in Obervellach unten. Er trifft sich mit Freunden. Das solltest du auch tun, Betti-Schatz.«

»Dräng sie nicht raus aus dem Haus, Bärbel.« Nur in Ausnahmefällen nannte er sie Barbara. »Das Mädel kann ruhig daheimbleiben. Es ist Samstag, Fernsehabend. Nur schade, dass ›Wetten, dass ...?‹ nicht mehr läuft.«

Wenn es nach ihm ging, könnte Bettina vermutlich die nächsten zwanzig Jahre als Single bei ihnen wohnen.

»Ja, mit dem Gottschalk, das war gut«, bekräftigte Mama.

»Hmpf. Der Frank Elstner war besser.«

Bettina schmunzelte. Ihr Vater hatte sich weder mit Thomas Gottschalks frecher Klappe noch mit seinem Modegeschmack anfreunden können.

»Na ja, so schlecht war der Gottschalk nicht. Lustig war's mit ihm, auch wenn er immer die Zeit überzogen hat«, widersprach Mama. »Der Moderator nach ihm war wohl auch nett, aber halt kein Gottschalk.«

Sie beschloss, sich die weitere Diskussion zu ersparen, vor allem, da ihre Eltern von den Moderatoren auf die Assistentinnen kamen und hier gegensätzliche Meinungen aufeinanderprallten: Mama fand Michelle Hunziker gut, so adrett und hübsch, während Papa »der Dürren« nichts abgewinnen konnte und sich für »die punkate Gitschn«, Cindy aus Marzahn, aussprach. Höchste Zeit zu gehen!

Da die Aussicht, die nächsten tausend Samstage mit Mama und Papa zusammen vor dem Fernseher zu verbringen, wenig verlockend war, beschloss sie, schnell bei Martin auf der Polizeiinspektion vorbeizuschauen; vielleicht hatte er ja Zeit für einen Kurzkaffee.

Bettina zog sich um und schminkte sich dezent. Dann düste sie mit ihrem VW Beetle runter ins Tal. Am Hauptplatz fand sie einen freien Parkplatz; ein prüfender Blick in den Rückspiegel, und sie war bereit. Sie schloss die Autotür zu, aber noch bevor sie den Gehsteig erreichte, hörte sie jemanden ihren Namen rufen. Ihr Bruder Reini hatte gerade die Raiffeisenbank verlassen und schob einen – oder waren es mehrere? – Hundert-Euro-Schein in seine Brieftasche.

»Gehst heute groß aus?«, fragte Bettina argwöhnisch und deutete auf die übervolle Brieftasche.

Normalerweise war Reini kein großer Verbraucher, was seinen Einkommensverhältnissen entsprach. Er arbeitete als Jungbauer auf dem väterlichen Hof mit, den er einmal übernehmen sollte, und verdiente sich nebenbei bei Gelegenheitsarbeiten wie beim Holzschlagen ein Zubrot. Dass er weder für modische Kleidung noch einen Friseur viel Geld ausgab, sah man ihm an. Er rauchte nicht und trieb sich auch wenig in Gasthäusern herum, wie

Bettina wusste. Die meiste freie Zeit verbrachte er mit Sepp Flattacher, dem verschrobenen Aufsichtsjäger der Hubertusrunde, in die Reini aufgenommen werden wollte. Obwohl, in letzter Zeit war er häufiger abends fortgegangen – ohne Jägerkluft und Gewehr.

»Hast eine Freundin?«

»Nein, wieso?«

»Sonst treibst dich doch immer im Wald herum.«

»Ich treffe mich mit Kevin und den anderen Jungs. Wir haben Fun, wir sind cool.«

Bettina blinzelte überrascht. Anscheinend schlug bei Reini die Pubertät mit ein paar Jahren Verspätung voll durch.

»Ähm … willst auch mitkommen? Ich geh ins ›COME OVER FELLOW‹.« Er deutete mit der Hand zum neuen Lokal hin, das Bettina bislang nur von außen kannte.

»Nein, danke. Ich schau kurz beim Martin vorbei, er hat heute Dienst.«

Reini kicherte so blöd wie ein Vierzehnjähriger. »Ja, ja, der Martin.« Reini gluckste.

»Ja, der Martin«, gab sie böse zurück. »Hast ein Problem damit?«

»Neeiiin. Aber du solltest mit ihm nicht im Auto herumschmusen«, stichelte er und lachte. »Zumindest nicht bei uns daheim auf dem Hof.«

Bettina spürte, wie sie rot wurde, aber ob aus Verlegenheit oder Zorn, konnte sie nicht sagen.

»Wenn das die Mama wüsste! Oder noch besser: der Papa! Was der sagen tät …«

»Jetzt hörst mir einmal gut zu, Reini-Heini«, giftete Bettina ihn an. Sie trat einen Schritt näher an ihn heran und stach ihm bei jedem der folgenden Worte den Finger in die Brust. »Ich bin zweiunddreißig! Ich kann schmusen, mit wem ich will!«

»Schon klar«, gab er mit erhobenen Händen nach. Er ging los, hielt aber noch einmal inne und rief laut: »Aber stell dir vor, was los ist, wenn dich statt mir der Papa dabei erwischt! Zweiunddreißig hin oder her.«

Als Antwort zeigte sie ihm den Stinkefinger.

Allerdings hatte Reini in einem recht: Bettina wollte – zweiunddreißig oder nicht – keinesfalls das Risiko eingehen, von ihrem Vater beim Herumknutschen ertappt zu werden; und sie war sich zu hundert Prozent sicher, dass Martin das ebenso sah. Kein Wunder, dass er sich nach dem Date am letzten Dienstag nach einem Gute-Nacht-Kuss so schnell aus dem Staub gemacht hatte. Sie konnte es ihm nicht verübeln, denn auch ihr war das Herz in die Hose gerutscht, als Reini sie nach dem Casinobesuch in der Woche davor fast zu Tode erschreckt hatte. Da hatte Bettina im ersten Moment gedacht, ihr Vater stünde vor ihnen … Puh. Das hatte ihre Leidenschaft schneller abgekühlt als ein Tauchbad in der eiskalten Möll.

Für das Problem gab es eigentlich nur eine Lösung: Auf das Schmusen – oder vielleicht mehr? – mit Martin wollte sie nicht verzichten. Das mit ihm könnte etwas werden, wie sie fand, nur sollten sie sich zum Austausch von Zärtlichkeiten ein ungestörtes Plätzchen suchen. Dabei dachte sie nicht an einen abgelegenen Parkplatz, denn obwohl es das eine Mal gut gepasst hatte und sie sich spontan ihren Gefühlen hingegeben hatte, war sie doch schon aus dem Alter heraus, in dem man im Auto schnackselte.

Auf die Frage »zu mir oder zu dir« konnte es nur eine Antwort geben: zu Martin. Denn daheim, in ihrem alten Kinderzimmer, das gleich neben dem Elternschlafzimmer lag – nein! Niemals!

Bettina betrat das Stiegenhaus im Sparkassengebäude und drückte auf den Klingelknopf der Polizeiinspektion; mit einem leisen Summen öffnete sich die Tür, und sie stieg die Stufen hinauf. Hoffentlich war Martin da. Sie hatte absichtlich nicht vorher angerufen, weil sie ihn überraschen wollte. Es sollte wie ein spontaner Einfall erscheinen, nicht wie eine geplante Aktion.

Für Martin könnte sie tiefere Gefühle entwickeln; ja, sie war auf dem Weg, sich richtig in ihn zu verlieben. Warum auch nicht? Sie fand ihn auf eine unaufdringliche Art attraktiv; er war einige Zentimeter größer als sie, kein Muskelpaket, aber doch sportlich und keineswegs schlaksig wie ihr Bruder Reini. Er machte sowohl in der Polizeiuniform wie auch in Jeans und T-Shirt eine gute Figur. Besonders mochte sie seine ruhige, dunkle Stimme.

Martin war kein Mauler, der ständig prahlen musste, um sich gut zu fühlen; er besaß Humor und konnte auch über sich selbst lachen, was ihn in Bettinas Augen sehr sympathisch machte. Von überheblichen Wichtigtuern, die sich für den Nabel der Welt hielten, hatte sie die Nase gestrichen voll.

Einzig seine zurückhaltende Art irritierte sie etwas. Hatte er tatsächlich nur Angst, dass es ihr zu schnell gehen könnte, wo sie doch schon längst bereit war für den nächsten Schritt? Oder steckte etwas anderes dahinter? Wenn er sie ansah und sie küsste, war sie sich sicher, dass er in sie verliebt war und mehr wollte. Aber hatte sie nicht in ihrer Ehe gelernt, dass man sich eines anderen Menschen nie wirklich sicher sein konnte?

Sie schalt sich selbst für ihre Zweifel. Martin war einfach nur schüchtern; das war er schon in der Schulzeit gewesen. Aber er besaß auch den Mut und das Rückgrat, etwas durchzuziehen, wenn er es sich in den Kopf gesetzt hatte. Was er brauchte, war ein Wink mit dem Zaunpfahl. Schau her, mein stiller Ritter, diese Burg will erobert werden!

Mit einem Lächeln auf den Lippen betrat sie die Polizeiinspektion. Leider wartete nicht Martin auf sie, sondern ein Kollege im etwa selben Alter mit kurz geschorenen blonden Stoppelhaaren und Bart. Angesichts seiner düsteren Miene verrutschte Bettinas Lächeln. Auf ihren extra höflichen Gruß gab es eine grummelige Antwort.

»Ich möchte zu Martin Schober, wenn das möglich ist.«

»Dienstlich?«, knurrte der Polizist, der in Hollywood mühelos die Rolle des bad cop bekommen würde.

»Nein, privat.«

Er musterte sie, und obwohl er zurückgelehnt auf seinem Drehsessel saß, fühlte sie sich von ihm eingeschüchtert.

»Name?«

»Bettina Piroschek.«

Er ließ sie herein und führte sie den Gang entlang zu einer Tür. Obwohl sie ein paar Zentimeter größer war als er, fühlte sie sich von seiner unwirschen Art auf einen halben Meter heruntergeputzt. Er klopfte einmal an und stieß, ohne eine Antwort abzuwarten, die Tür auf.

Martin schreckte sichtlich zusammen. Eindeutig schuldbewusst, wie Bettina mit einem bitteren Geschmack im Mund bemerkte. Hinter ihm stand seine Kollegin Kerstin Moser, die sie – was ja ganz normal und alltäglich war – schon oft in seiner Gegenwart gesehen hatte. Was nicht ganz so alltäglich war, war, dass Kerstin hinter Martins Stuhl stand und ihre Hände auf seinen Schultern ruhten.

»Bettina! Das ist aber eine schöne Überraschung.«

Erst als Martin aufstand, nahm seine *Kollegin* ihre Hände von ihm und trat einen Schritt zurück.

Martin lächelte, aber in diesem Augenblick wusste Bettina nicht, ob es ehrlich war oder verlogen. Wer war sie, das beurteilen zu können? Hatte sie sich nicht auch von Hans-Jürgen nach jahrelanger Ehe mühelos täuschen lassen?

»Magst einen Kaffee?«

Bettina zögerte nur kurz. »Ja, bitte.«

Er führte sie in den Aufenthaltsraum – Kerstin blieb in der Kanzlei zurück –, und sie setzte sich auf die Eckbank. Martin servierte ihr den Kaffee, mit Milch und Zucker, genau so, wie sie ihn mochte. Er selbst trank seinen schwarz.

Sie zwang sich, ihn offenherzig anzulächeln. Es gab keinen Grund, zu viel in die Szene hineinzuinterpretieren und eifersüchtig zu werden. Martin war kein Hallodri, nein. »Du hast das ganze Wochenende Dienst, oder?«, fragte sie.

»Ja, aber Montag und Dienstag habe ich frei. Hast Zeit und Lust … was zu unternehmen?«

Bettina spielte mit einer Haarsträhne und sah ihn unter halb gesenkten Lidern an. »Kommt darauf an, was.«

»Was hältst du davon, den ganzen Tag mit mir zu verbringen?«

Wagte sich ihr Ritter endlich aus der Deckung? »An was hast du gedacht?«

»Hm, vielleicht wandern? Nur für ein Bad im Bach ist es vermutlich schon zu kalt«, antwortete er, auf ihre sommerliche Wanderung im Seebachtal anspielend.

»Du, der Wetterbericht ist nicht so gut«, behauptete sie.

»Wir könnten auch ins Kino oder einen Ausflug –«

»Weißt, was mir taugen würde?«, unterbrach sie ihn. »Ein

richtig schöner heimeliger Kuscheltag vor dem Fernseher. Mit schnulzigen Filmen und Chips.«

Martin leckte sich über die Lippen.

»Aber das sollten wir lieber bei dir machen«, flüsterte sie verschwörerisch. »Weil ich nicht glaube, dass du mit meinem Papa auf der Couch kuscheln willst, oder?«

»Ja ... ich meine, nein!«

Mein Gott, sie lebten im 21. Jahrhundert! Da durften Frauen ruhig die Initiative ergreifen und sich nehmen, was sie wollten. Bettina holte tief Luft, verdrängte jeden Gedanken an Kerstin und preschte vor. »Gut, dass du eine eigene Wohnung hast. Da können wir es uns ganz ungestört bei dir gemütlich machen.«

Martin starrte Bettina an und schluckte. Er sah sich selbst mit ihr auf der Couch, in eine flauschige Decke gekuschelt, bei Regenwetter und Kerzenlicht und einem schmalztriefenden Film, dass es einem vor lauter Süße die Gehirnwindungen verpickte. Ein Traum.

Das Bild hatte nur einen Schönheitsfehler. Nein, gleich mehrere.

Erstens: keine Couch.

»Wie wäre es mit Montag? Da du am Dienstag ebenfalls freihast, könnten wir ausschlafen.« Sie sah ihn verführerisch an, was ihn wohl aus der Fassung bringen sollte – und es auch tat. »Vorausgesetzt, ich darf bei dir übernachten?«

Zweitens: Die einzig verfügbare Kuscheldecke war seine Bettdecke.

»Klar. Also« – jetzt nur nicht stottern! – »immer gern, liebend gern. Nur ...« Er stockte. Bettinas Blick verlor schlagartig seine Schlafzimmerqualität. »... nächste Woche ist schlecht.« Er nahm sein Handy und aktivierte die Kalenderfunktion. »Ab Mitte November wäre es –«

»Ich versteh schon«, unterbrach Bettina ihn und stand auf. »Sorry, dass ich mich aufgedrängt habe.«

»Nein, du verstehst das falsch, es hat nichts mit dir –«

»Was? Kommst du jetzt mit der Standardaussage ›Es liegt nicht an mir, sondern an dir‹?« Bettina packte ihre Handtasche und wehrte wütend seine Hand ab, als er sie aufhalten wollte. »Von dir hätte ich mir schon etwas mehr erwartet!« Ihre Augen schimmerten.

»Bettina, so ist das nicht. Ich möchte dich gern bei mir haben, aber ich habe noch keine –«

»Spar dir deine Ausreden!«, fiel sie ihm ins Wort.

Vor seinen Augen rutschte sie in die Rolle der Dramaqueen, die er noch aus Schultagen kannte und auf die er in diesem Moment gern verzichtet hätte. Es war doch nur ein dummes Missverständnis, kein Grund für ein Drama. Er setzte auf seine deeskalierende, ruhige Stimme, mit der er schon so manchen Ausrastenden zur Räson gebracht hatte.

»Bettina, erst Mitte November kommen meine –«

»Vergiss es! Meinst du, ich warte darauf, dass du einen Termin für mich im Kalender freihast? Das habe ich nicht nötig! Auch andere Mütter haben schöne Söhne.«

Sie stürmte hinaus und hätte an der Tür fast Kerstin umgerannt.

»Ojemine, was ist denn bei euch los?«

»Frag lieber nicht.«

»He, schon vergessen? BFFI!«

Kerstins ständiges Geschwafel von BFFI und so musste auf sein Unterbewusstsein eingewirkt und es weichgedampft haben. Eine andere Erklärung hatte er nicht dafür, dass er mit ihr seine Beziehung mit Bettina besprach. Es war nicht seine Art, über Privates oder gar Gefühle zu sprechen. Aber Kerstin war längst über den Status Kollegin hinaus; sie war eine Freundin geworden, eine gute.

Martin ließ sich auf den Stuhl sinken und rieb sich mit beiden Händen den Nacken. Er war seit Tagen verspannt, genug, dass er vorhin sogar Kerstins Angebot, ihn zu massieren, angenommen hatte. Stundenlange Arbeit am PC war eindeutig nicht seines. Er streckte die Beine von sich, Kerstin nahm sich ein Glas Wasser und setzte sich auf die Eckbank, wo vorhin Bettina Platz genommen hatte.

»Sie wollte am Montag einen gemütlichen Fernsehabend mit mir verbringen. Bei mir daheim.«

»Na, das klingt doch toll.« Kerstin stieß mit ihrem Fuß gegen seinen Knöchel.

»Ja, schon …«

»Höre ich da ein Aber? Hallo-o? Fernsehabend? Couch? Kuscheln? Und warum ist sie jetzt so sauer abgezischt?«

»Weil ich den Fernsehabend auf Mitte November verschieben wollte.«

»Bist du irre?«

Martin zog seine Beine ein, lehnte sich vor und stützte seine Unterarme auf dem Tisch ab. Er verschränkte seine Finger ineinander. »Ich will noch warten –«

»Bist noch Jungfrau?« Kerstin boxte ihn gegen die Schulter und grinste breit.

»Kerstin!«

»Fragen wird man doch noch dürfen. Du stellst dich ein bisserl so an wie der Typ in dem Film, auch wenn du noch gar nicht vierzig bist. Was bitte soll an einem Fernsehabend kompliziert sein? Wo bitte ist das Problem, BFFI?«

»Pass auf, ich sag's dir. Es ist keine große Sache. Aber bitte, bitte, lass diese blöde Abkürzung, sie macht mich wahnsinnig.«

14

Weiber.

Nichts als Ärger hatte man mit ihnen!

Sie hob nicht ab, als er zum wiederholten Male versuchte, sie zu erreichen. Wütend warf er sein Handy zur Seite und griff nach der Zigarettenschachtel, um sich einen Tschick anzuzünden. Warum auch nicht? Sie war ja nicht da, um sich über den Gestank aufzuregen. Mit zusammengekniffenen Augen blies Anton den Rauch durch die Nase. Hatte er nicht schon genug Stress, ohne dass Carola herumzickte? Gerade jetzt, wo ihm das Wasser bis zum Hals stand und er nicht wusste, ob er Weihnachten noch erleben würde, stellte sie ihre Ehe in Frage. Abstand bräuchte sie. Zeit zum Nachdenken wollte sie. Und was war mit ihm und dem, was er wollte?

Carola hatte ihm gestern Abend eine kurze Nachricht auf die Mailbox gesprochen: Sie würde die Kinder nächste Woche drei Tage aus der Schule nehmen, um mit ihnen für zwei Wochen – dank der kommenden Feiertage und der schulautonomen Tage ergaben sich ohnehin ausgedehnte Herbstferien – wegzufahren. Weg.

Einerseits war Anton froh, dass sie von Wien wegfuhr; das Pflaster dort wurde immer heißer. Er hätte sich nie von Juraj überreden lassen dürfen, hinter Draks Rücken Geschäfte zu machen. Aber das Geld war gut gewesen, leicht verdient. Juraj hatte alles eingefädelt, alles gemanagt. Er nannte sich selbst Lišiak, was wohl »schlau wie ein Fuchs« heißen sollte. Anton verließ sich auf ihn, auf den Fuchs. Erst sehr viel später, viel zu spät, war er draufgekommen, dass Jurajs Spezis einen anderen Spitznamen für ihn hatten: nämlich Krtko. Und das hieß, wie Anton erfahren hatte, Maulwurf. Wenn Maulwürfe eines konnten, dann war es abtauchen, wenn es brenzlig wurde.

Anton drückte seinen Tschick aus und schenkte sich noch ein Rüscherl ein, viel Rum, wenig Cola. Carola hatte ihm nicht verraten, wohin genau sie wollte, nur gesagt, dass sie vermutlich nicht erreichbar wäre. *Familienurlaub.* Ohne ihn. Weil er wäre ja eh kaum zu Hause und eh lieber in Kärnten. Als ob! Sie hatte behauptet, mit einer Freundin fortzufahren. Konnte er ihr glauben?

»Na, schlechte Laune?«, quatschte ihn Michaela von der Seite her an.

Kurz nach der Sperrstunde – alle Gäste waren weg – wollte er nur seine Ruhe, aber natürlich fiel Michaela nichts Besseres ein, als um ihn herumzuscharwenzeln. Weiber! Aber er konnte sie schlecht vor die Tür setzen. Sie hatte sich als Teamplayer bewiesen. Er sah sie nicht an, sondern griff nach einem weiteren Tschick. Scheiß auf das Rauchverbot im Lokal!

»He, ich kann dir sicher helfen, dass du dich besser fühlst.«

Wie war das: Wenn eine Tür zugeht, öffnet sich irgendwo ein Fenster? Sie rieb ihre Hand über seinen Rücken. Anton seufzte und tat einen Schritt zur Seite, denn ihm wurde klar: Er wollte nicht Michaela, er wollte Carola und seine Familie.

»Michaela, du könntest einen Heiligen in Versuchung führen, und ich bin sicher kein Heiliger.« Sanft packte er ihre Finger, die sich anschickten, seine Hemdknöpfe zu öffnen. »Du, ich bin seit über zehn Jahren verheiratet und habe meine Frau nie betrogen. Ich will nicht jetzt damit anfangen.«

Nicht, wenn alles auf der Kippe stand. Bei seinem Pech würde sein Pantscherl sofort auffliegen. Obervellach war ein Kuhdorf, da wusste doch jeder alles über jeden, oder nicht?

So beschämt, wie Michaela für einen Augenblick dreinsah, taten Anton seine abweisenden Worte fast leid. Er wollte ihr nicht wehtun, und unter anderen Umständen wäre er durchaus in Versuchung geraten.

»Du, es liegt nicht an dir. Du bist a fesches Madl, und wenn ich nicht …« Er schüttelte bedauernd den Kopf und suchte nach den richtigen Worten, um sie aufzubauen. »Vielleicht sollte ich eine Pumpgun unter der Theke verstecken, ich bin mir sicher, dass sich wegen dir so einige Haberer in die Haare kriegen werden! Ich kapiere sowieso nicht, wie du Single sein kannst. Sind die Mölltaler alle blind?«

Sie schielte in ihren Ausschnitt und drückte mit den Oberarmen absichtlich gegen ihren Busen, um ihn noch mehr hervorquellen zu lassen. »Bitte, wie blind kann man da sein?«

»Das frage ich mich auch. Du bist eine Augenweide«, schmeichelte er.

Sie sah ihn prüfend an, doch dann warf sie den Kopf zurück und lachte.

Zumindest diese Krise hatte er erfolgreich entschärft. Sie tranken aus und gingen Richtung Ausgang. Zum Abschied versetzte Anton ihr noch einen Klaps auf den Hintern. »Ja, eine echte Augenweide bist du, und nicht nur von vorne!«

Auf der Heimfahrt griff er nach seinem Handy. Es war schon spät, Carola und die Kinder würden schon schlafen. Aber das hinderte ihn nicht daran, ihr auf die Mailbox zu sprechen. »Hi, Schatz. Du fehlst mir.«

In Heinrich Beltens Haus – Anton sollte endlich anfangen, es als sein Haus zu betrachten, aber es wollte ihm nicht so leicht gelingen – war alles finster. Anton gab sich keine besondere Mühe, leise zu sein. Immerhin zeigte auch sein werter Herr Schwiegervater wenig Bereitschaft, ihm entgegenzukommen. Konnte er nicht einfach stillschweigend ins Altersheim ziehen, wie es sich für einen alten Knacker wie ihn gehörte? Nur gut, dass er schon ins Bett gegangen war. Sein Gesicht war das Letzte, was er jetzt noch sehen wollte.

Anton ging in die Küche. Er hatte Hunger. In Wien wäre er einfach zum nächsten Würstelstand gegangen oder hätte sich einen Kebab geholt, aber in Obervellach konnte man mitten in der Nacht verhungern. Darauf eingestellt, eine bittere Enttäuschung zu erleben, riss er die Kühlschranktür auf. Paprika. Der dämliche Schmelzkäse, auf den Heinrich stand. Keine Wurst. Aber hoppla, hinter zwei Joghurtbechern entdeckte er eine Tupperschüssel. Durch das milchige Plastik schimmerten dunkle Flecken durch.

Er zog sie heraus und konnte sein Glück kaum fassen: Fleischlaberl! Richtig schön dunkel gebraten, stellenweise fast schon schwarz, wie er sie mochte. Und erst der Geruch. Mit dem Ellenbogen drückte er die Kühlschranktür zu, während er schon vom ersten abbiss. Perfekt.

Er hätte nicht gedacht, dass Heinrich so gut kochen konnte. Oder hatte er die bei einem Fleischer gekauft? Scheißegal. Er stopfte sich den Rest in den Mund und griff nach einem zweiten. Wer brauchte da schon Teller und Besteck? An den Herd gelehnt, die Tupperschüssel vor die Brust gedrückt, genoss er sein unverhofftes kulinarisches Glück. So saftig und würzig waren die Laberl, dass er nicht einmal Mayo dazu brauchte. Ein Gedicht. Er griff nach dem dritten. Da musste sich Heinrich morgen – nein, heute, wie der Blick auf die laut tickende Küchenuhr zeigte – eben etwas anderes kochen. Anton dachte nicht im Traum daran, sich zurückzuhalten.

Das weckte die Lebenskräfte.

Heinrich wachte vom Geräusch der Klospülung auf. Verschlafen tappte er nach seinem Wecker. Halb zwei. Er blinzelte, klopfte sein Kopfpolster auf und kuschelte sich wieder hinein. Eines musste man Sepp Flattacher lassen: Seine Pläne waren fies, aber sie wirkten.

Mit einem seligen Lächeln auf den Lippen schlummerte Heinrich ein. Die immer wieder in kurzen Abständen betätigte Klospülung bescherte ihm einen friedlichen Traum mit sanftem Meeresrauschen.

15

Der schwarze VW Beetle stand nicht im Hof. Hatte Bettina ihn vielleicht hinter der Scheune geparkt? An ein Zurück war nicht mehr zu denken, denn Raimund Hader kam aus dem Stall direkt auf Martin zu. Er stellte den Motor ab und stieg aus. Sie reichten sich die Hand, wobei der Bauer kräftig zudrückte.

»Ist Bettina daheim?«

Ihr Vater sah an Martin vorbei und deutete auf den Strauß Rosen, der auf dem Beifahrersitz lag. Mist, er hätte ihn im Kofferraum verstauen sollen.

»Soll der Puschkawettel für die Bettina sein?«

»Ja.«

»Schad ums Geld«, brummte Hader.

Wenn die Blumen als Eisbrecher fungierten, reute es Martin keinen Cent. Bettina weigerte sich, seine Anrufe anzunehmen, hatte ihn auf dem Handy sogar weggedrückt. Deshalb hatte er seinen freien Montag genutzt, um heraufzufahren. Er wusste, dass sie über das dumme Missverständnis lachen würde, wenn er es ihr erklärte. Wenn er sich am Samstag nur nicht so ungeschickt ausgedrückt hätte! Aber er hatte sich von ihrem Vorschlag so überrumpelt gefühlt, und dann war sie auf und davon.

»Bettina ist nicht da.«

»Darf ich die Blumen für sie hierlassen?«, fragte Martin und formulierte in Gedanken bereits die Worte für einen kurzen Brief, den er ihr dazulegen könnte.

Hader schüttelte den Kopf und verschränkte die Arme vor der Brust. »Die werden lei verwelken.«

Martin verkniff sich einen Seufzer. Nicht zum ersten Mal stand Raimund Hader zwischen ihm und seinem Liebesglück.

»Ja, mei, der Herr Polizist! Grias Ihnen!«, schallte es da vom Bauernhaus herüber.

Barbara Hader eilte, sich die Hände an der Schürze abwischend, auf sie zu. Im Gegensatz zu ihrem grimmig dreinblickenden Mann trug sie ein herzliches Lächeln im Gesicht.

»Wollen Sie zur Bettina?« Sie reichte ihm die noch feuchte Hand zum Gruß. »Sie ist nicht da, leider.«

»Wann kommt sie denn zurück?«, wagte sich Martin vor.

»Das weiß ich nicht. Sie ist nach Graz gefahren. Ich hoffe nur, dass sie sich nicht wieder vom Hans-Jürgen einfangen lässt. Der ist nix für sie, das habe ich schon immer gesagt! Aber mei, als Mutter kann man halt dem Diandle nix dreinreden. Sie muss schon selbst wissen, was sie tut …« Mit einem lauten Seufzer brach sie ab.

Martin lief es gleichzeitig heiß und kalt über den Rücken. Konnte es möglich sein, dass Bettina zu ihrem Noch-Ehemann zurückkehrte? Obwohl er sie mit der Augenärztin betrogen hatte? Obwohl das letzte Zusammentreffen auf dem Hader-Hof, dessen Zeuge Martin geworden war, alles andere als freundschaftlich verlaufen war? Er schluckte schwer.

»So dumm wird sie schon nicht sein«, äußerte Raimund Hader laut, was Martin dachte. Und inbrünstig hoffte.

Barbara Hader lud ihn ein, zum Essen zu bleiben, wo doch gleich Mittagszeit wäre. Aber Martin entschuldigte sich und reichte ihr mit einem schiefen Lächeln den Blumenstrauß.

»Es wäre ja schade um die Rosen.«

Martin fühlte sich wie ein geprügelter Hund, als er zurück nach Obervellach fuhr. In der Liebe hatte er eindeutig Pech; sollte er auf Glück im Spiel hoffen? Warum nicht!

Als er den Hauptplatz entlang Richtung Papier Huber fuhr, sah er Reini Hader, der soeben das »COME OVER FELLOW« betrat. Da sich genau neben dessen Auto ein freier Parkplatz befand, parkte Martin ein und ging das kurze Stück zum Huber zu Fuß, um einen Lottotipp aufzugeben. Danach kehrte er im »COME OVER FELLOW« ein in der Hoffnung, Bettinas Bruder könnte ihm mehr Auskunft über ihre Pläne geben.

Im Lokal saßen nur zwei Teenager an den Internetterminals.

»Heute in Zivil, vielleicht im Undercover-Einsatz?«, fragte ihn die Kellnerin neckisch. »Du, der Chef hat schon verschließbare Kästen für den Gang bestellt, weißt eh, für die alkoholischen Getränke.«

Martin schüttelte mit einem schiefen Grinsen den Kopf. »Ich bin rein privat da.« Um das zu unterstreichen, bestellte er ein kleines Bier. »Darf ich dir auch ein Getränk spendieren?«

»Gern. Ich bin die Michaela.«

»Martin.«

»Ist der Chef nicht da?«

»Der ist krank. Hat wohl so einen Magen-Darm-Virus erwischt, der geht gerade herum.« Den Ellbogen auf die Theke gestützt, das Kinn in der Hand, beugte sie sich vor. Sie trug ein weit ausgeschnittenes Shirt.

Martin nahm noch einen Schluck Bier, obwohl es ihm um die Tageszeit noch nicht wirklich schmecken wollte. Seine Gedanken waren bei Bettina.

»Viel ist heute nicht los«, stellte er wenig originell fest.

»Montag und Mittagszeit. Da ist es immer ruhiger. Gegen Abend kommen mehr Leute.«

Martin sah sich um und runzelte die Stirn. »Ich könnte schwören, dass ich vor ein paar Minuten den Reini Hader hereinkommen sah«, sagte er und hob fragend die Brauen.

»Ach so?« Sie drehte sich um und räumte ihr Kaffeehäferl in den Geschirrspüler.

»Das haben wir gleich.« Er griff nach seinem Handy und tippte eine SMS. »Hi Reini. Wo bist?«

Michaela warf ihm ein »Ich muss mal« mit einer vagen Handbewegung hin und stöckelte hinaus.

Ob sie auch der Virus erwischt hatte?

Sie war jedoch vergessen, als sein Handy vibrierte und Reinis Antwort auf dem Display aufschien: »im come over.«

Wie jetzt? Irritiert stand Martin auf und ging in den zweiten Gastraum, der nur durch einen großen, offenen Bogen vom Thekenraum getrennt war. Hatte er Reini übersehen, saß er in einem toten Winkel? Nein, er hatte sich nicht getäuscht. Außer den beiden Jugendlichen war keiner da.

Martin wollte schon eine weitere SMS losschicken, als Reini aus dem hinteren Gang in den Gastraum hastete.

»Hi!« Er grinste Martin flüchtig an, bevor er zur Theke stapfte. Martin folgte ihm. »Wo kommst du denn her?«

»Ähm, ich war auf dem Klo.« Reini setzte sich auf einen Barhocker und spielte mit seinem Handy herum. Seine Wangen wiesen hektische rote Flecken auf.

Man musste kein Polizist sein, um sein schlechtes Gewissen riechen zu können. Was hatte er zu verbergen?

»Michi«, wandte sich Reini an die Kellnerin, die auf ihren Platz hinter der Theke zurückkehrte, »gibst mir einen Radler?«

»Auf dem Klo? So lange?«, fragte Martin nach. »Ich bin sicher schon zehn Minuten hier.«

»Äh … ja …« Reini starrte Michaela an.

Sie beugte sich vor und tätschelte ihm mitleidig die Hand. »Da hat dich wohl auch der Magen-Darm-Virus erwischt, du Armer! Weißt was, dann kriegst jetzt aber keinen Radler von mir. Am besten ist, wenn du heimfährst und dich ins Bett legst. Kurier dich aus!«

»Aber –«

»Fahr heim, Reini«, schnitt sie ihm das Wort ab.

Er nickte, und weg war er.

Martin griff nach seinem Glas und hob es halb an, während er Michaela betrachtete. Sie schenkte ihm ein extrabreites Lächeln, bevor sie ihm den Rücken zukehrte und gschaftig an der Kaffeemaschine hantierte.

»Der arme Reini. Mit so einem Virus ist nicht zu spaßen«, warf sie ihm über die Schulter hinweg zu.

»Mm-hm.«

★★★

Wie ein ausgewrungener nasser Lappen hing Anton auf seinem Stuhl, den Kopf auf seine Hände gestützt, eine Tasse Kamillentee vor sich. Ihm war eindeutig sterbenselend zumute.

»Na, geht's dir schon besser?«, erkundigte sich Heinrich, eine große Portion Mitgefühl heuchelnd.

Wie Flattacher es vorausgesagt hatte, war Anton den ganzen Sonntag kaum vom Topf heruntergekommen. Dementsprechend fertig sah er noch heute aus, auch wenn sich seine Gedärme langsam zu beruhigen schienen.

Heinrich stand auf und holte sich eine Frikadelle aus dem Kühlschrank – aus der orangen Schüssel im Gemüsefach. Er gab noch reichlich Ketchup und Mayonnaise auf den Teller und kehrte mit Besteck bewaffnet an den Tisch zurück. Sein Schwiegersohn gab ein Stöhnen von sich, als ihm der würzige Geruch in die Nase stieg.

»Weißt, an den Frikadellen kann es nicht liegen«, sagte Heinrich mit vollem Mund, denn Anton hatte den Verdacht geäußert, das Faschierte könnte schlecht gewesen sein. »Mir fehlt nämlich gar nichts. Und ich habe einen sehr empfindlichen Magen.«

Ein weiteres Stöhnen.

»Na, vielleicht hast du einfach zu viel erwischt? Wie viel hast du gegessen? Drei? Vier Stück?« Geschah ihm recht, dem verfressenen Hund!

Aus blutunterlaufenen Augen sah Anton ihn an. Seine Stimme klang heiser, krächzend: »Findest das lustig, dass es mir schlecht geht?«

Anscheinend hatte Heinrich seine Gesichtszüge doch nicht so gut unter Kontrolle, wie er gedacht hatte. Es war auch schwer, seine Schadenfreude zu verbergen.

»Nein, gar nicht.« Er schob sich eine weitere Gabel voll in den Mund. »Du, wenn du schon in den Ort fährst, kannst du noch einkaufen? Der Kühlschrank ist schon wieder leer. Hier.«

Mit einem Grummeln akzeptierte Anton die fein säuberlich geschriebene Einkaufsliste.

»Und vergiss die Husch-Anzünder nicht. Du weißt schon, die weißen Würfel. Jetzt wird es langsam Zeit, den Schwedenofen im Wohnzimmer zu aktivieren.«

»Hast du die Formulare ausgefüllt?«

Heinrich musste nicht fragen, welche Formulare Anton meinte. Der Appetit verging ihm. »Noch nicht«, murmelte er.

»Du, es macht keinen Sinn, die Sache hinauszuzögern. Bring's einfach hinter dich!«

Ruckartig stand Heinrich auf. Den letzten Bissen Frikadelle warf er in den Biomülleimer, bevor er sein Geschirr abspülte.

»Vielleicht will ich sie aber nicht ausfüllen«, schimpfte er vor sich hin. »Wir sollten das mit Carola noch einmal besprechen. Das mit dem Altersheim —«

»Vergiss es! Wir haben das schon geklärt. Du gehst ins Heim, und wir ziehen von Wien nach Obervellach! Da gibt es nichts zu besprechen.«

Heinrich wrang das Geschirrtuch zwischen den Händen und wünschte sich, es wäre Antons Hals. Er drehte sich nicht zu seinem Schwiegersohn um.

»Ich will das noch einmal mit Carola bereden, in Ruhe.« *Allein.* Ohne Anton.

»Wozu?«

»Das ist mein gutes Recht!«

»Da wirst du dich gedulden müssen. Sie ist mit den Kindern im Urlaub.«

»Wohin?«

»Was geht dich das an! Sie ist nicht daheim!«, schrie Anton ihn an, bevor er die Küche verließ.

Heinrich öffnete den Küchenschrank mit den Gewürzen und griff nach einem ehemaligen Marmeladenglas, auf dem noch immer das Etikett mit den fruchtigen Gartenbeeren klebte. Ein Nachschlag, hatte Flattacher gemeint. Falls nötig.

Ja, es war nötig. Heinrich schüttelte das Glas leicht. Die dunkelbraune, pulvrige Masse darin erschien so unscheinbar. Aber wenn die getrocknete und aufgeriebene Fuchsleber auch nur ansatzweise so wirkte wie die frische in den Frikadellen, konnte sich Anton auf etwas gefasst machen! Nur gut, dass es in seinem Haus in beiden Stockwerken ein WC gab.

16

»Wir müssen feiern!«

Hätte er bloß nicht die Tür geöffnet, dachte Sepp. Ungebetene Gäste am Morgen bringen nur Sorgen; aber Belten am Abend … Das war ja noch schlimmer. Selten hatte er den Nachbarn so aufgedreht erlebt. Er stürmte geradezu in sein Haus – das mit dem Anrufen hatte er wohl *vergessen* – und wollte sogar Akko tätscheln, doch der zog sich misstrauisch vor ihm zurück und grollte vernehmlich. Gscheiter Hund.

Sepp kniff die Augen zusammen und starrte die Flasche an, die Belten vor seinem Gesicht schwenkte. Sekt?

»Wir müssen anstoßen, mein Lieber.«

Wie Akko stellte es Sepp die Nackenhaare auf. Er war viel, aber ganz sicher nicht Beltens Lieber!

»Hast du Sektflöten im Haus?«

»Nein«, bellte er. »Die Flasche bleibt zu!« Vor allem, nachdem Belten sie so wild geschüttelt hatte.

»Was willst überhaupt feiern?«, fragte er genervt. Denn dass Belten nicht den österreichischen Nationalfeiertag begießen wollte, war schon klar. Außerdem war der 26. Oktober erst morgen.

»Unseren Triumph! Du kannst dir gar nicht vorstellen, wie toll das gelaufen ist mit den Frikadellen. Ach, du kannst es dir vielleicht schon vorstellen, es war ja deine Idee. Hihi.«

Wenn der Deutsche sich nicht bald beruhigte, musste er ihn hinauswerfen. Das hielt kein vernünftiger Mensch aus. Er hätte doch ein paar Labalen vertauschen sollen und bedauerte sein Versäumnis umso mehr, je ausführlicher Belten beschrieb, wie gut die Fuchsleber bei Nowak gewirkt hatte.

»Ja, und das Pulver, das wirkt auch, Mensch, das sag ich dir! Anton hat sich heute Morgen wieder quietschfidel gefühlt und sich ein Streichwurstbrot geschmiert. Na, als er kurz auf die Toilette ging, habe ich es ihm mit deiner Spezialzutat gewürzt. Hui, seine Reaktion hättest du sehen sollen!«

»Hat er keinen Verdacht geschöpft?«

»Nein, woher denn«, winkte Belten ab. »Ich habe ihm erzählt, dass er vielleicht das Obervellacher Wasser nicht verträgt.« Sepp feixte. »Wien ist weit gesünder für ihn.« Als Belten wiederum die Flasche schwenkte, riss Sepp sie ihm aus der Hand und stellte sie sicherheitshalber in die Abwasch.

»Na, wollen wir nicht anstoßen?«, fragte Belten schmollend.

»Meinetwegen. Aber sicher nicht mit« – Sepp las das Etikett – »Prosecco.«

Sepp öffnete die Tür zur Speis. Er hatte noch ein halb volles Sechsertragerl Bier, aber an einer Flasche würde Belten ewig zuzeln. Lieber hochprozentige Geschütze auffahren! Dann war er ihn schneller los. Er griff nach einer Flasche mit handbeschriebenem Etikett – und nach kurzem Überlegen nach einer weiteren, die gar nicht beschriftet war und aus gutem Grund ganz hinten im Regal stand.

Er überlegte kurz, ob er mit Belten ins Wohnzimmer hinübergehen sollte. Aber da er den Raum selten benützte, war der Kachelofen nicht eingeheizt, so viel Winter war noch nicht, während hier in der Küche ein munteres Feuer im Holzherd knisterte und die Kälte der Übergangszeit vertrieb.

»Steh nicht herum wie bestellt und nicht abgeholt, setz dich hin«, forderte er Belten auf.

Er holte zwei Stamperln aus dem Schrank und goss sie großzügig voll.

»Auf unsere Freundschaft«, trompetete Belten. »Prost.«

Genießerisch nahm Sepp einen Schluck. Der Marillenschnaps schmeckte sogar noch besser, als er ihn in Erinnerung hatte. Mild rann er die Kehle hinab, mit fruchtigem Nachgeschmack, der noch lange auf der Zunge blieb. Ein Gedicht.

Allein Beltens lautes Keuchen und Japsen störte den Moment größten Genusses.

»Mensch«, stieß er schließlich hervor, das Gesicht krebsrot; Schweißperlen glänzten auf der Stirn. »Was ist denn das?«

»Sag nicht, dass dir der Schnaps zu stark ist. Das ist ein ganz ein edler, teurer Tropfen.«

»Hast ein Glas Wasser für mich?«

»Du bist und bleibst eine kulinarische Wildsau! Man verhaut sich doch nicht den guten Schnaps mit Wasser!«, schimpfte Sepp und nahm einen weiteren Schluck aus seinem Stamperl. »Der rinnt doch runter wie Öl!«

Aus großen Augen starrte Belten ihn an.

»Trink noch einen Schluck, man gewöhnt sich daran. Wirst sehen, beim dritten Stamperl schmeckt er dir.«

Der Deutsche schloss die Augen und goss sich den Schnaps ex hinunter, wohl in der Hoffnung, ihn so an seinen Geschmacksnerven vorbeizuschummeln. Er rang mehrere Sekunden lang nach Luft. Sepp leerte gemütlich sein eigenes Glas und stand dann auf, um nachzuschenken.

»Einen gönnen wir uns noch, was?«

»Ich weiß nicht …«

Sepp füllte die Gläser nach. Belten zögerte, nach seinem zu greifen.

»Sei ka Zwiderwurzn! Wir müssen doch feiern«, ermunterte er ihn. »So jung kommen wir nicht mehr zåm.«

»Also gut«, gab Belten nach und hob sein Glas. »Auf unsere Freundschaft!«

In den sauren Apfel musste Sepp beißen. »Hm-hm.«

Dafür musste Heinrich Belten den Schnaps saufen.

Da Sepp noch nicht zu Abend gegessen hatte und kein geeichter Säufer war wie der Toni Brugger, fuhr ihm der Schnaps ordentlich ins Blut.

Was soll's. Ließ er die Morgenjagd am nächsten Tag halt ausnahmsweise ausfallen. Er leerte sein Glas und sah Belten auffordernd an.

»Du bist ja erst bei der Hålbschaid.«

»Puh, der ist heftig, der Schnaps«, verteidigte sich der mit Tränen in den Augen.

»Runter damit, dann schenk ich uns nach.«

Sepp hätte nie gedacht, dass ihm das Saufen mit dem deutschen Nachbarn Spaß machen könnte. Er stand auf, um nachzugießen. Beim Rückweg zum Tisch verschüttete er glatt ein paar Tropfen, da der Boden zu schwanken begann.

Er schob Belten das Stamperl hin und grinste.

»Auf dass wir deinen Schwiegersohn dahin zurückschicken, wo er hingehört. Nach Wien.«

»Jawohl!«

Sie stießen an und tranken gleichzeitig.

»Du hattest recht, Sepp. Beim dritten Glas schmeckt der Schnaps richtig lecker!«

Sepp konnte ihm nicht antworten. Er musste sich voll darauf konzentrieren, sich nicht anzuspeiben. Mein Gott! Er schnappte nach Luft. Der Enzianschnaps, der war ja noch weit schlimmer, als er ihn in Erinnerung hatte!

Er hatte keine Kraft zu protestieren, als Belten aufstand und – »Was soll der Prophet dauernd zum Berg laufen, bringen wir den Berg zum Propheten!« – die Flasche mit dem Marillenschnaps an den Tisch holte. Es ging sich noch für jeden ein halbes Stamperl aus.

»Meinst, reicht das mit der Fuchsleber aus, um den Nowak zu vertreiben?«, fragte Sepp, der an seinem Stamperl nur noch vorsichtig nippte.

»Keine Ahnung. Er scheint fest entschlossen zu sein. Jetzt hat er mit seinem Lokal ja auch beruflich hier Fuß gefasst. Er drängt mich dauernd, die Formulare für das Altersheim zu unterschreiben.«

»Tu's ja nicht!«

»Manchmal bekomme ich fast Angst vor ihm«, gestand Belten zaghaft ein. »Ich bin ja mit ihm allein im Haus! Was, wenn … Er benimmt sich oft richtig seltsam, und wenn er telefoniert, geht er dazu ins Badezimmer und lässt das Wasser laufen.«

»Damit nicht mithören kannst, eindeutig.« Sepp nickte bedächtig.

»Meinst du, er betrügt Carola mit einer anderen?«

»Ich trau ihm alles zu, nur nichts Gutes.«

»Ein wenig von dem Fuchsleberpulver habe ich noch«, antwortete Belten mit grimmigem Gesichtsausdruck. »Ich werde ihm das weiter ins Essen mischen, aber was machen wir dann?«

»Wenn das nichts hilft, müssen wir größere Geschütze auffahren«, erklärte Sepp.

Belten nahm einen stärkenden Schluck und nickte zustimmend.

»Früher war alles leichter. Weißt, wie sie bei uns in den Bergen hier Leute losgeworden sind? Die haben keine Fuchsleber ins Essen gemischt, sondern Hittrach!«

»Was?«

»Arsenik.«

»Wo haben sie das denn herbekommen?«

Sepp rieb sich über die Wange. »Das hat's durch den Bergbau in der Gegend in jedem Bauernhaus gegeben. Die Leute haben es als Aufputschmittel gegessen. Die Zigeuner haben's auch den Pferden gegeben, damit sie für den Verkauf schön feurig waren.«

»Das ist doch hochgiftig!«

»Kommt immer darauf an, wie viel man erwischt. Wie beim Schnaps. Und die Leute, die das ständig gegessen haben, haben schon was davon vertragen.«

Belten stützte den Kopf in seine Hand. »Heute kann man keinen mehr so vergiften. Da kommt die Polizei darauf, mit der modernen Gerichtsmedizin und so. Das habe ich im Fernsehen gesehen. Es gibt keinen perfekten Mord.«

»Doch: Wenn's keine Leiche gibt!«

»Nee, Sepp. Ich schau mir immer den Tatort an. Irgendwas findet der Kommissar immer. Blutspuren im Auto oder auf dem Teppich. Und wie willst du denn eine Leiche so verschwinden lassen, dass sie niemand findet? In Säure auflösen? Wo willst denn diese Säuren hernehmen, die sie in den Krimis haben?«

»Das war früher auch alles leichter. Mein Vater hat nach dem Krieg in Kaprun gearbeitet, wo sie das Kraftwerk gebaut haben. Was der oft für Geschichten erzählt hat. Wenn sich da ein Vorarbeiter oder ein Kamerad unbeliebt gemacht hat ... den haben s' einbetoniert.«

»Ehrlich?« Belten quollen fast die Augen aus dem Kopf.

»Keine Ahnung, ob's stimmt. Aber das hat der Vater erzählt.«

Sie schwiegen eine Weile.

»Weißt du, wo man bei mir daheim Leichen verschwinden lassen konnte? Da kommste nie drauf!«

»Sag schon, wir sind ja nicht im Kindergarten«, brummte Sepp.

»Im Moor. Ja, da staunste. In Oldenburg und umzu gab es einige Moore. Die sind ganz schön gefährlich. Wer sich dort verirrte und vom Weg abkam … weg war er, für immer! Im Museum gab's uralte Moorleichen. Vor dem Moor, da hatten wir als Kinder einen Mordsrespekt. Die Lehrer haben uns in der Schule immer gewarnt. Da kann man ein Opfer schon in die Falle locken.«

Sepp hob skeptisch die Brauen. Solche Moore, wie Belten sie beschrieb, konnte er sich schwer vorstellen.

»Schade, dass es hier kein Moor gibt, um Anton zu versenken«, bedauerte Belten.

»Geh, wer braucht denn schon einen tepaten Sumpf!«, war Sepp nicht bereit, sich von dem Piefke übertrumpfen zu lassen. Angefeuert vom Schnaps brach der pure Patriotismus bei ihm durch. »Wir haben Berge!«

»Wir haben bei Oldenburg auch Berge. Die Osenberge«, antwortete Belten und gackerte. »Jaaa. Die sind nur nicht ganz so hoch wie die Berge hier in Kärnten, nee. Willste wissen, wie hoch die Osenberge sind?«

Sepp brummte nur, was Belten als »Ja« auffasste.

»Dreiundzwanzig Meter.«

»Wie …«

»Dreiundzwanzig Meter hoch, so vom Boden drumherum gemessen.«

Wieder gackerte Belten wie ein Hendl. Dem sollte mal einer den Hals umdrehen.

»Das sind doch keine Berge!«, schimpfte Sepp, um dann auf das eigentliche Thema – Leichen verschwinden lassen – zurückzukommen. »Wir haben hier echte Berge und viele Gräben und Schluchten, wo kein Mensch je hinkommt! Ich sag's dir, bei uns gibt's so abgelegene Gräben, da frisst der Fuchs den Hasen nicht, weil er sonst keinen mehr zum Reden hat. Wenn man dort eine Leiche hinbringt, findet die niemand mehr – oder erst die Knochen davon in zweitausend Jahren. So wie den Ötzi.«

Als Beweis kramte Sepp aus der in die Eckbank integrierten

Truhe – ein wenig mühsam war es schon, zuerst den Belten auf-
zuscheuchen und dann die ganzen darauf gestapelten Schachteln
wegzuheben – eine Landkarte von Oberkärnten hervor und legte
diese vor Belten auf den Tisch. Er zeigte ihm eine Möglichkeit
nach der anderen. Unzugängliche Waldstücke, tiefe Schluchten,
durch die das Wasser toste. In der Tischlade fand er dicke Filz-
stifte, er nahm einen roten und markierte die besten Stellen.

»Da kannst du in deinem Moor baden gehen!«

»Nee, baden gingen wir als Kinder im Küstenkanal. Obwohl
wir das nicht durften, weißte, wegen den Schiffen. Wenn ein
Schiff kam, sind wir flugs raus«, schwelgte Belten in seinen Erinnerungen. »Und am alten Pferdemarkt waren wir Eis essen,
aber das ist schon lange, lange her.«

Alte Leute wurden echt eigen, dachte Sepp. Die lebten mehr
in der Vergangenheit als in der Gegenwart, vermutlich weil sie
keine Zukunft hatten. Außer dem Altersheim, das Belten drohte.
Unfair war das. Warum gab es kein Heim für Schwiegersöhne?

»Hm. Die Flasche ist leer«, stellte Belten fest, erhob sich leicht
schwankend und holte die zweite Schnapsflasche.

»Für mich nichts mehr«, versuchte Sepp abzublocken, als er
nachschenken wollte.

»Wer ist jetzt die Spaßbremse, he?« Ungerührt goss Belten
nach. »Auf dass wir Anton loswerden. Auf immer und ewig,
wenn es sein muss.«

»Auf dass man seine Leiche niemals findet!«, stimmte Sepp zu.
Er wappnete sich und trank. Hm. So schlimm war es gar
nicht. Wenn man erst mal einen Rausch hatte, fing selbst der
Enzianschnaps an zu schmecken.

So fühlte es sich also an, wenn man starb.

Sein Mund war trocken und pelzig, die Zunge aufgequollen.

Die Taubheit in den Gliedern und das Gefühl der Unwirk-
lichkeit hatte er erwartet; ebenso das helle Licht, in das er nun
blickte und das seinen Augen wehtat. Er blinzelte dagegen an.
Ein grelles Licht, das das hämmernde Dröhnen in seinem Kopf
verstärkte. Hieß es nicht immer, man ging in das Licht hinein?

Sein Schädel drohte zu zerspringen. Mit zittriger Hand fasste er sich an die Schläfe. Die Finger schienen nicht länger Teil seines Körpers zu sein.

Mit einem Ächzen versuchte Heinrich, seinen Leib aus der Horizontalen in die Vertikale zu hieven, doch er verlor das Gleichgewicht und rutschte im Zeitlupentempo auf den Teppich. Wo war er? Das war nicht sein Schlafzimmer. Mit beiden Fäusten rieb er sich die Augen.

Er war … zu Hause. In seinem Wohnzimmer. Durch das südseitige Fenster knallte ihm der Sonnenschein unbarmherzig mitten ins Gesicht. Er hatte das Gefühl, sich übergeben zu müssen, und konnte die bittere Galle nur mühsam hinunterschlucken. Eine Hand auf die Couch hinter sich gestützt, die andere nach dem kleinen Tischchen davor greifend, kämpfte er sich Stück für Stück auf die kraftlosen Beine.

Heinrich sah an sich herab. Immer noch trug er den karierten Pullunder über dem Hemd und seine Hose. Er wackelte mit den Zehen und konzentrierte sich auf seine Füße, bis ihm bewusst wurde, was ihn verstörte: Nur ein Pantoffel. Der zweite Fuß war lediglich besockt, und der große Zeh, der aus einem Loch hervorlugte, schien ihm zuzuwinken. Er hob die Hand und winkte zurück.

Oh mein Gott.

Nie wieder Schnaps mit Sepp Flattacher!

Ächzend und stöhnend schleppte er sich in die Diele. Die Küche mied er wie der Teufel das Weihwasser, denn allein der Gedanke an Essen oder Trinken ließ die Galle wieder hochwallen. Gleichzeitig war sein Mund jedoch so ausgedörrt, und er verspürte so großen Durst, dass er sich am liebsten unter den Wasserhahn gelegt hätte. Heinrich klammerte sich mit beiden Händen an das Treppengeländer und arbeitete sich in den ersten Stock hoch, wo er – an der Wand abgestützt – ins Badezimmer wankte.

Er griff nach dem Zahnputzbecher, leerte die Zahnbürste rücksichtslos ins Waschbecken und drehte den Wasserhahn auf. Mit zittriger Hand führte er den Becher an den Mund und ließ das Wasser durch seine Kehle rinnen. Und noch einen Becher voll. Besser. Als er sich aufrichtete, streifte sein Blick versehentlich den Spiegel. Ach herrje. Er sah genauso aus, wie er sich fühlte.

Zerknautscht, blass und mit blutunterlaufenen, triefenden Augen. Wie Anton nach den Fuchslebereskapaden. Nein, nicht an die Frikadellen denk… Gerade noch schaffte es Heinrich zur Toilette und übergab sich.

Wie ein Häufchen Elend – niemals wieder Schnaps mit Sepp Flattacher! – schlich er in sein Schlafzimmer und ließ sich auf sein gemachtes Bett plumpsen, ohne die Decke zurückzuziehen. Noch bevor sein Kopf das Polster richtig berührte, hörte er wie aus weiter Ferne sein eigenes Schnarchen.

Als er wieder aufwachte, zeigte sein Wecker drei Uhr nachmittags. Heinrich hatte keine Ahnung, wie er in der Nacht nach Hause gekommen war. Nur vage konnte er sich daran erinnern, eine umgedrehte Schnapsflasche eine Ewigkeit über sein Glas gehalten zu haben, auf dass der allerletzte Tropfen gewonnen werden konnte. Danach … Filmriss.

Er setzte sich auf, überlegte sich kurz, sich umzuziehen, verwarf den Gedanken aber wieder und ging ins Bad, um sich ein paar Minuten lang die Zähne zu putzen und drei Mal mit Mundwasser zu gurgeln. Dann fühlte er sich wieder halbwegs wie ein Mensch.

Nachdem er sich einen Kaffee gekocht hatte – zu essen brauchte er noch immer nichts –, überlegte er kurz, ob er sich bei Sepp nach dessen Befinden erkundigen sollte. Ein Anruf war nach der gestrigen Sauferei zu unpersönlich; nein, Heinrich würde hinübergehen zu seinem neuen besten Freund.

In der Diele zog er sich seine Schuhe an und stellte seinen vereinsamten Pantoffel ordentlich ins Regal, bevor er hinausging und die Abkürzung zum Nachbarhaus einschlug. Er brauchte heute Morgen etwas länger, um zu registrieren, dass Sepps Suzuki nicht in der Einfahrt stand. Überrascht und ein wenig besorgt, denn nach Adam Riese müsste auch Sepp noch einen Mordsbrummschädel haben und einen Restalkoholspiegel, der ihn den Führerschein kosten könnte, ging er zum Gartenzaun.

Ha! Zumindest fand er seinen zweiten Pantoffel. Er musste ihm bei der nächtlichen Kletterpartie vom Fuß gerutscht sein, denn er lag gleich hinter dem Zaun auf Sepps Seite. Ein wenig schwerfälliger als sonst überwand Heinrich das Hindernis, wobei es ihn beim Zurücksteigen fast vom Stuhl geworfen hätte, so sehr fuchste sein Gleichgewicht, aber er schaffte es sicher zurück in sein Haus, wo ihn die Sonne – wie grell die heute war! – nicht mehr plagen konnte.

Die beiden Pantoffeln glücklich vereint an den Füßen, schlurfte er auf der Suche nach seinem Handy ins Wohnzimmer. Es lag auf der Kommode, gleich neben dem Diwan. Aber daneben lag noch ein anderer Gegenstand, den Heinrich im ersten Moment nicht einordnen konnte. Wie … was …

Kraftlos sank er auf den Diwan. Er wagte nicht, das … Ding anzugreifen. Im Suff redeten die Leute viel Blödsinn, und anscheinend waren Sepp und er in der Nacht nicht viel besser gewesen. Angetrunken und zornig auf Anton Nowak, hatten sie über diesen geschimpft und ihm die Pest an den Hals gewünscht.

Aber hatten Sepp und er in ihrem Schnapswahn tatsächlich debattiert, wie sie Anton am besten ermorden und seine Leiche auf Nimmerwiedersehen verschwinden lassen könnten? Ungläubig schüttelte Heinrich den Kopf. Er konnte sich an keine Einzelheiten erinnern, nur schwammige Gesprächsfetzen flatterten durch seine Gehirnwindungen.

Nein, nie wieder Schnaps mit Sepp Flattacher.

Er rieb sich mit den Fingern über die Augen. Als er sie wieder öffnete, lag sie immer noch da, auf seiner Kommode: eine Pistole.

17

Martin warf einen Blick auf sein Handydisplay. Nichts. Es juckte ihn in den Fingern, Bettina erneut anzurufen, aber er verkniff es sich, denn langsam wurde es verdammt peinlich. Er hatte ihr SMS geschickt und ihr auf die Mobilbox gesprochen – jetzt war sie am Drücker. Verquirlte Scheiße! Das war ein Paradebeispiel für eine Mücke, aus der man einen Elefanten machte. Je länger Bettina die Nicht-Erreichbare spielte und ihn zappeln ließ, desto größer wurde sein Frust. Und zugegebenermaßen mischte sich ein Anflug von Ärger dazu. Ja, er hatte sich ungeschickt ausgedrückt; wenn er gleich die richtigen Worte gefunden hätte, wäre es nie so weit gekommen. Warum musste er sich in ihrer Gegenwart immer zum Affen machen, wenn sie ihn überraschte und seine Denkfähigkeit zwei Stockwerke tiefer rutschte? Das hatte er nun davon.

Bettina wich ihm aus.

Und er verkroch sich in seiner Kanzlei, um Kerstin auszuweichen, die ihn mit ihren Fragen und Ratschlägen bombardierte. Warum konnte die Kommunikation mit Bettina nicht ähnlich unkompliziert – wenn auch manchmal schmerzhaft – verlaufen wie mit der jungen Kollegin? Gedankenverloren rieb er sich den Oberarm. Bei Kerstin hatte er nie das Problem, um Worte verlegen zu sein. Und wenn sie wegen irgendetwas beleidigt wäre, hätte sie garantiert keine Scheu, das auszufechten, von BFFI zu BFFI quasi, statt sich todbeleidigt – wegen nichts! – zurückzuziehen und sich wie ein … ein Teenager aufzuführen. So verliebt über beide Ohren, wie Martin damals in Bettina gewesen war, hatte ihn absolut nichts an ihrer Art gestört. Selbst ihre hochdramatischen Auftritte und Auszucker hatte er faszinierend gefunden. Allerdings war er heute dreiunddreißig, da fand er es nicht mehr ganz so süß, vor allem, da er sich keiner Schuld bewusst war.

Entnervt klappte Martin die vor sich liegende Akte eines Verkehrsunfalles zu. Er war mit den Gedanken nicht bei der Sache, was ihn noch mehr ärgerte. Denn Dienst war Dienst und Schnaps war Schnaps, und Beziehungsprobleme hatten in seinem Gehirn aber so was von gar nichts zu suchen! Lieber Kerstin über den Weg laufen, als dass ihm an seinem Schreibtisch noch die Decke auf den Kopf fiel.

Er ging hinaus in den Journaldienstraum, wo Gerhard offensichtlich mit einer Partei telefonierte. »Buchstabieren Sie mir den Namen noch einmal. T-V-R-D-O. Berta oder Paula? R-L. Geh, das ist doch kein Name«, kollerte er, als er auf seinen Zettel blickte. »Wissen S' was, ich schick einen Kollegen vorbei, der soll sich den Meldebucheintrag ansehen.« Grußlos legte er auf und drehte sich auf seinem Stuhl zu Martin herum. »Lust auf einen Spaziergang?«

Martin war kurz davor gewesen, eine Extraschicht mit der Radarpistole einzulegen, aber was Gerhard für ihn hatte, würde den gleichen Zweck erfüllen.

»Die Chefin vom Hotel Pacher hat angerufen. Anscheinend ist ein Gast stiften gegangen. Vermutlich ein Zechpreller.«

»Oder ein Halbschuhtourist und Fall für die Bergrettung.«

»Alles ist möglich im Lotto. Viel Spaß!«

Auf Gerhards spöttische Worte ging Martin nicht ein; er schnappte sich seine Jacke und verließ eilig die Inspektion, bevor Kerstin auf die Idee kommen könnte, sich ihm anzuschließen. Auf der Flucht vor den Kollegen. So weit war es schon gekommen.

Das Hotel Pacher befand sich direkt am Hauptplatz, nur ein paar Schritte von der Polizei entfernt, in einem jahrhundertealten Gebäude. Eigentlich waren es zwei aneinandergrenzende Häuser, ein schmales, höheres und ein lang gestrecktes mit zuckerrosa Putz und grünen Fensterläden. Wie das Pacher als Hotel war, konnte Martin nicht aus eigener Erfahrung sagen, aber anlässlich ihres letzten großen Ermittlungserfolges hatte Bürgermeister Max Müller zur üppigen Tafel geladen. Der elegante Speisesaal mit seinem Gewölbe überraschte Martin, er hätte eher eine urige Stube erwartet und erwähnte das dem Seniorchef gegenüber auch. Der lachte verschmitzt und gewährte ihm einen Blick in die kleine Bauernstube, komplett mit Kachelofen, Holzvertäfelung und einer Lampe, die Martin in dieser Form noch nirgends gesehen hatte. Ein Lusterweibchen, wie der Hotelier erklärte. Uriger ging es nicht.

Frau Pacher erwartete ihn bereits. Bevor sie ihm das Meldebuch gab, bekam er aber erst einmal einen Kaffee und ein Stück ofenfrischen Reindling.

»Stärken müssen Sie sich schon!«, erklärte sie, obwohl er seiner Meinung nach keinesfalls verhungert wirkte. So dumm, Nein zu sagen, war er dann aber auch nicht. Während er aß, sah er sich den Meldebucheintrag an und schrieb die Daten in sein Notizbuch auf.

»Herr Tvrdo… Tvrdobr…« So ein langer Name kam mit nur zwei Vokalen aus? Kein Wunder, dass Gerhard aufgegeben hatte.

»Also, der Gast ist am Dienstag, dem 24. Oktober, angereist und seit wann verschwunden?«

»Gestern war er noch ganz normal beim Frühstück, aber seitdem haben wir ihn nicht mehr gesehen. In seinem Zimmer hat er letzte Nacht jedenfalls nicht geschlafen.«

»Hat er gesagt, wie lange er bleiben will?«

»Nein, bei der Anreise hat er gemeint, ein paar Tage, aber er würde es vom Wetter abhängig machen.«

»Ist Herr … sagen Sie, wie spricht man den Namen aus?«

Frau Pacher schüttelte den Kopf. »Das weiß ich nicht. Er hat sich schon vorgestellt, aber der Name ist ja ein Zungenbrecher. Der Herr kommt aus der Slowakei. Soll ich Ihnen sein Zimmer zeigen?«

»Bitte.«

Martin trank seinen Kaffee aus und folgte ihr hinauf in den ersten Stock. Das geräumige, nordseitig gelegene Zimmer wies keine Auffälligkeiten auf, soweit er beurteilen konnte. Abgewetzte Sportschuhe standen vor dem Schrank. Er öffnete denselben und fand in den Fächern zwei T-Shirts und ein Paar Socken, was nicht gerade auf einen planmäßigen längeren Aufenthalt hindeutete. Auf dem Boden des Hängeteils lag ein leeres BILLA-Plastiksackerl. Mit gerunzelter Stirn ging er ins Badezimmer. Zahnbürste und Zahnpasta lagen auf dem Waschbecken, ein Einwegrasierer sowie eine Dose Rasierschaum standen auf der Ablage darüber.

Im gesamten Zimmer – Martin kontrollierte sämtliche Laden und Kästen – gab es keine wertvollen Gegenstände des Gastes.

»Hat sich der Gast mit jemandem im Ort getroffen, hatte er Freunde oder Bekannte hier?«

»Nicht, dass ich wüsste.«

»Wollte er wandern oder bergsteigen? Hat er irgendetwas gesagt von einem geplanten Ausflug, sich vielleicht nach Routen erkundigt?«

»Nein.«

»War er geschäftlich oder privat hier?«

»Mei, das weiß ich alles nicht. Er war nicht sehr gesprächig, obwohl er halbwegs gut Deutsch konnte.«

»Wissen Sie, ob er mit dem Auto oder mit der Bahn anreiste?«

»Leider nein. Es tut mir leid, dass ich Ihnen nicht weiterhelfen kann«, bedauerte sie und wirkte ehrlich besorgt. »Hoffentlich ist ihm nichts passiert!«

»Wir kümmern uns darum. Falls er wiederkommen sollte, melden Sie sich bitte sofort bei uns, ja?«

Sie gingen das Stiegenhaus hinunter. Durch das Fenster erhaschte Martin einen Blick auf den südseitig gelegenen, parkähnlichen Garten und die Bergkulisse. Er blieb stehen.

»Sagen Sie, Frau Pacher, war kein Zimmer zum Garten hin frei? Ich meine, weil der Herr ein Zimmer zum Hauptplatz hin bewohnte.«

»Doch, schon. Wir haben ja Nebensaison. Ich habe ihm ein Südzimmer gezeigt, aber er wollte ausdrücklich eines zur Straße hin.«

»Wieso?«

Frau Pacher hob die Schultern. »Ja, mei. Er hat gesagt, er mag's nicht so still, sondern will was von der belebten Straße mitbekommen. So wie ich das verstanden habe. Ein Stadtmensch halt.«

»Kann ich mir das Zimmer noch einmal ansehen?«, fragte Martin und eilte, immer zwei Stufen auf einmal nehmend, wieder hinauf.

Er ging schnurstracks zum Fenster, öffnete es und lehnte sich hinaus. Komisch. Die meisten Stadtmenschen, die Urlaub im

Mölltal machten, suchten die Ruhe und die Natur. Denn ehrlich: Wer belebtes Treiben auf der Straße wollte, war in Obervellach – wenn nicht gerade eine Feier wie das Erntedankfest anstand, bei dem der ganze Ort auf den Beinen war – fehl am Hauptplatz.

Auf der gegenüberliegenden Straßenseite befanden sich das Café Oberstbergmeisteramt und das Tourismusbüro, daneben die Raiffeisenbank. Martin richtete sich auf. Ja, die Gebäude hatte man auch gut im Auge, wenn das Fenster geschlossen war und ein Beobachter hinter der Gardine verborgen blieb. Er trat einen Schritt nach links, einen nach rechts, um das Blickfeld auszuloten. Wenn man nahe genug ans Fenster herantrat, lag auch noch das »COME OVER FELLOW« darin. Nachdenklich rieb er sich mit den Fingerknöcheln über das Kinn.

Zurück auf der Polizeiinspektion sah Martin im kriminalpolizeilichen Akt nach.

»Und?«, fragte Gerhard, gegen den Türrahmen seiner Kanzlei gelehnt.

»Tvrd… der slowakische Gast hat ein ganz schönes Register. Schwerer Betrug, Diebstahl, Körperverletzung, meist im Raum Wien.«

»Also ein klarer Fall. Da können sie im Pacher froh sein, dass sie den Zechpreller los sind!«, sagte Gerhard.

»Möglich«, antwortete Martin langsam. »Nichts gegen das Pacher, aber die professionellen Zechpreller steigen meist in Luxushotels ab und lassen es sich richtig gut gehen, bevor sie das Weite suchen. Da könnte mehr dahinterstecken. Es –«

»Geh, Martin, komm wieder runter! Wir sind hier in Obervellach. *Obervellach!* Auch wenn wir einen Mörder ghabt haben, lauert nicht hinter jeder Ecke ein Verbrecher.«

»Komisch ist es derwegen. Er wollte unbedingt ein Zimmer zum Hauptplatz hin, mit direktem Blick auf die Raiffeisenbank und –«

»Martin! Pass auf, oder du wirst noch genauso spinnert wie der Schnaps-Franzi! Der hat auch in jeder Ecke einen Räuber gesehen!«

18

Das Gewehr geknickt über der Schulter, Akko neben sich, musterte Sepp die eintrudelnden Jäger und Treiber. Zusammen mit dem Verein der angrenzenden Gemeindejagd organisierte die Hubertusrunde schon zum dritten Mal eine zünftige Treibjagd. Übergangs-Obmann Karl Hartmann fungierte erneut als Jagdleiter und übernahm es, flankiert vom Obmann der anderen, die Jäger und Treiber zu begrüßen. Dr. Haribert Maierbrugger hastete herbei und grüßte Sepp überfreundlich. Sepp warf einen Blick auf die Uhr. Zwanzig Minuten vor acht. Er nickte Maierbrugger gnädig zu.

»Du, Sepp, ich will mir ein neues Gewehr kaufen«, plapperte Reini munter drauflos. »Blaser R8 mit Spitzenoptik, was meinst?«

»Bist mit der Steyr Mannlicher von deinem Vater nicht mehr zufrieden? Die schießt doch gut, und so ein neues Gewehr kostet fast sechstausend Euro.«

»Ich weiß. Aber ich möchte mir heuer selbst ein Weihnachtsgeschenk machen.«

Verdutzt sah Sepp Reini an. Er konnte sich nicht vorstellen, dass Raimund Hader ein Stück Wald verkaufen würde, um dem Buben ein so teures Spielzeug zu ermöglichen, wo es die bewährte Steyr Mannlicher Luxus 7x64 mit dem sechsfachen Swarovski-Zielfernrohr noch lange tat. Und woher sollte Reini sonst so viel Geld bekommen? Wenn er im Lotto gewonnen hätte – nach dem Gamskruckenfund traute Sepp ihm das glatt zu –, hätte Reini es ihm gesagt.

»Ach ja? Hast eine neue Arbeit, bei der du so viel verdienst?«

»Nein.«

»Woher willst das Geld dann haben?«

Reini blickte sich um. Nach Lauschern? »Vom Kevin –«

»Der gibt dir das Geld?«, fragte Sepp perplex.

»Nein, aber er hat eine todsichere Methode! Erst gestern habe ich auf einen Schlag dreihundert Euro gemacht, dreihundert!«

»Womit?«, hakte Sepp scharf nach.

»Ähm … also …«

»Bua, auf legalem Weg macht man nicht einfach dreihundert Euro. Raus mit der Sprache!«

»Ich hab 's Geld ehrlich gewonnen!«

Jetzt wünschte Sepp sich einen richtig stacheligen Latschenast, um Reini so richtig den Arsch versohlen und etwas Vernunft in ihn prügeln zu können. »Redest du von Glücksspiel?«

»Na, das ist kein Glücksspiel, wenn man sich auskennt und weiß, was man tut, sagt der Kevin.«

Sepps Hand schloss sich fester um seinen Almstecken. Der würde es auch tun.

»Reini, lass die Finger von so was! Da haben Leute ganze Höfe verspielt! Schon vor Jahren hat einer oben in Mallnitz seine Häuser beim Pyramidenspiel verloren! Und dein Vater kann dir sicher erzählen, wie es früher auf den Viehmärkten war, wenn die Bauern die Taschen voller Geld gehabt und in einer Stunde einen Berg Tausender beim Hasardeln verloren haben! Da sind richtige Profispieler von weit her gekommen, um die Bauern abzuzocken! Das hat erst ein Ende gehabt, als man bei den Viehverkäufen das Geld nicht mehr bar ausgezahlt hat.«

Das waren zwar noch Schilling gewesen, aber eine Menge Geld war es alleweil. »Du, beim Spielen kannst auf die Dauer nicht gewinnen, nur verlieren! Da geht alles tscharre, denk an den Hof daheim!«

»Das kann nicht passieren. Der Kevin zeigt mir, wie's geht. Er kennt sich aus, er ist ein big winner.«

»Sagt wer?«

»Der Kevin.«

Bevor er Reini klarmachen konnte, was er vom Kevin hielt, bliesen die Jagdhornbläser zur offiziellen Begrüßung. Sepp musste ihm eben später den Marsch blasen. Reini verabschiedete sich, da er im ersten Trieb als Treiber mitging.

Sepp schloss sich den Jägern rund um Jagdleiter Karl Hartmann an, der die Einteilung der Standplätze vornahm.

»Sepp«, sagte Karl und nahm ihn kurz zur Seite. »Du, wegen der Obmanngeschichte … Da müssen wir was tun.«

»Stellst dich halt zur Wahl.«

»Das kann ich nicht.«

»Können schon, du willst nur nicht, weil's dir zu viel Arbeit ist.«

Karl ächzte. »Ich habe mit anderen aus dem Verein geredet, keiner will, dass ... also ... wir können unmöglich zulassen, dass unser Obmann ... Das müssen wir verhindern!«

»Ich habe es dir schon hundert Mal erklärt, Karl. Das ist Demokratie! Wenn sich kein anderer zur Wahl stellt, gibt's keine andere Wahl. Wie schwer ist denn das zu kapieren?«

»Aber ...«

»Da gibt's kein Wenn und Aber!«

Sepp schüttelte den Kopf. Karl ging ihm auf den Keks mit seiner Tschentscherei und sah so drein, als ob er mit ihm weiter diskutieren wollte, doch es trafen weitere Waidkameraden ein. Unter den Neuankömmlingen befand sich auch Irmgard Leitner, die einzige Jägerin in der Hubertusrunde.

Das allein ließ sie schon hervorstechen. Ihre Kleidung – sie sah stets aus wie frisch einem Jagdkatalog entstiegen – trug das Ihre dazu bei. Die Haare pechschwarz gefärbt, die Nägel rot lackiert, würde die Mittfünfzigerin rein optisch besser in eine hochherrschaftliche Jagdgesellschaft irgendeines Grafen passen als in einen Mölltaler Jagdverein, der sich hauptsächlich aus untereinander größtenteils zerstrittenen Bauernschädeln zusammensetzte. Dabei wusste Sepp, dass Irmgard keine Scheu davor hatte, sich Hände wie teure Kleidung schmutzig zu machen. Was für ein Widerspruch.

Sie unterhielt sich angeregt mit Haribert Maierbrugger, der wie immer um sie herumscharwenzelte. Neben ihr abgelegt hechelte Baika von der Halde. Akko winselte leise und machte der edlen Weimaraner-Hündin schöne Augen.

»Die ist nichts für dich«, ermahnte Sepp ihn und bezog seinen Standplatz.

Wenn er gedacht hatte, er hätte hier Ruhe, hatte er sich getäuscht. Vinzenz Hinteregger schlich sich an ihn heran und semperte ihm wegen der Obmannfrage die Ohren voll. Mit ein paar gezielten Worten wurde er ihn allerdings schnell los.

Kurz darauf raschelte es vielversprechend im Gedaks, und Sepp machte sich schussbereit; sein Finger lag am Abzug, als ein Hirsch aus dem Gebüsch trampelte. Allerdings ein Zweibeiniger.

»Ah, Sepp, gut dass ich dich treff.«

»Ich hätte dich fast getroffen, du Todl.«

»Ha?«

Toni Brugger zog ein Frakale aus der Innentasche seiner Jacke und setzte dieses lang an. Blieb zu hoffen, dass er sich heute auf die Rolle des Treibers beschränken würde; ihm zu fortgeschrittener Stunde ein Gewehr in die Hand zu geben war ein Risiko, das Sepp nicht eingehen wollte.

»Du, wegen dieser Gschicht ...« Toni stärkte sich mit einem weiteren Schluck. »Ich habe mir überlegt, ich meine, ich bin ja Schriftführer. Was ist, wenn wir so tun, als ob ich den Brief nie bekommen habe? Du weißt schon, den wegen der Obmannstelle ...«

Sepp wusste nicht, über was er sich mehr ärgern sollte: Dass Toni ihm auch wegen dieser leidigen Sache auf die Nerven ging, dass er das mit einer dermaßen lauten Stimme tat, die jeden Vierbeiner im Umkreis von hundert Metern abschrecken würde – oder dass er im Ernst glaubte, Sepp würde sich auf eine Betrügerei einlassen.

»So weit kommt es noch, dass wir zu lügen anfangen!«

»Na, es ist ja keine Lüge«, empörte sich Toni. »Höchstens ein bisserl schwindeln. Das ist ja nicht schlimm. Die Wahrheit ein bisserl beugen, weißt eh.«

»Nicht mit mir«, knurrte Sepp, jetzt wirklich wütend. »Das ist eine Wahl, und da wird nichts getrickst!«

Zumindest nicht in dem Jagdverein, in dem er etwas zu sagen hatte. Auf andere Wahlen – vor allem in der hohen Politik – hatte er leider keinen Einfluss, und da wollte er auch gar nicht wissen, wie viele Ammenmärchen – oder, wie es heute hieß, alternative Fakten – unbemerkt blieben. Toni trollte sich eingeschnappt, und Sepp versuchte krampfhaft, wieder in Jagdstimmung zu kommen.

»Sepp! *Sepp!*« Haribert Maierbrugger rannte auf ihn zu, von akademischer Würde keine Spur.

»Kruzitürken! Wennst du mich jetzt auch noch wegen dem Obmannposten nervst, ich schwör's dir, ich ...«

»Was? Nein. Da hinten … da unten im Graben liegt ein aus-
gebranntes Auto. Ich glaub, da sitzt noch wer drin!«

Ein Toter im Wald.

Und Sepp Flattacher war schon wieder dabei.

»Irgendwie erinnert mich das ans letzte Mal«, schnaufte Gerhard Koller und rückte sich die weiße Dienstkappe zurecht.

Martin musste ihm zustimmen. Nur dass sie sich dieses Mal
ein steiles Waldstück hinunterkämpften.

Ein Dienstunfall schien nahe, denn Gerhard rutschte aus und
fluchte kräftig, konnte sich aber an einem Baumstamm festhalten;
er schimpfte noch mehr, als er sich einen Finger an der rauen
Rinde aufriss. »Scheiß-Wald!«

»Habts es endlich runtergeschafft«, schimpfte Flattacher, der
mit zwei weiteren Männern im Hang auf sie wartete. »Da hätten
wir besser die Feuerwehr gerufen, die wär schneller da!«

»Scheiß-Flattacher!«, murmelte Gerhard.

Flattacher hatte ein Talent dafür, sich unbeliebt zu machen.
Ein Griesgram, wie er im Buche stand – oder in diesem Fall
neben einer Buche, wenn Martin richtiglag –, hatte er in Obervellach mehr Feinde als Freunde. Das bekümmerte den kauzigen
Jäger jedoch wenig, der nach dem Motto »Viel Feind, viel Ehr'«
zu leben schien und jedem mit dem Stellwagen ins Gesicht fuhr.
Auch wenn Martin von allen Polizisten der Obervellacher Inspektion noch am besten mit Flattacher klarkam – von einer
freundschaftlichen Beziehung konnte keine Rede sein, wie die
ersten Worte des Jägers unterstrichen.

Flattacher zeigte mit der Hand weiter den Abhang hinunter,
wo durch Bäume und Gestrüpp ein wenig dunkles Blech durch-
schimmerte. Wenn sie nicht so nahe herangekommen wären,
hätten sie es glatt übersehen, auch wenn ein paar Äste abgebrochen oder geknickt waren. Der Pkw musste vom Weg, auf
dem auch sie den Dienstwagen geparkt hatten und der hier eine
scharfe Kurve nahm, abgekommen sein. Allerdings wären Martin
und Gerhard an der Absturzstelle vorbeigefahren, wenn sie nicht
von einem Jäger eingewiesen worden wären, denn nichts deutete
oben am Weg auf den Unfall hin.

»Haben Sie das Fahrzeug gefunden, Herr Flattacher?«, fragte Martin.

»Nein, ein Treiber ist darüber gestolpert, als er von unten durch den Graben gekommen ist.«

»Eine tote Person oder mehr?«, fragte Gerhard.

»Eine Leiche, das hat zumindest der Hans gesagt.« Ein junger Bursche, reichlich grün um die Nase, hob grüßend die Hand. Neben ihm stand ein etwa sechzigjähriger Mann, der sich mit einem bunt gemusterten Tuch die Brille putzte und sich als Haribert Maierbrugger, Doktor, Jurist, vorstellte.

»Du hast nicht nachgeschaut?«

»Soll ich eure Arbeit machen oder was?«, antwortete Flattacher unwirsch auf Gerhards Frage, um dann nuschelnd hinzuzufügen: »Schon wieder?«

»Arschloch!«

»Abgezwickter!«

Martin ignorierte die beiden Streithanseln und machte sich an den Abstieg.

Er rechnete zwar nicht damit, aber es gab immer eine Chance, dass eine vermeintliche Leiche sehr wohl Lebenszeichen von sich gab – und dann sollte die Rettungskette möglichst schnell anlaufen. Die letzten zwei Meter ging's für ihn schnell, da beinahe senkrecht bergab; rutschend und stolpernd fing sich Martin an der Karosserie ab.

Das Auto hing, von einem angekohlten Baum gestützt, mit dem Heck im Graben, durch den ein kleiner Bach rann. Martin kletterte über die rutschigen Steine zur offenen Fahrertür. Es handelte sich zum Glück nur um eine Person, die sich im Auto befand.

An den Anblick von Leichen gewöhnte er sich vermutlich nie so richtig. Dass es sich um eine Leiche handelte, war hingegen sofort klar. Da musste er keinen Puls mehr suchen.

»Erkennst den Fahrer?«, schrie Gerhard von oben herunter, denn normalerweise kannte man sich im Ort.

»Unmöglich.«

»Wieso?«

»Verbrannt.«

»Was?«, rief Maierbrugger.

»A Grillhendl ist's«, schnauzte Flattacher ihn an.

»Flattacher, ich sag's dir«, keifte Gerhard, »halt dich zurück! Pietät!«

Martin zückte sein privates Handy und machte erste Fotos vom Fahrzeug und der Unfallstelle. Er holte sich nasse Füße, als er durch das Bachl zum Heck stapfte, das durch den Wasserlauf vom Feuer verschont geblieben war. Das Kennzeichen war noch gut erkennbar. Er fotografierte es ebenfalls.

Dann trat er den beschwerlichen Rückweg an, wobei er sich prompt noch einen langen Riss in seiner Uniformhose einhandelte.

Sie hatten Riesenglück gehabt, dass es in den letzten Tagen ordentlich geregnet hatte: Das Unfallauto war zwar ausgebrannt, aber das Feuer hatte sich nicht ausgebreitet. In den trockenen Perioden der letzten Jahre war es im Mölltal mehrmals zu großflächigen Waldbränden gekommen. Matthias Gruber, der bei der freiwilligen Feuerwehr Obervellach aktiv war, hatte Martin Fotos vom Waldbrand unterhalb der Göriacher Alm bei Möllbrücke gezeigt, die zwar streng genommen nicht mehr dem Mölltal zuzurechnen war, sondern schon dem Oberen Drautal. Beim letzten Brand standen zahlreiche Feuerwehren der Region mehrere Tage lang im Einsatz, und auch Bundesheerhubschrauber waren an den Löscharbeiten beteiligt; das Flammenmeer war weithin sichtbar gewesen, und auf den in den Nachtstunden aufgenommenen Fotos gewann man den Eindruck eines Vulkanausbruchs. Wie gesagt ein Glück, dass ihnen Ähnliches hier erspart geblieben war.

»Ich habe gerade die Bezirksleitstelle dran«, informierte ihn Gerhard, das Handy am Ohr. Martin hielt ihm sein Smartphone unter die Nase, und Gerhard gab das Kennzeichen durch.

»Haben Sie irgendetwas bemerkt, heute oder in den letzten Tagen?«, wandte sich Martin an die drei Jäger.

Maierbrugger erklärte im besten Juristendeutsch, nichts gehört und gesehen zu haben.

»Der Graben hier ist so abgelegen, dass hier nie jemand hinkommt«, bestätigte der jugendliche Hans.

»Wieso bist du hier unten durch? Du hättest doch viel weiter oben am Berg unterwegs sein müssen?«, stellte Sepp den Treiber zur Rede, der rot anlief. »Du kennst doch die Regeln! Wenn jeder herumläuft, wo er will, geht's drunter und drüber, und im schlimmsten Fall liegt dann ein Treiber auf der Strecke, der zu tepat ist, auf seinem Weg und in der Kette zu bleiben!«

»Ich habe mich ... äh ... verlaufen.«

»Verlaufen? Wennst dich im Wald nicht zurechtfindest, hast darin nix verloren! A Treibjagd ist ka Wandertag! Und du willst den Jagdschein machen?«

Gerhard steckte sein Handy weg. »Das Auto ist auf einen gewissen Anton Nowak zugelassen.«

Anton Nowak. Der Pächter des »COME OVER FELLOW« und ... Martin wandte sich an Flattacher. »Nowak Anton. Ist der nicht mit Ihrem Nachbarn Heinrich Belten verwandt? Da gab es ja im Sommer Anzeigen wegen Nachbarschaftsstreitigkeiten, wenn ich mich recht erinnere?«

Sepp Flattacher sah aus wie ein Fisch auf dem Trockenen. Er öffnete den Mund, klappte ihn wieder zu. Öffnete ihn erneut.

Mit Flattacher hatte Martin schon viel mitgemacht. Aber sprachlos, sprachlos hatte er den streitlustigen Aufsichtsjäger noch nie erlebt.

19

Kein einziges Wort.

Dass er sich so sang- und klanglos verabschiedet hatte, wunderte Heinrich Belten doch ein wenig. Er hätte zumindest eine spitze Bemerkung oder eher noch einen handfesten Streit erwartet. Aber allem Anschein nach war er seinem Schwiegersohn keine Erklärung wert. Mir nichts, dir nichts war Anton am Nationalfeiertag am späten Vormittag aufgebrochen und nicht zurückgekehrt. Vermutlich hatte er sich seiner Familie angeschlossen und genoss den Urlaub – wo auch immer. Wahrscheinlich im warmen Süden. Na, Reisende sollte man nicht aufhalten!

Nur diese Ungewissheit machte Heinrich zu schaffen: Denn so unvermittelt, wie Anton verschwunden war, konnte er jederzeit wieder aufkreuzen. Solche Überraschungen mochte er ganz und gar nicht. Wenn er sich vorstellte, so wie jetzt nach dem Mittagessen ein wenig auf seinem Diwan auszuruhen – müde und die Augen geschlossen, nur dass er vor lauter Grübelei nicht einschlafen konnte – und dann aufgeschreckt zu werden … Er seufzte und zog sich ein Zierkissen mit Blumenmuster über den Kopf.

Es klingelte. Zweimal.

Also fiel Sepp Flattacher als Besucher schon einmal weg, denn der läutete immer Sturm.

Und Anton hatte einen Schlüssel.

Wer bitte schön stand an einem Sonnabend am frühen Nachmittag vor seiner Tür?

»Grüß Gott. Martin Schober. Das ist mein Kollege, Gerhard Koller. Können wir kurz mit Ihnen reden?«

Die Polizei.

Verdattert und mit einem verflixt flauen Gefühl in der Magengegend bat er die beiden Uniformträger in die Küche.

»Anton Nowak ist Ihr Schwiegersohn, stimmt das?«, begann Koller.

Heinrich nickte kleinlaut.

»Wohnt er aktuell hier? Wann haben Sie ihn das letzte Mal gesehen?«

»Am Donnerstag, am Vormittag. Er ist wie immer gegen elf Uhr losgefahren, in sein Lokal.«

»Das ›COME OVER FELLOW‹«, ergänzte Koller und schrieb mit.

»Haben Sie seitdem etwas von ihm gehört? Hat er vielleicht angerufen?«, erkundigte sich Schober.

Heinrich schüttelte den Kopf. Das mulmige Gefühl wuchs. »Ist etwas passiert?«, krächzte er.

Die beiden Polizisten tauschten einen Blick aus, den Heinrich nicht recht deuten konnte.

»Wir wollen nicht um den heißen Brei herumreden. Es wurde ein abgestürzter Pkw im Wald gefunden, laut Kennzeichen gehört der Wagen Anton Nowak. Die Vermutung liegt nahe, dass es sich bei dem Fahrer um Ihren Schwiegersohn handelt. Herr Belten, es tut mir leid, aber er hat den Unfall nicht überlebt.«

Heinrich sah von einem Polizisten zum anderen und griff sich an den Hals. »Was? Anton ... er ist tot?«

»Ja«, antwortete Koller.

»Wir wissen nicht mit Sicherheit«, ergänzte Schober, »ob es sich um Herrn Nowak handelt.«

Die Tatort-Erfahrung kam Heinrich zugute. »Muss ... soll ich ihn identifizieren?« Allein beim Gedanken daran wurde ihm schlecht.

»Das ist nicht nötig«, antwortete Schober, wobei sich Heinrich verhört haben musste, denn er verstand »möglich«.

»Wir wissen, dass Anton Nowak das neue Lokal in Obervellach betreibt. Wohnt er jetzt fix hier? Weil gemeldet ist er noch in Wien«, mischte sich Koller ein.

»Ähm ... er überlegt ... ich meine, er und Carola, meine Tochter ...«, stotterte Heinrich.

Anton sollte tot sein?

»Wissen Sie, wie wir Frau Nowak am besten erreichen können?« Schobers tiefe Stimme übte eine seltsam beruhigende Wirkung auf Heinrich aus. Fast hypnotisierend.

»Sie ist im Urlaub. Wieso? Ach herrje. Die Kinder ...«

Schober legte seine Hand auf Heinrichs Unterarm und drückte leicht.

»Kann ... kann ich es meiner Tochter selbst sagen? Sie soll nicht von der Polizei ... Ich bin ihr Vater ...«

»Selbstverständlich. Es ist besser, wenn sie es von Ihnen erfährt«, stimmte Schober sofort zu. »Etwas anderes: Hätten Sie vielleicht eine Zahnbürste oder Vergleichbares, das Herrn Nowak gehört hat? Für einen DNA-Abgleich.«

»Wieso?«

»Um den Toten eindeutig zu identifizieren.«

Heinrich war froh, eine Aufgabe zu haben. Er hastete ins Badezimmer im ersten Stock, um mit Zahnbürste, Kamm und Nassrasierer seines Schwiegersohnes – seines verstorbenen Schwiegersohnes – zurückzukehren. Er reichte es dem Polizisten.

»Genügt das?«

»Danke.«

Gerhard Koller stand auf, Schober zögerte.

»Herr Belten, es ist mir unangenehm, Sie das jetzt fragen zu müssen. Reine Routine. Kennen Sie Anton Nowaks Freundeskreis? Hatte er hier in Obervellach Bekannte, oder ... gab es vielleicht Streitigkeiten?« Schober verstummte kurz und sah ihn ernst an. Seine Stimme wurde noch eine Spur dunkler. »Hatte er vielleicht Feinde?«

Schlagartig hatte Heinrich das Gefühl, keine Luft mehr zu bekommen. Er taumelte und fand sich von Schober, der aufgesprungen war, gestützt. Mit seiner Hilfe sank er auf den Stuhl nieder.

»Aber ... es war ein Unfall. Oder? Oder?« Das letzte Wort schrie er beinahe. »Ein Autounfall, das haben Sie doch gesagt?«

Schober legte seine Hand auf seine Schulter und beugte sich halb über ihn. »Herr Belten, wir gehen von einem Unfall aus, ja. Aber wir können nichts ausschließen.«

Schober tauschte einen weiteren Blick mit seinem Kollegen – das machte Heinrich ganz krank! – und setzte sich wieder hin.

»Wir haben den Bezirksbrandermittler hinzugezogen. Dieser kann eine Fremdbeteiligung nicht mit aller Gewissheit ausschließen, ein Spezialist vom Landeskriminalamt wird sich das noch genau ansehen. Auch die exakte Todesursache muss erst durch die Gerichtsmedizin festgestellt werden.«

»Vielleicht war es kein Unfall, wollen Sie das sagen?« Heinrich fand selbst, dass seine Stimme hysterisch klang.

Schober nickte und ließ ihm Zeit, sich zu fangen. Das Handy seines Kollegen läutete, und dieser ging leise hinaus.

»Können Sie mir etwas zu Nowaks Geschäftsleben sagen? Wir wissen, dass er unten am Hauptplatz ein Lokal betrieb. Aber ich nehme an, das ist nicht alles?«

»Ich ... ich weiß überhaupt nichts von seinen Geschäften«, klagte Belten. Er konnte einfach nicht fassen, dass ... oh mein Gott, was hatte er nur getan?

Schober nickte verständnisvoll. »Herr Belten, so eine traurige Nachricht ist immer ein Schock. Sollen wir jemanden verständigen, vielleicht jemanden vom Kriseninterventionsteam? Oder haben Sie einen Freund, der Ihnen beistehen könnte?«

Einen Freund? Heinrich fiel spontan Sepp Flattacher ein – und er musste sich sehr am Riemen reißen, um nicht vollends hysterisch loszubrüllen.

***

Die Landkarte lag halb zusammengefaltet in der Schachtel mit den aus der Zeitung ausgeschnittenen Kreuzworträtseln, für die Sepp noch keine Zeit gefunden hatte. Er faltete sie auseinander und breitete sie auf dem Tisch aus. Die roten Kreuze brannten sich förmlich in seine Netzhaut. Er suchte nach ... da war es. Das Kreuz. Fast exakt an der Stelle, an der Anton Nowaks Auto gefunden worden war.

Sepp schloss kurz die Augen und ballte die Hände zu Fäusten. Das konnte doch kein Zufall sein! Er ging ins westseitig gelegene Badezimmer und spähte hinter der Gardine aus dem kleinen Fenster, das ihm einen Blick zum Nachbargrundstück ermöglichte, ohne dass er selbst bemerkt wurde. Das Polizeiauto stand noch immer in der Einfahrt; Gerhard Koller, der Gartenzwerg, ging telefonierend auf und ab.

Jetzt kam Martin Schober aus dem Haus.

Allein.

Sepp hätte erwartet, Heinrich Belten bei ihm zu sehen; in Handschellen.

Die Polizisten fuhren weg. Sepp ließ die Gardine los und ging zurück in die Küche. Rastlos lief er auf und ab. Was sollte er tun? Rübermarschieren zu Heinrich Belten und ihn fragen, was in drei Teufels Namen ihm eingefallen war? Ob er jetzt völlig narrisch geworden war?

Sollte er bei der Polizei anrufen und ihnen alles erzählen?

Und dann? So wie er die Situation einschätzte, würde Belten mit Unzurechnungsfähigkeit davonkommen. Denn dass der Piefke verrückt geworden war, stand für Sepp außer Frage. Jetzt würde er eben nicht im Altersheim, sondern im Häfen landen oder in einer geschlossenen Anstalt, was keinen großen Unterschied machte.

Doch was blühte Sepp? Mittäterschaft? Anstiftung zum Mord? Himmel, wenn er sich nur genauer daran erinnern könnte, was er in seinem Schnapsrausch alles dahergeredet hatte. Er war davon ausgegangen, dass Belten mindestens genauso rauschig war wie er selbst, aber anscheinend hatte er ihn unterschätzt. Nein, ganz sicher hatte er ihn unterschätzt. Einen kaltblütigen Mord hatte er dem Nachbarn nicht zugetraut.

Sepps Blick fiel auf die Landkarte. Auf das eine rote Kreuz. Mit einem heiseren Aufschrei packte er das verräterische Papier, riss das Ofentürl des Holzherdes auf und stopfte es hinein. Einen Moment beobachtete er die aufflackernden Flammen, bevor er das Türl wieder schloss.

Asche zu Asche.

20

»Hast vergessen, dass heute« – Kerstin tippte am aushängenden Dienstplan auf den 31. Oktober – »dein freier Tag ist? Hast nichts Besseres zu tun?«

»Nein.«

Martin ging in seine Kanzlei, machte sich aber gar nicht erst die Mühe, die Tür hinter sich zu schließen. Außerdem war es genauso Kerstins Kanzlei wie die seine. Der einzige Ort, an dem man hier auf der Polizeiinspektion die Tür hinter sich absperren konnte, war das Klo. Und selbst dort war man nicht sicher. Also, als Mann vor Kerstin schon; aber Treichel hatte als Postenkommandant schon mehrmals bewiesen, dass er auch auf dem WC kommandierte, vor allem dann, wenn vom stillen Örtchen gar nicht so stille Geräusche zu vernehmen waren – wie die Signaltöne bei einlaufenden SMS oder Begleitmusik von Fun-Videos.

»Am Topf kannst an Schas lassen«, hatte Treichel erst letztens einen jungen, zugeteilten Kollegen zurechtgewiesen, der sich nicht von seinem Spielzeug trennen konnte, »aber den Schas lasst!«

»Gibt's irgendwas Neues zum Todesfall?«, fragte Martin, während er seinen PC einschaltete.

»Die Brandgruppe vom LKA war bereits da«, berichtete Kerstin und setzte sich auf seinen Schreibtisch. »Den Spuren nach müsste das Feuer am Beifahrersitz oder im Fußraum ausgebrochen sein. Der Staatsanwalt hat angeordnet, dass es sich noch ein externer Kfz-Sachverständiger anschauen soll.«

»Hat also jemand nachgeholfen?«

»Denkbar. Das Ergebnis der Gerichtsmedizin könnte ein bisserl dauern wegen der Feiertage. Zerbrich dir nicht zu viel den Kopf darüber, den Fall übernimmt eh das LKA.« Kerstin grinste breit. »Rate mal, welcher Chefinspektor sich gemeldet hat.«

»Aber nicht Kurt Acham!«

»Doch!« Sie feixte.

»Na servas«, stöhnte Martin. »Weiß der Treichel das schon?«

»Ja, denn er hat selbst mit ihm telefoniert.«

Wenn man vom Teufel spricht … Georg Treichels mächtiger Schatten verdunkelte die Tür.

»Was machst denn du da, Martin?«

»Er ist ein Streber«, flötete Kerstin. »Dem lässt der Tote keine Ruhe.«

»Hm. Überstunden kannst keine schreiben. Aber schön, dass du dich so eng gerschierst.« Treichel nippte an seinem Kaffee.

»Sagts einmal, kommt euch das nicht auch verdächtig vor?«, begann Martin. »Ein Slowake mit ellenlangem Vorstrafenregister verschwindet, und kurz darauf finden wir einen Toten mitten im Wald, den jemand abgefackelt hat. Da muss es doch einen Zusammenhang geben!«

»An was denkst du?«, fragte Treichel mit gerunzelter Stirn.

»Das mit dem Anzünden klingt schon verdächtig nach Mafiamethoden, oder?«

»Die Mafia. Bei uns im Mölltal.« Kerstins ungläubiger Tonfall und ihre Mimik verrieten, dass sie auf diesen Zug nicht aufsprang.

»Was, wenn im ›COME OVER‹ hinter verschlossenen Türen noch ganz andere Geschäfte liefen und Nowak deshalb —«

»Du meinst hinter der omnibösen Sicherheitstür? Die lässt dir keine Ruhe, gell?« Treichel schüttelte den Kopf. »Martin, du verrennst dich da in was. Ich hab's dir schon gesagt, die Tür hat seinerzeit noch der Franzi eingebaut, und der war ein voller Spinner. Damit hat Nowak nichts zu tun.«

Martin vergrub mit einem von Herzen kommenden Seufzer seine Hände im Haar. Sah er schon Gespenster? Hatte er tatsächlich eine blühende Phantasie – oder zu viel ferngesehen –, wie Gerhard ihm vorgeworfen hatte?

»Gut, selbst wenn wir das Lokal streichen, bleiben noch ein toter Wiener und ein verschwundener Slowake. Ich tu mich schwer, an Zufälle zu glauben«, meinte Martin.

»Ich sag's nicht gern, aber darum sollen sich die vom LKA kümmern. Die haben die nötigen Leute und die Kontakte nach Wien und auch zu Interpol.« Treichel leerte seine Kaffeetasse.

»Ich habe schon lange kein Versetzungsansuchen mehr von dir

auf den Schreibtisch bekommen, und ich hoffe, dass das heißt, du bleibst uns hier in Obervellach erhalten.«

Treichel versuchte sich an einem verständnisvoll-väterlichen Blick, der Martin unruhig auf seinem Stuhl hin und her rutschen ließ. »Aber wenn du jetzt Blut geleckt hast, ich meine, mit dem Mordfall, und du lieber zur Kripo wechseln würdest« – Treichel atmete hörbar durch – »oder woandershin, dann lege ich dir sicher keine Steine in den Weg. Bist ein guter Mann.«

Martin blinzelte. Ja, er hatte sich mit Händen und Füßen dagegen gewehrt, von Wien ausgerechnet nach Obervellach versetzt zu werden, was sich seinem Empfinden nach nicht nur am Arsch der Welt befand, sondern als Ort seiner Kindheit auch mit unangenehmen persönlichen Erinnerungen verknüpft war. Und ja, er hatte Treichel in den ersten Wochen und Monaten geradezu mit Versetzungsansuchen bombardiert, die dieser mit recht eindeutigen Aussagen kommentiert hatte. Jetzt zeigte sich der Chef zu einer Kehrtwende bereit – ohne zu ahnen, dass Martin selbst schon längst eine vollzogen hatte.

Langsam schüttelte Martin den Kopf. »Nein.«

»Hm?«

»Nein, Chef. Ich will nicht weg.«

Und damit war es ihm ernst. Er mochte Obervellach, seinen Job, die Kollegen. Ja, selbst der kollerische Gerhard und Mölltaler Originale wie Sepp Flattacher waren ihm, wenn schon nicht ans Herz gewachsen, doch vertraut geworden. Er fühlte sich wohl hier.

»Gut.« Treichel nickte und verzog sich in seine Kanzlei.

»Du bleibst uns erhalten?«, hakte Kerstin nach, als sie wieder allein waren.

»Sieht ganz so aus.« Martin rieb sich den Nacken. Ob Kerstin das Angebot einer Massage wiederholen würde?

»Ist Bettina noch in Graz?«

»Ich weiß es nicht. Vielleicht.«

Zwischen Bettina und ihm herrschte weiter Funkstille. Zu seiner Erleichterung forschte Kerstin nicht nach.

Schweigend saß sie auf dem Tisch und wippte mit ihrem Fuß auf und ab. »Bleibt's mit uns beim 9. November?«, fragte sie unvermittelt.

»Ja. Um drei bei mir?«

»Geht klar.«

★★★

Heinrich schaltete mitten in der Sendung den Fernseher ab. Dieser ganze neumodische Halloween-Quatsch war nichts für ihn. Bis auf den Pfaffenberg herauf waren Kinder mit ihrem Süßes-oder-Saures-Geschrei zum Glück noch nie gekommen; heute war keine Ausnahme. Der Moderator hatte sich zwar alle Mühe gemacht, auf uralte und europäische Wurzeln der US-amerikanischen Sitte – eher Unsitte – einzugehen. Doch das Gerede über Tote und Geister nervte Heinrich in seiner aktuellen Gemütsverfassung mehr denn je. Das schlechte Gewissen stand wie ein übergroßer Schatten neben ihm. Wie Gevatter Tod, in einen dunklen Kapuzenmantel gehüllt und mit der Sense in der Hand.

Er schleppte sich in die Küche und kochte sich einen Tee. Carola würde sich freuen.

Nein. Ob ihr Vater Kaffee oder Tee trank, würde Carola vermutlich nicht mehr interessieren. Noch weniger, ob er ein Magengeschwür bekam. Ob sie überhaupt noch ein Wort mit ihm reden würde? Heinrich bezweifelte es, und er konnte es ihr nicht verübeln.

Oh mein Gott, was hatte er getan?

Er musste es ihr sagen. Aber wie in den Tagen zuvor schaffte er es nicht, das Handy zu berühren. Sein Papiereimer war voll mit Textentwürfen. Stundenlang hatte er getüftelt, wie er ihr die schreckliche Nachricht beibringen könnte. Und immer wieder hatte sich die grausame Wahrheit in die beschönigenden Formulierungen geschoben: Er war schuld.

Heinrich hatte einen Wahnsinnigen wie Sepp Flattacher in seine Familienprobleme hineingezogen und bekam nun die blutige Rechnung präsentiert. Dass Flattacher so weit gehen würde … zu weit.

Er konnte es noch immer nicht fassen. Seit die Polizei bei ihm gewesen war, hatte er das Haus nicht mehr verlassen. Nicht einmal die Zeitung hatte er aus dem Postfach geholt, vor lauter Angst, Flattacher zu begegnen. Ewig konnte es so nicht weitergehen. Aber solange er sich vor der Wirklichkeit verstecken konnte, am besten in sein Bett vergraben, die Decke über den Kopf gezogen, musste er ihr nicht ins Auge sehen.

Vermutlich war Carola noch im Urlaub. Sie würde sich melden, wenn sie zurück war. Natürlich. Sie würde fragen, warum Anton nicht ans Telefon ging. Was los war. So viele Fragen, auf die Heinrich keine Antwort wusste. Er hatte den Vater seiner Enkelkinder auf dem Gewissen, den Ehemann seiner Tochter.

Mein Gott, wenn Mutti das miterlebt hätte ... Nein, wenn Mutti noch wäre, wäre das alles nie passiert!

Mit dieser Schuld konnte er nicht leben! Er konnte Carola nicht in die Augen sehen und sie belügen. Es gab nur einen Weg: Er musste sich der Polizei stellen und alles gestehen. Alles. Ein Grund mehr, Flattacher aus dem Weg zu gehen. Er konnte ihm schlecht verraten, was er vorhatte, denn dann würde Flattacher auch ihn –

Der Eierwecker läutete schrill.

Die Lust auf Tee war Heinrich gründlich vergangen. Er entsorgte den Teebeutel im Biomülleimer und schüttete den Tee in die Spüle. Völlig erschöpft von den schlaflosen Nächten schleppte er sich in sein Zimmer. Morgen, morgen würde er zur Polizei gehen und reinen Tisch machen.

Heinrich rannte durch den nächtlichen Wald, er rannte und rannte. Das Herz klopfte wild in seiner Brust, er hörte sich selbst schnaufen. Er wusste, spürte, fühlte, dass Sepp Flattacher ihm dicht auf den Fersen war. Er hörte sein hämisches Lachen. Ein Schuss. War er getroffen?

Er rannte weiter, und jetzt mischten sich die verzerrten Stimmen von Kindern in schaurigen Kostümen in seinen panischen Atem. »Jetzt gibt's Saures«, riefen sie ihm hinterher. Plötzlich stand Sepp vor ihm. Er hob das Gewehr, zielte, drückte ab. Der Knall war viel leiser, als Heinrich es erwartet hätte. Mehr wie ein Klirren.

Er schreckte hoch. Sein Herz raste, sein Atem keuchte. Er saß in seinem Bett.

Nur ein Traum. Ein schrecklicher, schrecklicher Traum.

Der Wecker zeigte kurz nach Mitternacht. Geisterstunde.

Am ganzen Leib zitternd stand er auf. Jetzt brauchte er einen Tee, am besten mit einem Löffelchen Rum. Im Dunkeln tappte Heinrich zur Schlafzimmertür. Im Gang brannte aus reiner Gewohnheit eine kleine Lampe, die Heinrich installiert hatte, als die Enkelkinder zu laufen begannen und er fürchtete, dass sie sich in der fremden Umgebung bei nächtlichen Gängen zur Toilette verirren oder gar über die Stiege stürzen könnten.

Gähnend nahm Heinrich Stufe für Stufe, als ihn ein ungewohntes Geräusch zusammenzucken ließ. Zu Stein erstarrt verharrte er und lauschte.

Da! Es klang wie ein Schaben.

Jetzt war er hellwach. Schritt für Schritt stahl er sich die Stiege hinunter.

Er hörte ein gedämpftes Pochen.

In Ratgebern der Polizei hieß es immer wieder, sich Einbrechern gegenüber schlafend zu stellen und ja keine Gegenwehr zu leisten. Die Polizei zu rufen ging nicht, sein Handy lag in der Küche – und von dort kamen die Geräusche, da war er sich sicher.

Was, wenn es kein Einbrecher war, sondern nur ein … ein Siebenschläfer?

Und was war, wenn jemand in sein Haus eingedrungen war, der sehr viel Böseres im Sinn hatte als Diebstahl? Heinrich fiel die Pistole ein, die immer noch im Wohnzimmer liegen musste. Damit könnte er sich verteidigen.

So schnell und zugleich leise er konnte, den Atem angehalten, als er die Diele durchquerte, schlich er ins Wohnzimmer und schnappte sich die Pistole. Die Waffe in beiden Händen vor sich haltend – genau, wie er es im Tatort bei den Kommissaren immer sah – näherte er sich leise der Küche.

Ein kaum vernehmliches, surrendes Geräusch, als ob eine Lade aufgezogen wurde. Suchte der Räuber nach Geld? Oder nach einem Messer, um es dem schlafenden Heinrich Belten in den Bauch zu rammen? Hah! Er schlief nicht, sondern war hellwach und bereit, es mit allem und jedem aufzunehmen! Kampfbereit wie … wie … wie Schimanski, Gott hab ihn selig.

Mit diesem martialischen Bild vor Augen trat er in die Türöffnung und brüllte: »Hände hoch!«

Eine dunkle Gestalt mit flatterndem Umhang stürzte auf ihn zu.

Bumm!

Während er den Abzug drückte und den lauten Knall hörte, beherrschte ihn nur ein Gedanke: Geister kann man nicht erschießen.

21

Akkos lautes Bellen riss Sepp mitten in der Nacht aus seinem Schlaf. Noch ganz hålbat hastete er hinunter, denn sein Hund war kein hirnloser Kläffer.

»Aus!«, befahl er, und erst als Akko still war, hörte er die Türglocke läuten.

Er öffnete die Tür einen winzigen Spalt und spähte hinaus. Dank Bewegungsmelder war das Licht vor dem Haus angegangen. In seinem dünnen Pyjama stand Heinrich Belten schlotternd vor ihm. Tränen liefen ihm über das faltige Gesicht.

»Ich habe Anton getötet.«

Alles hätte Sepp erwartet, nur kein Geständnis. Da wollte wohl jemand sein schlechtes Gewissen erleichtern!

»Das weiß ich. Beicht es dem Pfarrer. Oder noch besser«, schnauzte er ihn böse an, »erzähl's der Polizei! Die interessiert es!«

»Du musst mitkommen, sofort!«

»Glaubst du, ich lass mich von dir mit reinziehen? Ich habe damit nichts zu tun!« Sepp wollte die Tür schließen, aber Belten stemmte sich dagegen.

»Oh doch!«

Mit einem kräftigen Stoß drängte Sepp seinen Widersacher zurück und knallte die Tür zu. Erschöpft lehnte er seine Stirn gegen das splittrige Holz.

»Du hängst genauso drin wie ich!«, hörte er Heinrich schreien. »Es ist deine Pistole. Deine!«

Sepp öffnete die Tür, aber nur einen Spalt. »Du hast Nowak erschossen?«

»Mit deiner Pistole! Die hast du mir aufgedrängt!«

Vage erinnerte sich Sepp, dass er mit Heinrich nicht nur die Landkarte studiert, sondern auch Mordvarianten besprochen hatte. War er echt so von Sinnen gewesen, dass er dem Piefke die alte Pistole seines Vaters, eine P 08, gezeigt und gar noch mitgegeben hatte? Nie, nie wieder Schnaps!

Einen Trost hatte er. »Die geht schon lang neamma. Ich hätte dir Depp doch nie eine funktionierende Waffe überlassen!« So rauschig konnte er gar nicht sein.

»Und wie die geht! Komm mit und schau ihn dir an!«

Sepp sah Heinrich misstrauisch an. »Wen?«

»Na, Anton!«

Jetzt hatte Belten den letzten Rest von dem bisschen Verstand, das er überhaupt gehabt hatte, verloren. »Der liegt doch verkohlt im Leichenschauhaus oder wo immer die Polizei die Toten hinbringt!«

»Nee. Anton liegt in meiner Küche. Ganz frisch.«

Sepp hielt Belten für einen Fall für die Irrenanstalt, aber fünf Minuten später musste er feststellen: Er hatte nicht gelogen. Hingestreckt lag Anton Nowak auf dem Küchenboden, eine alte Wolldecke halb um sich geschlungen. In Kopf- und Schulterhöhe hatte sich eine kleine Blutlache gebildet.

»Da, deine Pistole.«

Heinrich wollte ihm die P 08 in die Hand drücken. Sepp wich entsetzt zurück. »Ich greif die Krachen doch nicht an! Dann glaubt noch wer, ich hätte —«

»Pffh. Deine Fingerabdrücke sind so oder so auf der Pistole. Es ist ja deine!«, rieb ihm Belten unter die Nase.

Sepp schlug die Hände vor das Gesicht. Belten war ein Mörder. Und die Mordwaffe hatte er von ihm erhalten! Was hatte sich Belten nur dabei gedacht? Nix, wie immer! Oh mein Gott. Er könnte den Belten erwürgen, er könnte …

»Brauchst gar nicht tepat zu stöhnen«, fuhr Sepp Belten an. »Von mir kriegst kein Mitleid!«

»Das war ich gar nicht!«

Es musste an der Uhrzeit liegen und dass er so unsanft aus dem Tiefschlaf gerissen worden war, denn Sepp brauchte einen Augenblick, um zu kapieren, was los war. Nowak! Er ging neben dem Mordopfer in die Knie und wälzte dieses auf den Rücken. Ein weiteres Stöhnen ließ keinen Zweifel mehr. Ein noch lebendes Mordopfer.

Vom vielen Blut ließ sich Sepp nicht abschrecken, als er mit der jahrelangen Erfahrung eines Jägers die Einschussstelle suchte.

Nowaks Kopf schien trotz der Blutspuren auf Hals und linker Gesichtshälfte unverletzt. Ungeduldig zerrte Sepp die durchnässte Wolldecke weg. Da!

»Und?«, jammerte Belten.

»Du hast ihn an der Schulter getroffen. Gib mir ein Messer!«

Aus weiter Ferne drangen Stimmen an sein Ohr, aber Anton war viel zu benommen, um sie zuordnen zu können. Seine Schulter brannte wie Feuer, und ihm war schlecht. Und kalt. So kalt. Oktobernächte waren eindeutig zu kalt, um sie im dünnwandigen Gartenhäuschen hinter dem schwiegerväterlichen Haus zu verbringen.

»Messer«, hörte er eine raue Stimme sagen. Blinzelnd öffnete er die Augen.

War das ... Sepp Flattacher, der sich über ihn beugte? Nein, an dem Bild stimmte etwas nicht. Die Farben waren falsch. Ja, die Farben. Hellblau. Sepp Flattacher, den er nur in Jägerkluft kannte, trug Babyblau. Einen hellblauen Pyjama.

Anton schrie gellend auf.

Nicht wegen dem Pyjama, sondern wegen dem riesigen Küchenmesser, das ihm Flattacher an die Kehle setzte.

»Geh, hör auf zu zappeln! Sonst schneid ich dich noch, du Toker!«

Anton schielte auf die scharfe Klinge, die Flattacher unter sein Hemd schob und mit der er es aufschnitt. Grobe Finger tasteten über seine Schulter.

»Aua!«

»Wiener Weichei!«

»Wie schlimm ist es, Sepp?«

Anton erkannte seinen Schwiegervater, der sich hinter Flattacher aufgebaut hatte und die Hände rang.

»Blattschuss ist es keiner. Gott sei Dank nur ein Streifschuss, das ist nicht schlimm. Nicht mehr als ein Kratzer.«

Da war Anton anderer Meinung. Es schmerzte höllisch, und er stöhnte erneut auf. Er fühlte sich einer weiteren Ohnmacht nahe.

»Wir müssen die Rettung rufen. Und die Polizei a«, sagte Flattacher an Belten gewandt.

»Nein!« Mit nahezu letzter Kraft gelang es Anton, das Wort hervorzubringen. »Nein ... keine ... Poli...«

»Gib mir ein sauberes Gschirrhangale.«

»Was?«

»Ein Tuch zum Geschirrabtrocknen!«, erklärte Flattacher ungeduldig.

»Aua!«

Flattacher presste das Tuch auf seine Verletzung. Anton verdrehte die Augen. Wiederum drangen die Stimmen der beiden anderen nur gedämpft an seine Ohren. Er fing nur Gesprächsfetzen auf.

»... Arzt ...«

»... gesagt, es ist lediglich ein Kratzer ... nicht tot ... alles in Butter ...«

»... Schussverletzung ...«

»... erfährt keiner, dass ich mit deiner Pistole ...«

»... Polizei ermittelt ...«

Anton kämpfte gegen den Schmerz an. Er versuchte, möglichst flach zu atmen, dann tat es nicht ganz so weh.

»Heinrich, wir können das nicht vertuschen«, schimpfte Flattacher. »Du vergisst die Leiche!«

»Wieso? Anton lebt ja!«

»Nicht der! Der Tote, der im Wald gefunden wurde. In Nowaks Auto! Die Polizei –«

Es ging um alles. Alles! Anton umklammerte Flattachers Unterarm und kämpfte sich ein paar Zentimeter hoch. »Keine Polizei!«

Flattacher grinste hämisch auf ihn herab. Von dieser Seite hatte er keine Hilfe zu erwarten. Antons Blick glitt hilfesuchend zu Belten.

»Heinrich ... Keine Polizei ... sonst passiert Carola was ... das willst du doch nicht, oder? Dass Carola ein Leid ...« Erschöpft ließ Anton seinen Kopf wieder zu Boden sinken.

»Weißte was, Sepp?« Heinrich Beltens Stimme klang ungewohnt kalt, fast leblos. »Tot war mir Anton lieber!«

22

Sepp rannte – Beltens dämliche Abkürzung nützend – zu seinem Haus und wieder zurück. Beltens Küche war zwar der letzte Ort auf der ganzen Welt, an dem er sein wollte, aber ihm blieb ja keine Wahl. Er ließ seinen Jägerrucksack auf den Boden plumpsen. Mittlerweile befand sich Nowak in einer sitzenden Position an das Tischbein gelehnt.

Beltens schäbiger Erste-Hilfe-Kasten stand geöffnet auf dem Tisch, und sein Besitzer wühlte mit hilflosem Gehabe darin herum.

»Hm, ich habe keine Wunddesinfektion. Tut es Schnaps?«

»Red du mir nie wieder von Schnaps!«, schnauzte Sepp ihn an. Der war an allem schuld. Der Schnaps und der Belten.

Er holte seinen Notfall-Beutel aus dem Jägerrucksack und nahm das Fläschchen mit der Arnika-Tinktur heraus. »Das ist das Beste, das es gibt. Arnika. Ein altes Hausmittel. Desinfiziert und schließt die Wunde.«

Sepp kniete sich neben Nowak auf den Boden, Heinrich tat es ihm auf der anderen Seite des Verletzten gleich. Zögernd nahm Nowak seine Hand mit dem blutigen Gschirrhangale weg. Sepp drehte den Verschluss auf.

»Tut das weh?«, fragte Nowak ängstlich wie eine verklemmte Jungfrau vor dem ersten Mal.

»Es brennt vielleicht ein kleines bisschen«, untertrieb Sepp ungerührt.

»Ein Indianer kennt keinen Schmerz!«, munterte Belten seinen Schwiegersohn auf.

Sepp grinste und goss reichlich Arnika-Tinktur über die Wunde. Er war kein Sadist, natürlich nicht. Aber bei dem ganzen Ärger, den er mit Nowak hatte, waren seine Schreie Musik in seinen Ohren. Diese verebbten, da er schon wieder ohnmächtig wurde.

»Winnetou ist das keiner«, stellte Sepp fest.

Mit Beltens Hilfe brachte er Nowak in die stabile Seitenlage –

natürlich auf die rechte Seite – und versorgte die Verletzung an der linken Schulter mit einem Pflasterverband.

»Sollen wir ihn im Keller einsperren?«, fragte Belten eifrig.

»Was?«

»Na, im Keller. Da gibt es noch einen Extraraum, den man gut verschließen kann –«

»In Kärnten sperren wir unsere Familienmitglieder nicht im Keller ein!«, klärte Sepp ihn genervt auf – und in der Hoffnung, nie durch Zeitungsberichte eines Besseren belehrt zu werden.

»Ja, wo sollen wir denn dann mit ihm hin?«

»Wo hat er denn bislang geschlafen?«

»Oben im Zimmer.«

»Na bitte.«

»Aber Sepp, der ist ein … ein Verbrecher! Er hat meine Tochter bedroht! Du hast es doch selbst gehört. Wir müssen ihn einsperren!«

»Noch wissen wir einen Scheißdreck. Befragen wir ihn morgen, wenn wir ausgeschlafen sind. Alle! Gute Nacht!«

»Bist ausgeschlafen? Komm. Kaffee bei mir.« Heinrich schickte die SMS ab. Es war Viertel vor neun – drei viertel neun, wie die Kärntner zu sagen pflegten –, und er wurde langsam ungeduldig. Sonst schlief Flattacher doch auch nicht so lange, im Gegenteil, er rühmte sich des Frühaufstehens und brach oft zu nachtschlafender Zeit zur Jagd auf. Das wusste Heinrich unter anderem deshalb so genau, weil Flattacher in seiner rücksichtslosen Art mehr als ein Mal um halb vier Uhr morgens die Autotüren so laut geknallt hatte, dass es ihn fast aus dem Bett geworfen hätte. Garantiert absichtlich!

»Wo bleibst du?« Den Frühstückstisch hatte er bereits für zwei gedeckt, obwohl Heinrich selbst keinen rechten Appetit verspürte. Die Thermoskanne mit dem Kaffee stand bereit. Wer fehlte, war der Nachbar, der ihm die ganze Misere eingehandelt hatte!

Heinrich zog die Küchenlade auf und vergewisserte sich, dass die Pistole noch immer, von ein paar Servietten verdeckt, auf ihrem Platz lag. Flattacher hatte sich stur geweigert, die Waffe wieder an sich und mitzunehmen, aber als er vorgeschlagen hatte, sie zu *entsorgen* – das taten Täter im Tatort doch auch immer, wenn sie nicht völlig belämmert waren –, hatte er Heinrich angebrüllt:»Untersteh dich! Die Waffe gehörte meinem Vater. Und es ist ja nicht so, dass es eine Mordwaffe wäre. Du Depp bist ja sogar zum Schießen zu blöd.«

»Sei froh, dass ich ihn nicht erschossen habe! Sonst hättest du auch Erklärungsbedarf bei der Polizei, oder?« Das hatte Flattacher zum Schweigen gebracht, und er war grußlos gegangen.

Er hoffte, dass ihrer beider Nerven nach ein paar Stunden Schlaf nicht so angespannt waren wie in den Nachtstunden. Ja, sie hatten ein mordsmäßiges Problem. Also nicht Mord. An Mord wollte er nicht einmal denken! Allein die Vorstellung … Aber doch ein Problem, ein großes sogar, das derzeit noch in seinem Schlafzimmer schnarchte, wie Heinrich an der Tür lauschend festgestellt hatte.

Zum x-ten Mal spähte Heinrich aus dem Küchenfenster, von dem er einen direkten Blick auf Flattachers Haus hatte. Zumindest Akko schnüffelte schon im Garten herum, was bedeutete, dass auch sein Besitzer auf sein musste. Ließ er ihn absichtlich warten, um ihn zu ärgern? Wenn ja, gelang es ihm prächtig.

Endlich kam Flattacher heraus und nahm die von Heinrich so klug angelegte Abkürzung. Er verkniff es sich, ihm entgegenzugehen. Die Haustür hatte er schon vor Ewigkeiten aufgesperrt.

»Bist endlich da«, konnte er sich eine Bemerkung dann doch nicht verkneifen.

Flattacher reagierte gar nicht, sondern setzte sich an den Tisch.

Schweigend machte sich Heinrich daran, Kaffee einzugießen; die Milch hatte er bereits zuvor eingeschenkt und wieder ordentlich in den Kühlschrank gestellt, nicht, dass sie sauer wurde.

»Ich habe mir gedacht, gut gestärkt gehen wir den Tag leichter an«, erklärte Heinrich und deutete auf den großzügig gedeckten Tisch. Er nahm das Brotkörbchen, in das er fein säuberlich eine Serviette gelegt hatte, und hielt Flattacher die vom Bäcker vorgeschnittenen Scheiben Brot unter die Nase.

Um zu zeigen, wie ernst es ihm mit ihrer Freundschaft war,

schob er sogar die Plastikdose mit dem Fleischsalat über den Tisch zu Flattacher hin. »Bitte, bedien dich.«

»Was soll denn das sein?«

»Fleischsalat. Eine Delikatesse.« Das stand ja auch auf der Packung: Delikatess-Fleischsalat. Aber das hatte er vermutlich überlesen.

»Der hat garantiert kein Fleisch gesehen!«, meckerte Flattacher, wie immer sämtliche Manieren und Anstandsregeln missachtend und seinen großzügigen Gastgeber brüskierend. Er rückte die Packung mit angewidertem Gesichtsausdruck von sich weg.

Heinrich schnaufte. »Nur weil kein Hirsch drinnen –«

»Meinst, dass einmal ein Schwein daran vorbeigelaufen ist? Ich steh nicht auf diesen Chemiefraß. Ich will wissen, woher mein Fleisch kommt.«

»Den Spruch kenne ich: Was der Bauer nicht kennt, frisst er nicht. Aber bei euch Jägersmännern ist es wohl noch schlimmer: Ihr esst nichts, was ihr nicht selbst getötet habt? Das ist so primitiv und brutal –«

»Brutal ist, was in Schlachthöfen passiert und in der Massentierhaltung. Schau mal rein in einen Schweinestall! Mehr Bio als beim Wild hast nirgends, und gesund ist das Fleisch auch. Hundertmal besser als ein Antibiotika-Putenschnitzel oder so ein ... ein Fleischsalat!«

Ganz bewusst strich sich Heinrich eine doppelte Portion Wurstsalat auf sein Brot und biss hinein. »Hmmm. Lecker!«

Flattacher schaute sich am Tisch um, ignorierte aber sowohl den köstlichen Schmelzkäse als auch den Gouda und sogar die Dose Jagdwurst, die Heinrich extra für ihn gekauft hatte, um ihm eine Freude zu machen. So was tat man unter Freunden eben. Flattacher hatte eindeutig Probleme damit, das mit der Freundschaft zu kapieren.

Er strich sich Butter aufs Brot und wollte mit dem gleichen Messer in das Honigglas fahren.

»Nimm den Löffel, das ist hygienischer!«, wies Heinrich ihn zurecht. »Ich will keine Butterflocken in meinem Honig.«

Flattacher vermengte mit dem Messer Honig und Butter auf seinem Brot, bis eine undefinierbare Masse entstanden war. Dann sah er Heinrich in die Augen und schleckte das Messer ab. Auf beiden Seiten.

»Du bist so ein …« Ihm fiel kein Wort ein, um das zu beschreiben.

Kaum hatte Flattacher mit einem dämlichen Grinsen das Messer aus der Hand gelegt, schnappte es sich Heinrich, trug es zur Spüle und legte ihm ein sauberes hin. Sicher war sicher. Und ganz sicher hatte er ihn zum letzten Mal zum Frühstück eingeladen!

»Hast noch einen Kaffee?«

»Könnte ich bitte noch Kaffee haben?«, korrigierte Heinrich die Frage und setzte ein weiteres demonstratives »Bitte« daran.

Flattacher schüttelte nur den Kopf und griff nach der Kaffeekanne, um sich einzuschenken. Dann stellte er sie außer Reichweite Heinrichs wieder auf den Tisch.

Verärgert stand er auf, um sich die Kanne zu holen.

»Wennst grad stehst, bring a Milch mit«, brummte Flattacher.

»Bitte!« Heinrich reichte ihm die Tetrapackung. »Danke!«

Flattacher sah ihn spöttisch an und zog die Brauen hoch.

»Gern geschehen.«

Nachdem sie fertig gegessen hatten, räumte Heinrich auf und spülte das Geschirr. Flattacher fragte nach der Zeitung.

»Ich habe sie noch nicht geholt.«

Wenigstens machte sich sein Gast nützlich und holte die Zeitung beziehungsweise die Zeitungen und die Post der letzten Tage.

»War dir der Weg zum Postkastl zu weit?«, verhöhnte ihn Flattacher.

»Mir war nicht danach«, gestand Heinrich und stellte sich mit in die Hüften gestemmten Armen vor ihn hin. »Was glaubst du denn, wie es mir in den letzten Tagen gegangen ist? Ich dachte, Anton wäre tot!«

Flattacher zuckte mit den Schultern und schlug die Zeitung auf.

»Ich dachte, du hättest ihn ermordet!«

Daraufhin hob Flattacher doch den Kopf. »Ich habe geglaubt, du hättest ihn umgebracht.«

»Was? Ich bin kein Mörder, ich nicht!«

»Ich vielleicht?«, schnauzte Flattacher zurück.

Heinrich biss sich auf die Zunge. Zu gern hätte er Flattacher an den Kopf geworfen, dass die Leute ihm sehr wohl ein solches Verbrechen zutrauen würden und zugetraut hatten. Um der lieben Freundschaft willen hielt er sich – als der Klügere – zurück.

»Wir müssen mit Anton reden«, sagte Heinrich.

»Dann hol ihn.«

»Er muss doch das Bett hüten!«

»Wozu? Seinen Haxn fehlt doch nichts.«

»Du hast absolut kein Mitgefühl! Absolut keines.«

Flattacher blätterte weiter in der Zeitung.

Mit einem lauten Seufzer – der bei seinem Nachbarn keine Reaktion auslöste – verließ Heinrich die Küche und ging hinauf, um nach Anton zu sehen. Er klopfte an die Tür, bevor er eintrat. Anton sah aus, als ob ... na ja, als ob ihn jemand angeschossen hätte.

Schuldbewusst half Heinrich ihm, sich aufzusetzen.

Anton griff nach einer Packung Taschentücher auf seinem Nachtkästchen und schnäuzte sich ausgiebig. Wie die zusammengeknüllten Taschentücher auf dem Boden bestätigten, war er stark erkältet. Auch seine Stimme klang belegt. »Hast wohl nicht die Polizei gerufen?«

»Nein. Sepp ist unten. Wir müssen reden. Dann entscheiden wir, wie wir weiter vorgehen«, erklärte Heinrich bestimmt.

Er half Anton die Treppe hinunter – das fehlte ihm noch, dass er hinfiel und sich das Genick brach, dann würde die Polizei sicher glauben, er hätte ihn gestoßen – und ließ ihn mit Flattacher kurz allein, um im Badezimmer seinen Medikamentenschrank zu durchsuchen. Er fand Kopfwehtabletten, ein starkes Mittel für Erkältungserkrankungen mit einer Extradosis Vitamin C sowie ein entzündungshemmendes Schmerzmittel, das ihm der Arzt im Sommer verschrieben hatte, als er sich trotz dicker Handschuhe bei der Gartenarbeit am Daumenballen verletzt hatte. Wenn Heinrich ganz genau hinsah und das Licht richtig auf seine Hand fiel, konnte man noch heute die fast fünf Millimeter lange Narbe erkennen. Man musste eben sehr genau gucken.

Als er in die Küche zurückkehrte, fand er Anton zusammengesunken auf der Eckbank sitzend vor; Flattacher las weiterhin
die Zeitung.

»Hast du Anton keinen Kaffee gegeben?«

»Ist er mein Schwiegersohn oder deiner?«

Kopfschüttelnd versorgte Heinrich Anton mit Kaffee, deckte
Teller und Buttermesser und stellte ihm Brotkorb, Butter, Honig
und Käse hin, sogar die Jagdwurst. Nur den Fleischsalat ließ er
im Kühlschrank. So lieb hatte er Anton doch nicht. Er schenkte
ein Glas Wasser ein und brachte es gemeinsam mit den Tabletten
an den Tisch. Ohne Widerworte schluckte Anton alles, was ihm
Heinrich auf die Hand legte.

»Willst ihn vergiften?«

»Du musst gerade reden«, schimpfte Heinrich. »Ich sag nur
eines: Fuchs!«

»Halt die Goschn!«

Von der Natur mit der richtigen Portion Mitgefühl ausgestattet, wartete Heinrich, bis Anton seinen Kaffee ausgetrunken und
ein halbes Brot, das er ihm gestrichen hatte, verzehrt hatte.

»So. Jetzt sag uns, was hier los ist«, forderte Heinrich ihn auf.

»Ich kann nicht —«

»Dann sagst es halt der Polizei!«, knurrte Flattacher. »Such's
dir aus!«

Ehrlich gesagt konnte Heinrich den wirren Erzählungen nicht
ganz folgen, aber er hätte sich vor Flattacher nie die Blöße gegeben und das eingestanden. Anton faselte von falschen Leuten und
krummen Dingern, von Automaten und Slowaken und einem
Boss namens Drak und dass Anton sich nichts, aber rein gar
nichts, zuschulden kommen ließ.

»Wer ist der Tote in deinem Auto?«, fragte Flattacher.

»Juraj«, flüsterte Anton. »Er gehört zu dieser Bande und ist
mir nach Obervellach gefolgt.«

»Wie hat er gewusst, dass du hier bist?«

»Ähm … Ich weiß es nicht«, gestand Anton.

»Und du hast ihn umgebracht?«, fragte Flattacher weiter.

»Nein, nein! Es war ein Unfall!«

»Was bitte hat er in dem hintersten Graben drin verloren

gehabt?« Flattacher zeigte sich genauso argwöhnisch wie Heinrich.

»Er hat mich bedroht und mich gezwungen«, setzte Anton nervös an. »In Obervellach, am Hauptplatz, hat er mir aufgelauert und mich mit vorgehaltener Pistole gezwungen, mit ihm wohin zu fahren, wo wir reden können.«

»Und dann bist einfach auf den Pfaffenberger heraufgefahren ...«

Anton nickte. »Mir fiel nichts anderes ein. Wir sind immer weitergefahren. Bis keine Häuser mehr waren. Dann hat Juraj mich rausgeworfen und ist zurückgefahren.«

»Einfach so?«

»Vielleicht stand er unter Drogen«, überlegte Heinrich laut. »Diese Kriminellen nehmen doch alle Drogen! Das weiß ich aus dem Fernsehen!«

»Hm, aber was wollte dieser Juraj von dir? Er wird dir ja nicht einfach so aufgelauert haben! Was hast du mit ihm zu schaffen?«

»Nichts, ich schwöre! Ich bin nur eine kleine Nummer im Betrieb, ein Assistent! Ich mache Buchhaltung und bin im Einkauf«, stammelte Anton. »Ich habe nicht gewusst, dass da linke Geschäfte laufen! Damit will ich nichts zu tun haben. Juraj dachte, er könnte mich da mit hineinziehen, aber ich habe natürlich Nein gesagt. Ich habe ja an Carola gedacht und meine Kinder!«

Bettelnd sah Anton Heinrich an. »Deshalb will ich doch weg von Wien, weg von dieser ... Geschichte. Mir ein neues Leben aufbauen, mit meiner Familie.«

Heinrich nickte verständnisvoll und tätschelte Antons Oberarm. Leider erwischte er den linken. Anton schrie laut auf.

»Entschuldigung«, murmelte Heinrich.

»Was tust du?«, rief Anton.

Heinrich fühlte sich zuerst betroffen, merkte aber schnell, dass es um Flattacher ging: Der hielt sein Handy in der Hand und tippte.

»Die Polizei rufen, was sonst?«

»Nein!«

»Du, die Polizisten glauben, dass du in dem Auto gestorben

bist! Wir müssen ihnen doch sagen, dass es dieser Juraj ist und es ein Unfall war.« Flattacher kratzte sich das Kinn. »Das mit deiner Schulter … und meiner Pistole … brauchen s'ja nicht unbedingt zu wissen, das tut ja nichts zur Sache.«

»Keine Polizei!«

»Anton, wir –«, begann Heinrich.

»Du verstehst das nicht! Du bringst Carola und die Kinder in Gefahr! Diese Leute … die mögen keine Polizei, verstehst du? Das ist eine Bande, eine Mafia! Die machen ein Exempel aus uns, wenn wir ihnen die Kieberer ins Haus bringen!«

»Oh mein Gott! Sepp, leg dein Handy weg!«

»Leck Buckl! Wir sind doch nicht in Sizilien!«

»Du hast keine Ahnung, wozu diese Leute fähig sind!«, warnte Anton. »Die gehen über Leichen!«

»Ein Grund mehr, die Polizei –«

»Sepp! Es geht um meine Tochter, meine Familie! Du weißt nicht, wie das ist! Du hast ja keine Familie.«

»Zum Glück nicht! Da hat man ja nur Schererei. Wissts was, machts euren Schas allein. Mich geht das nichts an!«

Flattacher wollte gehen, aber Heinrich rannte ihm nach und stellte sich ihm in den Weg. »Du kannst nicht einfach gehen!«

»Und ob!«

»Mitgehangen, mitgefangen! Und du hängst mit drinnen.« Er drängte ihn zurück an den Tisch.

»Wenn du so unschuldig bist, Nowak, wieso hast dich dann in den letzten Tagen versteckt, ha?«, fuhr Flattacher Anton an.

»Ich wollte niemanden in Gefahr bringen! Deshalb war ich im Gartenhaus. Wenn es nicht so kalt gewesen und ich nicht so hungrig geworden wäre …«

»Die Geschichte stinkt zum Himmel«, murrte Flattacher, an Heinrich gewandt. »Entweder übertreibt der Nowak oder –«

»Oder es ist echt die Mafia!«, unterbrach Heinrich ihn. »Dann müssen wir Anton erst recht schützen und vor allem Carola und die Kinder!«

»Du spinnst ja!«

»Solange alle denken, ich bin tot, gewinnen wir Zeit und können uns überlegen, was wir tun. Wir müssen nichts überstürzen!

Das Wichtigste ist, dass Carola und den Kindern nichts geschieht, nicht wahr, Schwiegerpapa?«

Heinrich packte Flattacher an den Oberarmen. Es ging um Carola, um die Kinder, und da musste er sich durchsetzen, selbst gegenüber einem Sepp Flattacher.

»Muss ich dich an deine Pistole erinnern? Oder« – er senkte seine Stimme zu einem Flüstern – »an die Fuchsleber? Wenn wir die Polizei einschalten, dann kommt alles auf den Tisch. Alles!«

23

Tot stellen!

Tot stellen sollten sie sich, hatte Belten gemeint. So ein Depp! Ganz tasig schritt Sepp über den Friedhof, eine Kerze in der Hand. Normalerweise mied er zu den typischen Feiertagen wie Allerheiligen Friedhöfe wie die Pest, denn er wollte sich nicht der allgemein üblichen Gräberrallye anschließen. Deshalb hatte er auch bis zum Abend gewartet, bevor er zur Kirche Maria Tax in Stallhofen aufgebrochen war.

Die vielen auf den mit winterlichen Gestecken geschmückten Gräbern leuchtenden Kerzen vermittelten eine ganz eigene Stimmung, der sich selbst Sepp nicht entziehen konnte. Das Grab seiner Eltern war schlicht. Eine Platte aus Naturstein bedeckte es; auch der Grabstein, ohne jeglichen Firlefanz, enthielt nur die Namen und Geburts- und Sterbedaten. Sepp entzündete die Kerze und stellte sie nieder. Auch er würde hier einmal einziehen – hoffentlich ohne Zwischenstation im Altersheim.

Auf was hatte er sich da nur eingelassen? Belten und Nowak hatten auf ihn eingeredet wie auf einen kranken Gaul, und er war eingeknickt. Stillhalten. Abwarten. Vielleicht erwies sich der befürchtete Sturm nur als kleines Lüfterl, das über sie hinwegstreichen würde.

Sepp fiel es schwer, Beltens naiven Optimismus zu teilen. Gedanken an Akko, der ohne Jagd genauso unglücklich sein würde wie sein Herrli, und an den Jagdverein, in dem es ohne ihn drunter und drüber gehen würde, wogen mindestens ebenso schwer wie Nowaks fadenscheinige Argumente.

Wenn es nicht seine – zudem nicht registrierte – Pistole gewesen wäre, mit der der eine Depp auf den noch viel größeren Deppen geschossen hatte, hätte Sepp keinen Augenblick gezögert und die Polizei gerufen. Aber so, wie es war, sah es schlecht für ihn aus. Er hätte Belten die Pistole niemals geben dürfen, nicht einmal ungeladen. Niemals! Selbst wenn Sepp strafrechtlich davonkommen sollte, würde die Bezirkshauptmannschaft als zuständige Behörde seine Verlässlichkeit in Frage stellen und ziemlich sicher ein allgemeines Waffenverbot verhängen. Dann könnte er seine Jagdgewehre an den sprichwörtlichen Nagel hängen. Sofern er sie nicht ohnehin abgeben musste.

Sein Dilemma hätte nicht größer sein können. Sepp sah sich selbst als rechtschaffener, das Gesetz brav befolgender Bürger. Nun war er durch die unglaubliche Blödheit seines Nachbarn in eine Situation geraten, die für ihn verheerende Folgen haben könnte. Hätte er sich bloß nicht eingemischt! Für seine selbstlose Hilfsbereitschaft und Gutmütigkeit, mit der er Belten im Kampf gegen seinen Schwiegersohn beigestanden hatte, drohte ihm jetzt das schlimmste aller Schicksale. Sepp haderte mit der Ungerechtigkeit des Lebens. Wenn man ihm seinen Lebensinhalt nahm – die Jagd –, könnte er sich gleich erschießen.

***

Musste sie sich tot stellen? Heinrich drückte die Wahlwiederholung und sprach Carola zum gefühlt hunderttausendsten Mal auf die Mailbox, sorgsam darauf bedacht, nicht zu viel zu sagen, aber dennoch die Dringlichkeit eines Rückrufes ihrerseits zu vermitteln.

Anton lag, die gewaschene Wolldecke um sich gewickelt, auf dem Diwan im Wohnzimmer und sah fern, als ob ihn nicht die kleinste Sorge drückte. Er zappte von einem Programm zum anderen, während Heinrich zunehmend zappelig durch das Haus lief.

Er konnte nicht leugnen, dass ihn Zweifel packten. Ließ er sich von Anton an der Nase herumführen, wie Flattacher gemeint hatte? Oder waren ganze Heerscharen von Mafiosi auf dem Weg nach Obervellach zu einem blutigen Finale? Es war zum Verrücktwerden!

»Wie lange wollte Carola fortbleiben?«, fragte Heinrich.

»Keine Ahnung. Aber am Montag beginnt wieder die Schule. Heute ist Samstag.«

»Hoffentlich ist ihr nichts passiert! Was, wenn diese … diese Verbrecher sie gefunden haben?«

Anton griff sich eine weitere Faust voll gesalzener Erdnüsse und stopfte sie sich in den Mund. Seine Kaugeräusche waren die einzige Antwort, die Heinrich erhielt. Von seiner Verletzung hatte er sich in den vier Tagen schon gut erholt. Es war zu keinen Komplikationen wie einer Infektion gekommen, was Heinrich seiner exzellenten medikamentösen Behandlung zuschrieb. Anton schien sich richtig wohlzufühlen.

Hingegen fühlte sich Heinrich gefangen in seinem eigenen Haus. Das hatte er vorhin auch Flattacher gesagt, als er ihm die säuberlich geschriebene Einkaufsliste in die Hand gedrückt hatte. Heinrich wagte es nicht, selbst in den Ort hinunterzufahren und einzukaufen. Er war kein Gauner, der Leuten frech ins Gesicht zu lügen verstand, und fürchtete, man würde ihm das dunkle Geheimnis ansehen.

Wenigstens erwies sich Flattacher als echter Freund. Na ja, als noch ausbaufähiger Freund. Er hatte zwar kaum gemeckert, als Heinrich ihn einzukaufen bat, aber auf Heinrichs Klage, dass er sich eingesperrt fühlte, kaltherzig mit »Gewöhn dich dran!« geantwortet. Während sich Heinrich an jeden Strohhalm klammerte und die Hoffnung nicht aufgeben wollte, dass alles ein gutes Ende finden würde, sah Flattacher schwarz.

Heinrich war richtig froh, als Flattacher heimkam und einen mit Lebensmitteln vollgepackten Karton auf den Küchentisch stellte.

Eifrig machte sich Heinrich ans Ausräumen. »Fleischsalat gab's keinen?«

Flattacher grinste. »Nein.«

»Gab's keinen, oder hast du ihn vergessen oder …« Heinrich verengte die Augen und sah ihn misstrauisch an.

»Für dich gibt's keinen. Deine Arterien werden es mir danken.«

Heinrich schluckte seinen Ärger hinunter. Der Weg zu einer dauerhaften, stabilen Freundschaft war steinig, und er war der Klügere.

»Frankfurter gibt's auch keine. Sonst kochst wieder so a Nudelsuppen, die kein Schwein essen kann.«

»Du … du …« Heinrich ballte die Hände zu Fäusten.

Flattacher griff in den Karton und zog eine Papiertüte mit frischen Semmeln heraus. Dann stellte er eine Drei-Liter-Dose daneben. »Heut kriegst was Gescheites zum Essen.«

Kein Fleischsalat.

Keine Nudelsuppe.

Heinrich sah auf das Etikett der Dose, auf der Flattacher nervtötend mit den Fingern herumtrommelte.

»Ich will aber keine Gulaschsuppe! Außerdem glaube ich nicht, dass das Fertiggericht besser sein soll als ein Fleischsalat oder –«

»Alte Tschentsche!«

Heinrich hatte genug vom Klügersein; er schleuderte Flattacher das Götz-Zitat entgegen.

Bevor sie sich weiter befetzen konnten, schlurfte Anton in die Küche, die Decke immer noch um sich gewickelt und hinter sich herschleifend. Wie auf Kommando verstummten Heinrich und Flattacher.

»Wo sind meine Zigaretten?«

Heinrich guckte im Karton nach. »Da sind keine.«

»Hast du sie nicht auf die Einkaufsliste geschrieben?«, fauchte Anton ihn an.

»Doch!«

Beide sahen sie Flattacher an, der sich eine Semmel stibitzt hatte, sie sich brockenweise in den Mund schob und mit vollem Mund redete. »Glaubst, ich als Nichtraucher kauf Zigaretten? Da würde ich mich schön verdächtig machen.«

»Ich brauch meine Tschick! Was soll ich jetzt machen?«

»Na, du wolltest dich doch tot stellen. Tote rauchen nicht.«

Mein Gott, manchmal beneidete Heinrich Flattacher für seinen breiten Rücken, den ihm jeder runterrutschen konnte. Heinrich nahm sich fest vor – auch im Umgang mit den Enkelkindern –, sich diesbezüglich eine Scheibe von ihm abzuschneiden. Antons Meckerei lief völlig ins Leere, und auch die wüsten Schimpfwörter – Heinrich musste daran denken, Flattacher später zu fragen, was ein »Fetzenschädel« und eine »Oaschgrätzn« waren; selbst nach Jahren in Österreich gab es für ihn immer noch neue Wörter zu entdecken – prallten an dem

Beschimpften ab. Schließlich zog sich Anton schmollend vor den Fernseher zurück.

Fleischsalat und Fetzenschädel waren vergessen, als Heinrichs Handy läutete. Carola! Er telefonierte kurz mit ihr und reichte das Telefon dann an Anton weiter.

Obwohl dieser ihm mehrmals mit der Hand bedeutete, doch das Wohnzimmer zu verlassen, blieb Heinrich – Flattacher war sein Vorbild! – stur stehen und hörte mit, wie Anton eine Art Lebensbeichte ablegte. Zwischen Liebesschwüren und Versprechen auf Besserung berichtete er Carola, wie er ohne eigenes Verschulden in einen kriminellen Sumpf geraten war und jetzt die Polizei glaubte, er wäre tot. Aber sie dürfte es niemandem sagen, sondern müsste vorsichtig sein und an die Kinder denken und ...

»Ähm, Carola will mit dir reden«, sagte Anton und reichte Heinrich das Handy.

»Ja, mein Schatz?«

Carola war völlig aus dem Häuschen, verständlich, war sie doch Witwe oder Quasi-Witwe, also eine vorgetäuschte Witwe wider Willen, aber es gelang Heinrich recht gut, sie zu beruhigen und sie davon zu überzeugen, dass er Anton nicht im Stich lassen würde. Es würde sich alles aufklären, ganz gewiss.

»Carola, wir stehen Anton bei!«

»Wer ist wir?«, fragte sie argwöhnisch.

»Ähm, ja wir. Ich und« – Heinrich warf einen Blick zu Flattacher, der sich mit der Hand gegen den Türrahmen des Wohnzimmers lehnte und fragend die grauen Brauen hob – »ich und Sepp. Josef Flattacher. Mein Nachbar.«

»Der Wahnsinnige?«, kreischte Carola, so laut, dass auch Flattacher sie hören konnte.

Flattacher grinste schäbig.

24

»Das LKA ist unterwegs zu uns aufa«, brüllte Treichel laut genug, dass man es im Journaldienstraum und in sämtlichen Kanzleien hören konnte. »Aufenthaltsraum!«

Zwei Minuten später saß Martin zusammen mit Vanessa und Gerhard auf der Eckbank.

Ein prächtiger Gugelhupf thronte seit heute Morgen auf einem Glasteller mitten auf dem Tisch. Unberührt, wie Martin bemerkte. Ein kleiner Stapel Dessertteller mit Kuchengabeln stand einladend daneben.

»Wollts nicht ein Stück Kuchen dazu?«, fragte Vanessa in die Runde. »Die Mama hat ihn extra mitgegeben, damit uns im Dienst nichts abgeht.«

»Ich bin noch voll vom Mittagessen, ich bekomm nichts runter«, entschuldigte sich Martin.

Treichel, ganz Herr des Hauses, empfahl, den Kuchen doch ganz zu lassen, bis die geschätzten Kollegen vom LKA eingetroffen waren. So als Zeichen der Mölltaler Gastfreundschaft wäre ein Kuchen gerade das Richtige. Chefinspektor Kurt Acham hätte sicher seine Freude damit. Gerhard gluckste, riss sich aber zusammen, als Martin ihm unter dem Tisch warnend gegen das Schienbein trat.

»Chefinspektor Acham hat mich informiert, dass laut externem Sachverständigen mit Sicherheit ein Brandbeschleuniger im Spiel war und das Gericht eine Hausdurchsuchung von Nowaks Lokal angeordnet hat. Das LKA hat anscheinend Anhaltspunkte, dass der Fall in Beziehung zu Nowaks Geschäften steht.«

Also doch! Martin kniff die Lippen zusammen.

»Besteht Mordverdacht?«, fragte Gerhard erstaunt. »Gibt's schon einen Obduktionsbericht?«

»Die ganzen Details kenne ich noch nicht«, antwortete Treichel, »der Fall liegt ja beim LKA. Wir assistieren nur.«

Gerhard verschränkte die Arme vor der Brust und verzog den Mund. »Wie beim letzten Mal? Der arrogante Hund von Chefinspektor ...«

Kurt Acham hatte sich mit seiner überheblichen Art bei seinen letzten Obervellach-Ausflügen nicht nur bei Martin Sympathien verscherzt.

»Dass der sich zu uns noch einmal heraufgetraut«, schimpfte Vanessa.

»Soll er ruhig kommen, der Herr Spezialist. Nein, im Ernst, Leitln«, schaltete Treichel in den Papa-Schlumpf-Modus. »Wir sind nicht im Kindergarten und werden selbstverständlich ordentlich zusammenarbeiten. Wenn Acham ein Problem mit uns hat, ist das sein Problem. Wir sind nicht nachtragend, verstanden?«

Nur Gerhard ließ sich mit einer Zustimmung Zeit, nickte schließlich aber doch widerwillig.

»Vanessa, rufst du bitte bei der Gemeinde an, dass sie einen Gemeindebediensteten als Gerichtszeugen zur Verfügung stellen?«

»Die Kellnerin ist die Cousine von meinem Ex-Schwager«, warf Gerhard ein. »Ich habe ihre Nummer eingespeichert. Vielleicht kann sie uns das ›COME OVER‹ aufsperren, und wir sparen uns den Schlüsseldienst.«

»Gute Idee.« Treichel nahm seine noch halb volle Tasse und ging zurück in seine Kanzlei.

Gerhard wartete, bis auch Vanessa den Raum verlassen hatte. »Du, Martin«, sagte er und wies mit dem Kinn zum Gugelhupf hin, »den Kuchen, den vergönn ich dem Acham!«

Die LKA-Beamten riefen von unterwegs an. Um keine unnötige Zeit zu verlieren, schlugen sie vor, sich direkt vor Nowaks Lokal zu treffen. Treichel bestand darauf, dass Martin und nicht Gerhard ihn zur Hausdurchsuchung begleitete.

»Einen Koller kann ich dabei nicht gebrauchen«, brummte Treichel, als sie zu Fuß den kurzen Weg den Hauptplatz entlanggingen. »Der ist der letzte Tropfen auf dem Pulverfass!«

Zum Glück war es Gerhard gelungen, die Kellnerin zu erwischen. Sie wartete bereits vor dem Lokal auf sie und stellte sich Treichel als Michaela Penker vor.

»Danke, dass Sie so kurzfristig gekommen sind.« Treichel schüttelte ihre Hand.

»Selbstverständlich. Es ist so schrecklich, was mit Anton …
ich meine, Herrn Nowak, passiert ist. Was wird denn jetzt mit
dem Lokal? Ich habe es natürlich nicht mehr aufgesperrt, seit ich
weiß … Aber …«
»Machen Sie sich keine Gedanken«, beruhigte Treichel sie.
»Es wird sich schon alles klären.«
Gleich darauf trafen auch Chefinspektor Kurt Acham und
Bezirksinspektor Stefan Winkler ein. Die Begrüßung verlief
kühl, aber in weitgehend professionellen Bahnen.
»Haben Sie jemanden von der Gemeinde dazugebeten?«,
erkundigte sich Acham in gewohnt knapper Manier.
»Natürlich«, erwiderte Treichel ebenso kurz angebunden.
»Vereinbart war vierzehn Uhr. Es ist fünf Minuten davor.«
Acham sah auf seine Uhr. »Zwei Minuten.«
Treichel lächelte falsch. »*Unsere* Uhren gehen nicht nach dem
Wasserstand der Drau.«
Acham erwiderte nichts, sondern zündete sich eine Zigarette
an. Er ging ungeduldig ein paar Schritte weiter und spähte, die
Hand an die Fensterscheibe gelegt, in den Innenraum des Lokals.
Sein Kollege Winkler kramte in einer großen Umhängetasche.
Martin erhaschte einen kurzen Blick auf einen wilden Kabelsalat.
»Oje«, murmelte Treichel und hob grüßend die Hand, als eine
etwas kräftiger gebaute Dame mittleren Alters auf sie zuhastete,
so schnell es ihre Absätze erlaubten. »Das ist Inge Hirschenthaler, die Sekretärin vom Bürgermeister«, flüsterte er Martin zu.
»A größere Ratschkathl findest im ganzen Mölltal nicht!«
»Bin ich wohl nicht zu spät?«, rief sie aufgeregt und zerrte an
der etwas zu engen Jacke ihres dunkelblauen Kostüms. Die Augen
hinter ihren Brillengläsern schienen weit aufgerissen, als sie von
einem zum anderen schaute. Schließlich geschah es nicht alle
Tage, dass man als Gemeindebedienstete zu einer Hausdurchsuchung gerufen wurde, um als Gerichtszeugin fungieren zu
können.
»Pünktlich auf die Minute«, kam Treichel Acham zuvor, der
ziemlich angebissen dreinschaute.
Michaela schloss die Tür auf. Die Dokumentation übernahm
der mit der entsprechenden Technik ausgestattete Stefan Wink-

ler. Acham inspizierte die Theke, den Gastraum mit den diversen Unterhaltungsgeräten und ging dann in den Gang, von wo aus man die WC-Anlagen erreichte.

Martin hielt sich wie Treichel im Hintergrund – ganz im Gegensatz zur Bürgermeistersekretärin Inge Hirschenthaler, die dem Chefinspektor nachstieg, dass der sich kaum umdrehen konnte, ohne sie über den Haufen zu rennen. Gschaftig folgte sie ihm bis ins Herren-WC, nickte eifrig, sobald er etwas zu Stefan Winkler sagte, und gab ungefragt ihren Senf dazu.

»Ja, meinen Sie, dass Sie am Klo Spuren finden?«, wollte sie von Acham wissen, der gereizt auf den Bezirksspurensicherer verwies, der als Einziger fünf Minuten zu spät gekommen war und nun seinen Job zu machen versuchte.

»Haben Sie im Spülkasten der Damentoilette auch nachgeschaut?«, fragte Inge Hirschenthaler. »Da verstecken die Leute ja auch immer Drogen! Oder Schwarzgeld. Wobei mir einfällt, der Luckinger Peter, der unterschlagt auch viel von seinen Einnahmen, wenn der ein Kalberl verkauft, und der hat im Stall hinten in der Melkkammer eine Milchkandl, die darf die Resi nie angreifen, und ich sag's Ihnen, ganz im Vertrauen, da hat er sicher –«

Acham drängte sich an ihr vorbei. »Lassen Sie mich mit Ihrem Dorfklatsch in Ruhe! Wenn Sie eine Anzeige machen wollen, da stehen die Kollegen von der örtlichen Polizei«, wies er sie scharf zurück.

»Ich zeig doch niemanden an!« Inge Hirschenthaler hob empört die Hände. »Schon gar nicht jemanden, den ich kenn. Bei der Resi kauf ich doch a immer mein Rindfleisch.«

»Nichts«, murrte Acham.

Martin ging den Gang weiter und zog den Vorhang zur Seite. Acham kniff die Augen zusammen und wandte sich an Michaela, die ein paar Meter zurückgeblieben war und an einem rot lackierten Fingernagel kaute.

»Kennen Sie den Code?«

»Nein. Den hat nur der Chef. Herr Nowak.«

»Wissen Sie, was sich dahinter befindet? Sie waren doch sicher mal drin?«

Michaela wich Achams Blick aus und schüttelte den Kopf.

»Sind Sie sich sicher, dass Sie es nicht wissen? Wenn Sie uns etwas verheimlichen, können Sie sich auch strafbar machen«, klärte er sie ernst auf.

»Und jetzt? Können Sie vielleicht durch ein Fenster einsteigen?«, fragte Inge Hirschenthaler ganz aufgeregt. Sie wippte auf ihren Schuhen auf und ab. »Was machen wir jetzt?«

»Schlüsseldienst«, wandte sich Acham an seinen Kollegen Winkler.

Michaela hatte sich hinter die Theke zurückgezogen, als ob sie dort Schutz finden könnte. Während Acham mit Winkler sprach, ging Martin zu ihr.

»Michaela −«

»Ich weiß nichts!« Sie atmete viel zu schnell.

»Du weißt, was hier läuft«, formulierte Martin als Feststellung, nicht als Frage. »Du bist eine intelligente Frau, sonst hätte dich Nowak nicht eingestellt.«

»Willst du mich verhaften?«

»Im Gegenteil. Ich will dir helfen. Wir wollen dich schützen.«

Ihre Augen wurden groß und größer. »Vor wem?«, flüsterte sie.

Es war kein Geheimnis, dass Nowaks Tod fragwürdig war und das LKA wegen Verdacht auf Mord ermittelte. Davon war dank offizieller Pressemitteilungen schon in den Medien berichtet worden, und er wollte gar nicht wissen, wie es in der Mölltaler Gerüchteküche brodelte.

»Es war mit großer Wahrscheinlichkeit Mord. Wenn der mit dem Lokal hier zusammenhängt, mit … du weißt schon …« Er brach ab.

»Oh mein Gott! Meinst du, die Mörder würden auch mich … Aber ich bin doch nur angestellt!«

»Michaela. Michi. Lass uns nicht noch mehr Zeit verlieren, mach uns die Tür auf. Bitte.«

»Okay«, wisperte sie kaum hörbar.

Martin musste sich zusammenreißen, um Acham und Winkler den Vortritt zu überlassen. Sollte sich tatsächlich nur ein unschuldiger Heizraum hinter der Sicherheitstür verbergen, dann würde er freiwillig den Gugelhupf von Vanessas Mama verspeisen. Bis auf den letzten Krümel.

»Holla. Was haben wir denn da«, rief Acham.

Spielautomaten. Einer nach dem anderen. In einem letzten Zimmer hinter dem eigentlichen Heizraum standen drei Tische und ein massiver Schrank – natürlich verschlossen. Martin bückte sich und fischte eine Spielkarte unter einem Tisch hervor.

Jetzt hatte er die Antwort.

Michaela Penker sperrte das Lokal zu und verabschiedete sich, den Schlüssel nahm Acham an sich. Sichtlich widerstrebend spazierte Inge Hirschenthaler über die Straße zum Gemeindeamt zurück.

»Den Wohnsitz hat Nowak nur in Wien gemeldet. Es sah da drin aber nicht so aus, als ob er im Lokal wohnte«, sagte Acham und zündete sich eine Zigarette an.

»Er wird wohl bei seinem Schwiegervater, Heinrich Belten, am Pfaffenberg geschlafen haben.« Ohne seinen Blick von Acham zu lösen, deutete Treichel hinter sich den Berg hinauf.

»Genaue Adresse? Fürs Navi.«

»Die Hausnummer weiß ich nicht auswendig«, antwortete Treichel.

Acham verdrehte die Augen und trat mit dem Fuß seine Zigarette aus.

»Ich denke, Sie werden auch so hinfinden«, meinte Treichel gedehnt.

»Hören S', wir sind für ganz Kärnten zuständig! Wir können nicht wie die Dorfpolizei jeden Weg und Steig kennen und –«

»Heinrich Belten ist der direkte Nachbar von Josef Flattacher.« Treichel sprach den letzten Namen betont deutlich aus.

Acham erstarrte, das Zigarettenpackerl in der Hand. Nur seine Kiefermuskeln zuckten verdächtig.

»Ach du meine Güte«, murmelte Winkler ein wenig verlegen und rückte sich die Brille zurecht. »Ich weiß, wo es lang geht.«

»Sie auch, Herr Chefinspektor?«, fragte Treichel und hob spöttisch die Brauen.

»Fahren wir.«

»Meinen Sie, dass wir Anton Nowak bei seinem Schwiegervater finden werden?«, fragte Winkler seinen Vorgesetzten.

Martin hielt die Luft an. Die Worte des Bezirksinspektors hingen schwer in der Stille.

»Was?«, stieß Treichel hervor.

Jetzt war es an Acham, überlegen zu grinsen. »Anton Nowak. Er ist dringend tatverdächtig und zur Fahndung ausgeschrieben.«

»Ich versteh nicht ...«

»Treichel, das habe ich Ihnen doch gesagt«, antwortete Acham von oben herab. »Die Gerichtsmedizin hat die DNA geprüft. Bei der Leiche handelt es sich nicht um diesen Nowak, sondern um einen gewissen Juraj Turd... Twro... Turdobik oder so. Unseren Ermittlungen nach ist Nowak der mutmaßliche Mörder.«

Treichels Gesicht lief rot an, eine Ader pochte auf seiner Stirn.

»Nein, davon haben Sie kein Wort gesagt!«

»Ach nein? Dann wissen Sie es eben jetzt. Die Ermittlungen führen ja wir, nicht Sie.«

Allerdings trafen die LKA-Beamten keine halbe Stunde später unverrichteter Dinge auf der Polizeiinspektion ein. Heinrich Belten hatte ihnen, wie Winkler berichtete, zwar die Tür geöffnet, aber ganz erstaunt getan, dass nicht Nowak das Unfallopfer sein sollte. Er hätte seinen Schwiegersohn seit dem Unfall selbstverständlich nicht gesehen, nichts von ihm gehört, wüsste nichts ...

»Gelogen hat er«, fauchte Acham.

Ohne Durchsuchungsbefehl kein Zutritt. Da hatte sich Belten stur gezeigt. Acham war nicht weniger stur und setzte alle Hebel in Bewegung, um noch heute einen solchen zu erhalten.

Jetzt aber war erst einmal Pause. Vanessa bot den beiden LKAlern Kaffee und Kuchen an, was diese gern annahmen. Dann ließ selbst die sonst so herzliche Kollegin Acham und Winkler allein im Aufenthaltsraum sitzen und schloss die Tür hinter sich.

Martin klopfte kurz an Treichels Tür und trat ein. »Georg, das Todesopfer muss unser vermeintlicher Zechpreller sein. Juraj Tvrd... Scheiß drauf, da, lies den Namen selbst.«

Er hielt ihm den Auszug aus dem kriminalpolizeilichen Akt

hin, der ganz schön umfangreich war. Juraj Tvrdobrlik hatte, obwohl noch keine dreißig Jahre alt, einiges auf dem Kerbholz.

»Anton Nowak hat keine Vorstrafen, Heinrich Belten auch nicht. Der hat nur bei uns einen ewig langen Akt wegen seinen ewigen Streitereien mit dem Flattacher. Na, wenn du den Flattacher als Nachbarn hast, bleibt dir nichts erspart.« Treichel schüttelte den Kopf.

»Könnte sich der Nowak beim Belten auf dem Pfaffenberg versteckt halten?«, fragte Martin. »Wenn Belten nichts zu verbergen hätte, hätte er da die Kollegen nicht eingelassen?«

»Stell dir vor, der Acham steht bei dir vor der Tür. Tätest du so einen freiwillig in dein Haus lassen?«

★★★

»Was machen wir jetzt? Was sollen wir nur machen?« Heinrich raufte sich die Haare. »Das war die Kriminalpolizei. *Die Kriminalpolizei!*«

»Wir sind nicht terisch!«

Wie konnte Flattacher nur so ruhig bleiben? Anton verhielt sich der Situation angemessen und kaute nervös auf seinem Daumennagel herum. Aber Flattacher tat, als ob ihn alles nichts anging.

»Du hängst mit drinnen«, erinnerte Heinrich ihn verärgert.

Schlimm genug, dass er sich allein den Kriminalbeamten entgegenstellen hatte müssen! Na, Anton ging ja nicht. Der war *tot*. Und Flattacher war nicht da gewesen, sondern drüben bei sich. Wenigstens war er schnell genug gekommen, als Heinrich ihn angerufen hatte.

Wobei das mit dem Tot-Sein vom Anton ein jähes Ende gefunden hatte: Die Kriminalisten suchten nach ihm, wussten also, dass er noch am Leben war, oder zumindest nicht so tot, wie die Leiche im Wald den Anschein erweckt hatte ... weil das ja nicht Anton war, wie die Polizei jetzt wusste. Mein Gott, das wurde alles furchtbar kompliziert!

»Er hat gesagt, er kommt wieder! Der Chefinspektor! Mit einem Durchsuchungsbefehl! Was machen wir denn jetzt? Was –«

»Scheiß di nit an!«, unterbrach ihn Anton, aber seinen Worten fehlte der übliche Biss.

Heute war sein Schwiegersohn alles andere als angsteinflößend, wie denn auch, in seine Decke gewickelt und Nägel kauend, und außerdem stand Flattacher hinter Heinrich.

»Laber du nicht rum!«, fuhr Heinrich ihm, sich sicher fühlend, in die Parade. »Das ist alles deine Schuld! Dich suchen sie! Nicht mich oder Sepp.«

»Ich schwör's euch, wenn ihr mich verpfeifts, gehts ihr auch in den Häfen! Du hast versucht, mich zu erschießen. Und, Sepp, das war deine Pistole!«

»Das war ein Unfall, ich habe dich für einen Einbrecher gehalten«, verteidigte sich Heinrich. »Das weißt du!«

»Weiß ich das?«, fragte Anton verschlagen.

»Hört auf zu keppln!«, knurrte Flattacher. »Ihr beide, haltets einfach mal eure Goschn!«

Heinrich atmete schwer und ließ sich neben Anton auf den Diwan sinken. Flattacher ging im Wohnzimmer auf und ab, die Hände auf dem Rücken verschränkt, und sah immer wieder aus dem Fenster auf die schöne Mölltaler Bergwelt.

Die Aussicht würde Heinrich im Gefängnis am meisten fehlen.

»Wir haben einen Deal«, sagte Anton mit zittriger Stimme. »Ihr helft mir, und das mit der Schussverletzung, das wird kein Mensch jemals erfahren.«

Heinrich wollte schon nachfragen, ob man auch das Thema Altersheim noch einmal diskutieren könnte, aber er wagte es nicht.

»Ich versprech euch, ich kann das geradebiegen, ich brauch nur ein bisschen Zeit! Der Juraj, der war ein Verbrecher, das wird auch die Polizei herausfinden. Wir kriegen das hin, wenn wir zusammenhalten! Wir sind eine Familie!«

»Aber wirklich nicht!«, schimpfte Flattacher.

»Familie und Freunde«, stellte Heinrich richtig, aber Flattacher sah noch immer so aus, als ob er widersprechen wollte.

»Gebt mir noch drei Tage, drei! Wenn ich dann keine Lösung habe, stelle ich mich der Polizei und verrate nicht, dass ihr was damit zu tun hattet. Ehrenwort!«

»Dein Ehrenwort kannst dir weißt eh wohin stecken!«, grollte Flattacher. »Einen Tag kannst haben.«

»Zwei.«

»Glaubst, wir sind hier auf dem Basar, du Weana Bazi!«

Sie stritten minutenlang, dann einigte man sich auf zwei Tage. »Aber was machen wir jetzt? Die Kriminalpolizei kommt wieder, mit einem Durchsuchungsbefehl! Dann kann ich sie nicht aufhalten.«

Ein bisschen stolz war Heinrich schon auf sich, dass ihm rechtzeitig eingefallen war, dass er der Polizei ohne entsprechende Ermächtigung keinen Zutritt gewähren musste. Da sollte noch einmal einer sagen, dass Fernsehen nicht bildet! Schade, dass die anderen das nicht zu würdigen wussten.

Flattacher starrte Anton böse an. Dann grinste er fies. »Den Nowak nehme ich mit. Bei mir werden sie ihn garantiert nicht suchen!«

25

»Dass das gleich klar ist: Hotel ist das keines!«, stellte Sepp die Grundregel auf, kaum dass Nowak hinter ihm ins Haus geschlichen war. Akko war von dem unerwarteten Übernachtungsgast genauso irritiert wie sein Besitzer und knurrte ihn vorsichtshalber an.

»Beißt der?«

»Nicht mehr als ich.« Sepp ging in die Küche und legte Holz nach. Es versprach eine kühle Nacht zu werden, aber jetzt am späten Nachmittag zahlte es sich nicht mehr aus, den Kachelofen im Wohnzimmer einzuheizen.

»Ich zeig dir, wo du schlafen kannst.«

Im oberen Stockwerk gab es zwei Schlafzimmer. Das Haus war nicht besonders groß, aber für seine Bedürfnisse reichte es mehr als aus. Es war sein Elternhaus. Als es ans Hausbauen gegangen war, wusste der Vater bereits, dass Sepp ein Einzelkind bleiben würde, denn gesundheitliche Probleme seiner Mutter schlossen Geschwister aus. Sepp hatte nie nach Details gefragt, da sie sich in dieser Hinsicht sehr bedeckt hielt und kein Wort darüber verlieren wollte. Später hatte er aus vagen Andeutungen seines Vaters herausgehört, dass ihre Gesundheitsprobleme wohl aus der Zeit stammen mussten, als sie – von den Nazis aus Weißrussland in die damalige Ostmark verschleppt – als Zwangsarbeiterin unter unmenschlichen Bedingungen in der Landwirtschaft schuften musste.

Als junger Mann hatte Sepp eine Eisenbahnerwohnung bezogen; nach dem viel zu frühen Tod seiner Eltern, wobei die Mutter den Vater noch um zwei Jahre überlebt hatte, war er dann zurück ins Haus gezogen. Er hatte zuerst gezögert, das Elternschlafzimmer zu beziehen, sich dann aber doch dazu aufgerafft.

Nun öffnete er jedoch die gegenüberliegende Tür. Sein ehemaliges Zimmer war nahezu unverändert geblieben, die Einrichtung stammte größtenteils aus seinen Kindertagen. Anton folgte ihm und sah sich um, bevor er seine Tasche in der Nische zwischen Tür und Kasten abstellte.

Sepp beobachtete ihn aufmerksam, als er sich auf das Bett setzte. Es war aus massivem Fichtenholz gearbeitet, Kopf- und Fußteil hochgezogen und mit bäuerlichen Schnitzereien verziert. Der Drahtrost – an zwei strategischen Stellen durch Bretter gestützt – quietschte protestierend, und Anton sackte tiefer ein, als er es vermutlich erwartet hatte, wenn es nach seinem überraschten Gesichtsausdruck ging. Er rutschte ein wenig hin und her, als ob er die alte Federkernmatratze auf ihre Tauglichkeit prüfen wollte.

»Wählerisch kannst in deiner Lage nicht sein, oder? Aber vielleicht sind die Betten im Häfen bequemer.«

Sie gingen zurück ins Erdgeschoss. Sepp zeigte ihm noch das kleine Badezimmer, in dem sich auch das Klo befand, dann legte er in der Küche Holz nach.

»Ich gehe eine Runde mit dem Akko.«

»Und was soll ich machen?«

»Lies die Zeitung. Oder hier, ein Buch« – er griff nach dem dicken Jagdprüfungsbehelf, mit dem sich angehende Jäger auf die Prüfung vorbereiten konnten und der auf Sepps Eckbank einen Ehrenplatz hatte, und legte ihn auf den Küchentisch – »oder meinetwegen steck dir den Finger in den Arsch!«

»Hast keinen Fernseher?«

Mitleidheischend rieb sich Anton über die verletzte Schulter, aber Sepp ließ das kalt.

»Drüben im Wohnzimmer.«

Sepp schnappte sich seine Jacke und die Leine und flüchtete. Er ging ein Stück die Straße hinunter und wich mit Akko an die Böschung aus, als ihm ein Fahrzeug recht flott den Berg herauf entgegenkam. Trotz des Tempos erkannte er die Insassen sofort: Chefinspektor Kurt Acham und auf dem Fahrersitz der Streber mit dem überbraven Seitenscheitel in den blonden Haaren. Dass er den beiden nicht zuwinkte, verstand sich von selbst. Auch die Obervellacher Polizisten, die im Dienstwagen folgten, grüßte Sepp nicht. Wohin sie wollten, war klar.

Einen Moment überlegte er, ob er umkehren sollte. Aber

was hätte er tun sollen? Rüber zu Belten gehen und ihm das Händchen halten? Nein, es musste genügen, dass er ihm den Stein des Anstoßes aus dem Haus geschafft hatte. Wenn Belten zu tepat war, überzeugend den Unschuldsmeier zu spielen, war er selbst schuld. Sollte er ruhig Blut und Wasser schwitzen vor Angst.

Pfeifend ging Sepp weiter, bis er kurz darauf den Forstweg erreichte. Er nahm Akko die Leine ab. An einer lichten, nahezu ebenen Stelle im Wald blieb Sepp stehen. Von hier aus hatte man einen wunderschönen Blick hinab auf Obervellach, so schön, dass jemand im Vorjahr eine Bank für rastende Wanderer errichtet hatte. Natürlich hatte Sepp die Bank sofort wieder abmontiert – denn nichts war schlimmer, als auf seiner Stammrunde an seinen Lieblingsplatz zu kommen und diesen dann belegt zu sehen, womöglich noch von Touristen, die mit ihm als typischem Eingeborenen ins Gespräch zu kommen versuchten!

Akko verdrückte sich hinter seinen Stammbaum, während Sepp die zwei Schritte vor zum Abhang tat. Er zog den Hosenschlitz auf und begoss sein Fichtenstämmchen. Nachdem sämtliche Geschäfte erledigt waren, machten sie sich auf den Heimweg.

Lang war die Polizei nicht da gewesen, bemerkte er, vielleicht eine halbe Stunde, denn nur Beltens Ford Fiesta stand in der Einfahrt. Allerdings wollte Sepp absolut kein Risiko eingehen – nicht, dass einer der Polizisten noch im Haus war, um dem Mörder aufzulauern – und ging daher zügig in sein Haus, jeden längeren Blick zum Nachbarn hin meidend.

Er hatte die Tür noch nicht hinter sich geschlossen, als schon sein Handy klingelte.

»Die Polizei war da, ist aber schon wieder weg. Sie haben nichts gefunden«, flüsterte Belten ins Telefon. »Dieser Chefinspektor hat mich jedoch regelrecht verhört! Er hat … warte, ich komme rüber, und erzähl –«

»Nein! Bleib, wo du bist«, fiel ihm Sepp ins Wort. »Kein Kontakt zwischen uns, solange Nowak bei mir ist.«

»Wieso? Sie sind doch weg!«

Sepp plante keine kriminellen Aktivitäten, weder einen Banküberfall noch einen kleinen Ladendiebstahl. Aber wenn, dann wusste er, dass er Belten nie als Komplizen haben wollte! Dessen Denkvermögen reichte nur von zwölfe bis mittags!

»Du hast ein Hirn wie eine Almhütte«, schimpfte Sepp. »Hoch oben und nix drin!«

Belten schnaufte beleidigt ins Telefon.

»Die suchen einen Mörder! Meinst nicht, dass sie dein Haus observieren? Oder dein Handy abhören? Am besten, du rufst gleich bei der Polizei an und sagst, dass sich der Nowak bei mir versteckt!«

»Oh mein Go—«

Sepp legte auf.

***

»Der Nowak ist nicht beim Belten daheim«, berichtete Treichel, kaum war er, gefolgt von Gerhard, in den Journaldienstraum gekommen. »Wir haben sogar auf dem Dachboden nachgeschaut!«

Martin spielte mit seinem Kugelschreiber. Die letzte Stunde hatte er wie auf Kohlen gesessen. Zum Innendienst verdammt zu sein, während die Kollegen auf der Suche nach einem mutmaßlichen Mörder Häuser durchsuchten, war verflixt frustrierend. Aber Treichel hatte bewusst Gerhard mitgenommen – Samthandschuhe waren, wie er gesagt hatte, gegenüber den LKAlern nämlich keine mehr nötig.

»Zumindest haben wir – oder besser gesagt die *Spezialisten* vom LKA – keine Spur gefunden, die auf Nowaks Verbleib hinweist. Der kann schon längst wieder in Wien abgetaucht sein, er ist ja ein Wiener. Die Kollegen draußen sind verständigt. Die werden auch seinen Wohnort überprüfen«, berichtete Treichel weiter. »Immerhin wissen wir, dass im ›COME OVER‹ was Krummes lief. Da hast den richtigen Riecher gehabt, Martin.«

»Illegales Glücksspiel! Das kennen wir doch«, schimpfte Gerhard. »Alles Loser, die ihr Geld in Spielautomaten stecken. Jeder normale Mensch kann sich doch ausrechnen, dass beim Glücksspiel nur das Casino gewinnt. Wie kann man nur so blöd sein!«

Die Türglocke summte, und Martin ließ den Besucher herein. Heute war eindeutig nicht Treichels Glückstag. Nach Chefinspektor Kurt Acham hatte der Postenkommandant nun einen weiteren *Freund*, nämlich Bürgermeister Max Müller, am Hals. Ungewohnt fand Martin nur, dass er allein kam, ohne Gemeinderat Hans Grabner, der sich gewissermaßen als Schatten des Möchtegern-Ortskaisers installiert hatte.

»Was geht hier vor sich?«, kam Müller ohne Umschweife auf den Punkt. Auch ein Novum. »Inge Hirschenthaler hat mich informiert, dass die Polizei das ›COME OVER‹ durchsucht hat? Als Bürgermeister möchte ich schon informiert werden, wenn's recht ist.«

»Recht ist, was Recht ist«, konterte Treichel ungerührt. »Und an dem Fall ist das LKA dran.«

»Das bedauerliche Todesopfer verdient unser aller Mitgefühl«, schwang sich Müller zu einer Sonntagsrede auf.

»Das Todesopfer, ja.«

»Herr Nowak war eine Bereicherung für unseren Ort und ...«

»... wird derzeit gesucht als mutmaßlicher Mörder. Schöne Bereicherung.«

Da bereits eine bundesweite Fahndung rausgegeben wurde, bestand kein Grund zur Geheimhaltung. Das würde heute noch in den Nachrichtensendungen im Radio und Fernsehen gemeldet werden, und morgen früh bekämen die Kärntner die Neuigkeit per Zeitung zum Kaffee serviert.

Müller wurde abwechselnd rot und blass. »Nowak ist nicht tot?«

Treichel schüttelte den Kopf.

»Aber ... eine Leiche wurde ... Wer ist der Tote?«

»Keine Auskunft, laufende Ermittlung«, schmetterte Treichel die Frage ab, obwohl es sich keineswegs um ein Geheimnis handelte. Aber wenn er dem Müller ein Ei legen konnte ...

»Sag mal, kennst du den Nowak näher? Immerhin hat die Gemeinde ihm das Lokal verpachtet.«

»Das war der Gemeinderat. Ich habe damit nichts zu tun!«, antwortete Müller verdächtig schnell.

»Geh, red keinen Schmarrn! Du hast doch überall deine Finger drin!«

Anscheinend war Treichels Geduld durch Acham aufgebraucht worden, dass er den Bürgermeister so offen angriff. Die beiden waren sich zwar in inniger Feindschaft verbunden und zögerten nie, sich gegenseitig die Hackln ins Kreuz zu hauen, aber vor Dritten versuchten sie, die Fassade aufrechtzuerhalten.

»Die Verpachtung ist ganz korrekt per Gemeinderatsbeschluss erfolgt. Natürlich habe ich mich nicht dagegen ausgesprochen«, wand sich Müller wie ein Aal, »weil jede Belebung des Ortes, gerade des Hauptplatzes, eine Bereicherung ist. Ein wichtiger Impuls.«

»Na, der Impuls hat uns eine Leiche beschert«, warf Gerhard ein.

»Ist es sicher ein … ein Verbrechen? Ein Mord?«, stammelte Müller.

»Ja, die neuesten Ermittlungen verhärten den Verdacht auf ein Verbrechen.«

»Verdacht«, stürzte sich Müller auf das eine Wort. »Das ist noch nicht sicher! Mein Gott, Georg, Obervellach kann nicht schon wieder schlechte Presse gebrauchen!«

»Was's wiegt, das hat's.«

»Ja, aber noch ein Mord! Weißt du denn nicht, was das für die Wirtschaft bedeutet, für unseren Tourismus!«

»Nein, ich weiß nur, was es für uns bedeutet: Arbeit! Und die lässt du uns jetzt bitte wieder in Ruhe tun.«

Nur dass sie tatsächlich nicht viel tun konnten. Martin war erleichtert, die Dienststelle verlassen zu können. Um den Mordfall würden sich die LKA-Beamten kümmern. Die Automaten und das illegale Glücksspiel, etwas anderes kam gar nicht in Frage, waren eine andere Sache. Für offizielle Informationskanäle war es heute schon zu spät, aber wen ruft ein gestandener Mann Anfang dreißig an, wenn er Rat braucht?

Er griff nach seinem Handy. »Hallo, Mama. Wie sieht's aus mit einem spontanen Besuch?«

»Du hast ein Glück! Line Dance ist heute abgesagt worden. Komm vorbei! Und bring Pizza von der ›Pfeffermühle‹ mit. Ich ruf an, du magst wie immer eine Diavolo?«

»Klingt gut. Sag, ist der Rudi auch daheim?«

»Ja klar. Er hätte ja mit zum Line Dance gehen sollen.«

Martin legte auf und schüttelte den Kopf. Seine Mutter – mit Ende fünfzig noch voll im Berufsleben – legte mit ihrem Lebensgefährten Rudi Wegscheider ein aktives Freizeitverhalten an den Tag, um das sie Martin glatt beneiden könnte.

Martin fuhr runter nach Spittal und musste quer durch die ganze Stadt in die Villacher Straße; das Restaurant befand sich direkt gegenüber vom Einkaufszentrum »Neukauf«.

»Je einmal Diavolo, Padrone, Hawaii und Prosciutto Crudo«, ratterte der Kellner herunter.

Martin fragte sich, ob seine Mutter noch jemanden eingeladen hatte, denn zusammen mit ihrem Lebensgefährten Rudi waren sie nur zu dritt. Egal. Um ihr eine Freude zu machen, bestellte er noch drei Portionen Profiteroles.

Rudi öffnete ihm die Tür zur neuen Eigentumswohnung im Süden Spittals. Seine Mutter hatte den Finanzamtsbeamten, der die letzten Jahre bis zum Pensionsantritt zählte, kennengelernt, als Martin die HTL Ferlach besucht und dort im Internat gewohnt hatte, und sie war wenig später von Obervellach zu ihm nach Spittal gezogen. Eine Art Vaterersatz wurde Rudi für Martin nie, dafür war Martin – fast volljährig – einfach schon zu alt; aber sie fanden eine solide, freundschaftliche Basis.

»Vier Pizzen?«, fragte Martin, nachdem seine Mutter ihn aus ihrer Umarmung entlassen hatte. »Kommt noch wer?«

»Nein.«

»Ich bin hungrig«, erklärte Rudi und zuckte entschuldigend mit den Schultern. Mama trug die Pizzen zum Esstisch. »Und Lisl liebt kalte Pizza zum Frühstück«, flüsterte er ihm hinter vorgehaltener Hand zu.

»Profiteroles gibt's auch!«

»Aber Bua! Ich soll doch nicht so viel Süßes.«

Rudi streichelte ihr über die Wange, bevor er sich an den Tisch setzte. »Von einem so lieben Menschen wie dir kann gar nie genug da sein!«

Mama schnitt alle vier Pizzen auf und beließ sie in der Mitte, sodass sich jeder von allem nehmen konnte. Ein richtiges Pizzaessen halt, wobei man ruhig ein »fr« einfügen könnte. Wie bei einer zünftigen Kärntner Osterjause, bei der man auch erst aufhören durfte, wenn einem endgültig schlecht war.

Martin fiel es schwer, sich Rudi beim Line Dance vorzustellen. Dass er locker eineinhalb Pizzen verspeiste und dann noch bei der Nachspeise kräftig zulangte, passte schon eher zu seiner sehr kräftigen Statur. Dabei war Rudi total sportlich, wie Mama mehrmals erzählt hatte; beim Skifahren wäre er wie der Blitz. Na ja, ein Kugelblitz.

»Und, wie schaut's mit deinen Pensionsplänen aus?«

Begeistert stürzte sich Rudi in seine Erzählungen, schließlich handelte es sich um sein Lieblingsthema. Angst vor dem Pensionsschock hatte er keine.

»Und dann, wenn die Lisl das Arbeitsleben auch hinter sich hat, dann kommt die Weltreise.« Die beiden fassten sich an den Händen.

»Jetzt sag, Martin, was ist bei dir?«

Er war heilfroh, dass er nichts von Bettina erzählt hatte. Gegen die mütterliche Inquisition war Kerstin a Lercherlschas. Dann gäbe es den ganzen Abend kein anderes Gesprächsthema mehr. Und er wollte schließlich über etwas anderes reden.

»Du, Rudi, hör mal.« Er schilderte in knappen Zügen den Fall. »Und im Lokal haben wir hinter einer Sicherheitstür etliche Automaten gefunden, garantiert illegales Glücksspiel.«

»Das klingt fast mehr nach einer Sache für uns als für euch. Die Kollegen von der Finanzpolizei kriegen schon so einen Hals, wenn sie von einem weiteren illegalen Casino hören«, antwortete Rudi und stürzte sich, wie von Martin erhofft, in weitere Ausführungen.

Rudi zum Reden zu bringen war nicht schwer; schwieriger war es, ihn wieder zu bremsen.

»In Kärnten hat der Gesetzgeber das kleine Glücksspiel zwar auch massiv eingeschränkt, und auch den Spielerschutz haben sie verstärkt. Die Spieler müssen sich registrieren und ausweisen. Wobei ich ja immer sag, dass man die Leute noch viel mehr vor sich selbst schützen müsste. Was wir schon an Fällen von Spielsucht mitbekommen haben, unglaublich. Das sind Tragödien!«

»Kann ich mir vorstellen«, meinte Martin.

»Aber das illegale Glücksspiel ist weiterhin ein Bombenge-schäft, da finden wir immer wieder ganze Hallen voll mit Auto-maten. Die modernen laufen heute alle als Internetterminals.« Martin griff sich noch ein Stück von der Diavolo und musste seiner Mutter recht geben; auch kalt beziehungsweise lauwarm schmeckte sie gut. »Wenn es ganze Hallen gibt, dann muss es bei einer Razzia ja rundgehen. Zappelt da nicht gleich mal ein großer Fisch am Haken?«

»Das ist gar nicht so leicht. Man muss dem Betreiber nachwei-sen, dass er tatsächlich illegale Glücksspiele betreibt. Die arbeiten da mit ganz schönen Tricks. Erst einmal musst reinkommen ins Casino – die haben da Sicherheitsvorkehrungen, das glaubst nicht. Kameras und so. Außerdem kennen sie die Leute von der Polizei und vom Finanzamt. Und selbst wennst hineinkommst. Sobald sie wissen, von wo du bist, geht's zack und aus! Oft haben sie gleich bei der Theke so einen zentralen Not-aus-Knopf, mit dem sie alle Apparate auf einmal runterfahren. Dann siehst in der ganzen Halle nur noch schwarze Bildschirme. Die Automaten selbst sind ja nicht illegal.«

»Na ja, wenn wir die Automaten sicherstellen, reicht das nicht?«

Rudi schüttelte den Kopf. »Du musst schon mit einer Foto-dokumentation beweisen können, dass illegale Glücksspiele gespielt werden, sonst hält die Anzeige meistens nicht.«

Rudi ließ sich von Mama bereitwillig die letzten beiden Profiteroles aufdrängen. Martin reichte der angebotene Kaffee.

»Die Betreiber selbst kriegt man auch schwer dran. Sie ver-stecken sich hinter ausländischen Scheinfirmen.«

»Beispielsweise in der Slowakei?«, fragte Martin.

»Ja. Dann heißt es gern, die Automaten gehören ihnen gar nicht, sie hätten nur die Räume verpachtet und sie wüssten schon gar nix davon, dass auf den Terminals illegales Glücksspiel laufen würde.«

Das Bild vor Martins Augen wurde langsam klarer. Der No-wak, die Automaten und der tote Slowake. »Das heißt, bei un-serem Fall in Obervellach müssten wir die illegalen Glücksspiele auf den Automaten selbst feststellen?«

»Ja, ihr müsst sie bespielen und das dokumentieren.«

»Und dann müssen wir dem Betreiber beweisen, dass er davon wusste?«

»Genau. Aber weißt, was das Schlimmste ist? Das Glücksspiel fällt unter das Verwaltungsrecht. Selbst wenn der Betreiber mehrere zehntausend Euro Strafe bekommt, ist das für ihn ein Klacks! Und die wahren Drahtzieher findet man eh nicht; da steckt eine richtige Mafia dahinter.«

»Hm.«

»Weißt was? Am besten fragst den Glücksspielbeauftragten bei der Spittaler Polizei, der ist auf Zack. Mir fällt nur gerade der Name nicht ein. Der kann dir am besten weiterhelfen.«

»Jetzt ist es aber genug mit der Arbeit. Reden wir von etwas Schönerem. Martin, wie schaut's denn mit der Liebe aus? Hast eine Beziehung?«

»Lisl, Beziehung ist auch immer Arbeit«, philosophierte Rudi.

»Verschreck mir den Bua nicht, sonst kriegen wir nie Enkalan.«

26

Sepp saß in der Küche, doch der Lärm vom Fernseher drang überlaut zu ihm vor. Aufgebracht stampfte er ins Wohnzimmer.

»Geht's a leiser?«

»Nein. Das Bild ist total griaßlat«, motschkerte Nowak, der auf der abgewetzten Ledercouch lungerte und einen bestrumpften Fuß auf das Tischerl davor gelegt hatte.

»Durch die Lautstärke wird es nicht schärfer!« Sepp entwand ihm die Fernbedienung und reduzierte die Lautstärke auf ein erträgliches Maß – nur um sofort wieder lauter zu stellen, als der Vorspann zu »Kärnten heute« lief. Ohne den Blick vom Fernseher zu wenden, setzte sich Sepp neben Nowak. Er merkte nicht einmal, wie sich Akko über seine Füße legte.

Gebannt lauschte Sepp der Moderatorin, die über ein erschütterndes Verbrechen im Mölltal berichtete und dass die Polizei – es wurde eine kurze Interviewsequenz mit Chefinspektor Kurt Acham eingeblendet – eine vielversprechende Spur verfolgte. Das Bild mochte griaßlat sein, aber Anton Nowak war auf dem gezeigten Fahndungsfoto dennoch sehr gut zu erkennen.

Zu gern hätte Sepp Nowak damit aufgezogen, dass er Berühmtheit erlangte. Aber mit so etwas wie Mordverdacht scherzte man nicht. Kaum wechselte die Moderatorin zu einem neuen Thema – es ging um die ersten Krampusläufe in Kärnten –, schaltete Sepp den Fernseher aus.

In der Küche holte er einen Emailtopf aus dem Kastl und öffnete dann die Dose mit der Gulaschsuppe, die Belten verschmäht hatte. Sein Pech. Er stellte den Topf auf die Mitte des Holzherdes, wo die Hitze am größten war. Belten wusste gar nicht, was er versäumte. Der mit seiner Nudelsuppe mit Frankfurter!

Sepp nahm zwei Suppenteller aus dem Schrank. Das Papiersackerl mit den Semmeln legte er auf den Tisch, ein Brotkörberl wie der Belten hatte er nicht. Er gab Akko sein Futter und tauschte auch das Wasser in seiner Schüssel gegen frisches aus.

Die Gulaschsuppe kochte heftig, und Sepp beeilte sich, einen hölzernen Kochlöffel zu suchen. Dennoch war die Suppe kurz vor dem Anbrennen, als er endlich umrührte. Er zog den Topf an den Rand und schabte mit dem Kochlöffel über den Boden, um das Angelegte zu lösen.

Den Nowak musste er nicht rufen. Der schlich sich bei der Tür herein, als Sepp seinen Teller auf den Tisch stellte. Er zupfte eine Semmel in kleine Brocken und ließ sie in die Suppe fallen.

»Mahlzeit«, sagte Nowak.

Sepp ignorierte ihn und aß.

»Du, Sepp«, kam Nowak sehr viel später angekrochen, als er schon zu Bett gehen wollte. »Im Zimmer oben ist es arschkalt. Gibt es keine Heizung?«

»Oben nicht. Beim Schlafen hast eh eine Decke, da brauchst keinen Ofen.«

»Ähm, könnte ich noch eine Decke haben? Ich halte das sonst nicht aus. Bitte.«

Sepp ließ sich erweichen und ging in den Keller. Im Lagerraum, wo sich im Regal noch die Einkoch- und Marmeladegläser seiner Mutter stapelten – natürlich gut gefüllt –, fand er im hintersten Winkel eine Kiste mit Wolldecken, die seinerzeit beim Bundesheer ausgemustert worden waren. Ein wenig fleckig, ein paar Brandlöcher von Zigaretten, aber sonst noch gut in Schuss. Er nahm zwei davon und trug sie hinauf.

»Hier.« Er warf sie neben Nowak, der gerade seine Tasche auspackte, auf das Bett.

»Wäh, die stinken ja grauenhaft!«

»Was willst? Erstunken ist noch keiner, erfroren schon viele!« Kopfschüttelnd ging Sepp hinaus und zog die Tür hinter sich zu.

Was würde Nowak erst jammern, wenn es richtig Winter wäre? Ein echter Winter wie vor fünfzig Jahren mit Eisblumen am Fenster und in der Waschschüssel auf der Kommode das blanke Eis? So ein Warmduscher!

Apropos Warmduscher. Sepp ging doch noch einmal hinunter ins Erdgeschoss und holte seinen Werkzeugkasten aus der Speis. Er war zwar kein so begnadeter Handwerker wie sein Vater, der von Maurerarbeiten über die Elektrik hin zur

Installation alles selbst gemacht hat, aber seine Kenntnisse reichten aus, um im Badezimmer den Stecker vom Heizstrahler abzumontieren.

Am frühen Morgen schälte sich Anton aus den drei Decken und tastete nach seiner Nasenspitze. Eiskalt. Er würde sich hier in Flattachers Haus noch den Tod holen! Fröstelnd schnappte er sich seinen Toilettenbeutel und hastete ins Erdgeschoss, wo es immerhin Öfen gab. Weder von Flattacher noch von seinem zotteligen Hund war etwas zu sehen.

Anton sperrte die Badezimmertür hinter sich zu. Was er jetzt brauchte, war eine ausgiebige, richtig heiße Dusche! Er zog die Schnur des Heizstrahlers und zog sich aus. Erst als er nur noch die Unterhose anhatte, bemerkte er, dass der Heizstrahler nicht funktionierte. Eh klar. Er prüfte das Kabel, das vom Heizstrahler hinunterführte … und in offenen Drähten endete. Argwöhnisch geworden, was die Funktionstüchtigkeit der Gerätschaften in dieser Arschbude betraf, drehte er den Wasserhahn auf und hielt die Hand darunter. Schön heiß.

Er zog sich fertig aus, stieg in die Badewanne und zerrte den grindigen Duschvorhang aus Plastik zu, bevor er den Duschkopf in der vorgesehenen Halterung einhakte und sich unter den heißen Regen stellte. Ah. Das weckte die Lebensgeister! Er spürte förmlich, wie sich die Wärme Schicht für Schicht vorarbeitete. Aber bevor sie seine starren Knochen erreichen konnte, verlor der Wasserstrahl an Hitze, bis er nur noch lauwarm sprudelte. War der Boiler schon leer?

Angefressen stieg Anton aus der Wanne und musste nåckert erst einmal ein Handtuch suchen, bevor er sich schlotternd abtrocknen und in saubere Kleidung steigen konnte. Mit dem Zähneputzen war er in dreißig Sekunden fertig. Nach einem Fön, um sich die nassen Haare zu trocknen, schaute er sich gar nicht erst um.

Die getragene Wäsche und seinen Toilettenbeutel legte Anton auf die Waschmaschine. Dann ging er, sich über die stoppeligen Wangen reibend, in die Küche, wo zu seiner Überraschung schon ein Feuer im Holzherd prasselte. Er stellte sich so dicht wie möglich an den Herd und hielt seine klammen Hände über die glühend heiße Platte.

Sobald er seine Finger wieder bewegen konnte, sah er sich in der Küche um und brühte mit der antiken Kaffeemaschine Kaffee auf. Dafür handelte er sich von Flattacher, als dieser von seinem Morgenspaziergang mit dem Hundsvieh heimkam, einen tadelnden Blick ein.

»Was gibt's zum Frühstück?«

Der Alte legte einen halben Laib Brot auf den Tisch und stellte Butter sowie ein fast leeres Glas Honig dazu.

»Hast du auch was anderes? Käse oder Wurst?«

»Bamspeck kannst haben.«

Anton rieb sich freudig die Hände. Ein deftiger Kärntner Speck übertrumpfte jede Wurst. »Nur her damit!«

Flattacher knallte ihm einen runzligen Apfel auf den Tisch. »Bitte.«

»Willst mich verarschen?«

»Bamspeck. Speck vom Baum.«

»Heast, ich —«

»Nein, jetzt hörst du mir einmal zu!«

Flattacher war aufgestanden und stand mit geballten Fäusten bedrohlich über ihm. Antons erste Regung war, ebenfalls aufzustehen, um nicht in der Position des Schwächeren zu verbleiben, aber Akkos dumpfes Knurren ließ ihn zurückzucken. Hund und Herrl waren verrückt!

»Deine zwei Tage Frist laufen heute ab! Was willst tun? Uns alle mit runterziehen?«

»Nein, ich —«

»Der Belten und ich stecken für dich den Kopf in die Schlinge, du undankbarer Falott, du! Entweder hast eine Lösung, oder du stellst dich heute noch der Polizei!«

»Das kann ich nicht«, protestierte Anton. »Ich muss an meine Familie denken, an Carola —«

»Ich bin nicht dein Schwiegervater! Mir kannst nicht mit dem Altersheim drohen!«, brüllte Flattacher ihn nieder.

Anton hob abwehrend die Hände. »Okay, okay! Ich … Lass mir noch bis heute Abend Zeit, bitte. Mir fällt was ein, ich muss … ich werde schauen, ob ich meine Kontakte in Wien … ob …«

Flattacher riss die Tischschublade auf und legte einen A4-Block auf den Tisch und einen Kugelschreiber dazu. Beides schob er ihm hin.

»Was soll ich damit?«

»Ich will's von dir schwarz auf weiß. Dir und deinem Ehrenwort traue ich nicht über den Weg!«

»Was?«

»Schreib alles auf, was passiert ist. Ein Geständnis, wenn du es so willst.«

»Nein!«

»Dann ruf ich jetzt die Polizei.«

»Aber dann bist du auch dran!«

Flattacher nickte. Er schien ernsthaft bereit, die Konsequenzen seiner Gesetzesverstöße zu tragen. Allerdings würden diese nie so schlimm ausfallen wie jene, mit denen sich Anton konfrontiert sah. Er spürte förmlich, wie sich die Schlinge um seinen Hals zuzog.

»Was willst mit dem Geständnis?«

»Es ist nur zur Sicherheit. Das muss keiner sehen.«

»Ich soll dir trauen?«

»Nicht mehr als ich dir. Schreib's auf, oder ich ruf die Polizei. Da fährt die Eisenbahn drüber!«

Anton tastete nach dem Kugelschreiber. Zwei Seiten füllte er mit seiner krakeligen Schrift, während Flattacher weiterhin drohend neben ihm stand.

»So. Da hast es. Sind wir jetzt fertig?«

»Noch nicht ganz.« Flattacher riss die beiden Blätter vom Block und steckte sie einmal zusammengefaltet unter sein Hemd. »Schreib. Ich diktier.«

Widerstrebend musste Anton – schriftlich – versprechen, seinen Schwiegervater Heinrich Belten nicht ins Altersheim zu drängen und auch im Namen seiner Frau und Kinder sämtliche Ansprüche auf das Haus aufzugeben, bevor es nicht als Erbmasse nach dem Tod Beltens an sie fiel oder Belten aus freien Stücken auszog. Anton glaubte nicht, dass die Zeilen vor irgendeinem

Gericht auf dieser Welt halten würden, auch wenn Flattacher Beamtendeutsch sprach. Aber um das Gericht ging es hier auch nicht, wie ihm klar war. Es ging darum, wer hier das Sagen hatte. Und das war im Augenblick eindeutig Sepp Flattacher.

***

Am schlimmsten zu ertragen war für Heinrich die Isolation. Er fühlte sich allein und im Stich gelassen, obwohl Flattachers Argumente stichhaltig waren. Doch in der Stille seines einsamen Hauses war er seinen Ängsten hilflos ausgeliefert. Selbst Flattachers unfreundliche Antworten wären ihm lieber gewesen als dieses Nichts.

Er wusste nicht, was weiter passieren würde. Die Polizei hatte das ganze Haus durchsucht und Anton natürlich nicht gefunden. Allerdings hatten die beiden in Zivil gekleideten Kriminalbeamten keinen Hehl daraus gemacht, dass sie seinen Worten nicht glaubten, sondern ihn verdächtigten, Anton zu decken. Was er ja auch tat. Unter dem geballten Druck war er nahe daran gewesen, zusammenzubrechen und alles zu gestehen. Nur die Sorge um Carola und die Kinder bestärkte ihn darin, hart zu bleiben.

Was wohl in Flattachers Haus vor sich ging? Wie kamen er und Anton miteinander zurecht? Es war schrecklich, so ausgeschlossen zu sein. Nicht einmal das Frühstück wollte ihm schmecken. Was sollte er nur mit sich anfangen?

Wurde sein Haus tatsächlich beobachtet? Heinrich spähte aus jedem Fenster und öffnete sogar die Haustür einen Spalt, um zur Straße hinaufsehen zu können. Er schaltete das Radio ein, damit es nicht länger so entsetzlich leise war. Ob die Ermittler die Radio-Kärnten-Musik mithörten? Hatten sie so ähnliche Lauschgeräte, mit denen man Menschen in ihren eigenen vier Wänden abhören konnte, wie sie aus DDR-Verhältnissen bekannt waren? Dann musste er auch seine Selbstgespräche sofort einstellen!

Zwei Tage hatte Flattacher Anton zugestanden, um eine Idee zu entwickeln, sich aus dem Schlamassel zu befreien. Obwohl sonst optimistisch, fiel es Heinrich schwer, sich ein Szenario vorzustellen, das sie alle aus der Patsche führen würde. Anton wurde immerhin als Mörder gesucht! Das war kein Pappenstiel. Als ihm das Gesicht des eigenen Schwiegersohnes aus der Zeitung entgegengelacht hatte, hatte Heinrich sie entsetzt zugeschlagen und ungelesen in den Mülleimer geworfen.

Anton schwor Stein und Bein, mit dem Tod des in seinem Auto Verunglückten nichts zu tun gehabt zu haben. Allerdings neigte Heinrich mittlerweile mehr dazu, sich Flattachers Skepsis anzuschließen: Wenn alles nur ein Unfall war, warum dann weglaufen, sich verstecken, sich tot stellen, die Polizei meiden? Welchen Dreck hatte Anton am sprichwörtlichen Stecken? Und was konnte Heinrich tun, um Carola und die Kinder zu schützen?

Mit Teetasse und Untertasse in den Händen ging er ins Wohnzimmer und betrachtete die Familienfotos, die an der Wand neben dem Schrank hingen. Mutti. Klein-Anton, wie er im Sommer im Garten in einer Wanne badete und eine Gummi-Ente in die Kamera hielt. Die beiden Mädchen, Pia-Nadine auf der Schaukel, die ältere Noemi-Sophie stand dahinter und schubste sie an. Die Schaukel hatte Heinrich selbst gebaut oder zumindest im Bauhaus gekauft und an dem starken Ast befestigt. Er erinnerte sich noch genau daran, wie er sich selbst mit seinem ganzen Gewicht darangehängt hatte, um ja sicher zu sein, dass der Ast halten und den Mädchen beim Schaukeln nichts passieren würde.

Er nahm einen großen Schluck von seinem Tee. Für seine Tochter und seine Enkelkinder würde er alles geben.

Sein Haus.

Sein Leben.

Es läutete an der Tür. Fatalistisch trug Heinrich das Geschirr in die Spüle und wusch es ab. Das Abtrocknen ließ er bleiben, als es erneut klingelte.

Kam der Chefinspektor nun, um ihn – wie beim letzten Mal angedroht – in Untersuchungshaft zu nehmen? Hatten sie Anton bei Flattacher gefunden? Er warf einen raschen Blick aus dem Küchenfenster, sah aber keine Anzeichen dafür, dass sich Polizisten auf dem Nachbargrundstück aufhielten.

Nun mischte sich auch noch ein lautes Klopfen in das Läuten.

»Ich komme!«

Er drehte den Schlüssel um, aber noch bevor er die Klinke hinunterdrücken konnte, wurde die Tür von außen kräftig aufgestoßen, und er taumelte zurück. Sondereinsatzkommando, schoss es Belten durch den Kopf. Er riss die Arme hoch und kniff die Augen zusammen.

»Nicht schießen! Ich bin unbewaffnet!«

»Wir nicht«, antwortete eine kühle Frauenstimme mit starkem Akzent.

Heinrich öffnete zaghaft die Augen. Die Frau mit wasserstoffblondem Haar und garantiert echtem Pelzmantel sah nicht wie eine Vertreterin einer österreichischen Behörde aus. Ein kräftig gebauter Mann mit kahl rasiertem Schädel und Tätowierung am Hals hielt Heinrich am Arm fest und drängte ihn zurück. Ein zweiter Mann mit gegeltem Haar und wucherndem Bart drückte die Tür zu.

»Wer sind Sie?«, stotterte Heinrich, dem das Herz in die Hose rutschte.

Die Blondine schüttelte den Kopf. Kein Härchen ihrer zurückgesteckten Frisur rührte sich dabei.

»Wir fragen. Nicht du.«

In einer Parfümwolke stöckelte sie an ihm vorbei, sah sich zuerst im Wohnzimmer um und ging dann in die Küche.

Sie sagte etwas zu ihren Begleitern, das Heinrich nicht verstehen konnte. Es klang slawisch. Grob wurde Heinrich ins Wohnzimmer gezerrt. Der zweite Mann brachte einen Küchenstuhl und stellte diesen mitten auf den Teppich, bevor beide Männer ihn darauf niederdrückten.

»Was wollen Sie von mir?«

Heinrich schrie mehr vor Schreck als Schmerz auf, als ihm der Bärtige eine Ohrfeige verpasste.

»Du vergessen?« Die Blonde lachte affektiert auf. »Wir fragen.«

Er schluckte schwer. Kein Zweifel: Das musste die slowakische Bande sein, von der Anton gesprochen hatte. Das Wort Mafia schwebte wie eine sich ausdehnende Giftgaswolke in seinem Kopf und verdrängte jeden klaren Gedanken. Er konnte nicht atmen.

»Wo ist Anton Nowak? Du sagen oder …«

Sie deutete mit ihren langen Krallen auf einen ihrer muskel-
bepackten Begleiter, der grinsend etwas aus seiner Jackentasche
zog. Mit einem überlauten Klick sprang die lange Klinge des
Messers hervor.

Um ihn wurde es dunkel.

27

»Sepp! Sepp!«, rief Nowak aus dem Badezimmer.
»Was ist, findest du Depp das Klopapier nicht?«
Nowak stürmte aus dem Badezimmer und stolperte gerade-
wegs über Akko. Er stürzte, hielt sich aber an den an den Gar-
derobehaken aufgehängten Jacken fest und riss sie mit sich zu
Boden.
»Zerleg mir nicht mein Haus!«
»Heinrich! Sie sind –«
»Ich bin der Sepp«, stellte er richtig.
»Sepp, sie sind drüben, beim Heinrich.«
»Die Kieberer?«
»Die Slowaken!«
Sepp lief ins Bad und spähte aus dem Fenster hinüber zu
Belten. Leider hatte der Nachbar aus Gründen zu naher Nach-
barschaft ihrer Häuser eine relativ blickdichte Gardine vor dem
Küchenfenster angebracht. Es war nichts zu erkennen.
»Bist du sicher, dass es die Slowaken sind?«
»Ja, ich habe sie ins Haus gehen gesehen! Sie sind zu dritt. Und
Sepp: Drak selbst ist dabei!«
Drak wie Drak, der Boss der ganzen Bande, wie Nowak er-
zählt hatte? Sepp runzelte die Stirn und versuchte, einen kühlen
Kopf zu bewahren.
»Sie werden nach dir fragen, und Heinrich wird ihnen genau
wie der Polizei sag–«
»Vergiss es!«, kreischte Nowak. »Wenn die etwas wissen wol-
len, wenden sie andere Methoden an als die Bullen! Ich hab's dir
doch gesagt, das ist die Mafia!«
»Jetzt krieg dich wieder ein! Du meinst, sie schrecken nicht
davor zurück, Belten wehzutun?«
Nowak lehnte sich gegen die Wand und rieb sich mit beiden
Händen über das schüttere Haar. »Die schrecken nicht davor
zurück, jemanden umzubringen!«
Sepp wusste nicht, ob Nowak einfach nur in Panik war wie

ein kopfloses Huhn oder richtiglag. Nur eines war ihm klar: Er konnte Belten nicht einfach so seinem Schicksal überlassen. Er stieg in seine Schuhe und band sie eilig zu.

»Sie werden ihn foltern«, jammerte Nowak. »Dann verpfeift er uns, und sie kommen her und werden uns –«

»Zieh dich an, wir gehen –«

»Genau! Wir müssen abhauen, bevor –«

»Du Wiener Weichei, du elendiges! Willst den Belten im Stich lassen? Das sind deine Slowaken da drüben!«

»Aber … aber …«

Sepp eilte ins Wohnzimmer und schloss seinen Waffenschrank auf. Jetzt bedauerte er, dass er die Pistole seines Vaters nicht wieder an sich genommen, sondern bei Belten gelassen hatte. Dann musste es eben die Ferlacher Bockbüchsflinte tun. Er lud sie mit je einer Kugel und einer Schrotpatrone, steckte sich noch Reservepatronen in der Jackentasche ein – obwohl er in der Hitze eines Gefechts wohl nicht zum Nachladen kommen würde – und befestigte seinen Knicker am Gürtel.

»Was tust du da?«

»Nach was schaut's denn aus?«, gab Sepp wütend zurück. »Ich geh rüber zum Belten –«

»Ja, håm s' dir ins Hirn gschissen und ned åwelåssen? Was glaubst denn, wer du bist? Der Arnold Schwarzenegger?«

»Nein, bin ich nicht«, erwiderte Sepp, während er zur Haustür eilte. »Aber ich bin auch keine feige Drecksau wie du. Tu mir einen Gefallen und ruf die Polizei!«

»Aber ganz sicher nicht!«, schrie Nowak ihm nach.

Sepp nahm die Belten'sche Abkürzung zum Gartenzaun und kletterte eilig darüber. Es ergab wenig Sinn, sich zu ducken, denn falls einer der Gauner aus dem Küchenfenster geschaut hatte, war Sepp so oder so aufgeschmissen. Deckung gab es hier keine. Er rannte zur Haustür und atmete einmal tief durch, bevor er vorsichtig die Klinke runterdrückte.

Nicht abgesperrt!

Erinnerungen an seine Bundesheerzeit wurden in ihm wach, als er – das Jagdgewehr militärisch im Anschlag – im Flur vordrang. Drei Gauner, wenn Nowak richtig gezählt hatte; Sepp hatte eine Kugel und eine Schrotpatrone. Die Rechnung ging nicht ganz auf.

Den Stimmen nach befanden sie sich im Wohnzimmer. Die Gauner unterhielten sich auf Slowakisch, zweimal fiel der Name Drak. Vorsichtig schob sich Sepp an die Wohnzimmertür heran, ein letzter Schritt, und er konnte die Lage überblicken. Sein erster Gedanke war: Nowak kann nicht einmal bis drei zählen. Es befanden sich nur zwei bösartig aussehende Gauner mit Belten im Zimmer. Wer von ihnen war Drak?

Sein zweiter Gedanke?

Der galt ganz dem kalten Stahl, den Sepp in seinem Nacken spürte.

***

»Gut weg, sag ich nur.« Gerhard lehnte sich, die Hände hinter dem Kopf verschränkt, in seinem Drehstuhl zurück. »Ich meine, dass das LKA von Klagenfurt aus weiter ermittelt, darüber bin ich gar nicht böse.«

»Gerhard, du bist nicht daheim bei dir«, tadelte Vanessa mit einem Blick auf seine Füße, die er neben der Telefonanlage auf den Tisch gelegt hatte.

»Willst zum Treichel schirgln gehen? ›Papa, der Gerhard hat die Füße auf den Tisch gelegt!‹«

»Ma, bist du wieder witzig!«

»Schirgankale auf der Geign, kann nicht lesen und nicht schreiben! Sitzt nur auf der Ofenbank —«, sang er.

»Gerhard! Du kannst ein richtiges Arschloch sein, weißt du das?«, konterte Vanessa spitz und verzog sich beleidigt in ihre Kanzlei.

»Pffh. Versteht keinen Spaß«, murmelte Gerhard und schnappte sich sein iPhone. »Ich geh aufs Klo.«

Martin nickte. Vielleicht konnte er jetzt endlich in Ruhe den Obduktionsbericht von Juraj Tvrdobrlik lesen, den ihm Stefan Winkler zusammen mit dem Gutachten des Kfz-Sachverständigen gemailt hatte. Im Gegensatz zu Acham war Winkler den Uniformierten gegenüber keineswegs überheblich, sondern hatte

Martin am Telefon berichtet, dass die Kollegen in Wien und in der Slowakei selbstverständlich die Familie des Toten und seine geschäftlichen Beziehungen unter die Lupe nahmen. Da würden sich durchaus Spuren in Richtung illegales Glücksspiel im großen Stil andeuten. Näheres wusste Winkler leider noch nicht, er würde Martin aber gern – und gern auch informell – auf dem Laufenden halten.

Er begann zu lesen. Interessant. Laut Obduktionsbericht waren Tvrdobrliks Verletzungen höchstwahrscheinlich auf den Unfall zurückzuführen, eine Fremdeinwirkung war bei der Todesursache vermutlich auszuschließen. Der gerichtlich beeidete Kfz-Sachverständige kam zum selben Schluss und konnte auch keine Manipulationen am Fahrzeug feststellen, wie die klassische Variante der sabotierten Bremsschläuche, die sich bei Filmen weiterhin großer Beliebtheit erfreuten. Alles deutete auf einen stinknormalen Unfall mit fatalen Folgen hin. Der Fahrer war auf der steilen, kurvigen Bergstrecke von der Straße abgekommen und aus.

Aber dann kam der Punkt mit dem Brand. Das Fahrzeug war innen nahezu vollständig ausgebrannt und die Leiche gerade im Kopf- und Oberkörperbereich zur Unkenntlichkeit verbrannt. Und da wurde es spannend: Aufgrund der Spurenlage müsste das Feuer seinen Ausgang unter dem Fahrersitz genommen haben, was von der Fahrzeugtechnik her nicht plausibel erklärbar war. Zudem wurden Spuren eines Brandbeschleunigers im Fahrzeuginnenraum festgestellt.

Während ein Mord also fraglich blieb, stand außer Frage, dass sich jemand nachträglich an dem Toten zu schaffen gemacht, das Feuer also vorsätzlich gelegt hatte. Anton Nowak? Immerhin handelte es sich um seinen BMW, und dass Tvrdobrlik und Nowak in einer Beziehung zueinander gestanden hatten, bezweifelte auch von den Kollegen keiner mehr. Angesichts der im »COME OVER FELLOW« vorgefundenen Automaten in den nicht öffentlich zugänglichen Räumen hinter der Sicherheitstür und Tvrdobrliks einschlägigen Vorstrafen war die Wahrscheinlichkeit groß, dass der Zusammenhang im Milieu des illegalen Glücksspiels zu finden war.

Entweder hatte Anton Nowak – aus welchen Motiven auch immer – Tvrdobrlik abgefackelt, oder es gab einen Dritten im Spiel, der ihnen noch nicht bekannt war. So abgelegen, wie der Graben war, in dem sie Tvrdobrlik gefunden hatten, wäre es gut möglich, dass auch Nowaks Überreste erst in ein paar hundert Jahren durch puren Zufall gefunden wurden.

»Lässt dir der Tote keine Ruhe?«, fragte Vanessa, die unbemerkt hinter ihn getreten war und ihm über die Schulter sah. »Immerhin ist es in unserem Rayon passiert.«

Vanessa fuhr sich durch ihr kurzes dunkles Haar. »Du, die Leichen können sich ruhig die vom LKA unter den Nagel reißen. Mord und Totschlag können mir gestohlen bleiben. Mir reicht das Theater im Kinderzimmer daheim.«

»Hm. Wenn da tatsächlich eine Glücksspielmafia im Spiel sein sollte, ist das für uns eh eine Nummer zu groß.«

Früher als erwartet kam Gerhard vom WC zurück, und Vanessa vertrollte sich.

Martin blätterte weiter in den Ausdrucken, griff aber nach seinem privaten Handy, als eine SMS eintrudelte. Nach Tagen totalen Kommunikationsabbruchs kam Bettina aus ihrem Schmollwinkel hervor. Endlich.

»Hallo. Was für ein Missverständnis soll das sein? LG, B.«

Vielleicht war es ein Fehler gewesen, ihr nicht gleich auf der Mobilbox die simple Erklärung zu liefern, aber etwas in Martin hatte sich dagegen gesträubt, die Aussprache auf derart unpersönliche Art zu führen. Vielleicht hatte er auch deshalb gezögert, weil es ihn wurmte, dass sie so überreagiert und das Weite gesucht hatte. Durch ihre Weigerung, auf seine Anrufe und SMS zu antworten, war sein Ärger gewissermaßen auf kleiner Stufe am Weiterköcheln gehalten worden.

Auch jetzt hätte er sie zwar gern angerufen und ihre Stimme gehört. Und ja, er wünschte sich nichts mehr, als den schwelenden Konflikt aus der Welt zu schaffen. Ihm lag viel an ihr. Zudem interessierte es ihn natürlich brennend, ob sie noch in Graz war; ob sie bei Hans-Jürgen war. Eigentlich traute er es Bettina nicht zu, dass sie sich, über Martin verärgert, zurück in die Arme ihres Noch-Ehemannes stürzte. Nicht nach den heißen Küssen und dem im Vergleich dazu mehr als kühlen Empfang, den sie Hans-Jürgen bereitet hatte, als der vor nicht allzu langer Zeit die Versöhnung gesucht und den Weg nach Mallnitz gefunden hatte. Aber Martin würde sich nie die Behauptung anmaßen, zu wissen, wie Frauen tickten.

Mit dem Handy in der Hand saß er da und überlegte. Schließlich antwortete er ihr ebenfalls per SMS: »Grias di. Ein dummes. Ich erkläre es dir gern bei einem Treffen. Liebe Grüße, Martin«

»Willst du es mir nicht gleich sagen? Ist es so schlimm? ;-)«, kam die prompte Antwort.

War sie doch neugierig? Das Emoticon wertete er als gutes Zeichen.

Martin wusste nicht, ob ihrer Beziehung eine Zukunft beschert war. Was er hingegen wusste, war, dass er Konflikte niemals auf Distanz austragen und auch klärende Gespräche nicht per Mail oder Telefon führen wollte. Gut, war er im Vergleich zu Teenagern der Gegenwart halt altmodisch. Um nicht völlig wie ein Dinosaurier zu wirken, googelte er zur Sicherheit nach, um für seine Antwort ja das richtige Emoticon zu erwischen. Noch ein Missverständnis konnte er sich nicht leisten.

»Nein und nein. :-*«

Energisch schob er das Handy und den Gedanken an Bettina auf die Seite. Er sah nur kurz auf, als Franz Pichler mit hochrotem Kopf in den Journaldienstraum kam, seinen Mops auf dem Arm. Da jedoch Gerhard die Partei übernahm, konzentrierte sich Martin weiter auf den Bericht des Kfz-Sachverständigen und hörte nur mit halbem Ohr zu, wie Pichler aufgeregt Anzeige erstatten wollte.

»Sie müssen eine Fahndung rausbringen«, forderte der Hundebesitzer. »Der Fahrer wollte Rocky mit Absicht überfahren, mit Absicht!«

»So ein Blödsinn«, schimpfte Gerhard. »Ist dem Hundsviech was passiert?«

»Nein, aber fast! Und Rocky ist kein Hundsviech. Er ist ein Mops mit Stammbaum!«

»Haben Sie ihn an der Leine gehabt?«

»Selbstverständlich! Ich bin mit ihm ganz normal am Gehsteig gegangen, wie immer, gegenüber vom Tennisstüberl, als diese Wahnsinnigen mit ihren Range Rovern vorbeigebraust sind. Zwei gleiche Autos waren es, die haben zusammengehört!«

»Aha«, erwiderte Gerhard mit fehlendem Enthusiasmus. »Und jetzt wollen Sie den oder die Fahrer anzeigen, weil sie fast Ihren Mops erwischt haben?«

»Genau!«

»Sind die Fahrzeuge auf dem Gehsteig gefahren?«, fragte Gerhard und klopfte mit seinen Fingern auf die Tischplatte.

»Äh … nein …«, stotterte Pichler. Sein Mops winselte und versuchte, ihm das Gesicht abzuschlecken.

»Die Fahrzeuge fuhren ordnungsgemäß auf der Straße, und Sie waren am Gehsteig?«

»Genau.«

»Und Ihr Hund?«

»Der … der war an der Leine …«

Martin sah von seinem Bericht auf, denn das Gespräch versprach interessant zu werden. Jede Wette, dass Pichler seinem Hund die Laufleine wieder viel zu lang gelassen hatte! Na, dem würde Gerhard auf die Spur kommen, denn was die Rekonstruktion von Unfallhergängen betraf, konnte dem Kollegen keiner ein X für ein U vormachen. Da verbiss er sich in Details wie ein Rottweiler.

Gerhard stand auf, nahm ein leeres Blatt Papier und begann, eine Skizze des Straßenverlaufs zu zeichnen.

»So, Sie gingen hier am Gehsteig. Der Range Rover –«

»Zwei, Herr Inspektor!«

»Kamen die von Osten oder Westen?«

»Von Osten, vom Erlebnisbad her. Sie sind an uns vorbeigebraust und dann hier zum Pfaffenberg hinauf abgebogen. Das habe ich genau gesehen!«

»Gut. Halten wir fest: Sie gingen am Gehsteig, die Autos fuhren auf der Straße, und Ihr angeleinter Hund? Wo war der? Weil, wenn er am Gehsteig bei Fuß ging, können die Fahrzeuge ihn ja nicht gefährdet haben, oder? Ist Ihr Mops vielleicht auf die Straße gelaufen?«

Pichler stotterte, und Martin grinste hinter vorgehaltener Hand.

»Na? Wie war das genau? Ist das Hunderl a bisserl lebensmüde auf die Straße gerannt? Haben Sie vielleicht Ihre Pflichten als Hundehalter vernachlässigt?«, bellte Gerhard.

»Mei, das ist halt noch ein junger Hund«, verteidigte Pichler seinen Mops. »Und das ändert ja nichts daran, dass diese Slowaken viel zu schnell gefahren sind! Wenn da ein Kind –«

Martin sprang auf. »Slowaken? Sind Sie sicher?«

»Ja, natürlich. Ich habe ja das Kennzeichen gesehen. Nur flüchtig, weil die fuhren viel zu schnell, aber –«

»Zwei Range Rover mit slowakischen Kennzeichen? Und sie sind die Straße zum Pfaffenberg hinauf eingebogen?«

Pichler nickte eifrig.

Martin wandte sich an Gerhard. »Slowaken, die ausgerechnet jetzt« – nach einem Blick auf Pichler verkniff sich Martin weitere Details – »rauf auf den Pfaffenberg wollen, du weißt schon, wo der eine wohnt?«

»Vielleicht wollen die auch nur zur Schrothkur! Du wirst echt paranoid!«, schimpfte Gerhard und schüttelte den Kopf.

»Mag sein. Aber ich schau mir das an! Mir sind das zu viele Zufälle!«

»Ah geh, Martin!«

»Jessas, was ist denn da für ein Gschra?«, donnerte Treichel.

»Der Martin glaubt, nur weil slowakische Touristen –«

»Kaltblütige Hundemörder sind das!«, kreischte Pichler.

»Geh, niemand hat Ihr Hundsviech überfahren! Und wenn, wären S' selbst schuld!«, schrie Gerhard Pichler an.

Martin kümmerte sich nicht um den Streit. »Ich fahr rauf auf den Pfaffenberg«, erklärte er Treichel. »Pichler hat zwei slowakische Fahrzeuge gesehen. Möglich, dass nichts ist. Aber lieber –«

»Ich komm mit«, unterbrach Treichel ihn. »Lieber Seife als sorry.«

28

Nur weg. Weg, weg, weg! Anton verschwendete keine Sekunde. Er packte seine Tasche und suchte in Küche und Flur nach Flattachers Autoschlüssel. Irgendwo musste er ja sein! Dass Drak selbst nach Kärnten gekommen war, bewies, wie ernst die Lage war. Nämlich todernst! Er tastete die im Flur am Boden liegenden Jacken Flattachers nach dem Autoschlüssel ab. Nichts. Hatte der alte Trottel ihn etwa eingesteckt? Dann saß Anton hier fest, in der Falle.

Da er wusste, welche Methoden Drak einsetzte, um Leute zum Reden zu bringen, wusste er auch, dass die slowakischen Gangster eher früher als später vor Flattachers Tür stehen würden. Selbst ausgekochte, hartgesottene Schlägertypen waren winselnd zusammengebrochen! Ein Heinrich Belten und selbst ein Sepp Flattacher hatten dem nichts entgegenzusetzen.

»Wo ist der verdammte Schlüssel?«, brüllte Anton seine Wut hinaus. Akko stand vor ihm und sah ihn vorwurfsvoll an. »Blöder Hund! Was kann ich dafür, dass dein Herrli ein Wahnsinniger ist und glaubt, er kann es allein mit der Mafia aufnehmen?«

Er rieb sich die linke Schulter – wenn schon ein Streifschuss so höllisch wehtat, wie erst ein … nein! Nicht daran denken! – und sah sich verzweifelt um. In Flattachers Sauhaufen konnte man nichts finden. Ein Haufen Gerümpel und lauter Jagdtrophäen an den Wänden. Ausgestopfte Viecher und Geweihe in allen Größen.

Ha! An einem Überrest vom Hirsch oder Reh direkt neben der Haustür baumelten eine Taschenlampe, eine Gartenschere – und ein vielversprechender Schlüsselbund mit einer Hasenpfote und einem Christophorus-Anhänger.

Nichts wie weg!

Er schnappte seine Tasche, doch Akko stand wie ein Bock vor der Tür, genauso stur wie der Flattacher selbst.

Anton traute sich nicht, ihn zu treten oder gar ihn am Halsband zu packen und wegzuzerren. »Lass mich vorbei, du Hundsvieh!«

Akko winselte.

Hieß es nicht, Hunde spürten, wenn ihre Besitzer in Gefahr oder … gestorben waren?

Scheiß drauf!

Anton wagte einen Schritt nach vorne, noch einen. Akko knurrte zwar, aber er biss ihn nicht. Hastig zog er die Tür auf, quetschte sich durch und schloss sie, bevor der Hund ihm nachlaufen konnte.

Er sah – schuldbewusst – zu Beltens Haus. Niemand.

Anton raste zum Suzuki. Er sprang sofort an. Den Blick panisch zwischen Rückspiegel und Nachbargrundstück hin- und herwerfend, fuhr er im Rückwärtsgang die Auffahrt entlang, dass der Motor nur so aufheulte.

Nur weg.

Runter vom Pfaffenberg.

Raus aus dem Mölltal.

Weg aus Kärnten.

Er würde sterben, ganz sicher, wenn er jetzt nicht sofort einen Tschick bekam.

Daher legte er, als er im Ort angekommen war, kurz nach dem Erlebnisbad beim Autohaus Wulz einen Zwischenstopp ein, um bei der Tankstelle zwei Packerln Marlboro zu kaufen.

»Entschuldigen Sie«, wandte er sich an der Tür noch einmal um. »Dürfte ich mal kurz Ihr Telefon benutzen?«

Die fesche Angestellte sah ihn unter ihrem schwarzen Pony hervor an, lächelte und scherzte: »Wenn's um Leben und Tod geht.«

Er lächelte schief.

★★★

»Gewehr weg!«

Sepp fing Beltens verzweifelten Blick auf. Seinem Nachbarn rannen die Tränen über das Gesicht. Die linke Wange war gerötet, aber ansonsten erschien er unverletzt. Noch. Langsam senkte Sepp das Gewehr.

Der Glåtzerte der beiden Männer kam drohend auf ihn zu und nahm ihm die Langwaffe ab.

»Böser Mann!«, raunte eine Frauenstimme.

Sepp wandte den Kopf und sah eine blonde Frau, vielleicht Mitte vierzig. Sie war attraktiv, nur für seinen Geschmack zu stark geschminkt. Sie rückte näher an ihn heran, und ihm wurde übel, als ihm eine intensive Duftwolke in die Nase stieg. Mussten sich die Weiber derart mit Parfüm einnebeln? Seife tat es doch auch! Irgendwie wirkte sie total deplatziert in Beltens Wohnzimmer. Offen stehender Pelzmantel, elegantes Kleid und doppelreihige Perlenkette. Sie wirkte genauso fehl am Platz unter Gangstern wie ... wie Irmi Leitner unter grobschlächtigen Jägern. Doch war es sie, die ihm nun eine Pistole an den Kopf hielt und mit einer Handbewegung bedeutete, weiterzugehen.

Im Gegensatz zu der Dame fiel es ihm nicht schwer, die beiden Männer mit ihren scharfen Gesichtszügen als Mafiosi einzustufen. Er sah erst den einen an, dann den anderen. Wer von ihnen war der Anführer?

»Herr Drak. Sie machen einen schweren Fehler.«

Die Frau hinter ihm kicherte.

»Was für Fehler?«, antwortete der Bärtige mit schwerem Akzent.

»Ich weiß nicht, was genau Sie mit Anton Nowak zu tun haben oder was er getan hat. Aber Heinrich Belten hier ist völlig unschuldig und hat mit der Sache nichts zu tun! Lassen Sie ihn gehen!«

»Wir nicht halten fest alte Mann«, sagte der andere und lachte. »Wo iste Anton Nowak? Sie sagen und alles okay.«

»Wir können reden«, gab sich Sepp kooperativ. »Aber zuerst müssen Sie versprechen, dass Sie Nowaks Familie kein Haar krümmen. Nicht Heinrich Belten hier und schon gar nicht seiner Frau oder seinen Kindern.«

Die Blondine trat vor ihn und lächelte ihn herzlich an. Für einen Moment senkten sich ihre dichten schwarzen Wimpern – in so auffälligem Kontrast zu ihrem fast weißen Haar.

Dann schlenderte sie zu Belten und strich ihm mit der freien Hand über die Schultern. »Ah. Sie guter Freund von alte Mann? Sie sorgen um ihn und Familie?«

»Ja.«

Sie stellte sich vor Belten hin, holte aus und schlug ihm die Pistole ins Gesicht.

Sepp schrie vor Wut auf; Belten wimmerte und presste sich die Hand vor das Auge. Blut lief ihm über das Gesicht.

»Herr Drak, bitte, wir können das ohne Gewalt –«

»Hlupák! Idiot!«, zeterte die Dame los. Wobei, das mit dem damenhaft hatte sich für Sepp erledigt, als sie gegenüber Belten gewalttätig geworden war. Sie stöckelte auf Sepp zu und wedelte mit der Pistole herum.

»Was du glauben, he? Du glauben, Mirko ist Drak?« Sie deutete auf den Glatzkopf.

Bei ihrer Frage war sich Sepp keineswegs mehr sicher.

»Weißt du, was heißen Drak? Drache! Mirko nix Drache! Ich Drak!«

»Aber Sie sind eine –«

»Frau? He? Du glauben, Frau nix können sein Drache«, spuckte sie Feuer.

Doch, natürlich. Hausdrachen kannte er genug. Aber als Anführerin einer kriminellen Organisation konnte er sich eine Frau – zumal eine eher zarte Person wie diese Blondine, die optisch jedes Klischee einer Wasserstoffbombe zu erfüllen schien – schwer vorstellen.

»Es nichts gibt, was ich nicht kann tun als Frau, und tun besser als jede Mann! Pah, ihr Männer dumm! Nix glauben, dass Frau kann sein klug und šéfka.«

Sie setzte ihm die Pistole an die Brust. Sepp wagte kaum, zu atmen.

»Du glauben, ich schwach, weil bin Frau? Du glauben, ich nicht abdrücken?«

Er schüttelte langsam den Kopf. Keinen Moment zweifelte er mehr daran, dass sie zu allem fähig wäre.

»Gut. Wo iste Nowak?«

»Ich weiß es nicht«, antwortete Sepp und sah ihr fest in die kalten Augen.

»Wo ist Geld?«

»Was für Geld? Wir wissen nichts von Geld oder von Nowaks Geschäften mit Ihnen!«

»Hovno!«

Der Drache ging zurück zu Belten, der zusammenzuckte und Sepp flehend ansah. »Ich weiß nichts«, keuchte Belten.

Drak richtete ihre Pistole auf seinen Kopf. »Dir fallen ein wieder?« Sie lachte. »Ich kenne schöne Spiel. Zähle bis drei. Was du meinen? Schöne Spiel?«

Belten sah sie aus geröteten Augen an. Mit der Hand wischte er sich die Tränen weg.

»Deine Antwort?«, säuselte sie ihm ins Ohr.

»Meine Antwort?« Belten atmete schwer.

Er warf Sepp einen Blick zu, den er nicht deuten konnte. Würde er jetzt nachgeben und Nowak verraten?

»Du Tussi kannst mich mal!«

Drak trat einen Schritt zurück.

»Nein«, schrie Sepp auf, sicher, dass sie Belten erschießen wollte. Mirko stemmte sich ihm entgegen. »Ich warne dich! Lass ihn in Frieden!«

Auf einen Wink von Drak donnerte der Bärtige seine Faust gegen Beltens Kiefer. Wie ein nasser Sack plumpste er auf den Teppich und blieb liegen.

»Du wollen spielen Spiel?«, fragte sie Sepp.

Er hatte sich im Sommer in dunklen Stunden die Frage gestellt, was einen Menschen zum Mörder werden lassen konnte. Er hatte sich gefragt, unter welchen Umständen er selbst zu einem solchen Verbrechen fähig sein könnte. Jetzt wüsste Sepp eine Antwort.

Belten war ausgeschieden. Nun gab es nur noch ihn und drei Verbrecher. Ein paar Sekunden lang sprach niemand.

»Hat Nowak Ihnen Geld gestohlen?«

Drak spielte mit ihrer Perlenkette und verdrehte gelangweilt die Augen. »Nicht Nowak. Juraj.«

Der Juraj, der mit Nowaks Auto in den Tod gestürzt war?

»Juraj?«, fragte Sepp, sich dumm stellend, nach.

»Meine Neffe.«

Sie war Jurajs Tante? Jetzt war Sepp doch einer Panik nahe und beneidete Belten fast um seine segensreiche Bewusstlosigkeit. Wenn Drak dachte, sie hätten etwas mit Jurajs Tod zu tun, würde sie gewiss Amok laufen.

»Ähm, Frau Drak ... Juraj ... er ist ...«

»Tot.« Sie blickte ihn emotionslos an. »Ich weiß.«

»Ja. Tot. Aber wir ... Anton Nowak ... es war ein Unfall! Wir haben nichts damit zu tun, das müssen Sie uns glauben!«

»Iste mir egal. Juraj.« Sie zuckte die Schultern. »Juraj ist Sohn von meine Bruder. Idiot. Mein Bruder und Juraj, beide. Juraj wollte immer sein Lišiak, schlau wie Fuchs. Ist aber nur Krtko. Wie heißen auf Deutsch?«, fragte sie an ihre Begleiter gewandt.

»Maulwürf?«, half der Bärtige aus.

Sie nickte. »Ich will wissen, wo meine Geld! Zählen bis drei.«

Danke, auf das Spiel hatte Sepp keine Lust und wollte es ihr gerade sagen, als es an der Tür klingelte.

Drak sagte etwas auf Slowakisch, und Mirko rannte zum Eingang. Er rief etwas zurück, was eindeutig nach Polizei klang. Die drei Verbrecher diskutierten mit gedämpften Stimmen. Noch einmal läutete es.

»Du!« Drak richtete ihre Pistole auf Sepp. »Schicke weg policía oder ...« Sie strich sich mit einem Finger vielsagend an der Kehle entlang.

Das hätte sie wohl gern. Bereitwillig ging Sepp Richtung Tür, aber der Bärtige schloss sich ihm sofort an. Mit einem boshaften Grinsen hielt er ihm ein Springmesser mit sehr langer Klinge unter die Nase. Er musste gar nichts sagen, Sepp verstand auch so. Der Bärtige blieb hinter der Tür stehen und bedeutete ihm mit der Hand, sie zu öffnen. Der strategisch platzierte Fuß des Gangsters verhinderte, dass Sepp die Tür ganz aufmachen konnte.

Sepp holte tief Luft und öffnete die Tür eine Handbreit. Er erkannte Revierinspektor Martin Schober, der ihn sichtlich überrascht – und dann misstrauisch – ansah.

»Flattacher? Ich habe mich aber nicht im Haus geirrt. Was machen Sie hier?«

»Ich besuche meinen lieben Nachbarn.«

Schobers Brauen zuckten hoch. »Alles in Ordnung?«

Ihm brach der Schweiß aus. Sepp wusste, dass die einzige Chance, die Belten und er hatten, vor ihm stand. Ein Einsatzkommando in voller Montur wäre ihm lieber gewesen. Oder das Bundesheer. Er hatte aber nur Schober und ... ja, Postenkommandant Georg Treichel, der mit verschränkten Armen und gerunzelter Stirn zwei Schritte hinter diesem stand.

Sepp spürte die Klinge in seinem Rücken. »Natürlich. Machen Sie heute wieder eine Verkehrskontrolle?« Schober schaute einen Moment fragend und lachte dann laut. »So etwas in der Art«, antwortete er.

Weder konnte der Polizist den Gangster sehen noch der Gangster den Polizisten. Sepp stand stocksteif da und überlegte fieberhaft, wie er Schober begreiflich machen konnte, was los war. Doch da sah er, wie Schober seine Hand auf seinen Pistolengriff legte und kaum merklich zur Tür nickte. Sepp wagte keine ähnliche, verräterische Kopfbewegung. Er dachte an Belten im Wohnzimmer und konnte nur hoffen, dass er im Zuge etwaiger Kampfhandlungen nicht zu Schaden kam.

Der Bärtige versetzte ihm von hinten einen ungeduldigen Stoß gegen den Arm.

»Auf Wiedersehen«, sagte Sepp sehr deutlich, um dann in tiefsten Mölltaler Dialekt zu verfallen. »I håb an Tschinkl im Buckl.«

Schober lachte erneut. »Na dann auf Wiedersehen.«

Schober machte einen Schritt zurück, und Sepp hätte am liebsten laut aufgeschrien. Hatte der Kieberer doch nicht geschnallt ...

Plötzlich ging Sepp alles viel zu schnell.

Schober trat mit voller Wucht gegen die Tür, dass es den Gangster dahinter gegen die Wand schleuderte. Bevor Sepp auch nur blinzeln konnte, stürmten die beiden Polizisten mit gezogenen Waffen an ihm vorbei.

Der Bärtige fing sich schneller als erwartet; das Messer in der erhobenen Faust, machte er einen Satz nach vorne. Sepp wurde von Schober zur Seite gestoßen.

Ein Knall.

Er konnte nicht zuordnen, ob der Postenkommandant oder Schober seine Pistole abgefeuert hatte. Wie ein gefällter Baum ging der Verbrecher schreiend zu Boden. Schober trat mit dem Fuß das Messer zur Seite.

Mirko kam aus dem Wohnzimmer in den Flur gerannt.

»Halt! Polizei! Hände hoch!«, schrie Schober.

Der Verbrecher verharrte wie vom Donner gerührt. Sepp presste sich gegen die Wand, Treichel stand schützend vor ihm und richtete seine Waffe ebenfalls auf den mit einer Pistole bewaffneten Gangster. Der zögerte kurz, dann ließ er mit einem Fluch seine Waffe fallen, sank auf die Knie und riss die Hände hoch. Eindeutig: Er hatte Erfahrung mit solchen Situationen.

»Die Frau … Drak«, stotterte Sepp. »Sie ist …«

Während Treichel die beiden Verbrecher im Flur sicherte, stürmte Schober mit der Waffe im Anschlag durch die offene Wohnzimmertür voran.

»Sie haut durchs Fenster ab!«, rief er über seine Schulter zurück.

»Scheiße!« Treichel funkte nach Verstärkung.

Sepp hörte einen Schuss und Schobers Rufe: »Halt! Polizei! Bleiben Sie stehen!«

Treichel fluchte, konnte aber nicht weg, um seinem Kollegen zu helfen.

Der Gedanke, dass Drak davonkommen könnte, löste Sepp aus seiner Schockstarre. Sein Jagdinstinkt erwachte, und er rannte bei der Haustür hinaus und zur Hausecke, wo er kurz verharrte. Leicht vorgebeugt sah er die Blondine auf wilder Flucht keine drei Meter von sich entfernt durch Beltens Blumenbeet stolpern. Ihre Stöckelschuhe versanken in der lockeren Erde.

»Stopp, oder ich schieße!«

Drak bewies mehr Kampfgeist als ihre Komplizen. Sie warf sich zu ihrem Verfolger herum und riss die Pistole hoch.

Aber wirklich nicht!

Bevor Sepp überlegen konnte, ob es eine Schnapsidee war oder nicht, hatte er sich schon in Bewegung gesetzt. Er warf sich gegen Drak und rang sie mit vollem Körpereinsatz zu Boden. Es half ihr nichts, dass sie strampelte wie eine angeschossene Wildsau und ihm ihren Ellenbogen in die Rippen rammte – der Stoß wurde von ihrem dicken Pelzmantel abgemildert. Es gelang ihr jedoch, den rechten Arm freizubekommen, sie hielt die Pistole noch immer umklammert und versuchte, den Lauf auf Sepp zu richten …

»Schluss jetzt!« Schober trat mit dem Fuß auf ihren rechten Unterarm und fixierte ihn so am Boden. »Im Namen des Gesetzes sind Sie festgenommen.«

Drak spuckte auf Slowakisch und Deutsch Gift und Galle.

Sepp gab sie frei und beobachtete zufrieden, wie Schober ihr mit geübtem Griff – und ohne Samthandschuhe – Handschellen anlegte und sie auf die Füße zerrte.

Jetzt bog ein weiteres Polizeiauto in die Einfahrt ein, zwei Polizisten sprangen heraus und rannten auf sie zu.

»Ihr seid aber schnell«, rief Schober ihnen überrascht entgegen.

»Wir waren schon am Weg herauf, weil Kerstin hat einen anonymen Anruf angenommen, wonach hier was Dubioses vorgehen soll«, erklärte die dunkelhaarige Polizistin.

»Einen Anruf?«

»Ein Mann, Wiener Dialekt.«

»Anton Nowak?«, fragte Schober.

»Möglich.«

Koller, der Zwerg, warf sich wichtig in die Brust, während er Schober half, Drak zum Polizeiauto zu führen.

Sepp atmete durch, ein leises Lächeln auf den Lippen. Hatte Nowak also doch die Polizei gerufen. Wenigstens etwas. Er schaute hinüber zu seinem Haus.

»Mein Auto!«

»Was?« Die Polizistin legte ihre Hand auf seine Schulter; er schüttelte sie ab und zeigte wütend auf sein Grundstück.

»Mein Suzuki! Nowak hat mein Auto gestohlen, dieser Sauhund, der Undankbare!«

»Kennzeichen?«, fragte sie, das Funkgerät in der Hand. Sie informierte die Kollegen im Bezirk und versicherte Sepp, bevor sie ins Haus hastete: »Den kriegen wir, den Herrn Nowak.«

»Alles okay bei Ihnen, Flattacher?« Schober trat zu ihm und nahm die Dienstkappe ab.

»Da braucht's schon mehr, um mich unterzukriegen. Wehe, ihr findets meinen Suzuki nicht! Der Nowak hat mein Auto gestohlen!«

»Hm-hm. Darum werden wir uns kümmern, verlassen Sie sich

drauf«, antwortete Schober mit merkwürdigem Unterton. »Das interessiert uns nämlich sehr, wie der Nowak an Ihr Auto kam und wie Sie und Heinrich Belten in die Geschichte passen.«

Sepp schluckte schwer. Dann klingelte es: der Belten! Sepp rannte zurück ins Haus. Treichel hatte, von seiner Kollegin unterstützt, die beiden Gangster unter Kontrolle. Der glåtzerte Mirko lag auf dem Bauch, die Hände auf den Rücken gefesselt. Der Verletzte winselte jämmerlicher, als es Anton Nowak getan hatte, als ihm Treichel Erste Hilfe leistete. Von wegen hartgesottener Verbrecher! Na ja, er würde auch mehr brauchen als Arnika-Tinktur und ein Pflasterl.

Aber der Gangster ging ihm eh am Arsch vorbei. Sepp eilte ins Wohnzimmer.

Wie ein nasser Mehlsack saß Belten in sich zusammengesunken am Teppich und drückte sich ein Taschentuch auf die Wunde.

»Was … wie …« Belten blinzelte verwirrt. »Was ist geschehen?«

»Du bist und bleibst ein Depp«, antwortete Sepp und half ihm auf die Beine. »Wie beim Tatort-Schauen schlafst ausgerechnet dann ein, wenn es spannend wird.«

29

Dass er die Stunden, die er an seinem eigentlich freien Tag in der Polizeiinspektion verbrachte, als Überstunden schreiben konnte, stand außer Frage. Nach dem gestrigen Einsatz galt es, die auf einen solchen folgende Bürokratie zu bewältigen. Sein Glück – was den Papierkram betraf – war, dass nicht er, sondern Treichel seine Dienstwaffe abgefeuert hatte. Die Rechtmäßigkeit stand in diesem Fall zwar außer Frage, dennoch musste der Chef den Waffengebrauch ausführlich protokollieren, da die Staatsanwaltschaft prüfen musste, ob eventuell eine absichtliche Körperverletzung oder eine Überschreitung der Notwehr vorliegen könnte. »Nur gut, dass das LKA die Verbrecher nach Klagenfurt mitgenommen hat«, sagte Vanessa erleichtert. »Die Mafia brauchen wir echt nicht im Mölltal!«

Wo sie recht hatte, hatte sie recht. Viera Tvrdobrliková, die unter dem Spitznamen »Drak« firmierte, und ihre beiden Begleiter saßen in U-Haft. Bei den Straftaten, die sie sich gestern geleistet hatten und bei denen sie in flagranti erwischt worden waren – Freiheitsentziehung, Körperverletzung und Widerstand –, würden sie nicht einmal mit dem besten Anwalt einer längeren Haftstrafe entkommen. Das gab den Kollegen in Wien und in der Slowakei die lang ersehnte Gelegenheit, mit richterlichem Beschluss Hausdurchsuchungen durchzuführen und die Geschäfte der Familie unter die Lupe zu nehmen, was angesichts der verstrickten Geschäftskonstruktionen und Briefkastenfirmen, wie Stefan Winkler gemeint hatte, ganz schön langwierig werden würde.

Vanessa erinnerte Martin an den Kuchen und ließ ihn dann allein in seiner Kanzlei zurück.

Er protokollierte den gestrigen Einsatz, wurde aber immer wieder von Treichels Stimme aus der Konzentration gerissen. Das deshalb, weil die Wand zwischen den beiden Kanzleien ohne Schallisolierung auskommen musste.

»Ja, seids des zwa völlig übergeschnappt?«, hörte Martin ihn brüllen. »Was glaubts ihr überhaupt, wer ihr seids? Wir sind hier nicht im Wilden Westen! Was?«

Gemurmel.

»Und warum habts ihr uns das nicht früher gesagt? Was da hätte passieren können! Da ruft man die Polizei. Basta!«

Leider konnte Martin auch die Antworten darauf nicht verstehen.

»Mit der blöden Ausrede brauchst mir gar nicht erst zu kommen! Ich bin hier der Postenkommandant, und wenn ich das sag, dann ist das so!«

Gerade als Martin die Kanzlei verließ, öffnete sich auch die Tür zu Treichels Büro. Ein sichtlich zusammengestauchter Heinrich Belten beeilte sich, das Weite zu suchen. Sepp Flattacher hingegen trug trotz Treichels wortgewaltiger Schimpftirade einen verbissenen Gesichtsausdruck zur Schau. Ihre Blicke trafen sich.

»Flattacher.« Martin nickte ihm zu, was dieser brüsk erwiderte.

»Es ist ein Wunder, dass die Geschichte so glimpflich ausgegangen ist!«, sagte Treichel tadelnd. »Da kannst in die Kirchen laufen und drei Kerzen anzünden!«

»Ein Wunder ist's, dass ihr überrissen habt, was läuft!«, polterte Flattacher.

»Meinen Sie, wir können lei Radar messen und sonst nix?«, fragte Martin ihn scharf und schüttelte den Kopf. »Nein! Antworten Sie lieber nicht!« Verärgert ließ er Flattacher stehen und ging in den Aufenthaltsraum. So schlimm konnte Vanessas »Mamakuchen« gar nicht sein.

Um kurz vor halb drei machte er sich auf den Heimweg. Pünktlich um fünfzehn Uhr läutete Kerstin an seiner Tür.

★★★

Ein wenig fühlte sich Bettina wie eine Stalkerin, als sie erst an der Polizeiinspektion Obervellach vorbei – keine Spur von Martins Auto – und dann zu den Wohnblöcken im Westen fuhr. Hier auf dem Parkplatz erspähte sie Martins Auto. Sie parkte ein, drehte den Rückspiegel zu sich und prüfte ihr Aussehen.

Seit seiner letzten SMS – immerhin mit Küsschensmiley –

hatte sie von ihm nichts mehr gehört. Er hatte kein Treffen vorgeschlagen. Nichts. Der Ball lag bei ihr.

Ihn anrufen und fragen, wann er Zeit hätte? Nein. Er wollte sie von Angesicht zu Angesicht treffen, dann würde sie ihm den Wunsch erfüllen. Sie musste nicht Psychologie studieren, um zu wissen, dass ihre Erfahrungen mit ihrem Ehemann das Kommando über ihre Gedanken übernahmen und sie dazu drängten, ihn ganz spontan zu besuchen. Hans-Jürgen hatte auf jede Frage die passende Antwort gewusst und es verstanden, jeden Verdacht auszuräumen. Bis sie einmal ein Geburtstagsgeschenk für ihre Freundin in der Ordination vergessen und – ohne ihm Bescheid zu sagen, da sie ihn doch bei einem Treffen mit Kollegen wusste – spontan vorbeigefahren war. Da waren ihr die Augen aufgegangen, als sie ihn mit der Augenärztin beim Pudern ertappt hatte.

Aber Martin war nicht wie Hans-Jürgen, wiederholte sie für sich, als sie sich auf den Weg zu seinem Hauseingang machte. Sicher war sein Verhältnis zu Kerstin nur kollegial; vielleicht auch freundschaftlich, kameradschaftlich. Kein Grund, eifersüchtig zu werden.

Stiege B. Die Haustür wurde mit einem Holzkeil offen gehalten; dem Möbeltransporter in der Einfahrt nach zog vermutlich jemand ein. Sie stieg die Stufen hinauf in den zweiten Stock. Sein Name prangte auf dem Türschild.

Bettina klopfte.

Sie strich sich nervös durch die Haare.

Und Kerstin Moser öffnete die Tür.

Nein, Bettina täuschte sich nicht. Martins junge, attraktive Kollegin stand vor ihr. Ohne Uniform, in engen Jeans und einem nicht weniger engen Shirt, dessen Träger ihr über eine Schulter gerutscht war. Ihr Gesicht war gerötet, Haarsträhnen klebten ihr an der verschwitzten Stirn.

»Bettina.« Kerstin grinste.

Die Hände links und rechts an den Türrahmen gelegt, versperrte sie ihr den Weg. »Was für eine … Überraschung. Weiß Martin, dass du kommst?«

Wohl kaum.

»Kommst rein? Er ist hinten im Schlafzimmer.«

Kerstin trat einen Schritt zur Seite und grinste noch breiter, falls das überhaupt möglich war.

Flucht oder Flucht nach vorne? Bettina wollte sich vor der Rivalin keine Blöße geben, nicht bescheuert dastehen und herumstottern wie der letzte Dorftrottel. Das Gefühl kannte sie zur Genüge.

»Keine Angst, du störst nicht, du kannst mitmachen«, forderte Kerstin sie heraus. »He, je mehr, desto besser. Weißt du, wie man einen Hammer anpackt?«

»Ich wollte nur kurz mit Martin reden.« Bettina ärgerte sich, als sie sich doch verhaspelte.

»Das kannst ja trotzdem.«

»Ein anderes Mal.«

»Stört es dich, dass ich hier bin?«, fragte Kerstin forsch. »Weil du und Martin ...«

»Nein, wieso? Wir sind ja nicht verheiratet.« Sie zwang sich zu einem Lachen.

Martin hatte ihr nichts versprochen, sie konnte ihm also nicht vorwerfen, sie zu betrügen. Er durfte sich treffen, mit wem er wollte. Wenn er mit seiner Kollegin was anfing, warum nicht? Sie waren ja nicht exklusiv. Ihre Beziehung war, wenn es überhaupt eine gab, noch völlig im Anfangsstadium. Herrje, sie hatten noch nicht einmal miteinander gschnackslt.

»Man sieht sich«, brachte Bettina über die Lippen.

Martin tauchte im Flur auf; sie schaffte es, ihm lässig zuzuwinken. Worte gingen nicht. Ihr steckte ein Kloß im Hals. Das Lächeln eingefroren, wandte sie sich zum Gehen.

»Willst wegrennen?«, fragte er. Ein »wieder« schwang unausgesprochen mit.

Wütend drehte sich Bettina zu ihm um. Martin hatte die Tür erreicht; Kerstin vertrollte sich.

Eine gschnapprige Antwort lag Bettina auf der Zunge.

Martin stand vor ihr und sah sie ernst an. Kein spöttisches Grinsen. Kein schuldbewusstes Vermeiden von Blickkontakt.

Er war nicht Hans-Jürgen.

Sie zwang sich, ihn nicht nach Kerstin zu fragen.

»Willst mir jetzt das Missverständnis erklären?«

»Nein.« Martins Stimme klang bestimmt. So entschieden und endgültig.

Bettina nickte. Sie spürte, wie ihr Tränen in die Augen stiegen.

»Komm rein und schau dich um. Wenn du dann noch eine Erklärung brauchst, reden wir.« Er lächelte schief, dann machte er ohne ein weiteres Wort auf dem Absatz kehrt und ließ sie einfach im Stiegenhaus stehen.

»Das ist a Schlitz, kein Kreuz!« Eine Männerstimme, die eindeutig nicht Martin gehörte. »Ich brauch einen Kreuz!«

»Da ist keiner«, entgegnete Kerstin.

»Da muss aber einer sein! Martin, hast du den Kreuz?«

Bettina gab sich einen Ruck, trat ein und schloss die Tür hinter sich. Am Ende des Flurs befanden sich zwei offene Türen. In dem einen Raum, offensichtlich das Wohnzimmer, machte sich Kerstin mit einem Stanley-Messer in der Hand über in Folie eingeschweißte Couchteile her; ein junger Mann in Muskelshirt kramte in einer überdimensionierten Werkzeugkiste. Neben ihm häuften sich Holz- und Metallteile auf dem Boden, die zusammengesetzt was auch immer ergeben sollten.

»Hi«, sagte er, als er sie sah.

»Hi.«

»Pepe – Bettina. Bettina – Pepe«, stellte Kerstin sie vor, ohne von ihrer Arbeit aufzusehen.

Bettina ging ins Nebenzimmer. Martin passte ein Zwischenbrett in einen noch türlosen Schrank ein und klopfte mit der Faust auf die Kanten, um es in die Waagrechte zu bringen. Über dem Doppelbett lagen die Kastentüren; im hinteren Teil des Raumes stapelten sich Schachteln bis fast unter die Decke.

»Und?« Martin stützte sich mit einer Hand am Kasten ab und sah zu ihr her.

»Und …«, erwiderte Bettina gedehnt.

Sie betrachtete die Möbelteile auf Bett und Boden, bückte sich und reichte Martin das nächste Zwischenbrett. Schweigend arbeiteten sie am Kasten.

»Du wohnst aber schon länger hier, oder?«, fragte sie schließlich, als Martin prüfend die Kastentüren öffnete und schloss.

»Ja.«

»Hast du neue Möbel gekauft oder ...«

»Oder.« Er setzte sich auf das Bett, und Bettina zögerte nicht, es ihm gleichzutun. »Ich wollte ja ursprünglich nicht in Obervellach bleiben, sondern so schnell wie möglich wieder weg. Deshalb habe ich die Wohnung nie fertig eingerichtet. Wozu auch?«

Er griff nach ihrer Hand und drückte sie leicht.

»Sorry«, flüsterte sie nach ein paar Sekunden.

»Du hast keinen Plan!«, keifte Kerstin im Nebenzimmer.

»Du vielleicht? Geh, gib mir das Schraubensackerl da!«

»Das da?«

»Nein, das andere, du Tschure!«

»Sag noch ein Mal Tschure zu mir, du Låp, dann ...«

»Puh«, flüsterte Bettina Martin zu. »Sind Kerstin und Pepe zusammen?«

»Nicht, dass ich wüsste.«

»Die streiten aber ganz schön, die beiden«, stellte Bettina trocken fest, als Kerstin Pepe ganz genau erklärte, was sie tun würde, wenn er nicht ... Ui.

Martin schüttelte den Kopf und grinste. »Das klingt mir mehr nach Vorspiel.«

30

Es stand nur noch eine Aufgabe an, um den Fall auf der Obervellacher Seite abzuschließen. Der Glücksspielbeauftragte aus Spittal hatte diese Woche zwar Urlaub, ihnen aber genau gesagt, was zu tun war, und zugesichert, dass sie ihn trotzdem telefonisch erreichen konnten. Also machte sich Martin zusammen mit Treichel und Gerhard auf, illegalem Glücksspiel an den Automaten des »COME OVER FELLOW« nachzuspüren.

Anton Nowak trafen sie vor dem Lokal. Der Wiener wirkte wie weichgespült, überaus kooperativ und entgegenkommend – und weiterhin jede Beteiligung an illegalen Machenschaften abstreitend. Er schob die ganze Verantwortung auf Viera Tvrdobrlíková und ihren Neffen, wobei man Letzteren nicht mehr belangen konnte. Nowak selbst hatte sich anscheinend mit dem Staatsanwalt einen guten Deal ausgehandelt; er trat als eine Art Kronzeuge gegen Drak auf und musste, auch wenn ihm das Gericht vermutlich eine saftige Geldstrafe aufbrummen würde, mit keiner strafrechtlichen Verfolgung rechnen. Nicht einmal wegen der Störung der Totenruhe hatte er mit schärferen Konsequenzen zu rechnen.

Nowak hatte den Beamten des LKA und dem Sachverständigen beim Lokalaugenschein glaubhaft machen können, dass Juraj Tvrdobrlik ihm das Auto entwendet, damit viel zu schnell losgefahren und schon in der nächsten Kurve – Nowak war Augenzeuge gewesen – die Kontrolle darüber verloren hatte. In seinem emotionalen Ausnahmezustand kletterte Nowak zur Unfallstelle hinab, konnte aber nur noch den offensichtlichen Tod des Verunfallten – Genickbruch, wie der Gerichtsmediziner bestätigte – feststellen. Daraufhin nahm er in seiner Panik eine Packung Husch-Würfel vom letzten Einkauf aus dem Kofferraum und steckte das Auto in Brand, um damit einerseits Juraj Tvrdobrliks Ableben vertuschen – er fürchtete Draks Rache und vermutlich auch die Polizei – und andererseits sein eigenes vortäuschen zu können. So stand es zumindest im Polizeibericht.

Auf was für abstruse Ideen Gauner kamen, war schon unglaublich.

»Keine Ahnung, was für Spiele hier gespielt wurden«, betonte Nowak zum wiederholten Male, als er die Metalltür öffnete. »Die Automaten haben die Slowaken aufgestellt. Und die mochten keine Fragen, also habe ich den Mund gehalten und getan, was sie gesagt haben.«

Martin hatte so seine Zweifel an seiner Unschuld. Er hielt Anton Nowak für ein ausgefuchstes Schlitzohr. Der war ein richtiger Wiener Schlawiner. Aber das Urteil über ihn fällte das Gericht, nicht Martin.

»So, dann schalten Sie die Apparate mal ein«, forderte Treichel.

Der Chef stand dann aber doch recht hilflos vor dem blinkenden Bildschirm mit seinen vielen Möglichkeiten.

»Geh, Gerhard, mach du«, befahl er, da Martin schon die Kamera bereithielt.

»So a Schas!«, murrte Gerhard und setzte sich widerwillig auf den Hocker. »Bitte, wer spielt denn freiwillig auf solchen Automaten! Und noch dazu um Geld? Da kann ich die Euroscheine ja gleich verheizen.«

Als Betreiber des Lokals stellte ihnen Nowak gegen Quittung Geld zum Spielen zur Verfügung. Gerhard traf lustlos seine Wahl, irgendwas mit Piratenschatz im Namen.

»Ich kann echt nicht verstehen, wie jemand nach solchen Spielen süchtig werden kann. Haben diese Loser kein Leben? Das ist doch todlangweilig. Schau, jetzt bin ich schon wieder zehn Euro los! Wenn ich daran denke, dass da brave Arbeiter ihren ganzen Monatslohn umsetzen, und daheim warten Frau und Kinder und die Miete gehört gezahlt, das ist ein Wahnsinn!«, sumperte er dahin.

Martin konzentrierte sich auf das Fotografieren, während Treichel auf einem weiteren Automaten herumexperimentierte, aber schnell aufgab.

»Du, Martin, könntest du dir vorstellen, dein Geld ... Was ist denn jetzt? He?«

Das Gerät fing auf einmal zu klingeln und blinken an, dass Gerhard vor Schreck vom Hocker rutschte.

»Was?« Er drückte seinen Zeigefinger gegen den Bildschirm. »Schau, ist das … Wahnsinn! Ich habe dreihundert Euro gewonnen! Gibt's denn des? Ich habe in meinem Leben noch nie was gewonnen, noch nie!«

Gerhard setzte sich wieder hin. Er drückte die Option, die doppelt oder nichts versprach. »Haltet mir die Daumen … Ja! Ja!«

»Anfängerglück?«, fragte Martin belustigt.

Gerhard beugte sich vor, die Unterlippe zwischen die Zähne gezogen. »Sechshundert Euro«, murmelte er. »Sechshundert! Nein, volles Risiko nicht … splitten, ja.«

»Was wird jetzt eigentlich aus dem Lokal?«, fragte Martin Treichel, nachdem Nowak hinausgegangen war.

»Gute Frage. Die Hirschenthaler Inge hat mir erzählt, dass der Kontrollausschuss der Gemeinde die Vergabe der Fördergelder prüft. Immerhin fünfzehntausend Euro. Da hat der werte Herr Bürgermeister Erklärungsbedarf.« Treichel grinste. »Nur, das Geld ist ja schon investiert. Jetzt geht's um Schadensbegrenzung. So wie es ausschaut, hat Veronika Schwarzenbacher einen Antrag eingebracht, das Lokal durch die Gemeinde selbst weiterzubetreiben, so als Treffpunkt der Generationen. Nicht nur für die Jungen, auch für die Alten.«

»Keine schlechte Idee. Damit punktet Schwarzenbacher sicher bei der nächsten Bürgermeisterwahl. Meine Stimme hat sie«, sagte Martin.

»Und meine erst recht. Das könnt was Gscheites werden mit dem Lokal da. Die Hirschenthalerin hat gemeint, dass es da schon konstruktive Gespräche mit dem Kunstraum gibt wegen einer Kooperation.«

»Gibt's auch schon eine Idee für einen Namen? Weil ›COME OVER FELLOW‹ wird's ja nicht länger heißen können, oder?«

»Im Gespräch ist ›Kommts lei‹. Viel besser als das blöde Englisch, das versteht ja keiner.«

Treichel sah zu Gerhard und dann vielsagend auf die Uhr.

»Gerhard, ich glaube, wir haben genug dokumentiert«, sprach Martin ihn an und tippte ihm, da er nicht reagierte, auf die Schulter. »Gerhard?«

»Nicht jetzt!«

»Du weißt aber schon, dass der Gewinn Beweismaterial ist. Das Geld gehört nicht dir«, erinnerte Martin ihn, aber er zweifelte, dass Gerhard auch nur ein Wort registrierte.

Er pickte mit der Nase fast am Bildschirm und drückte eifrig.

»Gerhard, es reicht«, sprach Treichel ein Machtwort.

»Nur eine Runde noch! Seht ihr denn nicht, dass ich einen Lauf habe?«

Gerhard drückte den Knopf und schrie auf, als er auf einen Schlag einen Teil seines Gewinnes verlor.

»Du, es reicht jetzt wirklich!«, mahnte Treichel.

»Wart, das hole ich mir zurück! Das schaffe ich! Jetzt hab ich den Dreh raus! Du wirst schon sehen!«

»Gerhard!«

»Nur noch eine Minute! Eine!«, bettelte er. »Ich spür, dass ich jetzt gewinn!«

Martin hoffte nur, dass er nie an der Herz-Lungen-Maschine hängen würde. Oder wenn, dass man Georg Treichel nicht zu ihm vorließ.

Denn Papa Schlumpf zog eiskalt den Stecker.

★★★

Anton verabschiedete sich von Sepp Flattacher, der ihn allerdings an seiner Haustür abfertigte. So ein Ungustl. Natürlich musste Flattacher ihm noch einmal die Geschichte mit dem Suzuki unter die Nase reiben – »Ja, mit gestohlenen Dingern kommt man nicht weit« (nur bis Kolbnitz, dort hatte ihn eine Polizeistreife gestoppt) – und Beleidigungen ausstoßen, die Anton unter anderen Umständen sofort bei der Polizei zur Anzeige gebracht hätte.

Er nützte die von Heinrich angelegte Abkürzung zurück über den Gartenzaun.

»Und sag Belten, er soll mit diesem verdammten Stuhl abfliegen!«, schrie Flattacher ihm nach.

Na, bis auf den abgefackelten BMW war alles gut ausgegangen. Drak würde so schnell nicht mehr mitmischen können, die mietete sich für ein paar Jahre im Häfen ein; und Juraj war tot und mit ihm alles gestorben, was er über Anton hätte ausplaudern können.

»Bist fertig?«, fragte Belten.

Der Schwiegervater fuhr ihn hinauf nach Mallnitz zum Zug. Anton war froh, mit Carola telefonieren zu können, denn zwischen ihm und Heinrich herrschte eine ziemliche Eiszeit. Egal. Sie würden sich frühestens in den Weihnachtsferien für ein paar Tage sehen müssen, und mit ein bisserl Glück konnte sich Anton vor dem Familienurlaub drücken und daheim in Wien bleiben, wo er hingehörte. Vom Mölltal hatte er gehörig die Schnauze voll.

Am Bahnhof verabschiedete er sich von seinem Schwiegervater, der ihm weder nachwinken noch eine Träne nachweinen würde. Anton nützte die letzte Chance, bevor der Zug eintraf, um noch eine zu tschicken. In Wien würde Carola alles daransetzen, ihm das Rauchen abzugewöhnen. Hoffentlich rückte sie nicht wieder mit diesen blöden Pflasterln an.

Er fischte sein Handy aus der Jackentasche und wählte eine Nummer.

»Ahoj, Miroslav. Wie läuft's bei dir?« Er hielt den Small Talk kurz. »Drak ist raus. Lange. Wenn du im Geschäft bleiben willst, musst ab sofort mit mir reden.«

Während der stundenlangen Zugfahrt überlegte sich Anton, ob er sich auch einen Decknamen zulegen sollte, wie Viera oder Juraj es getan hatten. Das klang nicht nur cool, sondern war auch praktisch: Es musste nicht jeder Hinz und Kunz seinen wahren Namen wissen, um damit im schlimmsten Fall zur Polizei zu rennen.

Furchteinflößend sollte der Name sein. Leicht zu merken und ja kein Zungenbrecher. Immerhin war man in seiner Branche international aufgestellt.

Da er allein im Abteil war, probierte er ein paar Namen laut aus. »Wolf. Meister. Macher.« Oder lieber die englische Form? »Maker.« Klang auch dämlich.

Er runzelte die Stirn. Dann lachte er schallend auf. »Sepp.«

31

Aus gutem Grund war die Vollversammlung des Jagdvereins an diesem 18. November auf neun Uhr in der Früh angesetzt worden, denn wie die Erfahrungen der letzten Jahre ergeben hatten, war der Modus Abendessen mit anschließender Diskussion der Agenda und Abstimmung darüber nicht unbedingt zielführend. Mit fortgeschrittener Stunde und steigendem Alkoholpegel uferten die hitzigen Debatten ins Unendliche aus, ohne dass irgendein sinnvolles Ergebnis erzielt werden konnte. Außerdem war es schon vorgekommen, dass sich mehr Jäger als nur der dafür prädestinierte Toni Brugger am nächsten Tag mit ihrem Brummschädel nicht mehr daran erinnern konnten, wie sie am Vorabend abgestimmt hatten ...

Nun, um die Jägerehre zu retten, musste Sepp zugeben, dass so etwas auch in anderen österreichischen Vereinen vorkommen konnte. Immerhin gehörte Alkohol zum Lebensalltag – und Sepp war schon mehr als einmal schief angesehen worden oder hatte sich Kommentare wie »Bist krank?« anhören müssen, weil er sich Apfelsaft statt dem in diesen Kreisen üblichen großen Bier bestellt hatte. Nachdem heute das zentrale Thema die Obmannfrage sein würde, war es aber umso wichtiger, einen klaren Kopf zu behalten.

Reini kam fast zu spät, hatte aber kein Problem damit, noch einen guten Sitzplatz am Tisch zu bekommen. Seltsamerweise blieben die Stühle links und rechts von Sepp meistens frei.

»Schau, ich habe was für dich.« Sepp gab ihm eine Schachtel.

Wie ein Kind am Weihnachtsabend stürzte sich Reini darauf. »Wahnsinn! Du hast es gepickt! Es ist ... man sieht nicht mal mehr, wo es gebrochen ist«, jubelte er. »Wie hast denn das geschafft?«

Sepp grinste sich eines, gab aber keine Erklärung. Er hatte das Häuptl von Reinis erstem Gamsbock ausgekocht, mit Wasserstoff gebleicht und dann lange überlegt, was er mit dem abgebrochenen Horn machen sollte. Picken ging bei dem hohlen Schlauch einfach nicht, schon gar nicht unauffällig. Aber da Sepp mehr als genug Gamskrucken zu Hause hatte, hatte er einfach bei einer seiner eigenen Trophäen einen Schlauch vom Stirnzapfen gezogen und ihn Reinis Gamsbock aufgesetzt. Ein bisserl ungleich waren die Hörner zwar, aber das konnte in der Natur schon vorkommen.

Jedenfalls kassierte Reini von den Jagdkollegen ein kräftiges Waidmannsheil. Kurz darauf durfte er sich noch einmal freuen, da er in den Jagdverein aufgenommen wurde. Na bitte.

Dann stand Karl Hartmann erneut auf und erklärte umständlich, dass – wie ohnehin alle wüssten, da ja der alte unter so unglücklichen Umständen ausgefallen war – ein neuer Obmann gewählt werden müsste.

»Oder eine Obfrau«, warf Irmgard Leitner mit klarer Stimme ein.

Karl wurde rot.

»Ähm ... ja, hm. Natürlich. Oder eine Obfrau. Mann oder Frau.« Karl ordnete die vor ihm auf dem Tisch liegenden Blätter neu. »Möchte sich noch jemand aufstellen lassen zur Wahl? Vinzenz, du? Ferdinand? Ich würde ja selbst, aber ich kann nicht. Was ist mit dir, Willi? Toni?«

Dass Karl zu guter Letzt sogar Toni Brugger ansprach, war wirklich das Letzte und zeigte, wie verzweifelt er war. Schließlich musste er zugeben, dass es nur einen Kandidaten gab.

»Ähm ... wir werden wohl die Wahl verschieben müss–«

»Kommt überhaupt nicht in Frage! In den Statuten ist festgelegt, dass selbst bei nur einem Kandidaten die Wahl stattfindet. Ich stelle mich zur Wahl und verlange, dass abgestimmt wird«, rief Irmgard empört.

»Ja, aber ... weißt eh ...«

Karl sah sich nach Unterstützung um. Die anderen Jäger kamen sofort stillschweigend überein – sie waren eben ein solidarischer Haufen –, sich ja nicht einzumischen.

»Du ... ähm, das ist schwierig, weil du bist ...«, stotterte sich Karl um Hals und Kragen.

Irmgard war aufgesprungen.

»Was bin ich? Eine Frau? Ist es das, was dich stört?«

Sie blickte anklagend in die Runde, aber die meisten Anwesenden fanden ihre Gläser und Uhren oder auch nur den Bierdeckel vor sich auf einmal höchst interessant. »Was *euch* stört? Dass ich eine Frau bin?«

»Also, nichts gegen Frauen als Jägerinnen, du bist ja auch aufgenommen worden in den Verein. Aber Obmann sein ... Da braucht's schon ... mehr ...«

»Zum Beispiel?«, schnappte sie feurig, ein bisserl wie ein Drache.

»Eier in der Hose«, hörte Sepp den ihm gegenübersitzenden Ferdinand leise murmeln. Aber der hatte selbst viel zu wenig davon, als dass er das laut gesagt hätte.

»Aber, Irmgard, es war immer ein Obmann«, stotterte Karl.

»Frauen sind von Natur anders. Dir fehlt einfach die ... die Kraft von einem Mann, die Muskeln«, ergänzte Vinzenz, sich selbst überschlagend, nachdem Karl ihn mit dem Ellenbogen angestoßen hatte. »Es heißt ja schwächeres Geschlecht, rein biologisch. Schau, du kannst ja auch keinen Hirsch den Berg aufe oder obe zarn ...«

»Und wie oft ziehst du einen Hirsch allein? Wenn einer von euch *Männern*« – sie sprach das Wort Männer mit einem besonderen Klang in der Stimme aus – »einen Hirsch schießt, ruft er sofort seine Kumpel an! Ihr müssts den Hirsch ja auch totsaufen!«

»Ja, schon, aber –«

»Ihr habts schon mitgekriegt, dass wir nicht mehr im Mittelalter leben? Gibt es einen Grund, nur einen, warum ich als Frau schlechter geeignet für die Funktion wäre als ein Mann?« Sie wollte einfach nicht klein bei- und sich geschlagen geben.

Sepp reichte es. Er stand auf und räusperte sich.

»Ja?« Karl lächelte erleichtert.

»Nein«, sagte Sepp.

»Was nein?«

»Nein. Es gibt keinen Grund, dass eine Frau schlechter wäre als Obmann, nur weil sie eine Frau ist. Ich meine, es gibt ja sogar Weiber, die regieren oder Minister sind, also Ministerinnen.« Oder Frauen, die kriminellen Organisationen vorstanden. Wenn sich sogar Mafiosi ein Weib an der Spitze vorstellen konnten und sich unterordneten ... »Wir können es versuchen. Was kann schon groß passieren? Der Obmann, 'tschuldige, die Obfrau wird lei auf ein Jahr gewählt. Wenn's nicht passt, kann sich ja im nächsten Jahr einer von euch aufstellen lassen.«

»Aber ... aber ...«

»Sepp, ist das dein Ernst?« Vinzenz fielen fast die Augen aus dem Kopf.

»Sag, hast du kein Problem ... ich meine ... lasst du dir epa von einer Frau was sagen? Das will ich sehen!«, begehrte Karl auf.

»Ich lass mir von einem Todl wie dir nichts sagen, Karl«, stellte Sepp richtig. »Das hat nichts damit zu tun, ob du Mandle oder Weible bist!«

Karl setzte sich nieder und hielt den Mund.

Langsam bekam Sepp Hunger, es war bald zwölf. Er hatte keine Lust auf zähes Debattieren, das sie ohnehin nur im Kreis führte.

»So, da wir nur einen Kandidaten haben, brauchen wir keine Zettelwirtschaft. Abstimmen per Handzeichen reicht, oder was meinst du als Jurist dazu, Maierbrugger?«

Angesichts aller Blicke, die sich jäh auf ihn richteten, verhielt sich Haribert Maierbrugger wie ein Reh, das sich mitten auf der Straße plötzlich in grellem Scheinwerferlicht wiederfand – und auf das ein Vierzigtonner zudonnerte.

»Wir müssen darüber abstimmen, ob wir den Obmann offen per Handzeichen oder mittels geheimer Wahl wählen«, erklärte Maierbrugger mit brüchiger Stimme.

Die Mehrheit sprach sich für die erste Variante aus.

»Gut, also wer ist dafür, dass wir der Irmi Leitner eine Chance als Obma... Obfrau geben?«, fragte Sepp.

Das Ergebnis fiel eindeutig aus.

»Das ist Demokratie«, sagte er zufrieden. »Wirt, ich nehm einen Schweinsbraten mit Knödel und Kraut!«

Nach dem Essen zogen sich einige Jäger – darunter auch Karl – waidwund zurück, um ihre Wunden zu lecken. Sepp bestellte sich noch einen Kaffee.

»Darf ich mich zu dir setzen?« Die frisch gekürte Obfrau stand neben ihm und ließ sich, ohne eine Antwort abzuwarten, auf den freien Stuhl nieder. »Danke für deine Unterstützung.«

Sepp brummte nur.

»Wie komme ich zu der Ehre?« Irmgard stützte den Ellenbogen auf den Tisch und ihr Kinn in die Hand. Ihr Blick wich nicht von seinem Gesicht.

»Wieso?«

»Na ja, von einem alten Hagestolz wie dir hätte ich das Gegenteil erwartet.«

Sepp schwieg verbissen.

»Jedenfalls danke. Ich freue mich schon auf unsere Zusammenarbeit. Es wird Zeit, verkrustete Strukturen im Verein aufzubrechen. Veränderungen sind überfällig! Ich habe einige Ideen, die ich mit dir als Aufsichtsjäger gern besprechen würde. Ich will, dass ein frischer Wind durch die Hubertusrunde weht.«

Fast wäre ihm der Kaffee in die falsche Röhre geraten. Gott sei Dank wieselte Maierbrugger heran und entführte Irmi an die Theke.

Sepp leerte seinen Kaffee. Er hasste Veränderungen. Er wollte, dass alles so blieb, wie es immer schon war, so wie er es kannte und wie es sein musste. So wie der Nowak nach Wien gehörte oder der Belten hinter den Gartenzaun. Frischer Wind? Leck Buckl! Ja nicht!

Wind gab's im Mölltal a so schon mehr als genug.

***

»A so a Schas!«, murmelte Treichel.

»Martin, schau dir das an!«, rief Gerhard. Er tippte mit dem Zeigefinger auf die Titelseite der »Kleinen Zeitung«; Treichel hatte sich mit gerunzelter Stirn über ihn gebeugt.

»Blöde Schlagzeile?«, fragte Martin, als er zu den beiden an den Tisch im Aufenthaltsraum trat.

Klar, dass bei einem neuen aufsehenerregenden Fall sofort wieder die Presse anrückte. Damit müssten sie mittlerweile schon Erfahrung haben.

Die Worte »Mafia« und »Mölltal« sprangen ihm förmlich ins

Gesicht, und er zuckte zusammen. Autsch. Da würde sich Bürgermeister Müller wieder über die abschreckende Wirkung auf Touristen sorgen; wobei, der Müller hatte momentan vermutlich ganz andere Sorgen.

»Hat sie was Falsches geschrieben?«, fragte Martin.

Die Journalistin hatte einen sehr kompetenten Eindruck gemacht. Hastig überflog er den Text auf der Titelseite und wollte zum längeren Artikel im Innenteil blättern, aber Gerhard hielt ihn zurück.

»Schau dir das an!«

»Was?« Ihm fiel nichts auf. Alle Daten stimmten.

»Das Foto!«, knurrte Treichel.

Aufmerksam betrachtete Martin das Foto, das – darauf hatte Treichel bestanden – alle beim Zugriff beteiligten Polizisten zeigte: Von links nach rechts waren Vanessa, Martin, Treichel und Gerhard abgebildet.

»Und?«

»So ein blödes Bild«, schimpfte Gerhard. »Da hätte sich der Fotograf schon ein bisserl mehr Zeit nehmen und uns anders aufstellen müssen. Er ist doch der Profi! Neben dem Treichel schau ich aus ...« Der Satz ging in einer Schimpftirade unter.

Gut, Gerhards martialische Pose – mit geschwellter Brust, breitbeinig dastehend und die Hände auf den Gürtel gelegt, wäre sicher besser drübergekommen, wenn nicht ausgerechnet der hünenhafte Treichel neben ihm gestanden hätte. So im direkten Vergleich wirkte Gerhard nicht ganz so einschüchternd, sondern mehr wie der Kampfzwerg, der er hinter seinem Rücken genannt wurde.

»Hat der kein anderes Foto nehmen können!«, klagte auch Treichel. »Da habe ich die Augen ja grad halb zu, als ob ich zugekifft wäre. Oder besoffen. Was macht denn das für einen Eindruck.«

Martin war mit seinem Abbild auch nicht wirklich zufrieden; aber mal ehrlich: Schlimmer als das letzte Foto von ihm, das ihn solo zeigte, war es nicht. Und geteiltes Leid war halbes Leid. Zumindest so lange, bis Kerstin das Bild in die Finger bekam und ihnen allen damit auf den Wecker ging!

»Das nächste Mal lassen wir uns das Foto vorher zum Absegnen vorlegen«, gab sich Treichel bestimmt. »Wir sind ja keine Witzfiguren!«

»Genau!«, pflichtete Gerhard ihm bei.

Martin ließ sich einen Kaffee herunter.

»Und, sind wir echt in der Zeitung?«, rief Vanessa, zu ihrer Runde hinzustoßend, ganz aufgeregt. »Zeig einmal her.«

Gerhard schob ihr die Zeitung hin; Treichel löffelte frustriert mehr Zucker als sonst in sein Kaffeehäferl, bevor er die Kästen nach Keksen durchstöberte.

»Cooles Bild«, bekundete Vanessa mit einem Lächeln. »Aber was meint ihr: Schau ich darauf dick aus? Der Einsatzgürtel trägt schon ein bisserl auf, oder?«

»Gar nicht. Gut schaust aus«, beruhigte Martin sie, was er ehrlich meinte.

»Pfff. Typisch Weiber! Wen interessiert's denn, wie er auf einem Foto ausschaut«, kollerte Gerhard.

Epilog

Drei Tage später kaufte Heinrich in der Buschenschenke Walter ein, was ihm ins Auge stach. Verhackertes. Hauswürstl und Salami. Speck und eine grobe Streichwurst. Ein noch warmes Bauernbrot und Bauernbutter. Liptauer.

Mit einem Lächeln auf den Lippen machte er sich auf den Heimweg und freute sich noch mehr, als er Flattachers Auto in dessen Einfahrt sah.

Wenn ihm jemand vor drei Monaten gesagt hätte, dass er einmal mit seinem Nachbarn, mit dem er sich jahrzehntelang einen erbitterten Krieg geliefert hatte, befreundet sein würde, er hätte ihn ausgelacht. Befreundet mit einem irren Griesgram wie Flattacher? Niemals!

Jetzt trug er seine Einkäufe ins Haus und deckte den Tisch für ein deftiges, feierliches Abendbrot. Er stellte alles hin, was seinem neuen Freund gut schmecken würde. Im Gegenzug ließ er die Packung Fleischsalat im Kühlschrank. Die neuen Servietten mit Hirschmotiv legte er schön über die Teller, das Buttermesser obenauf. Fertig.

Auf dem Weg zu Flattacher fasste er den Entschluss, ihn zu Weihnachten zu sich einzuladen. Den Heiligen Abend verbrachte Carola mit der Familie ohnehin in Wien, und Flattacher sollte nicht allein sein. Sie könnten gemeinsam kochen, es sich dann im Wohnzimmer gemütlich machen und fernsehen, wie es sich unter Freunden gehörte. Was könnte er ihm schenken? Etwas, das mit der Jagd zu tun hatte? Oder ein Kochbuch?

Er erreichte den Stuhl, fasste mit der linken Hand an die Lehne, stellte den rechten Fuß auf die Sitzfläche und griff nach dem Gartenzaun, um sich hochzuziehen.

Im nächsten Moment lag er auf dem Rücken auf der Erde und blinzelte verwirrt. War er ausgerutscht?

Er rappelte sich hoch und prüfte die Standfestigkeit des Stuhles. Alles wie immer. Er streckte die Hand aus – und schreckte zurück, als ihm ein oranges Kabel ins Auge stach, das parallel zum obersten Führungsdraht des Maschendrahtzaunes verlief. Was zum Kuckuck war das?

Er verfolgte das Kabel den Zaun entlang, bis er wenige Meter weiter auf einen kleinen orangen Kasten stieß mit einem deutlich erkennbaren Blitzzeichen darauf.

»Flattacher!«, brüllte Heinrich aus Leibeskräften. »Du bist und bleibst ein Arschloch!«

Glossar

Die Schreibweise von Mundartausdrücken variiert von Tal zu Tal und orientiert sich in diesem Buch – unter Bedachtnahme auf gute Lesbarkeit – vorrangig an:

Heinz-Dieter Pohl: Kärntnerisch von A–Z. Ein kleines Wörterbuch (Klagenfurt 1994).
Robert Sedlaczek: Wörterbuch des Wienerischen (Innsbruck-Wien 2011).
Astrid Wintersberger: Wörterbuch Österreichisch-Deutsch (St. Pölten 1995).

Beim Jagan tuat man mehr dasitzn wie dalafn. – Ein Jäger ersitzt – bevorzugt am Hochsitz – mehr Beute, als er sich aktiv erlaufen kann. Dieser Spruch zielt darauf ab, dass ein Jäger geduldig sein und warten können muss. Erzwingen (erlaufen) lässt sich nichts.

a – auch, ein

abbaumen – der Jäger verlässt den Hochsitz oder die Ansitzleiter, er steigt herunter. Das Gegenteil davon ist das Aufbaumen. Der Begriff kann sich aber auch auf Wild beziehen, das einen erhöhten Platz aufsucht (Baum) oder verlässt. (Jägersprache)

abgezwickt – zu kurz geraten

abspringen – flüchtendes Wild (Jägersprache)

âbwâlgn, âbwâlkn (kärntnerisch) – abstürzen, abrollen

Abwasch, die – die Spüle

äsen – fressen (Jägersprache)

Äser – Maul des Schalenwildes (wild lebende Huftiere) wie beispielsweise Reh und Hirsch (Jägersprache)

Affe – junges Murmeltier (Jägersprache)

ahoj (slowakisch) – hallo

angfressn sein – sauer, wütend sein

anschneiden – totes Wild wird von Raubwild oder, noch schlimmer, vom (Jagd-)Hund angefressen, worauf die meisten Jäger wenig erfreut reagieren (Jägersprache)

Anschuss – Dies bezeichnet zweierlei: den exakten Standort, an dem das Wild vom Schuss getroffen wurde, wie auch den Einschuss im Wildkörper. (Jägersprache)

ansprechen – Beurteilen und Identifizieren des Wildes vor dem Schuss, um festzustellen, um was für ein Stück es sich handelt und ob es laut Abschussplan geschossen werden darf (Jägersprache). Das Ansprechen geht, wie sich aus diversen Zeitungsberichten entnehmen lässt, manchmal schief, und der übereifrige Jäger erwischt statt der Wildsau einen Soldaten bei der Übung oder ein Liebespärchen.

aufa, aufer – herauf

aufbrechen – Ausweiden des erlegten Tieres, Entnahme der Eingeweide (Jägersprache)

Aufbruch – Eingeweide des erlegten Tieres (Jägersprache)

aufe – hinauf

ausfratschln – jemanden (teils sehr beharrlich) ausfragen

Bär – männliches Murmeltier (Jägersprache)

Balanka – Tischfußball

Bam (Ba:m, Pa:m) – Baum

Bamspeck – »Speck«, der auf Bäumen wächst – beispielsweise Äpfel oder Birnen

Bartl (auch *Barthel*), *jemandem zeigen, wo der Bartl den Most holt* – jemandem zeigen, wo es langgeht

beinand sein (*gut* oder *schlecht*) – sich in gutem oder schlechtem (gesundheitlichen) Zustand befinden

blad – dick, fett

Blatt(l) – Schulterblatt des Wildes (Jägersprache). Für den berühmten Blattschuss zielt der Jäger direkt auf das Schulterblatt. Das führt aufgrund der Vielzahl der getroffenen inneren Organe zur sofortigen Bewegungsunfähigkeit und zum raschen Verenden des Stückes.

blunzen (wienerisch) – »Das ist mir blunzen« bedeutet »Das ist mir egal«. Als Hauptwort bedeutet Blunzen übrigens Blutwurst, wonach sich die Redewendung konkretisieren lässt: »Das ist mir (blut)wurs(ch)t.«

brettlbreit – das Wild steht mit der Breitseite zum Jäger gewandt und damit ideal für einen Blattschuss (Jägersprache)

Bruch – ein von bestimmten Laub- oder Nadelhölzern gebrochener Zweig (Jägersprache). Er wird dem erfolgreichen Jäger als Beutebruch feierlich überreicht und von diesem am Hut getragen bzw. bricht sich der Jäger, wenn er allein unterwegs ist, diesen selbst. Ebenso wird dem erlegten Wild ein Bruch als sogenannter »Letzter Bissen« als Zeichen der Wertschätzung gegenüber dem Tier und als Akt der Versöhnung in den Äser geschoben.

Buckl – Rücken, Buckel; gern auch in Redewendungen wie »rutsch mir den Buckl obe« (du kannst mir den Buckel runterrutschen)

Decke – Fell/Haut bei Reh, Hirsch, Gams, Muffel (Jägersprache)

Diandle – Mädchen; in der Schreibweise Dirndl ebenso als Bezeichnung für das Trachtenkleid üblich

dreckat – dreckig

eine – hinein, z. B. einedrucken = hineindrücken

einwak(h)n – einweichen; wak(h)n – im Wasser liegen; eingwakht – eingeweicht

Enkale, Enkalan – Enkelkind, Enkelkinder

epa, epas – etwa, etwas

Falott – Lump, Gauner

Feitel – schlichtes Taschenmesser, Klappmesser; jemandem geht/springt der Feitel im Sack auf – jemand gerät in Rage

fesch – hübsch

Fetzenschädel – Dummkopf, einfältige Person. Fetzen könnte hierbei für den Rausch stehen.

Flucht, Fluchten – hoher, weiter Sprung (bzw. Sprünge) des Wildes (Jägersprache)

Frakale – Flachmann

Frâz, Frâzn – ungezogenes Kind bzw. Kinder

Gas (Ga:s, Goas) – Geiß

Gatsch – Schlamm; schmutziger, halb getauter Schnee

Gedaks, auch *Getaks* – Unterholz, dichtes Gestrüpp

gemma – gehen wir; auch als Aufforderung bzw. als Antreiben zur Eile: »Gemma, gemma!«

Gfris – Gesicht, Fratze

Gitschn – Mädchen

glåtzert, glåtzat, Glåtzerter – glatzköpfig, Glatzkopf

gmiatlich – gemütlich

Goschn – Mund (abwertend) und gern im Zuge einer eindeutigen Aufforderung gebraucht: »Halt die Goschn!«

Grant – Groll, Zorn, Ärger, schlechte Laune

grantig – übel gelaunt, Eigenschaftswort zu Grant

Grantn – Preiselbeeren

griaßlat, grießlert – grobkörnig (z. B. eine Speise oder ein Bild) wie Grieß

grindig (vor allem in Wien und Niederösterreich) – eklig, dreckig, heruntergekommen

gschaftig – (über)eifrig, wichtigtuerisch

Gschaftlhu(a)ber – Wichtigtuer, umtriebiger, sich überall einmischender Mensch, der aber nichts auf die Reihe bekommt

gscheit, gscheiter – klug, klüger

Gscherter – Schmähwort (der Wiener) gegenüber Leuten vom Land im Sinne von Tölpel bzw. rückständige Provinzler – wobei diese natürlich ähnlich nette Begriffen gegenüber den Städtern verwenden (z. B. Großkopferte oder Wiener Wasserköpfe)

Gschirrhangale – Tuch zum Abtrocknen von Geschirr

gschissen – beschissen

gschnackslt – Vergangenheitsform von schnacksln (Geschlechtsverkehr haben) *gschnapp(r)ig* – schnippisch, vorlaut, bissig

Gschra (Gschra:) – Geschrei, Lärm

Gšpusi – Affäre, Liebesverhältnis

gstaucht, Gstauchter – klein, gedrungen, dick; kleiner, meist auch dicker Mensch

Gupf – rundliche Erhebung; oberer Teil von etwas bzw. über einen Gefäßrand ragender, abgerundeter Inhalt

gupfat – Eigenschaftswort zu Gupf, über den Rand voll, rundlich

Gwirks – Unordnung, Schwierigkeiten

Haberer – Freund, Kumpan; aber auch Verehrer, Liebhaber

Hackl, jemandem das Hackl ins Kreuz hauen – jemanden hinterrücks angreifen, gegen jemanden intrigieren

Hackler (österreichisch) – (Schwer-)Arbeiter

hålbat – halbiert; im übertragenen Sinn auch für kränklich, nicht ganz bei Sinnen

Hålbschaid – Hälfte

Håm s' dir ins Hirn gschissen (und ned åwelåssen)? – Wörtlich übersetzt handelt es sich um die (rein rhetorische) Frage, ob jemandes Hirn als WC benutzt und die Betätigung der Spülung unterlassen wurde. Die Bedeutung dieser deftigen Wiener Redewendung sollte keiner näheren Erklärung bedürfen.

hantig – bitter

hasardeln – hasardieren

Hatscher (Ha:tscher) – langer, mühseliger Fußmarsch

Haxn – Beine

heast – wienerisch; sinngemäß »Jetzt pass mal auf«, gern in Verbindung mit einer nachfolgenden, wenig schmeichelhaften Bezeichnung des Gegenübers

Hetz – Spaß; das ist a Hetz und a Gaudi

Hintertupfing – fiktiver Ortsname, steht für die tiefste Provinz

Hintertupfinger – Bewohner des besagten Provinznestes mit hinterwäldlerischer Geisteshaltung

Hirschtier oder nur *Tier* – weibliches Rotwild (Jägersprache)

Hittrach, Hüttenrauch – Arsen(ik). Das wurde in den Alpenländern gern als Aufputschmittel für Mensch und Tier verwendet, um Arbeitsleistung wie auch (männliche) Potenz zu steigern. Erwischte man(n) zu viel, musste sich die Witwe eben um einen neuen Hochleistungspartner bemühen. Aber auch Frauen konsumierten Arsen, um sich beispielsweise einen frischen Teint zu verschaffen. Durch regelmäßige Einnahme konnte man sich an eine recht hohe Dosis gewöhnen.

hlupák (slowakisch) – Dummkopf

hovno (slowakisch) – Scheiße

das ist für den Hugo – vergebens/umsonst sein, nichts nützen

Hundstage – eigentlich die heißesten Tage im Sommer; jemand hat Hundstage – jemand hat schlechte Tage; jemand hat bei mir nur noch Hundstage – der hat bei mir ausgeschissen, dem verleide ich die Tage

Hupfer, junger Hupfer – junger, unerfahrener Mann

ka – kein

Kahlwild – weibliches oder junges Rot-, Elch- und Damwild ohne Geweih (Jägersprache)

wie a sachige Kåtz herumschleichen (kärntnerisch) – wörtlich ist darunter eine Katze zu verstehen, die dringend pinkeln muss; abwertend für jemanden, der nervös herumgeht oder -zappelt oder jemanden unruhig auf Schritt und Tritt verfolgt

Katze – weibliches Murmeltier (Jägersprache)

Keiffn – abwertend für Hund

keppln (khepln) – streiten, schimpfen

k(h)utern – kichern

Knicker – Jagdmesser

Kråchane – Lederhose

Krachen – Schusswaffe

Kraut, das måcht das Kraut a ned fett! – Damit wird die Sache auch nicht besser!

Krickerl – Trophäe des Rehwildes (Jägersprache)

krtko (slowakisch) – Maulwuf

Krucke – Gehörn (Trophäe) beim Gams, wobei sowohl weibliche wie männliche Tiere Krucken besitzen (Jägersprache)

Kruzitürken – alter Fluch, der sich vermutlich auf die Türkenbelagerung zurückführen lässt und nicht als Ausdruck aktueller Fremdenfeindlichkeit zu verstehen ist

Labale (La:bale) – Laibchen; z. B. Verkleinerungsform für Lab (Laib) Brot oder wie im Falle der Flattacher-Belten-Kochaktion Faschierte Laibchen

Låp – einfältiger Mensch, Tölpel

Leck Buckl (lekh Pukl) – Fluch; laut Heinz-Dieter Pohl die Kärntner Variante des berühmten Götz-Zitates

Lecker – Zunge des Schalenwildes wie Reh und Hirsch (Jägersprache)

lei – nur, lediglich

Leiberl, gegen jemanden ka Leiberl haben (v. a. wienerisch) – gegen jemanden keine Chance haben

Leit, Leitln – Leute

Lercherlschas – Kleinigkeit

lišiak (slowakisch) – Schlitzohr, Schlaumeier, männlicher Fuchs

ludln – urinieren (vor allem bei Kindern)

ma, mah (ma:) – Aussprache mit extra langem »a« als Ausruf der Verwunderung wie »Ma, ist das schön!« oder klagend »Ma, so ein Schas!«

Madl – Mädchen

Metn, Mettn (Me:tn) – lauter Spaß, Gaude, Geschrei

motschkern – meckern, nörgeln

Muffen, mir geht die Muffen (vor allem wienerisch) – ich habe Angst

Murmale, Murmalan – Murmeltier, Murmeltiere. Weibliche Tiere werden Katzen, männliche Bären und Jungtiere Affen genannt, damit die Verwirrung für Nicht-Jäger perfekt ist.

nåckert – nackt

narisch, narrisch (na:risch) – närrisch, verrückt

neamer, neama – nicht mehr, nimmer

no na – ist doch logisch

no na ned – selbstverständlich; eine Verneinung des Gesagten wäre völlig unlogisch

Nudelsuppe, ned auf der Nudelsuppen dahergschwommen sein – nicht naiv/von gestern sein

Oaschgrätzn – Grätzen (wörtlich: Hautausschlag) ist eine abwertende Bezeichnung für einen lästigen, unkooperativen Mitmenschen. Oaschgrätzn ist (durch das vorangesetzte »Arsch«) eine Steigerungsform davon.

obe – hinunter

Oida – nicht nur in Wien verbreitet. Wörtlich: Alter. Oida ist als Begriff vielseitig verwendbar, von der (abfälligen) Anrede eines Mitmenschen über Beifalls- oder Missfallensbekundungen.

påckn, ane påckn – packen; eine Frau mit mehr oder weniger sanfter Überredungskunst zum Beischlaf bewegen

Pantscherl (v. a. wienerisch) – Liebelei, Affäre

Påtsch – ungeschickter, gutmütiger Mann

påtschat – ungeschickt

Patschen – Pantoffeln

Påtschgoggl (vor allem in Kärnten und Tirol) – ungeschickter Mensch

pazl – ein bisschen; auch hauptwörtlich als Pazl/Batzerl – eine kleine Menge von etwas

Pimperlverein, Pimperlspiel – Pimperl drückt in Verbindung mit Hauptwörtern abwertend aus, dass es sich dabei um eine kleine, minderwertige Sache handelt.

Plärrenke, Plerénke – weinerliche Person (vor allem Kind)

plärrn (ple:rn) – weinen, heulen

polícia (slowakisch) – Polizei

prunzn – urinieren

pudern – Geschlechtsverkehr haben

punkat (vor allem kärntnerisch) – voll, fest, dick, beleibt; schwanger

Puschkawettel (Puschkawé:tl) – Blumenstrauß

Ratschkathl – geschwätzige, weibliche Person; ein richtiges Tratschweib

ratschn – tratschen

rauschig – betrunken sein

Rotzpipn – ungezogener Junge

Rüscherl (österreichisch) – Cola Rum

sachn (sachn) – urinieren; sachig – dringend müssen

Sackerl – wörtlich: kleiner Sack, Einkaufstüte

Safn – Seife; Kärntner (schlüpfrige) Redewendung »Ist ja ka Safn, wird nix weniger« als Reaktion, wenn es darum geht, dass jemand einer Frau zum Beispiel auf den Busen starrt, oder auch als Entschuldigung bei sexuellen Kontakten oder Seitensprüngen verwendet (»Was regst dich auf? Ist ja ka Safn, wird nix weniger« …)

Sågscharten, Sågschatn – Sägespäne

sålzn, jemandem ane sålzn – salzen; im übertragenen Sinn: jemandem eine Ohrfeige geben

Schani (wienerisch) – Lakai, Handlanger

Schas – Scheiße, Furz, übertragen: Blödsinn

Schau ma mal – wörtlich: Sehen wir mal. Allerdings in der typisch österreichischen Bedeutung, unerwünschte Vorschläge nicht mit einem Nein abzuschmettern (das wäre unhöflich, und man will sich ja alle Türen offenhalten), sich aber auch nicht auf eine Zustimmung festzulegen. Wer mit dem österreichischen Dialekt vertraut ist, erkennt in der Aussage sofort die Bedeutung: »Ja, sicher, am Sankt-Nimmerleins-Tag.«

Schiffernakel (wienerisch) – Mischung aus Schiff und Schinakel für Ruderboot oder (scherzhaft) für ein großes Schiff

schirgln – verraten, verpetzen

Schlapf, Schlapfn – Hausschuh(e), Pantoffeln

Schmäh – kann für einen billigen Trick und Schwindel stehen oder auch für einen lustigen Witz

schnacksln – Geschlechtsverkehr haben

Schnaiztiachl – Schnäuztuch, Stofftaschentuch

Schweiß – Blut des Wildes (Jägersprache)

šéfka (slowakisch) – Chefin

sekkieren – ärgern, quälen, belästigen

sempern, sumpern – nörgeln, ständig (halblaut) schimpfen, kritisieren

Skiwasser – gern auf Hütten beim Skifahren serviertes alkoholfreies Getränk (z. B. Himbeersaft), wie Tschapperlwåsser

speiben – erbrechen, sich übergeben

Speis, die – Speisekammer

Spezi – Mischung aus Cola und Fanta

Spezi, Spezl (wienerisch) – enger Freund, Kamerad

Štirzler – Herumtreiber, Landstreicher, kleiner Gauner

tasig (ta:sig) – niedergeschlagen, ruhig, in sich gekehrt

tepat, deppat – dumm

terisch, terrisch – schwerhörig, taub

Tödl – Trottel, Dummkopf

Toker – dummer, einfältiger Mensch

Topfen (österreichisch) – Quark; im übertragenen Sinn auch für Unsinn: »Red kan Topfen!«

Tschapperlwåsser – alkoholfreies Getränk. Auch in der Redewendung »Das ist kein Tschapperlwåsser« (das ist nichts Geringes). Tschapperl bzw. Tschåpperl bezeichnet ein Kind oder einen naiven, unbeholfenen Menschen.

tscharre/tscharri gehen – verloren/pleitegehen

Tschecherant (vor allem wienerisch) – Trinker, Alkoholiker

tschentschn – nörgeln, weinerlich jammern

Tschentsche – jemand, der ständig tschentscht

Tschentscherei – Gejammer

Tschick – Zigarette

Tschinkl – Taschenmesser

Tschure – langsam arbeitende Person, Trödler

Tschusch, Tschuschen – abwertende Bezeichnung für Ausländer, vor allem vom Balkan oder aus der Türkei

Tuttelbergerin (wienerisch) – vollbusige Frau, Sexbombe; Tutte, Dutte – weibliche Brust

ume – hinüber

umzu – beispielsweise in Oldenburg übliche Ortsbeschreibung; Oldenburg und umzu – in Oldenburg und im Umland

Urschl, hintennach reitet die alte Urschl (Kärntner Sprichwort) – hinterher ist man immer klüger, und was geschehen ist, kann man danach nicht mehr ändern

verkutzen – sich verschlucken und infolgedessen heftig husten

verzupfen – sich davonmachen

(jemandem die) Wadln füri richten – wörtlich: jemandem die Waden nach vorne richten, im Sinne von jemanden auf Trab bringen, zum gewünschten Verhalten zwingen

Wandl – Wanne

Wappler (wienerisch) – Tölpel, nicht ernst zu nehmender Mensch

Weana Bazi – arroganter Wiener (vorrangig aus der Sicht Restösterreichs)

Weidloch – After bei Wild und Hund (Jägersprache)

Wetterfleck – Umhang meist mit Kapuze, in Jägerkreisen bevorzugt aus dunkelgrünem Loden

Wichs – eigentlich »Wichse«, Schläge. Vorsicht beim Wortgebrauch: Wichsen kann sowohl schlagen bedeuten als auch masturbieren.

Zachn (Za:chn) – Zehe(n)

zåm – zusammen

zarn, zarrn (za:rn) – zerren, schwer tragen

zeichnen – Die Schusszeichen sind die unmittelbaren Bewegun-

gen des getroffenen Stückes, die dem Jäger darüber Auskunft
geben, welcher Körperteil getroffen wurde. (Jägersprache)

zerk(h)nudlt – zerknittert

zerwuzln – zusammenknüllen; übertragen: sich vor Lachen
krümmen

Zores – Sorgen, Kummer, Ärger

zutz(e)ln, zuzln – saugen, beispielsweise Kinder an der Trinkfla-
sche, wird aber auch für gestandene Männer verwendet, die
an ihrem Bier (bevorzugt an der Flasche) zutzln

zwa – zwei

zwegn (zwe:gn) – »zu Wegen«, daher

zwegnkommen (zwe:gnkhe:man) – daherkommen

zwider (zwi:der) – ungut, zuwider

Zwiderwurzn – unguter, missmutiger, schlecht gelaunter Mensch

zwiln – schreien (z. B. Kleinkinder, Babys), wehklagen

Danksagung

Meiner Familie und meinen Freunden – namentlich hervorzuheben sind hier Sandy und Christian, Gisela und Jo, Edith und Max – möchte ich an dieser Stelle großen Dank für ihre tatkräftige Unterstützung aussprechen.

Vor allem danke ich meinem Mann Armin, der sich als Jäger wieder einmal als kompetente Quelle erwies, das Manuskript mit Adlerauge las und das ganze Jahr über ausschließlich aus Recherchegründen, keineswegs etwa zu seinem Vergnügen, ins Revier fuhr. Außerdem zwang er sich für zahlreiche Lesungen in seine zünftige *Kråchane* und sorgte in Großstädten wie Graz und Wien mit (s)einem ausladenden Hirschgeweih werbewirksam für Aufsehen.

Siggi entpuppte sich beim Plotten bei Kaffee und mehr am Millstätter See als kriminelle Gesinnungsgenossin (*sisters in crime* halt). Danke! Und jetzt wissen wir auch, wo sich Leichen versenken lassen …

An Informanten gebührt unter anderen Petra S., Hans K. und Peter S.-M. Lob und Dank; ebenso der engagierten und kulturell sehr interessierten Bürgermeisterin von Obervellach, Anita Gössnitzer.

Prim. Univ.-Prof. Dr. Herwig Scholz war so freundlich, mir ausführlich und unkompliziert zur Spielsucht, dem illegalen Glücksspiel in Kärnten und zu den verschiedenen Spielertypen Auskunft zu geben.

Meiner unverzichtbaren Literaturagentin Aenne Glienke, dem kompetenten und engagierten Team bei Emons sowie der genialen Lektorin Christine Derrer danke ich, dass sie dabei halfen, Sepp Flattacher nun schon ein zweites Mal um seinen (wohlverdienten?) Ruhestand zu bringen.

Alexandra Bleyer
WAIDMANNSDANK
Broschur, 224 Seiten
ISBN 978-3-95451-792-3

»Die Autorin punktet mit einem leichten und luftigen Schreibstil, der
mit einer Menge Kärntner Dialekt und Jägerlatein gewürzt wird. Die
amüsante Geschichte zieht den Leser bis zur letzten Seite in ihren
Bann!«   Klagenfurt-Stadtzeitung

www.emons-verlag.de